徐小斌经典书系　第十一卷　艺术随笔集

夜　谭

徐小斌　著

作家出版社

总序　梦想成精——徐小斌的小说世界

陈晓明

　　徐小斌在当代中国文坛虽然说不上是妇孺皆知，但说她声名远扬是不为过的。这当然主要体现在徐小斌是一位个性显著的作家，喜欢她的人会盛赞不已。无疑，徐小斌是一位实力派作家，她获得的赞扬与她作品创造的意义相比是恰如其分的，甚至有不少评论家会说，徐小斌是一个被低估的作家，她的作品中显然有很多的内涵还有待深入挖掘。徐小斌内心十分沉静，始终以自己的方式写作。她对文学的那种执着的态度和方式，是当今中国作家所少有的。徐小斌追求一种纯粹的文学，一种用汉语的纯美品性来书写的文学。这种说法似乎显得很不必要，这能说明什么问题呢？她似乎并不为时代热点所动，也不追逐重大的历史命题，她的探索也不介入某些潮流。但徐小斌个性鲜明却又具有多面性：对于一部分人来说，徐小斌是一个玄奥的有神秘主义意味的作家；在另一些人看来，她是一个准女性主义者；一些人认为她的写作非常前卫，也有一些人会把她看成一个把传统风格发挥到极致的人。说到底，这主要源自她的写作本身的多面性。但不管怎么说，徐小斌对小说孜孜不倦则是肯定的。对于她来说，小说就是她的生存世界，她倾心于这个世界，把自己全部交付给这个世界。以这种态度来写作小说，也就不难理解徐小斌的小说充满着虚构的色彩，这个世界融瑰丽的想象、诗性、形而上的神秘意念于一体，在我们的面前无止境地伸展敞开。

一、让女人成为文学的精灵

徐小斌的小说写出一系列极其独特的女性形象，足以让她在当代中国文坛独树一帜。她笔下的女性与在历史和现实中还原的女性形象很不相同，她的女性形象，更主要是诗意想象与神秘体验的产物。1993年的《迷幻花园》标志着徐小斌写作的新阶段，她把女性的绝对的爱欲放置到她的写作中心，把语言的精致化，与生存世界不可知的可能性及其宿命论思想相结合，构造了一种纯粹隐含着复杂变异的小说叙事文体。《迷幻花园》属于实验性很强的作品，它没有明晰的故事情节，但是有着非常精致的感觉片段。写过《对一个精神病患者的调查》的徐小斌写下这种小说是一点也不奇怪的，那篇关于精神病人的小说，据说给诗人海子以很大震动。而《迷幻花园》又是一次对女性的某种接近疯狂状态的心理描写。在最低限度上，这篇小说可以看成是关于两个女人和一个男人的故事。显然，这个故事并不重要，重要的是它引向对女性绝对命运的探寻。少女之间惯有的纯真友情，在这里被处理成女人最初的"镜像置换"。芬与怡最初通过对方认识到自己的特征，并且在后来的岁月里，她们总是处在奇怪的分离和重叠的状态中，她们各自占有对方的位置，又不断迷失。徐小斌似乎试图表明女人永远找不到自己的位置，芬夺取怡的位置不过是完成了一次放逐。女人的形体与灵魂永远错位，因为中间总是插入一个绝对的男性，她们永远无法跨越这道门槛。徐小斌对女人存在境遇的书写，充满了绝望的诗情，那些悲剧式的女性闪烁着精灵一样的美感。

随后的《双鱼星座》看上去是在讲述"一个女人和三个男人的古老故事"，但这个古老的故事被徐小斌以非常个人化的当代性的经验加以改造。卜零，这个优雅而聪明绝顶的知识女性——与其说这是典型的知识女性形象，不如说是知识女性乐于认同的自我形象。这个优雅的女人在三个男人之间周旋，对家的厌恶，对权力和社会制度的拒绝，与对爱欲的纯粹追寻相混淆，使卜零如此密切地扣紧这个时期的物质生活。那些流行的俗世价值观念，又不断地在虚幻的空间、在自我的想象中呈现。古典时代温情脉脉的两性关系，那个生活的寄托——家，在这里却是生活的牢笼，一个极为虚假而没有实际内容的处所。在20世纪90年代，这个被普遍描述为商业/文化二元对立的时代，徐小斌率先展开了对变了质的两性关系的书写。这一切混杂着对这个时代的流行价值的抨击和那些生命神秘体验的寓言性叙述，使得徐小斌的这个既古老又当下的故事具有犀利的直接性和女性神话学的另类经验。

徐小斌一直在探索一种新的写作法则，促使那种玄妙的形而上的思想意念与明晰流畅的故事相交合——这在某种意义上也表征着20世纪90年代趋向于形成的多元性的叙事法则——显然，对女性爱欲的关注使她找到连接二者的自然通道。把女性的爱欲与某些循环论和文化原始神话相混合，构成她叙事的内在意蕴，它们使她的那些关于女性爱欲的故事具有不可知的神秘性。她刻画的那些女性像是一些镜子中的人，像在水上行走的精灵，她们以遗世孤立的姿态决绝地走向生活的绝境。然而，她们却又异常明晰地折射出当代生活的那些直接的现实和流行的价值观念，以女性的特殊的话语实践对当代生活作出尖刻的析解。她的叙述是一些独白，又是一种现实；是一种呈现，也是撕裂；是一种抚慰，更是一种抗议。

《敦煌遗梦》是徐小斌20世纪90年代有代表性的长篇小说，它显示了她对形而上事物的爱好，以及具有多元综合的描写生活的能力。这部长篇更是抓住"敦煌"这个神秘而神奇的空间来展开叙事。宗教的神秘、世俗的爱欲、权力和阴谋，三位一体构成这部小说的叙事主体。

整个宗教世界在叙事中起到了双重的作用，其一是与世俗的爱欲相对构成了一个"生命之轻"的叙事圈；其二是宗教的那种神秘性氛围与世俗的阴谋构成了一个"生命之重"的叙事圈。这两个叙事圈又经常交合在一起，它们显示了生存的复杂意味。

小说叙事的表层是一个典型的浪漫的爱情故事。男主人公张恕和女主人公肖星星邂逅于敦煌，他们之间很快就产生了感情。但这个感情关系很快被另外两个人的出现打破了，一个是无晔，另一个是玉儿，这里迅速出现了四角关系。令人惊异的是他们各自都找到了另一种爱欲，出现了错位式的爱情。这部小说的叙事，或者说肖星星和张恕这两个人物总是在精神、爱欲、阴谋三者之间循环，他们像某种怪圈组合在一起，在每一个极端总是预示着另一个起始，总是向另一个对立项转化，而具有一些奇妙的双重意味。这部小说无疑企图求解生命存在的极端含义——它是那些女性末世学或宿命论，灵魂转世学说以及玄奥的博弈论相混淆的超级方程式。然而，对于徐小斌来说，这些形而上的理念，这些神秘而玄奥的宿命哲学，绝对不是她要明确解决的理论问题，它们仅仅是一些悬而未决的背景。她的小说的叙事是快乐的，是灵巧而智慧的。她把中国古代的宗教与当今中国的生存现实相连接，把最神秘的宗教体验与女性的爱欲经验相混淆，把邂逅的浪漫与贩卖文物的国际阴谋相接轨……这些都显示了徐小斌的小说叙事的开放笔法和引人入胜的精彩结构。

徐小斌发表于2000年的《女觋》是一部神秘而怪诞的作品，在短篇小说的篇幅里，讲述了一位虚构的燕国公主的奇特人生，在战国征伐、荆轲刺秦的历史缝隙中，这个未得史书记载的女性寻觅着自己的人生价值。她曾追逐情欲，却爱而不得，她曾试图重整河山，却发现什么也改变不了。在命运的无声指引下，她终于走向了女觋的神巫洞，在最深的自我封闭中接近了最玄妙的真理。这个神秘主义的故事始终有一个爱情故事的形状，公主的爱情和她的开悟纠缠不可分割，不可捉摸的世界本质有了感人至深的世俗形象，二者严丝合缝，折射出徐小斌高明的叙事策略和深刻的形而上思考。

二、虚构绝对的女性历史

多年来，徐小斌一直在讲述女人的历史，20世纪80年代中期，她远离文坛中心，沉静而执着地写作。人们几乎突然才意识到这个人是一个不容忽视的存在。1999年1月的某个周日，在北京新落成的巨大的图书大厦里，《羽蛇》的首发式签名售书吸引了络绎不绝的读者，创下半天售出三百七十多本的纪录，把徐小斌的书写事业推向炫目的高峰。但在闪烁的镁光灯下，徐小斌却依然沉静如初。对于她来说，《羽蛇》不是结束，而仅仅是开始。

《羽蛇》是一部纯净深刻的作品，散发着古典主义的怀旧情调。但在其单纯的外表下，掩藏着相当丰富的关于女人历史的种种探究。

《羽蛇》构造了一部绝对的女人历史。说其绝对，是指这里的女人历史与男权历史相对立，这部历史顽强地抗拒世界历史的宏大叙事。《羽蛇》的叙事明显是一种历时性的结构，小说的情节发展与中国现代史同步，历经民国、新民主主义革命、社会主义革命、文化大革命、改革开放、跨国资本主义时代。小说历时几近一个世纪，概括中国现代启蒙与革命的变迁过程，一个家族无可挽回地走向破败的历史。以玄溟为首的女人群体，也是一部中国现代历史。历史的变迁，使这些女人历经沧桑，面目全非，她们由富贵而贫困，由娇艳而衰老，由天真而怪戾。历史严重改变了这些女人的外部，但没有改变女人的内在性。这些女人一如既往，执着地根据自己的内心愿望顽强生活下去，她们几乎是自觉走向命定的归途，但她们从不根据外部历史的变化而改变自己的品性和内心生活。玄溟是一个旧式中国妇女，这个据说曾被慈禧太后抱在怀里的聪明伶俐的女孩，后来看上去像是传统中国父权的卫道士。事实上，玄溟象征性地意指着中国传统父权的危机。小说中晚清时期的"老爷"，即玄溟的丈夫不过是"纸老虎"，几乎是缺席的。小说写到这个家族最高的男权人物"老爷"的时候很少，我们知道他不过是个洋务买办（铁路局长？），在外面养了小，很少回家，保持着中国传统男权的不少恶习。传统中国的男权历史不仅半殖民化，而且陈腐不堪。玄溟真正操持着这个家族，统治着这些女人，她们自成一体，构成一个后母系社会。徐小斌是有意还是无意？这个家族的男性或虚弱不堪，或英年早逝（如天成）。这个家族不再是男权驾驭女人的强权社会，而是男人落入女人圈套的生存游戏。陆尘这个风度翩翩的男人，没有逃脱玄溟为若木设计的婚姻规划。徐小斌笔下的男人通常都是一些庸碌之辈，或者是一些漂亮脆弱的剪纸式的人物。虽然男权构造的历史庞大而充满暴力，但作为个人的男性却无所作为。男人是一些集体性的群居式的盲从动物。徐小斌的女人却始终不渝地有着她们的发展史，乃至于个体发展史。每一个女人都有她的存在理由，她的选择与目标，她们永远怀着最初的生命动机，坚忍不拔地走向生命的终结。玄溟着笔虽然不多，但整部小说却始终渗透着她的气息。这个女人历经半个多世纪，历史已经发生翻天覆地的变化，但她却依然故我，还保持着她对这个家庭的精神支配，她甚至连口味都没有变化，她没有迁就外部社会，她有着自身不变的历史——一种看上去微不足道的然而却是最具韧性的自在的历史。

玄溟的精神在若木的身上以更加怪戾的方式加以繁衍。若木跨越几个时代同样没有改变个人的品性，革命把陆尘变成一个平庸的技术官僚，但却没有改变若木拿着金钥匙掏耳朵的姿势。受过良好的中国现代启蒙教育的若木，知书达理只是她的外表，用于俘获一个理想丈夫的手段，她的骨子里却渗透着中国传统妇道人家的本性。这正如浸淫现代性的中国，并未摆脱它的传统本性一样。若木在年轻时就习惯于颐指气使，对女佣进行精神虐待毫不手软。成为母亲之后，她并不像中国文学里通常的母亲形象那样温柔贤惠，而是一个尖刻怪戾、反复无常、冷漠自私的女人，总之，她凭着她的本性生活，与玄溟一样拒绝被历史同化。

小说的主人公羽和她的两个姐姐绫和箫，这是几个个性鲜明独特的女子，能把几个女人写得活灵活现，性格迥异，也可见徐小斌的笔力非同凡响。绫与箫是不同类型的女子，绫的故事充满了女人凭着内心冲动去选择生活的渴望，绫机敏善变，但她从不屈从于环境，我行我素是她的本性，她选择丈夫和情人完全凭一时的冲动。这个开放的女子实际非常自私，她渴望男人，但她却用了低俗的手段去控制男人，甚至加害自己的妹妹箫。看上去老实的箫，也有着自己对命运的不动声色的主动把握，徐小斌笔下的女人都很有质感，就在于她们每个人都有自己的本体存在，有着自己不被外部世界异化的内心生活。在任何时候，女人的个人生活史都是一部不可更改的独特史。徐小斌从不回避直接表现女人的内心欲望，女人对自身的身体意识，反复地读解自己的身体，这是徐小斌表现女人自我意识的一种方法。尽管这种视角多少夹杂了一些男性的欲望化想象，但徐小斌优雅的叙述总是能创造一种动人的氛围。

当然，小说的主人公羽是徐小斌刻意创造的一个绝对的女性。之所以称之为绝对的女性，在于羽是一个非同寻常的女性，她的存在方式，她的经验已经超出日常生活中的女性，而是由关于女人的绝对概念构造而成。或者说，她是一个本质性的女性。这并不是说徐小斌描写的这个女人只是从概念出发，这与我们过去批评的"左"派政治所设定的概念化人物根本不同，后者不过是政治意识形态规定的同语反复的产物，而前者则是作家个人能动地认识世界的思想结晶。羽被刻画为神经质，具有神秘主义本能倾向，向往形而上学，对不可知世界的迷恋，文身，与佛教徒和异见人士的爱恋，变相的反俄狄浦斯情结（即仇母情结）等等，所有这些没有一个行动表明羽属于现实世界。羽始终觉得自己与世界格格不入，周围充满了生活的陷阱，但她只是顽强地保护着个人的内心幻想，她与周围的世界无关，她只根据她的内在本质行动。羽像是徐小斌理解的关于女人的本质，或者一种本质的女性。关于羽的叙事，完全采用了诗化的和神秘化的表意策略。对羽的表现可以看出徐小斌叙述的特殊方式，羽的幻想特征使小说具有双重世界存在的可能性，羽一方面沉湎在自己的拉康式的"幻想界"里，另一方面却经历着真实的"现实界"。她所经历的那些事件和人物，如果做些简单的考据学工作的话，可以找到纪实性的原始素材依据。但这些并不重要，羽的故事可以进行拉康式的读解，令人惊异的是，羽是对拉康理论的女性主义式的改写，也就是说，杀父娶母的"俄狄浦斯情结"被改变成一个女人作为主体的故事。与之相关的"菲勒斯"崇拜，也被最大限度地改写了。羽似乎从来没有成年，处在历史的脱序状态，她同时也疏离于母系社会的历史。"脱离了翅膀的羽毛不是飞翔而是飘零，因为它的命运，掌握在风的手中。"羽在飘落，始终向着黑暗飘落。徐小斌对一种状态和感觉的把握是相当出色的。

小说中出现了几个男人的形象，他们无一例外属于女性历史的反面。圆广/烛龙也只有在羽的幻想界里才具有超凡的精神力量，一旦回到现实界，例如烛龙，后来也不得不显出凡人的疲惫。男人的历史是可疑和可悲的，也许是无意的，徐小斌写到的两位可以为女人接受的男性，烛龙和朋，一个是流亡的异见人士，另一个是携款外逃的经济犯。这就是男人的历史。支撑这个世界的强大的男性力量，正处在深刻的危机中，这两个男人不过象征性写出了这个时代的男性与世纪初的男性（老爷之流）所遭遇到的不同命运。

但不管如何，《羽蛇》讲述的女人的故事无疑是独特而丰富的。这部"后母系社会"式的女性史，展示了女人是如何按照自身的历史延续性，拒绝和疏离男性轰轰烈烈的现代史的生活历程。在现代性的宏伟历史进程中，自在独立的女性史在徐小斌的笔下并不是平静自在自为的，这部女性的历史也不是和谐融洽的，女人在现代史的背景上，开展了自己的历史活动，成为女性书写自己历史的起源。就是在这个从社会学的角度来看作为一个由血缘关系构成的女性家族里，女性之间的排斥和敌对，构成其历史的主导内容。这也许是徐小斌的惊人之处，当她把女人的历史与男人的历史对立起来时，她并没有去讲述一部女权主义者惯常要关注的姐妹情谊（与男权世界对抗），而是女人之间，特别是女性亲人之间的敌对。这些女性都进入宿命论式的对立和仇视。一个排除了男权的女人世界，充满了令人惊异的压制与颠覆、爱与背叛的斗争。在所有这些斗争中，母女之间的对立构成矛盾的轴心，母亲对女儿的控制与戕害，女儿对母亲的逃避与反抗，形成层出不穷的环节。

若木在年轻时为母亲玄溟所支配，上学时母亲居然坐在后座监督，母亲设下圈套为她找一个如意郎君，女儿的生活按照母亲的意志发展。幸福这一概念被母系社会的权力所曲解。当若木成为母亲后，她也没有放弃对女儿的精神压迫，羽时时感受到母亲的冷漠，从小她就顽强地相信"母亲不爱她"。在女儿发现母亲的"不爱"时，羽又在找寻另一个母亲，她与金乌的关系，就更具有恋母的意味。确实，小说中不止一处写到"寻母"的情节，血缘关系似乎发生危机，而精神之母则在她们的心灵里占据着支配地位。金乌同样是一个"失母"的人，徐小斌在这里编织的故事有着某种哥德尔数学悖论式的怪圈。这些遭遇母亲遗弃的女儿，却在坚持不懈地寻找精神之母。而金乌和羽的相遇，更像是来自母系社会的某种原初记忆。她们在撒满鲜花的浴池里采取的性行为，在小说的叙事中，无疑有奇特的象征意义。这个行为如果把它理解为是对母系社会的原始记忆的某种恢复，不过是一种施行成人礼的史前仪式的象征行为。也许在徐小斌看来，血缘并不足以构成母系社会的内在凝聚力，相反，她看到血缘关系的困境。徐小斌骨子里是一个反社会的唯美主义者，她把一切社会性的结构关系，都看成是违背人性、压制人类之爱。只有"美"才是维系人类相爱相亲的根本纽带。在某种意义上，徐小斌讲述了一部后母系社会的历史，她又以血缘关系为支点对其进行解构。她显然在设想重建一种女性历史的可能，这就是以"美"的理念为新的历史起源。

三、关于美与神秘以及神话写作

徐小斌从来不掩饰她对美的赞颂，以至于这在她的小说叙事中成为一种障碍，她的主要人物几乎都是超凡脱俗的，美在精神上战胜一切丑恶事物，美本身就是最高的神性。在小说中不难看到，所有美丽的事物都遭遇到政治或人性的迫害或亵渎，但在所有与美的对抗中，政治或人性之恶在精神上早已处于劣势。金乌或金乌的父母都无不如此。徐小斌笔下的美的事物也经常夭折或最终毁灭，特别是她的作品中经常出现一些年轻的男子，他们主要是女性幻想的纯粹男性形象。徐小斌的审美理念的核心是女性的怪异之美，来自于女性的神秘本质。因此，"美"在徐小斌的小说叙事中，就不仅仅具有感官的特征，它们具有复杂的思想内容。特别是这些美的事物所具有的神秘主义倾向，使徐小斌的小说叙事透示出准宗教的精神底蕴。

神秘主义是徐小斌始终不渝追逐的思想意蕴，这使她的小说叙事在一种透明的质感中，隐含着某种不可知的宿命论观念。早在《敦煌遗梦》里，徐小斌就试图把宗教思想作为小说叙事的背景意义，起到隐喻作用。在《羽蛇》中，可以看出徐小斌的这一做法更加圆熟老练，羽的那种对外部世界、对母系家族统治的厌弃，根源于她内心的宗教冲动，她对神秘性事物的向往。她的类似梦游的刺青行为，是她幻想的宗教经验。烛龙不用说，完全是一个根源于她的女性原初记忆的男子。羽的行为和感觉，因为宗教的背景，而并不让人觉得怪异，使羽可以超越现实的逻辑，执拗地在自我的世界里行走。刺青不过是一种视觉效果，是徐小斌借此沟通神秘世界的一种符号代码。刺青是一种反常的重写身体的行为，它以符号化的方式给身体命名，通过对肉体的改写而遮蔽肉体，并给予肉体以精神性的象征意义，它使活的肉体与远古图腾，与已死的历史相连接。文过身的身体不再是单纯的肉体，它已经给予一个象征的和超越的来世。隐秘的文身是对现世的一种逃遁，就像当今时代展露在外的文身是对社会的反抗一样。确实，徐小斌借助了象征符号，赋予她的人物以特殊的超验性存在。因此，徐小斌的小说总是有一种形而上的超越性意义，她在那些日常性的世俗化的生活的深处，置入不可知的神秘主义意味，这使她的小说具有引人入胜的可读性，又不失玄奥的生命体验意义。

徐小斌的小说写作富有才情，想象奇崛瑰丽，她热衷于制造空灵优雅的艺术氛围，在处理那些年代久远的故事时，可以看出她的叙事得心应手，对徐小斌来说，小说叙事并不是形而上观念的产物，也不是一些概念化的演绎，尽管她的小说隐含着难以言喻的不可知论或宿命论的意义，但她的大部分故事主体都来自她个人的直接经验和记忆。仔细阅读徐小斌的这部小说，也不难发现，那种强烈的虚构色彩，与某种可以在经验中印证的事实相混合，构成小说叙事的内在张力。小说的叙事呈两极发展，幻想中的超验世界和可理解的现实世界。这两条线索平行发展或交叉运行，使小说叙事虚虚实实，变幻不定。可以看出徐小斌驾驭小说叙事的出色才能。但同时也可以看出，徐小斌在迷恋那些玄奥的观念的同时，也难以拒绝那些蛊惑人心的直接经验，这使她在如何把握小说叙述视角方面具有双重性：她不断地用描写性很强的句式去表现她那些"真实的"直接经验。并且随着小说叙事切近当代生活，特别是靠近当前的生活，小说越来越采用纪实手法。小说到后半部分差不多抛弃了对幻想经验的表现，而转向更实的现实经验。到底是这些已经发生过的真实故事吸引徐小斌，使她有理由相信，现实（已经发生的经验）比幻想经验更有力，还是因为那些玄虚的描述已经令人疲倦？一些当代作家只要一写到当前生活，就感到困乏无力，他（她）们几乎处在双重困境：现实本身以两极形式呈现出无法捉摸的特征，要么现实就是一团毫无生气的日常流水账，它使文学虚构无从下手；要么现实本身就神奇精彩，它使文学虚构相形见绌。很显然，徐小斌一写到当代生活就遭遇到后一种情况，她的经验世界里存留了一些使文学虚构黯然失色的故事，她试图用实录的手法使之再现。小说的虚构功能已经难以与现实本身不断创造的奇闻逸事相媲美，对"事实"（或真实）的崇拜，已经成为当代由电视媒体制造的认知体系的首要真理，文学虚构不得不怀疑自己传统的审美观。如果说，传统现实主义对"事实"（或真实）的强调，不过是在意识形态先验论意义下的虚拟，那么，当代虚构文学已经不再严格依附于一种强制性的意识形态，它只是从现时代的认识论意义上，对"真实"和"纪实"表示认同（屈从）。但就《羽蛇》的叙事总体而言，徐小斌把握幻想界和现实界的关系还是相当成功的，一部叙事跨越近一个世纪的小说，并没有笼罩旧时代的氛围，相反，始终充满了当代气息，这得益于作者随时把握住的主观化的叙述视角，并自然地把故事引入当代现实。

总之，《羽蛇》是一部奇特而值得耐心读解的作品，作为一部少有的在历史变动中全力书写女性的小说，徐小斌揭示了一部意味无穷的女性系谱学，特别是她触及的存留在母系文化谱系中的深刻矛盾，既反映了人类最久远的经验，也提示了人类现在以及将来可能面对的问题。这部小说的丰富、深刻和优美，都表明了当代中国女性写作所达到的高度。没有任何理由认为女作家写的具有女性主义倾向的作品就是好作品，或值得一读的作品。就像中国任何概念都要迅速庸俗化和廉价一样，女性主义这只标签也快被弄得面目全非。指认徐小斌小说的女性主义特征，并不是因为作者的女性身份（正如女权主义者西泽斯所说的那样，女性作者完全有可能写作非常男人化的书），也不是因为作者讲述了一群女人的故事，更重要的在于作者以相当坚定的方式，揭示了一段含义丰富的女性自我认同的历史，女性自我异化的历史。性别身份的危机也许是徐小斌率先意识到的难题，这在当今中国文化中，其真伪一时尚难以断定，但徐小斌率先对此作了表述。徐小斌在这部小说的题记里写道："世界失去了它的灵魂，我失去了我的性。"事实上，世界并没有完全失去它的灵魂，因为文学一直在修复它；女人也没有完全失去她的性，因为文学使人们重新认识女人的性——这就是《羽蛇》的意义所在。

四、历史与文学相遇

在中国文坛，徐小斌虽然没有大红大紫，但她肯定是一个真正的实力派作家。没有人怀疑她对文学语言有着精致入微的理解，也没有人不为她所营造的神秘主义诗性所感动。她总是不温不火，不疾不徐走着自己的路。《羽蛇》是当代小说中难得的精品之作，数年过去了，徐小斌并未乘胜追击，只是不时出手一些唯美主义式的小说，若隐若现地印证着她所向往的那种飘逸境界。出人意料，2004年盛夏，徐小斌出版了一部长篇历史小说《德龄公主》（人民文学出版社），这显然令文坛大吃一惊。一直热衷于进入虚构的神秘诗性深处的徐小斌，何以会闯入务实的历史小说领地呢？历史领域曾经一度构成一部分先锋派作家的语言实验飞地，那是回避现实矛盾而又可以展示文本和个人独特感觉的有效空间。苏童、北村等人都有过类似的举措。但回归写实的道路来切入历史小说，这还是一种新奇之举，徐小斌这回可算是另辟蹊径。

这部小说讲述年轻漂亮而聪慧的德龄公主在欧洲长大成人回到中国，进入皇宫受到慈禧太后恩宠的故事。这个故事还交织着德龄公主与年轻的美国医生怀特的爱情，她的妹妹与光绪的感情纠葛。小说通过德龄公主的交往关系，展示了皇宫里种种人情世故，恩怨情仇。德龄公主目光所及，正是清王朝腐败无能走向衰败的历史时期，也是中国近代历史剧烈变动，内外交困的关键年代。小说把宫廷里的险象环生的权力斗争与风云变幻的政治风云结合在一起，揭示出从传统封建社会进入现代社会的历史艰难行程。总之，这是一个少女和一个帝国的故事，它呈现了一个庞大的古老帝国在风雨飘摇中度过的最后时光的情景。在全球化迅猛扩张的今天，看看百多年前古老的中华帝国初始遭遇西方文明挑战的场景，无疑更加令人触目惊心。

当然，"历史"在当今消费主义盛行的时代也变得神情暧昧，人们越是远离历史，越是失去历史，人们越是要以想象的方式重温历史。历史变成了人们消费的必需品，而历史也在消费中被放大或者消解。进入20世纪90年代，随着中国经济神话腾飞，媒体这个后工业化社会的典型产业的兴盛，"历史"成为小说、影视剧的热门素材。就近年而言，描写清史的小说或历史剧不在少数，徐小斌有什么过人之处还要做此选择？据说她花了整整四年工夫，阅读了从北图到首图的几百本资料，从收集资料到写作到修改，其中的甘苦不言自明。这显然比徐小斌做她擅长的虚构小说要困难得多。显然，徐小斌把握住德龄公主就等于把握住一个独特视角，而这一视角是过去的清史小说或影视剧所欠缺的。这一独特视角就是中西文化在近代转型时期的交汇与冲突。尽管过去的作品也写到这点，但都只是作为一个局部的视点附属于民族矛盾和政治斗争的主线，在徐小斌这里，德龄公主这一视角则是深入而全面地展示以慈禧为首的清廷对西方文明的极其复杂的心理和接受过程。

德龄的父亲是驻法公使，她自幼受到西式教育，她和妹妹容龄是舞蹈家邓肯免费收的二位学生，通晓西洋礼仪、教养、音乐和多国语言。慈禧对她的欣赏，与慈禧惯常给人的狭隘保守闭关锁国的形象大有出入。小说虽然也写到慈禧种种保守愚昧的思想与行为，但她对德龄的接受，对西方文明的有限吸收，似乎更深入细致地展现了清帝国对西方文明的回应。小说写到慈禧由抵触到接受卡尔给她画像的故事，这明显表明慈禧对西方文明做出的姿态，同时也表现了慈禧真实的心理变化过程。一个更具有积极态度面向西方文明的人物是光绪皇帝，小说写了光绪与容龄之间的朦胧的情爱关系，容龄教光绪弹钢琴、学英语，甚至还有西方宫廷舞，光绪显示出更加开放和富有热情的态度。德龄和容龄二人本身就是西方文明的象征，与其说她们是古旧的东方文明的女儿，不如说是西方现代文明的使者。她们带着西方的现代观念、现代生活方式、现代审美趣味走进这个古老的皇宫，她们带来了一股清新的更富有人性的自由气息。小说从这个角度非常细致透彻地表现了近代中国接受西方文明的艰难而富有戏剧性的过程，按照徐小斌所下的资料功夫，可以信得过她叙述这个中西文明在近代中国相遇时的情景和那些动人的细节。

　　小说始终贯穿的德龄与美国医生怀特的爱情故事，这本身就是中西文明交汇冲突的深刻写照。在那些日常生活的叙述中，这段爱情故事被写得充满浪漫气质。已经相当西化的德龄，一旦面对怀特的爱情，不同文化之间的差异性依然难以抹去。但徐小斌把这份爱情写得楚楚动人，那是更为纯粹的青春期的美好爱情，在这一意义上，人性超越了民族性。

　　多少年来在文学方面的磨炼，即使是在纯文学的水准上，徐小斌的叙述才能和语言功夫无疑是上乘的。做足了材料方面的功夫之后，徐小斌可以发挥她的想象力，这是一次历史的文学化，也是文学的历史化，它造就着一种新的文学品质。流行的（或者说主流的）历史小说主要以写事件为主，大起大落描写事件主脉，刻意构造戏剧性矛盾，罗织人物正反分明的冲突等等，使当今主流的大多数中国历史小说已经模式化。另一类则是戏说，无边无际的胡编乱造。在当今的文学格局中，历史小说一直是划归在通俗读物的范畴，在文学史的叙述中，也只是专列章节加以阐述，似乎与主导文学的现实没有实际关联。徐小斌的这部"历史小说"可以看出它鲜明的文学品质，这就是纯文学与历史小说的融合。从主流文学的意义上来看，徐小斌从历史那里借来材料，展开她对近代中国历史的探究，写出这个时代的帝王将相才子佳人的悲欢离合的命运。从历史小说的角度来看，徐小斌把纯文学的那种叙述方法融合进了历史题材，她强调叙述视点，强调叙述时间的变化和对比，强调人物性格和心理描写，强调语感和工整的句式，强调神秘体验和诗性氛围的营造……所有这些，都使这部小说达到相当高的艺术水准，也摸索出纯文学与历史小说结合的崭新道路，可以说开拓了历史小说表现的空间，把历史小说提升到主流文学的高度。

当然，在艺术上，这部小说让我们再次想起《红楼梦》的传统，想起作者沟通的那种古典记忆。这倒不是说慈禧使人想起贾母，光绪身后晃着宝玉的影子，德龄容龄也可见出宝钗黛玉的姿色，小说的笔法、叙述风格和人物性格命运的刻画，都秉承了《红楼梦》的格调，应该说作者是下了功夫吃透《红楼梦》，颇得《红楼梦》神韵。一部包含着历史悲欢的作品，对一段剧烈变动的历史的呈现，能讲述得如此精致细腻，如此楚楚动人，把一个少女引入一个古老的帝国，一部历史的裂变与一段情缘的诀别，诡异而凄美，惊心动魄却悠长如歌，这就是历史与文学相遇，文字与心灵相交，心灵与诗意相合。

在《德龄公主》出版的当年，《秋瑾的东瀛之旅》这部短篇小说也发表于《山花》（2004年第7期）杂志上，对《德龄公主》的历史讲述进行了某种补充。虽然这仍是一个与德龄有关的故事，但故事的主人公换成了另一位在中国近代史上赫赫有名的女性——秋瑾。秋瑾不同于徐小斌笔下其他的女主角，她主动进入了"大历史"场域之中，并始终以一位革命者的形象出现。徐小斌擅写的情爱在这里为历史变局的激情让出了空间，秋瑾与德龄的交往在一个更大的历史层面上折射出"革命"和"改良"两大变革思想的碰撞，这不再是"女人的历史"，她们是成为了历史主体的女人。徐小斌已无须以神秘缱绻的诗情书写历史，历史本身便迸发出了浪漫的火星。

五、关于本真之美与重返童话

徐小斌的小说一直以追求唯美和神秘而引人注目，她多年前的小说《迷幻花园》《双鱼星座》等，给人以极深的印象，那是先锋小说渐渐落下帷幕的时期，徐小斌另辟蹊径，以语言的典雅唯美和对不可知的神秘探究，给纯文学注入了特有的女性气质。如果说这个时代确实有个人化写作，那么徐小斌应当是最为自然的个人化写作。

徐小斌出道甚早，20世纪80年代中期就写有《对一个精神病患者的调查》。徐小斌似乎在文坛边缘行走，保持着自己对文学的独特理解。要说世俗化或商业化，徐小斌可能最有条件，她所供职的单位，她所从事的影视剧编剧专业，不知有多少机会去赚取元宝。令人奇怪的是，徐小斌似乎与她的这份工作若即若离，她矢志不渝的是她心目中理解的文学。她对文学的那种追求，虽然不是狂热性的，但却是最为内在而最有韧性的。商业上的成功从来不能使她心里踏实，对她来说，只有文学，纯粹的文学上的自我肯定，这才是她要告慰的自我心灵。

很显然，2010年，徐小斌出版《炼狱之花》是她一贯的文学追求和人生态度的直接表现。这部小说破天荒地由人民文学出版社与长江文艺出版社联袂出版，与徐小斌过去的小说企盼形而上的神灵不同，这回徐小斌把一些海底精灵请到了俗世。过去徐小斌对于现实世界的表现，采取了神秘的超越方式，这回却是直接的揭示批判。其实近年来中国作家对现实的关切始终没有松懈，不用说那些底层写作延展的历史与阶级批判，现在有更多的作家，对现实进行精神性的思考，也就是说，他们时刻在追问：我们这个时代的人们的精神到底出了什么样的问题？范稳出版的《大地雅歌》在异域文化中探寻纯粹之爱来纠偏当代世俗功利；莫言的《蛙》通过戏剧糅合进小说的形式，反讽式地刻画当代价值的错位；有张炜的《你在高原》如此高亢的对当代现实的全方位质询；也有徐小斌这样的切入现实的某个区域，去揭开当代人的肉体与精神的困境。

《炼狱之花》讲的是影视娱乐业的故事，这方面的故事是否是徐小斌的亲历不好判断，但她有直接经验、有第一手资料这是毋庸置疑的。徐小斌当然不会满足于玩一些爆料的技法，她不过是把影视界或娱乐业作为故事表现的质料，她要探究的还是人性在这个时代的变质，人类的本真的善与美到底处于何种境况。

小说显然与《安徒生童话》的《海的女儿》有关，这个想变成人的美人鱼，如今在《炼狱之花》中是一朵海底的百合花，她也来到了人间，历经着人间一切是是非非。不幸的是，她涉足了影视业，这个看上去美妙神奇的世界，却是充满了比其他行业更为密集的尔虞我诈。一个来自海底的几乎是纯真纯美的女孩，就这样历经着人世间的卑劣与丑恶。徐小斌通过百合这个人物，几乎是把童话世界强行与当下的现实世界重叠在一起，在童话的映衬下，她来观看这个世俗的欲望横溢的现实世界。这似乎是反着写童话，不是从人世间去往童话世界，而是从童话世界来到人世间。

这部小说明显是按照童话的美学规则来构思的，好人与坏人都清晰可见，几乎所有的男人这一谱系大都是坏人和害人的妖魔，女人则是好人和受害者。男人的谱系：铜牛、老虎、金马、阿豹……女人谱系：百合、天仙子、曼陀罗、罂粟、番石榴……男人属于动物科，女人属于植物。这本身包含着徐小斌的女性主义立场。动物凶猛、贪婪、富有进攻性和侵略性；植物则属阴性，自怜自爱，孤芳自赏。但植物也有毒性植物，如曼陀罗、罂粟几种。番石榴作为植物虽然属于果树，但这里作为一个女人的名字，却包含着坚实诡异。徐小斌的命名本身就是一种童话手法，她用童话的人物、童话的思维、童话的美学来重建当下的小说，那就是纯文学与畅销文学连体的一种方式。既获得可读性，获得更为广泛的读者受众，又依然不失严肃文学具有的品性。

海百合这个人物是作者设想出的中国版的"海的女儿"，她来自海底世界，对人的世界几乎懵懂无知，她以未经文明洗礼的纯粹自然的生命状态，来到人世。显然，徐小斌是想去探究一个完全没有世俗功利的女子，在今天的现实中将会遭遇到什么样的结果。这无疑是徐小斌设计的叙述策略，海百合天真无邪，她如一面镜子，映衬出一切现实的欲望。而她的善良天真也表达了徐小斌对当代人性异化的深刻批判。与她相对的那些人，在进行动物化命名的同时，也显现了他们的性格特征：铜牛如牛一样憨傻，却是内心虚弱；老虎也是只纸老虎；金马就更是非驴非马；阿豹也徒有其名，只是在罂粟的股掌之中。徐小斌的动物化命名，充满了对男性动物化的戏谑，这与百合所代表的非人类的本真之美的世界构成了鲜明对照。但在小说的叙述中，海百合就是只如镜子一般安详地放在那里，无须什么正面冲突，所有冲突，只是人类的这些男性动物不自觉地露出的蠢态。

天仙子也是作者寄寓的一个理想化的人物，作为一个追求纯粹文学的作家，天仙子与这个现实世界格格不入，最终只能遭遇到冷落和凄凉。天仙子的女儿曼陀罗却是怪戾狠毒，她的脸上长了一朵曼陀罗花——那或许是炼狱之花吧，她却要割下百合哥哥脚心的曼陀罗花。如此这般的故事，离奇得也只有在童话世界里才能被理解。天仙子对女儿失望，对人世间也失望至极，小说借天仙子之口，对现实世界的人欲与权力的横行给予猛烈抨击——她看透了人类世界的本质。

徐小斌在这部小说中，毋宁说是唱了一曲本真之美的挽歌。"海的女儿"几乎是她那一代人在动荡年代里接受的纯美幻想，徐小斌过了如斯年月，却要还此宿愿，她只好让她的"海的女儿"来到当今的现实，来到她所熟悉的娱乐世界。其实徐小斌作为一个叙述人，也充当了小说中的一个角色。那是她始终在场的叙述，由此表征了 20 世纪 50 年代人的美学记忆——如此纯粹，如此本真，奇怪地存在于那个政治极度强大的年代之外，而有一种一尘不染的古典之美，甚至延续至今，在今天被重新唤醒，来到如此解放张狂的时代，却徒有遗世孤立的美感。而向人们步步紧逼的是曼陀罗花般的后现代狰狞之美。与其说徐小斌解释和解决了当代道德和审美的困惑，不如说她留给我们更加不安的思考。

2018年的《入戏》是徐小斌又一部涉及影视业的力作，不同于《炼狱之花》的童话之美，徐小斌在这部中篇小说中直面了影视行业内部的潜规则。女主人公梅清风是一个以创作为业的典型的知识女性，却身处生活的烦琐与工作的阴暗的双重压抑之下，既心怀正义又无能为力，终于成为"入"不了"戏"的"失败者"。她的痛苦在于她活得太过本真，无法把生活当作一场荒诞而庸俗的戏剧。梅清风的形象延续了徐小斌对女性人物的创作传统，她是一个以自我的内部世界来对抗外部世界的人，但她更多地带有了不愿长大的孩子的天真与任性。在"影视行业潜规则"的社会化叙述之下，隐藏着一整个向纯真的"孩子"——女性——倾倒过来的"成熟"世界。不同于对梅清风的赞赏，在《无相》中，徐小斌对杰的态度更多的是嘲讽。这个故事同样具有影视行业的背景，杰是一个文化投机者，总以为自己可以完美地玩弄规则与控制人心，结果却只剩下空虚。杰曾经有过一个可能的救赎机会，那就是忠诚的女友珊妮，但她也在杰的操纵和推动下，被卷入了物欲的洪流。杰在投机与纵欲之后，又试图回归纯真女性的怀抱，而这显然已经不可能了，在社会批判的大主题下，"浪子回头"这个永恒的性别关系想象被彻底打破了。

向外张望的野心勃勃的男性和注视内部的孩子般的女性，是徐小斌小说中常见的一组性别关系。《别人》是一部专注于心理书写的笔法细腻的小说，躲藏在自我的世界里的"老姑娘"何小船神经质地在一副塔罗牌上寻找自己的命运，小心翼翼地避开爱情的伤害，却仍不免落入任远航的情感陷阱无法自拔。何小船一旦沾染上爱情便不由自主地完全奉献了自我，但她视若生命的爱情在任远航那里却要排在工作、名誉等许许多多社会性因素的后面，男女双方对爱情截然不同的态度必然导向最后的悲剧。小说的内涵不止于此，任远航对何小船的爱情始于那个颠倒错乱的激进革命年代之前保留下的孩童式的纯真，但在历史创伤和个人经验的双重扭曲之下，"本真"已经成了一个遥远的幻影，任远航可以不付出任何代价地追忆，却再也不可能为曾经的爱与真承担丝毫风险。相较于《别人》的绝望，《无执》这个同样涉及那个激进革命年代的故事则更多地留下了希望。在那个充满压抑的时期，出身不好、身体瘦弱如孩童的郑小米在周围的迫害欺压下，依靠幻想来自我拯救，并幸运地遇上了一个让她的幻觉成为现实的男人，但他们之间直到最后也没有发生实质的爱情，郑小米的"无执"让这段回忆停留在极端年代两个年轻人的友谊，也在严酷外部环境中为纯真留下了一个内在的空间。这些有关遥远的"本真"记忆的或无望或温暖的故事，都流露出徐小斌对现实的深刻不安与思虑。但她在内心深处也许还是愿意给希望留下一席之地的，这从徐小斌的新作《无调性英雄传说》中可以略窥一二。这是一部对古希腊神话的改编之作，神话和史诗中的神祇和英雄们成为了对抗压抑世界的革命者，从人类文明的古老源头之中，徐小斌重新找到了理想主义的纯真与力量。

徐小斌的写作始终在提醒着人们，文学写作的真正要义是什么，什么是一个作家理应长期坚持的本色。她也许不能完全梦想成真，但她已经梦想成精。

2019 年 3 月
改定于北大朗润园

自序　我对世界有话说

　　我对世界有话要说，可惜，这世上没有几位真正的聆听者。于是只好用笔说。

　　十七岁，我曾经试图写一个长篇，叫做《雏鹰奋翮》，写一个女孩凌小虹和一个男孩任宇的故事，写得非常投入，写了大约有将近十万字，写不下去了。多年之后我重看这篇小说，真是奇怪我当时怎么竟会有这样的耐心，写出这样密密麻麻、工工整整的蝇头小楷：出身于高级知识分子家庭的凌小虹与出身于干部家庭的任宇，有一种非常纯洁也非常特殊的感情。由于出身的不同，在那个特殊年代他们之间不可避免地发生误会。小虹的父亲被殴打致死后，她生活无着，被赶出自己的房子，到过去保姆住的地方蛰伏，却遭到保姆儿子王志义的性骚扰。性格刚烈的她在反抗中杀了王志义，只身潜逃。任宇寻找未果，痛彻心肺。后来任宇与几个好友一起凫渡红河，到越南参加抗美援越，遇到了一个酷似小虹的女子。写到这里，我不知如何往下写了，就停了笔。这杳子片叶纸，在交通大学院里的小伙伴中间传来传去。每个人见了我都会问：后来他们俩怎么样了？

　　多年之后《东方时空》总策划、我的好友杨东平把《雏鹰奋翮》作为"文革"中的地下作品写入了他的一本书里。

　　真正的写作其实是从大学时代开始的。

怪得很，也许因为那时是全民文学热，学经济的学生照样对文学爱得一塌糊涂，并且常不自觉地用一种文学品位与标准来衡量人。大学二年级，开了一门基础课叫做"汉语写作"，让大家每人写篇作文。我写的是杭州孤山放鹤亭，有关梅妻鹤子的故事，只有千余字，只是选了一个特殊的角度。（后来此文全文发表在《光明日报》上。）老师对我说："你为什么不写小说？你是个潜在的作家。"

事隔不久，汉语教研组杜黎均老师找到我，向我索要一篇小说。这位杜老师"文革"前曾做过《人民文学》的编辑。我拿了一篇四千字的习作给他，事后再不敢问起。谁知这篇习作后来竟登上了《北京文学》1981年第二期新人新作栏的头条，还配了很精美的插图。我惊喜之余又写了第二个短篇《请收下这束鲜花》，作为自然来稿投给我当时最喜爱的刊物《十月》。小说情节很简单，写一个情窦初开的小女孩爱上了一个青年医生，后来医生得了绝症，在弥留之际，小女孩冒着大雨赶去看他，那医生却早已不认识她了。完全写小女孩的内心秘密，无疑在当时的社会语境下是独特的。这篇小说后来获得了《十月》首届文学奖。记得发奖大会那天，《十月》当时的主编苏予特别向大家介绍了我——获奖作家中最年轻的一位，周围坐的都是当时的文学大家们，对我说了些鼓励的话，令我诚惶诚恐——从此，便穿上红舞鞋，再也脱不下来了。

80年代我的经历充满了戏剧性，其中之一便是与《收获》的相遇。1983年我写了生平第一个中篇《河两岸是生命之树》，那时，对外开放的大门刚刚开了一道缝，正因如此，门外的景色看起来如此新鲜。我被一种写作的激情啮咬住，它使我整天处于一种癫狂状态，我每天都和小说人物生活在一起，忘了我属于他们还是他们属于我，写到动情处，趴在桌上大哭一场，此小说应当是我情感最投入的一部，三十多年后的今天，依然有读者在问："这本书在哪里有卖？"

《河两岸是生命之树》是《圣经》中的一句话，全句为"河两岸均有生命之树，所产果实十有二种，月月结果，其叶可治万邦之疾"。——在一个伤痕、寻根的年代引用《圣经》的话，也算是比较特别了。

在宗璞的鼓励下，我把此小说作为自然来稿寄给了《收获》，竟然在一周之内就得到了请我去上海改稿的电报。最有趣的是当时的《收获》编辑郭卓老师手持《收获》为接头暗号在车站接我，上了编辑部的木楼梯她就边走边喊："接来了，是女的！"——后来她告诉我因为我的名字编辑部产生了歧义。后来就是李小林老师把我约到武康路她家里谈小说。当时小林老师对小说人物关系的分析深深打动了我——一个无名作者竟得到如此认真的对待，固执如我，也不能不彻底折服。那一天的大事是见到了巴金。当时巴老从一个房间慢慢走向另一个房间，我看着他和蔼的笑容，尽管内心充满崇仰，却说不出一句话来，甚至连一句通常的问候也说不出来——不知为什么那时我觉得凡心里的话表达出来就会变味儿——我的心理年龄始终缺乏一个成长期，人情事故方面基本是白纸一张。

此中篇发在了1983年第五期《收获》的头条，并选入了《收获》丛书，那是我出版的第一本书。

收到了很多读者来信。许多人为它一鞠感动之泪，许多人把自己的经历细细地告诉我，甚至是秘密和隐私。我相信巴尔扎克那句话了："只有出自内心的，才能真正进入内心。"

1985年发表《对一个精神病患者的调查》。那时常有些古怪的念头缠绕着我——我常常惊诧于人类的甲胄或曰保护色。人类把自己包裹得那么严，以致许许多多的人活了一生，并没有露出自己的本来面目。渐渐地，连本来面目也忘却了。甲胄与人合为一体，这不能不说是一种悲哀。在适者生存的前提下，任何物种都要学会保护自己，或曰：学会伪装和自欺。在某种意义上，人类为自己涂上的保护色有如鮟鱇鱼的花纹或杜鹃的腹语术。

人要做自身的真正主人谈何容易？！

然而，总有些人要反其道而行之，我笔下的女孩景焕便不愿认同那条既定的轨迹，她拼命想挣脱，她想获得常轨之外的尝试，挣脱的结果是落入冰河。——然而上天给了她补偿。就在她堕入了冰河的瞬间，她看见了弧光——那象征全部生命意义的美丽和辉煌。

人类的创造力产生于痛苦和偏差的刹那。那是另一种人生。

而大多数人则被一种无形的力量牢牢束缚着，周而复始地在一条既定的轨迹上兜圈子，很安全，但无趣，且无意义。

智利有位学者曾说："落后和不发达不仅仅是一堆能勾勒出社会经济图画的统计指数，也是一种心理状态。"这句话说得很深刻。

《对一个精神病患者的调查》改编成电影《弧光》，是我生平第一次与电影界合作。现在想起，在当时拍这样的电影，也是需要相当的勇气的。

打我很小的时候就有些奇思异想：走进水果店我会想起夏娃的苹果，想起那株挂满了苹果的智慧之树，想起首先吞吃禁果的是女人而不是男人；徜徉在月夜的海滩，我会想象有一个手持星形水晶的马头鱼尾怪兽正在大海里慢慢升起；走进博物馆，我会突然感到那所有的雕像都一下子变得透明，像蜡烛一样在一座空荡荡的石头房子里燃烧……"宇宙的竖琴弹出牛顿数字，无法理解的回旋星体把我们搞昏，由于我们欲望的想象的湖水，塞壬的歌声才使我们头晕"（[美]，威尔伯）。我想，早期支撑我创作的正是我对于缪斯的迷恋和这种神秘的的晕眩。

1987年写第一部长篇《海火》，过了两年才出版。二十年后再版，沈浩波说，这小说一点没过时啊。可是在当时，确实是被忽略的。

我写："历史，就是因照了太多人的面孔而发疯的一面镜子。"我写了当时的历史：改革开放的背景下年轻人的生活。一个美丽的女孩，同时却又妖冶、阴毒、险恶，一个不美的女孩，同时却又纯洁、善良、天真；然而，小说却违反了一贯的"中国式道德判定"。"恶"由于它的真实而具有一种魅力；而善良、天真等等这些字眼却显得苍白无力、令人怀疑。起码，这些字眼是无法独立生存的，也正因如此，美丽与不美的女孩正好构成了一个人的两种形态：外显与内隐，显性行为与潜在本性——所以，在小说最后的女主人公所做的梦中，两个女孩裸身在大海中相遇，不美的女孩问：你到底是谁？美丽的女孩回答：我是你的幻影，是从你心灵铁窗里越狱潜逃的囚徒。

20 世纪整个 90 年代我对写作的热情近于疯狂。一口气写了很多的小说。

譬如很多人说看不懂的《迷幻花园》：许多年前的一个中午，两个女孩在苏联专家设计的平房前聊天。一个女孩掏出三张纸牌问另一个女孩，从此她们的命运就被决定了。那三张不同颜色的纸牌分别代表生命、青春和灵魂。

这听起来似乎十分荒诞，但却有着一种令人心悸的真实。人生并非希腊神话里的两头蛇可以向任一方向前进，有取必有舍，重要的是：你到底要什么？

《银盾》《黑瀑》《蓝毗尼城》与《密钥的故事》都深藏着隐喻，在本文集《迷幻花园》卷中我有详细的讲述，有兴趣的朋友可以看看。

《末日的阳光》其实是个很重要的篇什，然而可能正如某个朋友所说，此篇应当二十年后再发表。它写了一个小女孩在"文革"初期，被一种猩红色的死亡气息裹挟的另类故事，它的亦真亦幻太生不逢时了，但它始终是我最心爱的小说之一。

写《双鱼星座》的时候，我内心的痛苦已经到了崩溃的边缘。在一篇创作谈里我写道："……父权制强加给女性的被动品格由女性自身得以发展，……除非将来有一天，创世纪的神话被彻底推翻，女性或许会完成父权制选择的某种颠覆。正如弗洛伦斯·南丁格尔胆大包天的预言：下一个基督也许将是一个女性。"

这篇创作谈当时被一些批评家认为是中国女性主义写作的一个宣言。《双鱼星座》获得了首届鲁迅文学奖。

《羽蛇》成为 90 年代末我的最后一部长篇。

写《羽蛇》这样一部小说的想法，从很早就开始了。——一个深爱母亲的孩子被母亲抛弃了，来自母亲的伤害毁了她的一生。——所有的孩子被母亲抛弃的结果，是伴随恐惧流浪终生。

但是我们终于懂得，每一个现代人都是终生的流浪者。现代人没有理想没有民族没有国籍，如同脱离了翅膀的羽毛，不是飞翔，而是飘零，因为它的命运，掌握在风的手中。我们懂得了这个道理，但是付出了比生命还要沉重的代价。

我们是不幸的：生长在一个修剪得同样高矮的苗圃里，无法成为独异的亭亭玉立的花朵；为了保证整齐划一，那些生得独异的花朵，都注定要被连根拔去，尽管那根茎上沾满了鲜血，令人心痛。有幸保留下来的，也早已被改良成了别样的品种，那高贵的色彩在被污染了的空气侵蚀下，注定变得平庸；

我们又是幸运的：在当今的世界上，还有哪一国的同龄人可以有我们这样丰富的经历？童年时我们没有快乐，少年时我们没有启蒙，青年时我们没有爱情，中年时我们没有精神，老年时我们没有归宿——另一个世界的宠儿们闻所未闻的什么大字报、批斗会、通辑令……都曾经走马灯似地从我们年轻的眼前飞驰而过，那真是神话般的叙事，那一切都是发生了的，尽管中华民族有着著名的健忘机制，但是那一切却深深地镌刻在那个女孩以及许多同代人的记忆之中。

于是，在世纪末的黄昏，我找出一张仿旧纸，在上面记下听到、看到和经历过的一切，立此存照。

死去了的，永不会复活。我们也不希望他复活，还魂之鬼永远是丑恶的。

但我们还是忘了，从所罗门的胆瓶里飞出来的魔鬼再也飞不回去了。我们把它禁锢了许多年，每禁锢一分钟，它的邪恶就会十倍百倍地增长。它的邪恶浸润在这片土地上。它毒化了这片土地。它充分展示了另一种血缘中的杀伤力与亲和力，那是土地与人的血缘关系。于是，在我们这个有了高速路、网络对话与电子游戏的时代，形而上的、精神的、灵魂的土壤却越来越贫瘠了。

而羽蛇象征着一种精神。一种支撑着人类从远古走向今天，却渐渐被遗忘了的精神。太阳神鸟与太阳神树构成远古羽蛇的意象。在古太平洋的文化传说中，羽蛇为人类取火，投身火中，粉身碎骨，化为星辰。羽蛇与太阳神鸟金乌、太阳神树若木，以及火神烛龙的关系，构成了她的一生。一生都在渴望母爱的羽丧失了其他两种可能性。那是融化在一起的真爱与真恨，自我相关自我复制的母与女，在末日审判中，是美丽而有毒的祭品。

所以我在题记中写：世界失去了它的灵魂，我失去了我的性。

我写《羽蛇》，是在极端崩溃的状态下进行的，我不是不会哭的孩子，只是我的哭声无人听见。

《羽蛇》飞出去了，她被位于纽约的西蒙舒斯特出版公司签了，预付八万美元，我的代理人说：你高兴一下吧，你的预付比张爱玲还高两万美元呢。

《羽蛇》和五卷本文集出版后，我一直想写一个完全不同的东西。后在一个类似"清宫秘闻"之类的小册子上，发现了德龄姐妹的一段轶事，上面写了她们曾经是现代舞蹈之母伊莎贝拉·邓肯甘愿不收学费的入室弟子。顿时兴趣大增。

读了整整一年史料，一百多本，资料来源主要三部分，一是北图；二是故宫的朋友帮助搜集；三是各个书店，特别是故宫、颐和园等地的书店。在读史料的过程中我发现，有很多历史人物历史场景的描写在历史教科书中是有问题的。譬如对光绪、隆裕、李莲英、对庚子年、对八国联军入侵始末、对慈禧太后当时的孤注一掷、对光绪在中日甲午战争中的勇敢表现和之后的奋发图强，对隆裕和李莲英的定位等等，都有很大出入。

历史背景是大清帝国如残阳夕照般无可挽回地没落，本身就是一个大悲剧，而在前台表演的历史人物包括慈禧、光绪、隆裕等都无一不是悲剧人物，在大悲剧的背景下的一种轻松有趣愉悦甚至带有某种喜剧色彩的故事，这种故事与背景之间的反差本身就具有巨大的张力。

这部小说一不留神很畅销，很多人说："这部小说有阅读快感。"

更多人对我失望，他们原本是希望我写《羽蛇》那种风格的小说。

但我写什么，不是任何人可以左右的。人的成长过程便是一个祛魅的过程。我写了《炼狱之花》，讥讽了黑恶势力，还拿了一个加拿大的奖。

是的我终于不再自我折磨，我真的长大了，变老了。

然后我写了《天鹅》，写了真爱。在这个几乎没有真爱的时代写真爱，无疑是痛苦和困难的。在新书首发式上，评论家施战军说：《天鹅》是当代非常需要的题材，但也是作家几乎无法驾驭的题材，深以为然。

　　其实对于这部小说的最大难点来说，并不在于音乐元素与"非典"场景的还原，而在于写拜金主义时代的爱情，实在是难乎其难，稍微一不留神，就会假，或者矫情。何况，我写的还是年龄、社会文化等背景相距甚大的一对男女。

　　《天鹅》说是写了七年，其实断断续续都不止。

　　之所以写了这么久，简单地说只有一个原因，那就是：写的是爱情小说，可写了半截不相信爱情了——我是个不会做伪之人，对于已经不相信的东西我不知道如何才能继续。

　　突然有一天，我重听圣-桑的《天鹅》，如同一个已经习惯于浊世之音的人猛然听见神界的声音——有一种获救的感觉。这时，来自身体内部一个微弱的声音突然响起："写作，不就是栖身于地狱却梦想着天国的一个行当吗？"难道不能在精神的炼狱中创造一个神界吗？不管它是否符合市场的需要，但它至少会符合人类精神的需要。

　　就这样，经历了四年的瓶颈几乎被废弃的稿子重新被赋予了活力。但是我沮丧地发现，除了极少的一部分文字外，大多数都需要重新来过——因为整部小说都涉及了音乐，还不是一般的涉及，是主脉络都与高深的古典音乐有关——故事的层层递进是伴随着一个手机里的几个乐句如何变成小品变成独奏曲变成赋格曲最后成为一部华彩歌剧来实现的。于是只好报班听课。——在2011年的炎夏，我永远穿着同一套灰色夏布袍子往返于课堂与家之间，与那些下了课还不断问问题的人们相反，每次刚刚下课我便神秘消失。以至于培训班结束时一个穿着时尚的女子告诉我，他们给我起了一个外号叫"小幽灵"。

　　我十分务实地想：我才不想去追究那么高深的古典音乐呢，小说里够使足矣。然而，写起来却远不如我想象的那么简单，为了怕露怯，我再度展开了自虐苦旅，沉迷其中，竟几度被我的男女主人公虐得潸然泪下。

《天鹅》尝试了一种"仿真"式的写法。我弃绝了惯用的华丽句式尽量让她素朴自然。恰恰 2000 年前后我有一次"走新疆"的经历，于是把故事的发生地设置在那里。为了完成小说，我又前后两次去新疆，成本巨大。本来我以为，这样的写作会比之前容易得多，但是进入叙事语境后才明白，原来难度如此之大，我又把自己逼向了绝境。

在《天鹅》扉页我写了，爱情是人类一息尚存的神性。很多人一生是没有爱过的，而且他根本不懂得什么是爱，甚至没有爱的能力，真爱不是所有人都有幸遇见的。正如一位哲学家所言，真爱能在一个人身上发生，至少要具备四条，一是玄心；二是洞见；三是妙赏；四是深情。只有同时具备这四种品质的人，才配享有真爱。

玄心指的是人不可有太多的得失心，有太多得失心的人无法深爱；洞见指的是在爱情中不要那些特别明晰的逻辑推理，爱需要一种直觉和睿智；妙赏指的是爱情那种绝妙之处不可言说，所谓妙不可言就是这个，凡是能用语言描述的就没有那种高妙的境界了；第四个就是深情，深情是最难的，因为古人说情深不寿，你得有那个情感能量才能去爱。深情被当代很多人抛弃了。几乎所有微博微信里的段子都在不断互相告诫：千万别上当啊，在爱情里谁动了真情谁就输了等等，这都是一种世俗意义上的算计，与真爱毫无关系。

我历来不愿重复，可是有关爱，不就是那么几种结局吗？难道就没有一种办法摆脱爱与死的老套吗？如果简单写一个爱情故事，那即使写出花儿来，又有什么意义呢？——这是我面临的又一个难题。终于我找到了一个不一样的思路：物质不灭，但是可以转换形态，所谓生死，堪破之后，无非就是形态物种之转换——所以我设计了一个情节——男主角的遗体始终没有找到。而在女主角按照男主角心愿完成歌剧后，在暮色苍茫之中来到他们相识的湖畔，看到他们相识之初的天鹅——于是她明白了自己该怎么办——她绝非赴死，而是走向了西域巫师所喻示的超越爱情的"大欢喜"——所谓大欢喜，首先是大自在，他们不过是由于爱的记忆转世再生而已，这比那些所谓爱与死的老套有趣多了。

我喜欢那种大灾难之下的人性美。无论是《冰海沉船》还是《泰坦尼克号》都曾令我泪奔。尤其当大限来时乐队还在沉着地拉着小提琴，绅士们让妇孺们先上船，恋人们把一叶方舟留给对方而自己葬身大海，那种高贵与美都让我心潮起伏无法自已。而这部小说最不一样的是关于生死与情感，是用了一种现代性来诠释了一部超越爱情的释爱之书。

2016 年 4 月我参加伦敦书展，是因为获得了 2015 年度英国笔会翻译文学奖。获奖小说叫做《水晶婚》（中文版曾经刊于《天南》），写一个平凡女子从结婚到离婚的十五年，折射出中国这十五年天翻地覆的变化。

按照西方批评家的分类，这部小说是绝对的女性主义写作。我写了我们所经历的两个时代：铁姑娘时代和小女人时代。

我们小时候听得最多的就是"妇女能顶半边天"，实际上是要在干体力活上做到男女平等，女孩要与男子干一样重的活，那是个崇尚"铁姑娘"的年代，我们这些当时尚在花季的女孩，哪个不是"谈美色变"？我曾经去过的北大荒，麦收季节，无论男女，都要扛着二百斤重的麦包上跳板——试想一个尚未发育成熟的十五六岁的女孩子扛着二百斤的重物，还要走独木桥式的三米长四十五度的跳板，然后把麦包卸进粮囤里，今天想起来是不是很可怕?！有很多女孩因此得了终身的疾病，也有很多女孩尽全力也无法完成，譬如我，被安排去背一百斤的"尿素"，这是很受照顾了，但即使这样，我也几乎被压得吐血。夏锄季节的口号更为荒唐：叫做"活着就要拼命干，死了埋在黑龙江畔"，人命是不值钱的，领导在动员大会上说，每人每天包一根垄，干不完，哭也得给我哭出来！要知道，黑龙江土地的"一根垄"，是整整十四里啊！那时我还只有十六岁，且患着严重的痢疾，中午老牛车送饭只能往人最集中的地方送，这就意味着我这个落后者永远吃不上中午饭，在那样可怕的劳动强度下生着病并且一口饭都吃不上，喝水都要把前面的水缸放倒，像小狗一样地钻进去，才能喝上一口已经见了底的满嘴泥沙的水。岂止如此，我们在特大涝灾中从齐膝深的水里捞麦子，在 11 月的寒冬从冰河里捞麻，即使来月经也绝不能请假，三十八个女孩睡在两张大通铺上，在零下五十二摄氏度的寒冬没有煤烧，为了活下去，我们去雪地里扒豆秸烧，喝尿盆里的剩水，——我至今吃惊自己是怎么活下来的，惟一的解释就是青春的力量吧？除此之外真的无法解释。

"铁姑娘"的时代终于过去了，但事情并没有因此变好，在今天，是一个地道的"小女人"时代，智商高不高无所谓，最重要的是要"情商"高，而中国式的情商指的是什么呢？就是指女人要懂得如何取悦男人，取悦上司。绝不能动真情，谁动真情谁就是输家。这类人不少，甚至有一批所谓精英女性都是如此。觉得自己很有生活智慧，譬如她们认为在情感中运用手段获取男性青睐，然后让自己在与男人的关系上掌握主控地位并从而获得更多的金钱财富是一件特牛的事。这种人被万千女生羡慕，被认为是高情商。

然而在我看来，这是一种严重的女性自我贬低和丧失尊严。甚至比铁姑娘时代更糟。

我笔下的女主人公杨天衣，无疑是个"低情商"的姑娘，她在这个金钱至上的社会，依然保留了自己完整的天性，这个在少年时代就深受中外爱情作品影响的女子，嫁给了一个与她的价值观截然相悖的人，但她并没有服从命运的安排，她的内心一直顽强地爱着她所爱的，她无法改变她的爱情观。他们的婚姻维持了十五年，十五年的婚姻叫做水晶婚。

20 世纪中期之后，在政治需要与纯文学越来越壁垒分明的时候，人的壁垒也越来越分明了。写《羽蛇》的时候我还年轻，因此内心的疼痛也就格外尖锐，这种疼痛带着我对自己祖国的爱、悲伤与无力回天的痛心，也有着我个人的令人承受锥心之痛的情感。而《水晶婚》，是一个朴实的记录，无泪之痛，甚至比有泪的痛更加深邃，更加难以治愈。

本套文集中最新的一部小说，是发表在《作家》2019年第一期的《无调性英雄传说》。这部小说的电子版，我给一些朋友看过，他们的第一反应都是吓了一跳——原来小说还可以这样写?！之所以这样写，是因为近年不断地往返于中国和加拿大之间，与各个领域的朋友不断交流，深感时代已经进入了一个算法的时代，AI和量子纠缠已经进入了我们这个时代，无法回避，而文学也应当像上一次物理学引起的革命那样，有所反应。我的副标题是:《关于希腊男神与科学神兽的故事，以及对荷马史诗的改写》——我的朋友说，这部小说的形式不敢说是绝后，起码是空前的，至今为止，没有人这样写小说。

我深知我的创新是危险的。象征主义画家雷东曾经说过这样一段话:"艺术家是一场灾难。在现实世界里他别想期待任何东西。他赤裸地来到这世上，没有母亲为他准备褓襁。不论年纪大小，只要他敢向公众展示出他那独特的艺术之花，他就会立刻遭到所有人的唾弃。所以，要做个艺术家，你就得准备好甘于寂寞，有时甚至是与世隔绝。"

我以为，所有真正的作家、艺术家都逃不掉这个诅咒。

但是没什么了不起的。历史就是一个怪圈，一切都可以触底反弹。何况，在量子缠绕的今天，就更不必惧怕那些长袖善舞的投机者、娱乐致死的堕落者以及暗流涌动的黑恶势力，要知道，他们以出卖灵魂换取的利益、在八面玲珑中编造的春风化雨不过是一堆垃圾，他们貌似成为赢家的人生，在历史的长河中不过个零，甚至负数。

选择什么样的写作，是我的血液决定的，一切都无法改变，直到蜡炬成灰，我也别无选择。

我写作，因为我对世界有话要说。

目 录

四　万里撷珍

一　艺苑魅影

灵魂出窍之瞬间

2017 年 4 月 23 日，世界读书日的这一天，"盛世收藏"——全国首届名家书画邀请展将开幕，二百余位书画家被选入，我有幸是其中之一。我被选中的一幅画是《埃及艳后》。

打我很小的时候就有好多怪想法：走进水果店我会想起夏娃的苹果，想起那株挂满了苹果的智慧之树，想起首先吞吃禁果的是女人而不是男人；徜徉在月夜的海滩，我会想象有一个手持星形水晶的马头鱼尾怪兽正在大海里慢慢升起；走进博物馆，我会突然感到那所有的雕像都一下子变得透明，像蜡烛一样在一座空荡荡的石头房子里燃烧……"宇宙的竖琴弹出牛顿数字，无法理解的回旋星体把我们搞昏，由于我们欲望的想象的湖水，塞壬的歌声才使我们头晕。"（美，威尔伯）我想，早期支撑我创作的正是这种神秘的晕眩，或曰：灵魂出窍。

画画，其实是一种"灵魂出窍"的尝试。

大约两三岁的时候，会用"石笔"在洋灰地上画娃娃头。和两个姐姐一起。三个女孩比赛似的，画得洋灰地满地都是。再大些，五岁了，就照着当时的月份牌画了一个《鹦鹉姑娘》。用铅笔画的，然后用彩色铅笔上色。上世纪 60 年代出的那些月份牌，凡画着女人头像的，似乎与 30 年代上海滩的没什么不同。也是一律的柳叶眉、丹凤眼、檀口含丹、香腮带赤，像是初学工笔的人画的画，连衣褶都是一样的。月份牌上画的是个古装仕女，拿一把宫扇，巧笑倩兮，美目盼兮，最别致的是旁边一个架子上踏着一只鹦鹉，毛色斑斓得很，好些年后我才知道，那是鹦鹉中的名贵品种，叫作琉璃金刚鹦鹉。

这幅画得到广泛赞扬，于是画了整整一本古装仕女，后来被老家的爷爷拿走。特别喜欢画那些古代美女身上的珠宝饰物，画起来不厌其烦，把一粒粒的小珠子都画得精致。有一次还画了一个阿拉伯美女，画的时候我就想，要是将来我也有这样美丽的衣裳穿就好了。然而在我整个的青少年时代，那简直就是做梦！从东北回来之后我开始画各种名作的插图，都是靠想象画的。譬如《安娜·卡列尼娜》中安娜看渥伦斯基赛马时，白衣白花，雍容美丽；而当她卧轨时，用的是青灰色调，用了一般绘画从没用过的角度：让卧在铁轨上的安娜在画面正中，睁着一双惊恐的大眼睛，头颈向上挣扎着，因为挣扎面部有些变形，一列火车正对着她开过来，浓烟向后散去，因为透视的角度，好像火车马上就要从她的身上碾过……又如《前夜》中的英沙罗夫和爱伦娜，我画他们骑在一匹骏马上，在暗夜中飞奔；再如《战争与和平》中的安德烈和娜塔莎，《巴黎圣母院》中的艾斯美拉达，《被侮辱与被损害的》中的小姑娘尼丽，等等，画的基本都是油画，可惜两次搬家，没有保存下来。还在蛋壳上、瓷砖上、葫芦上画了一批工艺画，大多送了人，自己只留下一点点。十三岁正式拜师学画，老师是中央美院教授、国画系主任姚治华，就是前些年在春晚献出《百鸟朝凤》的那位老先生。

印象最深的，是一次因画画引起的长辈对我的雷霆之怒。那是我十七岁那年，从东北回京探亲，因想"走后门儿"当兵，住在当"解放军大官儿"的伯父家里。闲暇无事，便画了一系列"封资修"的画儿，一日不巧被伯母发现，俨然如发现"阶级斗争新动向"似的把我伯父叫来，先还是和风细语地批评，后来，当他们发现我画的一幅《阿波罗死了》的时候，真正地震怒了！现在想想也确实很让长辈们愤怒——当时还是红太阳高照的时期，一个小丫头片子，竟敢画一幅太阳神阿波罗死了的画儿，岂非绝对地大逆不道？！

其实我的本心倒远没有那么复杂，只是因看了希腊神话故事，凭想象画了一幅月亮女神狄安娜站在羊群组成的云端上，双手捧着阿波罗的头颅，而高悬在天空的太阳，则镂空出那个头颅而已，自认为是幅很有趣的画儿呢。那天的批判持续很久，由于我的不知悔改，"走后门儿当兵"的想法也泡汤了。

大人们大概永远不会了解孩子们的内心世界。他们绝不会想到一个看起来乖乖听话的小女孩儿内心有多么顽强。我的画儿在一条崇洋奉古的道路上执着地走下去。只有一次，违背了我的本心，画了一次工农兵——那时我已经在北京西郊粮库的机电车间当车工了，每年粮食局二商局都要派出代表参加全国美展，我便乐得歇了工——组织上待我不薄，专门拨了一层小楼给我，为的是在全国美展中拿个奖。记得我当时的画作叫《决战前夜》，画的是一个女孩在麦收大会战前夜在磨刀石上磨镰刀，创意被赞扬，女孩却画得娇花照水弱柳扶风，半点铁姑娘的样子也没有。后来在姚先生的百般帮助之下，才画出了女孩面部的坚毅与腿部肌肉的发达，还有镰刀雪亮的质感。但是这一切比起其他单位选送的更加坚毅更加三突出高大全的形象，简直弱爆了。于是获奖无望。

大学时代最值得一提的，无疑是我参加校内画展的那幅《精卫填海》。启发来自顾炎武《咏精卫》：万事有不平，尔何空自苦？长将一寸身，衔木到终古。我欲平东海，身沉心不改，大海无平期，我心无绝时。——此诗道尽了我当时的内心世界。我画笔下的精卫，上身赤裸，手持一钵石子，下身化作巨大美丽的鸟羽，空灵飞扬，画面下方是滔滔海浪，左上端是顾诗及几方闲章，此画一出，友邦惊诧。顿时形象尽毁——原来看起来书卷气那么浓的女生，竟然内心如此狂野。

上世纪80年代末我心情郁闷对爬格子深恶痛绝。百无聊赖之际，无意间用削铅笔的足刀将一张废黑纸刻成一个黑女人，衬在白纸上，竟颇有一种韵味。于是便收集了一批黑纸，用锋利的足刀精雕细琢起来。开始时还打个小稿，试图藏上一点什么机关、什么寓意，后来索性抛却意念，随心所欲，心境空明地进入"准气功状态"。又有古典音乐相伴，刀尖上便悠悠产生了一种神秘的节奏与韵律。黑的沉重神秘与白的灵动幽雅构成了一个崭新的宇宙，而我在这个宇宙中得到了暂时的休憩。这种创作再次让我灵魂出窍。展览出人意料地盛况空前：许多专业人士前来观展并作出高度评价，特别令我感动的是：艾青老坐着轮椅来观展，并说了很多鼓励的话。后来，我的刻纸成为《半边天》的首播节目……

物换星移，我开始转换画法，用各种画材做实验，从来没有想过时代的要求，更没有受过利益的诱拐——如同我的写作。也正因如此，自2013年始，我彻底告别了传统的画材，用一种成本很高的新画材，画了一系列含有象征与隐喻的画，这样的画，与文学更接近，确切地说，与我的小说文字更加接近，有着诡谲神秘的意味。

《埃及艳后》是偶然诞生的，我原意想画一个金色木乃伊，但是落到画布上，钴蓝与钴黄两种颜色的交融突然产生了一种迷人的色彩，而绛红色又成为与之反差强烈的底色，于是美丽的头饰便产生了。她的具有异域色彩的脸颊、微微下垂的长睫毛、如木乃伊一般僵化的手臂与青灰色的指甲与长发，都意喻着她便是中毒之后的《埃及艳后》，绝美而有毒——真的没想到这幅画能够入选。

马克思曾经说过这样的话："每一滴露水，在太阳光的照耀下都闪耀着无穷无尽的光彩，为什么精神的太阳，无论它照耀多少个体，无论它照耀什么事物，都只允许产生一种官方的色彩？！"——让我们在这个缺乏原创力的时代大胆创新吧！——因为凡好的艺术，无论风格如何，均如汉代王充所说："美色不同面，皆佳于目；悲音不共声，皆快于耳。"

沉湎于世俗生活中的人何妨来一次灵魂出窍，灵魂出窍的瞬间，真正的创造力便出现了。

迷幻之美你无法抵挡

我的痼疾是失眠。自小便睡不好觉，即便睡了，也常常做些怪梦。

当然会想各种办法，服用各种药物助眠。

有一天，收到南美的一位朋友寄来的一种助眠药。英文说明是纯植物的。病急乱投医，我自然吃了。吃罢之后，做了一系列怪梦：

怪梦1：

梦见华丽不可方物的场面：月神降临在月圆之夜的海洋之上，曼陀罗花盛开在海面上——人们把自己融入迷幻的海水中，这时有热气蒸腾出来，就像所罗门的《雅歌》中告诉书拉密的那样："你园里新结出的嫩芽似天堂乐园，结了石榴佳美的果实，番红花发出的香气，你无法抵挡。"在沸腾的海水中人们紧紧拥抱，身体如花朵一般绽放，毛孔发出热气腾腾的呼喊，在极乐的瞬间，他们化成了海水，如同水一样柔软，可以随意弯曲，并且在月神的抚摸下，变得通体透明，放射出可怕的光芒，照亮了黑夜。

怪梦2：

被橡树根纠缠的房子上面坐着一个流浪者，远处有人在弹钢琴，一个长着卷发的女孩被奇怪地贴了胡须，拿着一只黏土长颈瓶，里面不知是酒还是蒸馏水。钢琴上摆着的玫瑰苍白中带点紫色。有一大群人四仰八叉地躺在周围，还有一口大锅，咕嘟嘟地煮着药水，我上去就喝了一口，药水的香气立即浸透了我的全身，我觉得自己昏迷了很久很久才醒过来，全身的力气都失掉了。

怪梦3：

一个美丽的女子，她的嘴被一只鱼钩吊着，整个身子都悬空了，尽管那鱼钩是金的，鱼嘴上涂了口红，可残酷的现实是，她依然是钓饵上一条可怜的挣扎的活鱼。后来她终于被甩出来，她想抓住什么东西，只有窗帘是她抓得住的，可是她好像抓住了满手芒刺，痛得号叫起来。奇怪的是，对她的痛苦，我完全无动于衷。

我打开电视，发现她进入了电视屏幕——

怪梦4：

有一个人对着我唱歌。看不清她的脸（应当是女的，因为长发），她的歌声有一种魔力，可以穿透云朵，穿过所有华丽和残破的墙，砸在那些茂盛和枯萎的树上，那些树纷纷倒下，一片狼藉，孔雀石的山峦在向她深深鞠躬致敬，在悬崖的碎石下，群鸟投入海湾半透明的水中，海獭在摩里岛海峡的浪中打滚，不时露出鳍状的手，像是在向她欢呼，水汽弥漫的谷底托起珊瑚的艳红。她唱啊唱啊，天空慢慢暗淡，当最后一缕光线从天幕上消失，她变成了惟一的发光体。我从梦中醒来，发现自己的嘴在动着。

怪梦5：

我梦见自己来到一个陌生的地方：微风吹皱了彩虹映照的水面，白雪在山上的阳光里闪耀（后来我真的来到了这么一个地方，它叫温哥华）。有一个小贩在叫卖雪梨汁，我买了一小瓶，但是没喝。这时一个女孩要和我打网球，我其实不会，但是在梦里就那么打起来了。网球在天空中飞得很慢很慢，如同电影里的慢镜头。

怪梦6：

我买了一张音乐会的票，音乐厅被挤在这个城市的一隅，周围全是施工工地，我的耳朵要从嘈杂的施工声中辨别出莫扎特的音乐。我看到舞台上闪亮着一列金绳装饰的高领子，在假发发粉的包装中，假扮的音乐神童跑出来亮相。我的身旁坐着一个胖子老外，大声叫好的时候，说的好像是西班牙语。

怪梦7：

身体突然会飞起来，就像一张撕下来的黄历，越飞越薄，变成一抹淡去的月光，被风刮来刮去。在梦里，我忽然觉得风是我的前世仇人，它总是使劲拧我的衣领，我觉得自己随时有被勒死的危险。我终于觉得，一个人在最无助的时候才是真实的自己。我悬在空中，被风虐待，连自己也不知道会停在哪里，但是我并不伤感。我已经不像以前那么容易伤感了。我突然发现了对付周围世界的秘密——把内心掏空，只留下影子，把目光弯曲起来，像只小猫那样蜷缩蠕动，找个避难的巢穴，藏起不会说谎不会弯曲的舌头，然后厚着脸皮去面对一盘甜食，做一个饕餮者。

——从此我进入了一个昏睡状态，不断地做各种奇怪的梦：偶尔我会变得很轻，挂在一家衣服店里，没有重量，像一件长袖丝衫在风中彷徨。我的手在虚空里徒劳地挥舞着，地上好像有淡淡的影子。有一些小孩子隔着玻璃看我，好像要对我说什么，那些小孩的嘴唇就贴在玻璃上，是绿的。可是我觉得自己非常非常累了，什么也不想说。后来，小孩子们不见了，玻璃上出现了一大片美丽的海水，绿色。浮动着，浮动着……渐渐地把我淹没了……

那药的名字好像叫作"Super-Sleep"……有密密麻麻的小字，里面有一段好像是说，此药成分中含有某种致幻性植物。

致幻性植物！

这一下子激起了我的好奇心！我开始查找有关致幻性植物的一切——原来，我们熟悉的很多花朵都有致幻性！譬如玫瑰，特别是我们情人节盛行送的蓝色妖姬；还有金魔术、蓝蝴蝶、雪球花、紫罗兰、豌豆花、忍冬花、柠檬油、风信子、鸢尾花、丁香花、金雀花、石楠花、铁线莲……当然，我书中女性的名字：曼陀罗、海百合、白罂粟、番石榴、桃金娘……更是有名的致幻性花朵。

而"花语"，便是这些花朵特殊的含义。最早起源于古希腊，在希腊神话里记载过爱神出生时创造了玫瑰的故事，于是玫瑰从那个时代起就成为爱情的代名词。花语真正盛行其实是在法国皇室时期，当时贵族们收集了民间的花语信息，然后让那些含有特殊花语的花朵在他们的后花园里生长。19世纪的社会风气还不是十分开放，在大庭广众下表达爱意是难事儿，所以恋人们赠送的花就成了爱的信使。

鸢尾花是恋爱的使者，欧洲人认为它象征光明和自由，古埃及人觉得鸢尾花是力量与雄辩的象征，不同颜色的鸢尾花有不同的花语：白色代表纯真，黄色表示友谊永固，蓝色是破碎的激情，紫色代表爱与吉祥，深宝蓝色的德国鸢尾代表神圣……而金玫瑰代表真心，虞美人代表安慰，雪球花代表青春美丽，至于传说中的彼岸花，也就是曼珠沙华，它代表的是分离与死亡。

所有的花有一个共同特点，都有花香——不见得是令人心旷神怡的香，也有可能是刺鼻的、难闻的、怪异的、邪媚的、难以归类的……

于是一个关于花朵与迷香的童话在我心里慢慢酝酿着。2012年，我写了长篇《炼狱之花》，2014年，我到温哥华领奖，有个会说中文的老外对我说，你这个故事太有趣了，你会画画，为什么不把它画出来？

于是我顿时野心膨胀，决定做一个绘本。自 2016 年初至 2017 年的 5 月，写了一个童话，原创了七十幅画，出版社竟然做了一年之久（应当是很难做吧？）。现在，这个独一无二的绘本，终于要问世了。有朋友说，我的小说永远有意象，问，这部带有暗黑色彩的童话的意象是什么？我说：是形而下的花，和形而上的香。

至于那瓶诡异的来自神秘南美的助眠药，我终究还是没敢吃完。

英伦十二日

2016 年 4 月 9 日　周六

闹钟上到 7 点，6 点半就醒了。最后收拾了一下，9 点去机场，11 点半登机。

英航的机餐好极了：一大块烘焙三文鱼，微辣的酱，奶油甜点，粗粮饼干，还有红酒和冰淇淋，服务甚佳。总之，比加航的头等舱都好，下次有可能还坐英航。

十一个小时到伦敦。T 先生来接我。奇怪的是英国网络覆盖与很多国家不同，一般是你只要开通漫游，舍得花钱便畅通无阻；而英国，即使你用的是苹果 6S，打开 4G，照样杳无音讯。

还好顺利与 T 先生会面。T 先生是英国巴来斯蒂亚出版社的社长。早年他攻读天体物理，是物理学博士，果然与文科出身的人的作风大相径庭。他安排的酒店是 Novotel，一家连锁酒店，与 Bestwestern 档次差不多。此时已是北京时间凌晨 2 点，伦敦的风非常凉，寒冷困顿。T 先生问我想吃什么，我说只想喝一点点热汤。侍者十分热情，说按我们的要求来做，果然是两盘热腾腾的土豆泥汤，漂浮着几粒炸面包丁。外面寒风呼啸，很多人还穿着羽绒服。室内却很暖，我穿着薄毛衣，T 先生却只穿一件蓝色衬衫。他告诉我，我的翻译 Nicky 已经在等着我，明天下午请我吃下午茶。关于如何宣传书的事他只字未提，谢天谢地。

2016 年 4 月 10 日　周日

早上睡到当地时间 9 点多。昨夜醒了两次，吃了很厉害的药才睡着。我的失眠症愈演愈烈，真不知怎么办。

酒店的早餐还算丰盛。英国人果然比美国人细致多了。要问房间号，还要查住房记录，当然，态度十分绅士。

T 先生 12 点来接，去大英博物馆。坐地铁，英国的地铁是用颜色来区分线路的，紫色灰色红色褐色蓝色。与我居住的 Wembley Park 连接最紧的是灰色线 Jubilee Line。英式地铁内外都很干净，乘客井然有序。每个坐着的人手中都拿着一本书或者一份报纸阅读。细细观察一下，没有一个拿手机的。哦，只有一个——我。而我看手机也纯属假模假式的习惯性动作，因为我只能看到已经打开的微信，地铁上没有信号。但是英国地铁显然比美国地铁有序得多。美国纽约地铁脏、乱、有涂鸦，从不报站名。而英国地铁有一条永远发亮的小屏幕不断闪过 "next（下一站）" 的站名，让人头脑清晰。

说实话，大英博物馆并没有给我多大惊喜，总体格局比起大都会博物馆来还是差了一些。埃及的墓葬与神像比较多，因为去过埃及，所以也并无惊艳之感。倒是有一尊塑像引起了我极大的兴趣。青铜色，但非青铜，表面枯涩多棱，似被石材包浆，而整个的造型，像是连在一起的两个 W，一条弯曲的蛇，两边昂起的蛇头，血红的眼珠，愤怒紧张的姿态，玛雅文化的气质——天哪！这不是羽蛇吗？！我立即把 T 先生叫过来，经他辨认英文说明：果然是羽蛇！是远古时期亚洲太平洋地区最高的阴性神灵羽蛇！这大约是我参观大英博物馆最大的收获了！——可是，为什么这个羽蛇形象竟是双头蛇呢？难道她同时也是希腊神话中的双头蛇，可以向任一方向前进？

中午，我请 T 先生吃饭，西方人午餐简单，晚餐隆重。几个吃饭的地方我让他选，他只点了英国最日常的煎鱼配炸薯条，搭了一款番茄汤。英国饭真够简单也真够难吃的，后来我才知道，他们翻来覆去就那几样，简直乏善可陈。所以中国人来此，无一不是"胃比心爱国"。

但话说回来，一个不注重吃的民族，却是真心诚意地拥抱着精神世界：他们无比热爱阅读，无比尊重书与写书的人，从他们的行为方式与眼神交流中，能清楚地看到另一种思维方式与价值观。

下午 5 点，去 Nicky 在伦敦的家，非常漂亮的房子，有一点黑色的哥特风。Nicky 准备了丰富的果品和茶。年轻的女作家颜歌也在这儿，她嫁给了一个爱尔兰人，她笑说她好久没和讲汉语的人交流，快得抑郁症了——爱尔兰那里比伦敦还冷。寒冷、黑暗，真是抑郁的根源。想起访北欧五国时的道听途说——三季寒冷，一季白夜，难怪抑郁症人那么多，最近的微信群中传出世界最宜居城市，北欧俨然排在最前列，显然微信的制造者还并不真正了解北欧。

晚上，我和 T 先生到中国城吃饭。我的眼睛瞟向那些海参鲍鱼，手却指向最便宜的滑牛汤面。滑牛汤面做得也并不好吃，但起码是热乎乎的，能抵御一下外面肆虐的狂风。

2016 年 4 月 11 日　周一

National Gallery（伦敦国家美术馆），是我流连忘返的殿堂级美术馆！

万万没想到，那么多我热爱的画家真迹竟藏匿于此！T 先生看了一会儿就走了——书展明天开幕，他要布展。而我早已养成独自观展的习惯。独自观展，体悟会更多。从中世纪到现当代，画作极其丰富。最有趣的是我用自己衰退的视觉记忆和脑洞中所剩无几的英文单词辨别出我心仪的画家时，其内心简直不是激动竟是狂喜了！譬如透纳，譬如康斯太勃尔，譬如委拉斯开兹，最费思量的是一幅似曾相识的名画，放在修拉（点彩派代表画家）旁边，拼那个英文名字，却怎么也想不起他是谁。Camille Pissarro 是谁呢？我转了一圈又回到画作前，突然灵光一闪——毕沙罗！绝对是毕沙罗！哈哈，就是那位被骄傲的高更称为老师、点彩派的鼻祖毕沙罗！

出乎意料地，还看到了伊丽莎白·勒布伦夫人的自画像。勒布伦是我在国家开放大学讲西方美术史时选入的女画家，她的那一讲叫作《美丽与哀愁》，这位货真价实的美女的一生就是一部悬念迭出、步步心惊的大片！——她是真的美，是那种丰若有肌，柔弱无骨，"唇不点而含丹，眉不画而横翠"的天然女性美，近看她的画作，竟然连眼窝处的淡青色毛细血管也是如此清晰！

心情愉快地在美术馆的小餐厅用了午餐，三文鱼三明治和一杯橙汁，三文鱼很多，里面还夹了番茄和绿叶青菜。

心情愉快便一切都好。

2016 年 4 月 12 日　周二

今天书展开幕，但 T 先生大发慈悲，允许 XL 上午陪我去看白金汉宫的每日皇家卫队操练。对此我怀有强烈长久的好奇心。早在小时候五六岁没上学时，便在电影《三剑客》中听到了白金汉宫这个名称，一直觉得神圣不可侵犯。如今终于近在眼前，觉得与其他欧洲国家的皇宫差不多，没什么特别出彩的。不一样的便是皇家卫队的每日晨练。他们是分批出来的，第一批是戴白色高帽的，红衣白裤，高头大马。第二批每人一顶高高的黑色栽绒帽，身着红色戎装，黑色长裤，这一批人数最多，随着音乐的节奏踏步前行。第三批是乐手，吹着长号出来，更有一种庄严中略带谐谑的欢乐色彩。观者如山。警察一直在维持秩序。警察表情庄重而温和，其帅其酷可以做好莱坞一线明星。最令人印象深刻的是那些身材高大的女骑警，每当换场的时候，她们就会在场地中转来转去，威风凛凛。

伦敦的中国人非常少，因此我们似乎特别醒目，还有人专门过来问："Where are you from？"

XL 拿着她的高档相机转来转去，不时拍上一张，她是 T 先生的雇员，"80 后"。涂了粉底和深黑色的眼线，眼角处如戏装般用黑眼线挑起来。平时沉默寡言无表情，但笑点很低，一旦笑了，脸便生动起来。她会很用力地笑，因为弱，好像是陡然间用了全身的力气。她说，她好像很久没这么笑过了，几乎我每说一句话她都会笑，北京人谁不会说几句俏皮话？可这位新加坡出生的姑娘好像是头一回听。她的性子好慢啊，就连极慢性极耐心的 T 先生也抱怨说 XL 的慢性子让他受不了。有点像《疯狂动物城》中的树懒，虽慢得可怕让人急得吐血，却也依然善良可爱。

XL 是昨晚赶来的。她说，她的房间号是 824，我记在了手机备忘录中。晚饭时我电话她，想约她一起吃饭，电话里却是奇怪的声音。我决定去找她。八层空无一人，暮色笼罩中，我听着自己空茫的脚步声，发现 824 根本不存在。823 之后就是 829，再没有中间的数字了。想不明白为什么连一先令都算得很精的伦敦人却放弃了这一串数字。长长的走廊里映着我的影子，恐惧袭来，突然觉得这一切十分吊诡，似乎走入了一部悬疑惊悚的影片之中。

　　下了楼，暗淡的灯光中嵌着 XL 疲弱的影子，她在餐厅喝一杯柠檬水。"我说的是 823 呀徐老师。"她如往常那般用力笑着，我迷惑了。

　　当晚回到房间，看到手机备忘录中一条：XL 住 824。

　　是她说错了？还是我有了老年痴呆前兆？不得而知。

2016 年 4 月 13 日　周三

　　今天换了两次地铁，来到书展。

　　最关心的当然是中国出版集团的展位——最上方是"感知中国"，白底红字，下面赫然挂着汤显祖和莎士比亚两位先贤的巨幅画像。东西方两位戏剧大咖的头像一摆，颇显得高大上。昨日开幕式，中国出版集团曾经召开规模很大的发布会，可惜我未能躬逢其盛，惜哉！

　　下午 4 时 45 分是我新版英文书的发布会，有我一个演讲。T 先生和 Nicky 都说，因为下午 5 点钟有个大活动，希望我能够用演讲把读者抓住。因为 T 先生行动太晚，书展的英方活动已经排满，所以能争取到一个 Conference（发布会）已经很不容易了。

　　临时找到一位年轻的女翻译米雪儿，非常不错。我大致讲了下自己的写作。回忆了一下 1996 年第一次到海外讲女性文学，正好是二十年！那一次是美国杨百翰大学邀请，紧接着邻居科罗拉多大学邀请，然后是宾夕法尼亚州立大学、马里兰大学，我讲的题目是《中国女性文学的呼喊与细语》。科大是葛浩文发的邀请。在与老葛的谈话中，发现东西方文学真的存在一条深深的鸿沟！而填补这条鸿沟的只有翻译，我讲到我去世的老翻译 John 和这次翻译我英文版的 Nicky。最后引用了获诺奖的英国作家威廉·戈尔丁的一段话："'无论你给一个女人什么，你都会得到她更多的回报。你给她一个精子，她给你一个孩子；你给她一个房子，她给你一个家；你给她一堆食材，她给你一顿美餐；你给她一个微笑，她给你整个的心！'——如果是这样，希望你们给我信任，你们会发现我的书给予读者的是十二万分的诚意！"

可能是最后这段话给了点力，所有在座的都留下来了。读者们纷纷购书，有两位印度读者让我印象深刻，他们的打扮像是印度的瑜伽行者，其中一位对我说，喜欢我的声音，像唱歌一样；另一位说，我说话像念诗，尽管不懂汉语，但似乎能听得懂我的意思。这当然令我开心，谁不喜欢赞扬？他俩说了又说，万分真诚，以至于耽误了不少签名的时间。等他们走了好久，T 先生和 Nicky 才反应过来："为什么不和他们谈谈印度语的版权呢?!"

但在此时，版权的事已在我脑中弱化，甚至连自己的书也顾不上了。——因为我忽然发现了一个展位，犹如在一片海洋中突然发现了一座美丽的岛屿，一个叫作 Art gifts press 的展位展出的书，简直就是我眼中的视觉盛宴，只能在神界中才能看到的绚烂华美，蓦然出现于凡间，其震撼程度之大，简直非语言可以形容。我痴迷其中无法自拔。良久，态度决绝地对那个站在柜台前的女孩说，我要买这几本画册。那个女孩生得十分美丽，与那些华丽的书十分谐调。大眼睛和自然卷曲的长睫毛，脸色有些苍白，一脸倦容，又披着朴素的紫色头巾，看上去像个伊斯兰女孩，一问，却是道地的英国人。她用疲惫的微笑面对我的热情："明天才可以卖。"她说。

我继续翻阅恋恋不舍。总觉得周围有双眼睛藏在隐秘处，终于一个声音很近地响起："嗨，你好。"

怔了半晌，不是认不出，是惊奇。情境立即闪回到 2011 年中国作家团赴澳参加论坛。每位作家要朗诵一段自己的小说，译文打在屏幕上，我朗诵完《羽蛇》的一小节回到座位上时，有一位长发、身着疑似鹿皮装的先生在一旁把手伸过来："认识一下吧，我叫 Jason。"

是比较地道的普通话，在澳大利亚那样的地方，实属难得。暗淡的灯光下，我判断不出他那身松垮服装是麂皮拼接还是丐帮服，但是对于长发披肩的中老年男子，或许是多年来的误读吧，我历来不想多言。

他倒是滔滔不绝，讲了什么我都忘了，但是在2013年澳方回访时再次见到他，却是一个颇不愉快的回忆。当时正巧是库切主持的第一场，由我与澳方作家卡斯特罗先生对话。对谈下来在休息室里，澳方的周思正向库切介绍我，忽然之间Jason插了进来，对周围的人说："我觉得她的脸很有特点"，说这话的同时竟然毫不经意地点了一下我的腮帮子！——除了疯子之外我不知道还有什么人能做出这样无礼的动作！我又惊又怒，运用半日内功才没发作。幸好他动作飞快，没有太多人注意到这个细节，但我仍怒火难耐，与库切客气了几句就走了，再没露面，此次伦敦书展上遇见，十分意外。

他说，想和我谈谈我的作品，我说，不好意思，我还想转转其他的展位。

晚上T先生请客，吃的波斯饭，我要的烤羊肉和黄米饭，他们要的烤鸡肉和面条。回宾馆后，没来得及洗一头栽到床上就睡着了。天呐，这可是十年来第一次没有吃药的睡眠，有里程碑式的意义！

2016年4月14日　周四

今天当然还要去书展，即使仅仅为了那几本美丽的画册也得去！

刚到展会，Nicky便过来把我领走了，说是一位L先生请吃午餐——所谓午餐，原来就是三明治加饮料。看他们吃得津津有味，我却觉得难以下咽，只好与身边的Helen说话——她正是曹文轩《青铜葵花》的翻译。Helen的中文发音非常标准，人也生得可爱可亲。她的翻译，被公认为会为原作添彩。

我和Helen聊得投机，早已忘了T先生的嘱咐（让L了解我的写作情况），直到下午3点，Nicky要回她郊外的家，聊天才结束。

我火速奔向那个神话般的展位，还好，那个美丽而疲惫的女孩还在，她微笑着指了指她身边的一摞画册——哦，原来她竟已把我喜欢的几本画册都记下来了！大喜，赞颂了一遍她的美貌，掏出准备好的英镑拍给了她，旁边那个大概是她的老板，四周的英国人似乎对我的付款方式瞠目结舌，他们是几个先令也要精心算计的。买东西时的迟疑，完全可与《疯狂动物城》中的树懒媲美！而貌似大款的我，其实是倾囊而出。有些深爱之物，若遇见，是不必犹豫的。

且那些价位每册二十英镑的画册如换算成人民币需要几何级数的增长，因此，非常值。特别是其中一个日记本——简直就是美神的馈赠：每一页都有奇妙的画，女人的装束颇似西亚北非女子，色彩极为丰饶艳丽，大红大绿配在一起，饰以金银箔，不但不难看，反而有一种极度的奢靡与华丽，这简直就是我正在绘制的全彩绘本的理想模版！

2016 年 4 月 15 日　周五

书展结束，与 T 先生一起去了 Nicky 介绍的那个文化中心：Southbank Centre（南岸中心）。全天都在下雨，伦敦的天气真是糟透了，T 先生一直很绅士地为我撑着伞。很可惜，美术馆关门装修，艺术活动中心有一个年轻人在演奏吉他，台下观众不少。

冒雨去看了 Big Ben（大本钟）、泰晤士河……一切都笼罩在茫茫雨雾之中，但这样的味道，似乎更像想象中的伦敦。历经百年的大本钟，每一砖每一石都古旧得呈现出低调奢华。泰晤士河似乎本就是那一条灰色河流，如同人生一般，浑浑噩噩，每一个人不过是河流中的一粒灰色水分子——这才是伦敦的原色！

艺术中心周围摆了各国美食摊位，为了怕 T 先生再点那些可怕的三明治，我冲进雨雾中点了两份墨西哥玉米饼，现烙的，又热又香，且旁边有奶油拌的鹰嘴豆。T 先生似乎受我感染，也出去买了一大份咖喱鸡饭，当然，需要对商家说：No spicy, no cheese（不加辣，不加奶油）。

雨天适合聊天。一向不爱多言的 T 先生谈起了一些往事。他说在中国工作过两年，与郭沫若的小儿子郭汉英曾经是同事。郭汉英人非常聪明，但是很受打压，郭虽与他走得很近，但却从不提家里的事,T也不问。我立即想起若干年前我曾经与郭平英(郭沫若之女)一起开过几天会,受好奇心驱使,很想了解她的哥哥、在"文革"中死亡的郭世英,然而她却讳莫如深,且对哥哥之死十分淡漠。

T先生对中国社会的"汰优"印象颇为深刻。

2016年4月16日　周六

今天没有安排任何事,躺在床上读刘仲敬的民国纪事。直到午餐时,突然想慰劳一下自己,想到附近找个中餐馆,谁知刚出去就被寒风刮回来了。4月中旬的天气北京早已回暖,花开,春意盎然,这里却是凄风苦雨,难怪英国人那么爱谈天气。一些上了年纪的人在寒风中瑟瑟发抖,鼻头冻得通红,突发奇想:难怪很多英国人的鼻头都是红的,原来是冻的呀!呵呵。只好选择我最不爱吃的简餐:牛肉汉堡。五点五镑,中间夹了那么大一块牛肉,边嚼边想,英国人那么优雅,为什么在食物方面如此粗糙呢?

没嚼完那块牛肉就接到大堂电话,说是有人找我。

坐在大堂椅子上等我的竟然是Jason。

第一个念头便是:快点把他打发走,但是几句话之后,话密了起来,竟然聊了数小时之久。

他第一句话说的是:"我想谈谈你的小说。"原来,他早在上世纪80年代便读过我的小说,与很多人不同,最初打动他的一篇小说是1983年我在《收获》上发的《河两岸是生命之树》。他说他当时还在大学,78届,是学校年龄最大的学生,读到这篇小说,他落泪了。

"作者名字明明是个男的,可那种细腻的程度,我想应当是个女作家。"他说,"而且,河两岸是生命之树,是《圣经》里的一句话,后面是'月月结果,其叶可治万邦之疾',那个时代居然有人引用《圣经》,也吓了我一跳。那个时代都习惯煽情,可是这篇东西隐忍不发,反而触到读者的泪点。"

然后他谈起《对一个精神病患者的调查》《迷幻花园》《银盾》《蓝毗尼城》《蜂后》《美术馆》《双鱼星座》《缅甸玉》《玄机之死》《末

日的阳光》……他的话很密，密不透风。我承认我完全被惊住了：首先是我的每一篇小说他都看过，且记得比我还清楚……

《海火》其实是你非常重要的一本书，"他严肃地说，"我甚至认为这是中国文学史当中漏掉的一部重要的书。在这本书的写法上，你是中国作家里第一个用了魔幻现实主义的手法，而且还特别自然。可惜……"

"可惜什么？"

"可惜你这个1987年的长篇，1989年才发表。1989年大家都关心别的事去了，谁还关注你的小说？不过我还是注意到有个人为你写了一篇评论，评价很高，好像姓林吧。"

他竟然还记得林为进？——林为进是过去作协创研部的，已经故去多年。

"人家不是为我写的评论，是个大评论，里面有一段提到《海火》"

"你的文运不怎么好。"

"不光文运，我所有的运气都不好。"我笑。

"可是那一阶段的文字，实在像是如有神助，我看过有的男作家说上帝握住他的手在写，我没这感觉，我倒觉得，那时上帝握的是你的手。"

"谢谢。唉，就算是天使长握住我的手吧，我可不想和别人争上帝的手。"

"不对，不是上帝就是魔鬼，你这人跟天使没什么关系！"

哦？我心里紧了一下，神情专注起来了。

"《末日的阳光》，我反复看了两遍半，那些才华横溢的长句式，很让人妒忌！是的，很让人妒忌！！"

"您过奖了。"我摸不清他的来历，只好客气地敷衍。

"不过在那篇小说里，我也发现了你一个秘密……"

"什么？"

"……这个，以后有机会再谈吧。"他换了个姿势，眼睛越过我，看着我身后的墙壁，"到《羽蛇》，我惊了，但是糟糕的是，《羽蛇》太复杂了，翻成英文，味道都没有了，那些象征，隐喻，那些复调叙事，时空错位，都没了，很吃亏。《羽蛇》如果翻译好，不会次于西方的经典小说。……我是说真的。我在想，如果西方翻译家像中国翻译家那么优秀就好了。中国很多翻译家翻的西方作品，太优秀了！譬如桂裕芳翻的莫里亚克那个《爱的荒漠》，那种句子，真是给原作增色啊！"

"是，我也这么想。"

"可是你的问题在于，你太爱求变了。当然变化是好的，可是一个成熟的作家，风格固定下来就最好别变来变去了，你变得太厉害了。《羽蛇》之后的《德龄公主》《炼狱之花》，都不像是一个人写的。……对不起，我这么说，你不会介意吧？"

"当然不会。我最近很想听真话。"

"可能你有你的道理，但是在我看来，《炼狱之花》顶多显示了你的想象力，那种东西，可以改成一个蒂姆·波顿式的动画片。当然，你也有你的意思在里面。但是总觉得那不是你。"

"唉，我也觉得。我让我早期的一些读者挺失望的，每换一种风格，就会流失一批读者，但是怎么办呢，我这人就是兴趣一会儿一变。"

"还很任性。"他喝了一大口咖啡。他要了一杯美式咖啡，我要了一杯热水。

"我想你那时候可能遇到了什么危机，觉得自己在改变，可是又无法控制这种改变。这种改变让你很痛苦。而且你最担心的是：一旦越界，就回不来了。对不对？"

我心里暗暗称奇，嘴上却淡淡地说："其实也不是什么危机啊。就是发现社会游戏规则变了，自己没法适应。"

"我想你自己是有个秘密世界的，你一直活在那个秘密世界里。"

我觉得谈话越来越有意思了。

"恕我直言，对于《德龄公主》那类东西，我是没什么兴趣看的。可以看出《红楼梦》对你的影响很深，那些文字很有《红楼梦》的味道，但那又能说明什么呢？过去我曾经很喜欢一个中国作家的书，但是后来发现他有一章是仿《金瓶梅》的，就觉得别扭了。当然我不是说你仿《红楼梦》，你有几套笔墨，其中一套就很有《红楼梦》的味道，有些东西是浸淫在你骨子里面的。"

"张爱玲有些东西也是《红楼梦》的味道啊。《金锁记》还不明显吗？"

"不要跟我提张爱玲。"他突然放下咖啡杯，"她的东西……明显被高估了。"

"您要是读过她的《赤地之恋》就不会这么说了。"我暗想这人的审美似乎有些霸道，忍不住为自己辩解，"其实我选择哪种写法，是按照题材决定的啊。譬如《德龄公主》是晚清的故事，如果再按照《羽蛇》的写法写，是不是不合适呢？再说，那个小说的核还是有些别的意思的。"

"这我当然看得出来！所有人都看得出来嘛！小说从头到尾都在讨论中国的去向问题，君主制、君主立宪制、共和制……这还有什么看不出来的嘛？！"

我发现此人自尊心极强，还极敏感。

"还有那个《天鹅》还不如不写，对不起，我又说实话了。"他好像一腔怒气，"那种写法也太迎合读者，降低你自己了！"

"《天鹅》那个，我有我的苦衷。"我突然想起"人若倒霉放屁都砸脚后跟"这句话，这句话用在《天鹅》身上，真是再恰当不过了——谁能相信，发表出来的《天鹅》并非我最后的定稿？！

"只有那些独立单元页写得精彩！可惜太少！我挑出来一气读下去，又找回了过去那个女作家！那还是你！……如果不是那些小段，我觉得连跟你谈小说都多余！"虽然他后边说了数个 sorry，依然无法掩盖他那种上帝派他来审判全世界的派头，这种感觉让我很不舒服。出于客气礼貌还有好奇心，我依然扮演着宽宏大度的角色。

"当然，我承认你思想非常前卫，即使是在《天鹅》里面，你为了证明灵魂的存在，还引入了最先进的超弦理论。"他诡异地一笑，"《天鹅》的写法，让我觉得你想走极简主义的路，但是我怎么觉得更喜欢你那些华丽的、不可思议的小说呢？！……你知道吗？你跟别人最不一样的地方，是别人基本都是外部叙事，而你，是从内向外生发的。别人是讲故事，你的作品都是有思想性的。这一点，好像批评家们都没怎么提到过。我看过很多评论你的文章，总是说你如何神秘、唯美、诡谲，根本没提思想性……这其实等于什么都没说。"他又要了一杯咖啡，问我要什么，我说我只喝热水。

"如果我没有猜错，你可能很喜欢哲学。"他这次在咖啡里加了点黄糖。

"年轻时候，确实有一阵儿很喜欢读。"我依稀想起上世纪80年代末90年代初时，有朋友向我力荐了一大堆本雅明、卢卡奇、韦伯、海德格尔等人的作品，但是我最着迷的，还是心理学家荣格的理论，譬如有关他的阿尼玛与阿尼姆斯原型的论述。

"你涉猎很广，有很多优势，我想不透你为什么不红，惟一的可能就是得罪人了，你还不知道。当然，也有可能你是故意设的局，想保持神秘感。对吗？"他自问自答，"对，看过你不少访谈，你好像都是这个意思。你好像很推崇那个狄妃奥，对不起，在你提到她之前我没有听说过这个人。"

"……您……您是做出版工作的？"我突然觉得，他对我的了解有点过分了。说实话在这之前我一直以为他是那种喜欢赶场的文艺中老年，好像世界各地都有这种人，有钱又有闲。

"我嘛，我大学其实学的是物理专业，后来到国外改学IT。对文学感兴趣而已。"

"那巧了，我这次出版社社长也是学物理的，要不要把他介绍给你，你们可能有共同语言。"

他根本没理我这茬儿，"我最崇拜的人是霍金。你为什么不去剑桥看看呢？也许会偶遇霍金呢！"他笑了，谈话中第一次笑。

我兴奋起来："哦，我也特别特别喜欢他！是看了电影《万物理论》之后，哦，那个电影我看了三遍！太喜欢霍金了！……"

"当然，我也研究我喜欢的作家……其实中国作家里我只研究两个人……另一个是个台湾作家。我研究了很长时间。现在我对他抱有很大希望。"

"对我不抱希望了？"我貌似玩笑。

他没有正面回答。"你 2006 年发的那个中篇《别人》，还在你过去的水准之上。但是在这之间或者之后，你个人的生活肯定发生了什么大的变化，你后面的一些短篇里，开始有了一种恶意。那是你原来作品里没有的。你过去的作品有些虽然有暗黑气质甚至绝望，但还是有纯真在里面的，但是自从《别人》之后不同了，你对这个世界有了一种恶意，恶意的嘲讽。这是我很不愿意看到的。"

我简直说不出话来——在那个时段，我的生活中的确发生了一些事情。

"但是还好。你的绘画天赋拯救了你。我在这边，看到 Mike 发的你的一些画，很喜欢，真的很好，你的画和你的文字是一致的。"

"我准备做个绘本，画一百幅画，自己写的一个童话。"

"最好是黑童话。你适合写黑童话，不要硬扭自己，你的童年经历就决定了你作品的暗黑气质，有点比亚兹莱，但又不全是。"

他第二杯咖啡已经喝完，在看表了。

"您还有事？"

"嗯。我约了人。……西方作家里我最喜欢的是卡尔维诺。"

"哟，我也是最喜欢他啊，特别是他那个乌力波……"

"还有博尔赫斯。"他再次打断我，我发现他有个坏毛病，老爱打断别人的话，并且总爱自说自话，对别人说的任何都不 care。

"对不起，我很想知道，您关注的那位台湾作家是谁。"

"哦。他么，你可能猜不到。你读过'脸书'吗？"

"啊？！您说的是骆以军？！……我也非常喜欢他的作品，他的《西夏旅馆》获了……"

"他的有些作品，我看也是如有神助。"

"那您一定也喜欢木心……"

"我为什么要喜欢木心？……我很不喜欢他的东西……"他的脸上再次掠过突如其来的怒气，我赶紧抢着把账付了。

他给我留的名片上，只有一个他手写体的名字，还有一个邮箱。

2016 年 4 月 17 日　周日

今天天气美妙极了。

刚刚醒来便给 T 先生发信，想去剑桥转转。T 先生马上说，11点半来接我。

真没想到剑桥那么远，要开上两个多小时的车！

T 先生在路上说，2000 年时霍金与人打赌，说据他预测，天体某处有黑洞存在，那人不信，霍金说那好，赢了你赠我一年的免费《阁楼》。《阁楼》是色情杂志。结果那人输了，霍金赢得了一年免费阅读。我笑出声儿来——霍大师实在太可爱了！

我是在看了电影《万物理论》之后喜欢上霍金的——很早便读过《时间简史》，也见过他歪在轮椅上龇牙咧嘴的照片，当时并无什么感觉，——可见影像直观对人的影响之深！我真的看了三遍，如果是我们的电影，一定会按照某种模式处理成励志片，但是这个电影，怎么说呢，他让你不能不落泪，不是为了所谓励志或者"正能量"，而是感慨于某种复杂得多的东西，也是拜小雀斑演技所赐——连霍金本人看了片子都说，有时会分不清小雀斑和自己是不是一个人。

小雀斑，英国演员埃迪·雷德梅恩。皮肤苍白、满脸雀斑，有一双极有表现力的大眼睛，为演霍金减重三十磅，身材削瘦。《万物理论》即将上映时，还有很多人认为他想凭这部影片冲击奥斯卡根本没戏，但事实证明，小雀斑这个学霸的小宇宙一爆发，完全无人可挡！从金球奖、美国演员工会奖再到奥斯卡，成为货真价实的影帝！

英国演员太多学霸。憨豆先生是牛津硕士；休·格兰特毕业于牛津文学系；"豪斯"毕业于剑桥，艾玛·汤普森和他是同班同学；《唐顿》"大表哥"也来自剑桥；卷福是曼彻斯特大学毕业；连扮演赫敏的艾玛·沃特森也是"常春藤联盟"布朗大学里的女学霸啊！而小雀斑先后在伊顿公学和剑桥大学三一学院就读，上学的时候就已经在国家青年剧院表演莎翁剧，从十二岁起就在伦敦西区登台演出。这样的男神的智商简直要把好莱坞一线男星碾成渣了。

《万物理论》的功德无量还在于，它的放映让霍金与前妻和好了。看到曾经的那种坚定不移的神话一般的爱情，他们有什么理由拒绝回忆呢？

坚持到剑桥，潜意识中当然有昨天那个怪人关于偶遇霍金的说法。但是很遗憾，大师前两天刚刚应小扎的邀请去了纽约。扎克伯格也是我非常喜欢的，也是始于看过电影《社交网络》之后。两位的相遇不知能演绎出什么样的奇迹发生。

转了转校园，有粉红色的樱花盛开。天空像蓝宝石，牛顿窗外的那棵苹果树居然还活着，开着美丽的花……

2016 年 4 月 18 日　周一

今天与 XL 一起去了格林尼治。

与剑桥相比另一种风格的美。整个的色调是英国水彩画那种淡淡的灰色。

灰色中偶尔会透出一抹亮色——我怀疑透纳那些风景是在这里画的。

有一只仿真巨轮静静地停泊于斯。转了几个圈儿才找到门。里面有各种小商品。XL 看中了一顶非常漂亮的小帽子，深咖与钴蓝相间，她戴上很好看，七镑，但她舍不得买。"我要攒钱去美国读书，拿个艺术学博士。"我想帮她买了，她坚辞不让，只好请她吃中饭，牛肉面，六点五镑一碗。很罕见的一个华人餐馆"大碗面"。大海碗，牛肉给得很多，看看旁边那位黑人同胞点的那份海鲜饭，足够三个人吃的。侍者的态度十分冷漠，和英国侍者没法比。且结账时为西方人在桌边结账，却让我们去柜台结账，掩饰不住的冷漠口气，但我心里在谅解他们——在这里生活创业一定非常非常不容易。

小博物馆里，装饰着形形色色的彩塑人物，倾斜而下，像是要倒下来似的，色彩非常绚丽。还有一面墙是各国国徽，放在一起从大到小也很漂亮。最奇怪的是挂在墙边的一幅画，画面前景是三个人，都是古装打扮。左为中国人，右为西方人，中间是个日本人。中国人把一枝灵芝和一本药典放在桌上；身着和服的日本人，右手腕上缠着一条小白蛇，拿一把折扇；西方人则戴着深棕色小卷假发，手里拿一本画着解剖图的书。画的背景是熊熊燃烧的东方宫殿。背景上三组人物显然也分为中国、日本与西方。日本人皆为相扑体形，似乎在用汽油助燃火势；中国人在一边用很小的扑火用具在作无用扑救；而西方人则用最早的自动灭火设施救火。署名是"江汉司马骏写之"，并无任何关于年代的介绍。

历史上是有司马骏这个人的，是司马懿的第七子，据说早年聪慧，五岁能书写，在宗室中是最有威望的一位。少年好学，能写出自己的论述，颇有文采，同时也是一位能征善战的将领。但是没有任何记载说他会画画呀，再说，这幅画似乎旨在夸赞西方人的重视科学，反讽东方人的迷信愚钝。画风明显是仿古，百分之九十以上是赝品，但是究竟出自谁之手呢？把它放在这样一个世界标志性报时的重地，究竟意义何在？百思不解。

2016 年 4 月 19 日　周二

今天 12 点多出去转了转，刚发现附近有家希尔顿。但是里面没有任何吸引我的东西。只买了朋友托买的巧克力，出乎意料地贵。

不禁想起 1996 年我第一次赴美，看到什么东西都新鲜，都想买，那些卖家无比善意地走过来，问你的需要，你告诉她："I'm just looking, thank you.（我只想看看，谢谢。）"她就微笑着走开，即便你看了很久却什么也不买，她也会微笑着向你表示感谢。而绝不像中国的很多售货小姐那样，如同水蛭一般牢牢贴着你，嘴里不断地说着各种急于兜售的语言。

二十年，我们的经济确实腾飞了，现在看到西方什么东西也没太大兴趣，但是，怎么就像在我十八年前一部小说中男主人公说的那样呢？他说："……过去的十年把所罗门的瓶子打开了，魔鬼钻出来，就再也回不去了。经济的、物质的，都会有的，会腾飞，会赶上、超过世界上的先进国家，可是形而上的、精神的、人的一切……会一塌糊涂，这是最可怕的，这比贫困还要可怕。"不幸的是，在十八年之后的今天，这部小说中所有的预言都应验了！

中午想找个像样的餐馆，转了半天，只找到一家冒牌粤菜馆，点了个牛肉蒸饺和炸春卷，做得都不怎么样。

太阳很好，索性回到 Novotel 门前晒太阳。一边继续读刘仲敬的民国纪事。晚上，想了一下明天的演讲。对，明天的利兹大学演讲。

2016 年 4 月 20 日　周三

今天一早 8：45，T 先生来接我。要赶 9 点半的火车。原来这火车站名便是鼎鼎大名的 King's Cross Station（国王十字车站）——《哈利·波特》的九又四分之三月台就在这里。旁边，还有他的小推车呢。

我是哈迷。感谢人文社的赵萍女士，送过我全套的《哈利·波特》。我竟然认认真真地读完了，连"85 后"的儿子也没我这么有兴趣，可见有时真的不能从年龄来判断一个人。哈利·波特令我脑洞大开，曾经雄心勃勃地想写一部中国版的《哈利·波特》，但是写出来的《炼狱之花》，却连自己也无法满意。尽管我们的绳索已经松开，但写的时候，依然倍感束缚，看来被捆过和没有被捆过的就是不一样。

一个名叫甲男的中国姑娘来车站接我们。她可是真正的英国通了，介入《战马》的创作，聪明过人，反应灵敏，在下午的现场翻译中表现极佳。

中午吃的中国饭在一个叫作"Home"的餐馆，终于吃到了一次地道的中国饭。在座的有利兹大学方面的负责人弗朗西斯和莎朗。弗朗西斯的眼睛是蓝灰色的，很美，而莎朗更是个典型的英国美女。两位都是研究《聊斋志异》的专家，且都是女权主义者。饭吃了一半的时候 Nicky 赶来了，她从很远的地方赶来，穿花毛衣，戴红珊瑚项链，很漂亮。Nicky 是非常优秀的翻译，翻译过不少中国小说，现正在翻译贾平凹的一部作品。

下午 3 点开讲，下面坐了不少人，且有书店老板现场卖书。

在弗朗西斯的主持下，演讲从一开始便成为问答式，很新颖，我准备的稿子一点没用上，反而舒服。譬如一开始的问题："你为什么要写作？"就足够我讲半天的。演讲进行了两个小时，我以一首诗作为结束语，是美国女权主义诗人艾德里安娜·里奇写的：

我一生始终都站立在那

布满一组集中的笔直大道上

那是宇宙中传送最准确又是最无法破译的语言

我是一片银河的云彩

那么深奥那么错综复杂

以至于

任何光束都要用十五年才能

从我这里穿过

我是一个仪器

附在女人的身形中

试图将脉搏的跳动形象化

为了身体的解脱

为了灵魂的拷问

　　最后大家提了几个问题，总体效果不错。书店老板说这是演讲以来书卖得最好的一次。我暗自庆幸：总算对得起 T 先生了。

　　还有，都说是讲得最有趣的一次，连坐在后面的 T 先生都听得津津有味，像听故事似的，竟然忘了拍照了。莎朗也反复对我说："太有趣了！"——有人曾经问过我：为什么我会说"时间把历史变成了童话"？可不就是吗？我在黑龙江受的那些难以忍受的苦，如今都变成了有趣的故事。更遑论"文革"，已经过去半个世纪，今天的年轻人，不会也把它变成童话吧——那可就太可怕了！

2016 年 4 月 21 日　周四

　　在小 G 的指引下，我和 T 先生来到古董市场淘宝。

　　市场很大，摊位很多，可入眼的却很少。或许，是我已经过了"狂购期"？

　　T 先生倒是有收获，买了一幅英国女权主义作家的画。最早的叫价六百镑，后来因为残损严重，降到了一百五十镑。T 先生犹豫半日，我坚决要他继续压价。其间，我们去吃越南米线，我说如果他压到五十镑，对方肯定不干，可能会以一百镑售之。最后果然如此，吃完饭再到那里，不到一盏茶的工夫，T先生兴冲冲地拿了个大袋子出来了，里面装着那幅画，真的以一百镑成交。

我们共同看中的只有一件东西，是一本大书，装在一个大木头盒子里。那书巨大，仅面积便相当于九本普通的书，印刷极尽精美，每隔一两页便有一幅画。最初猜是《圣经》，但是细细一看，是俄文，画也并非《圣经》故事，也非中世纪那种画，很怪异。再看那个卖东西的，明明长着一副俄国人的面孔。"是不是东正教的画啊？"我说。T先生点头说有道理，价格一点不贵，才一百多镑。可就是太大没办法拿。

晚上本来T先生要为我饯行的，可外面风太大，只好在酒店里吃饭。这个酒店的饭真是难吃之至。点了个意面，但是难以下咽。T先生说，他开车去中国城打个包回来，我说算了吧，想早点休息。

回到房间继续读刘仲敬，总算读完了。说真的并不像上世纪80年代读孙隆基《中国文化的深层结构》时有那种惊艳之感。

2016年4月22日　周五

下午4点半的飞机。准备1点半走。

T先生11：20到宾馆时，我还在给手机充电。急匆匆到外面吃了点东西，聊了聊书的事。1点半左右开车直奔机场，半路上知道飞机将会晚点两个小时，OMG！本来十几个小时的飞机就够我扛的，现在又多加上两个多小时！与T先生挥手作别时，登机门都还没有确定。

时间还早，我找了个安静的地方看我买的画册。有一本是波斯细密画，很合我的趣味，突然想起几年前见到帕慕克，问及他那本《红》里面描述的有关波斯细密画的事，他竟然说，他其实对那个没啥兴趣，是小说的临时需要，顿时对他的印象分大减。但是现在看到这些美丽的画，依然会对帕慕克心存感激，若不是看他的小说，我还不会去关注这种画。波斯细密画是中世纪艺术的一个重要部分。是在手抄经典或民间传说中，和文字配合的一种小型图画。始于《古兰经》边饰图案，早期画风受希腊、叙利亚等艺术影响，色彩美丽，富于装饰性，后来又吸收了中国绘画的一些方法。把中国画、拜占庭艺术、伊斯兰教艺术元素融合起来，越发地有特点了。我买的这本是赫拉特画派的代表人物毕扎德的，很典型的波斯风格。

忽然有人跟我打招呼，是乘客休息室中的一位美丽的服务员，跟我说了语速很快的一串英文，我用英文对她说，抱歉，我没听懂，她非常耐心地放慢速度，又说了一遍，然后轻轻拉着我，指向大屏幕，我这才明白，原来她是提醒我，不要误了飞机！天呐，这时我才发现，我的这趟飞机已经在登机了！我边走边向她连连道谢。在国外，常常会遇见这种感人至深的人与事，一个细节就可以看出一个民族的素质。

赴京的英航，完全没有了去时的美食与服务，这时我才反应过来，原来去的时候坐的是"高级经济舱"，介于公务舱与经济舱之间的。而回来坐的是普通经济舱——差别好大呀！

十几个小时的飞行，终于回到北京了。

这回，亲爱的北京真给面儿，没有雾霾，晴空万里。

被遮蔽的影子美丽绝伦

在西方绘画的历史长河中，有一些非常伟大的画家，一直被同时代的优秀画家所遮蔽，他们如同美丽的影子，伴随着世界美术史的正史一直走到今天——譬如博斯、莫罗、雷尼·罗纳、弗鲁贝尔、狄妃奥……这一串对中国人来讲依然陌生的名字，在当代西方美术评论界得到极高的重新评价——他们终于冲出漫长岁月的巨浪，浮出海面。

一、莫罗：伟大的画界隐者

法国画家居斯塔夫·莫罗（Gustave Moreau），是 19 世纪西方绘画史上无法绕开的人物，却也是长期被遮蔽的画家。

多年以前我在朋友那里看到一些当时被禁锢着的西方画册。有幅画一下子吸引了我，那就是莫罗的《幽灵出现》。那幅画取材于宗教故事，画的是正在希律王宫廷中狂舞的莎乐美见到施洗者约翰人头忽然大放灵光，受到强烈刺激的一瞬。传说莎乐美是公元前 1 世纪大希律王的孙女，以美丽妖冶著称。母亲希罗底也是当时著名美女。希罗底初为其叔希律腓力之妻，后又为另一叔父希律安提帕霸占。施洗约翰于是指责她乱伦，她怀恨在心。一日，正值希律王生日，希罗底令其女在筵前为王舞蹈，王大悦，遂愿满足莎乐美的一切要求。在希罗底唆使下，莎乐美便要施洗约翰的人头，王从其愿，将约翰杀死。这个故事带有一点残忍的神秘意味，画面上的莎乐美洁白的肉体上装饰着缀有浓郁东方色彩的丝绸和硕大的金绿色阿拉伯宝石。这幅画以一种金碧辉煌、绝顶美艳而又绝对阴毒的形式走入我的梦境。

莫罗是一位画界的隐士，但是说起德拉克洛瓦和马蒂斯，大家全都知道。而莫罗，正是前者的学生，后者的老师。大名鼎鼎的马蒂斯，正是从他的老师莫罗那里学到了绚丽灿烂的色彩运用，从而创立了野兽派绘画。

莫罗的《俄狄浦斯与斯芬克斯》，画中俄狄浦斯是一持杖裸体美少年，而这个斯芬克斯绝对是属于莫罗的：在绝美的容貌后面有一种残忍、神秘、冷僻和罪恶的力量。她那丑恶的兽身、张开的雄健的翅膀都野性勃发，越发衬托出那张少女的美丽而冷酷的脸和成熟妇人的乳房。果然是幅奇特的画，画面背景扑朔迷离的色彩似乎包含着某种暗示或隐喻。斯芬克斯紧紧缠绕着俄狄浦斯，用诱惑的胸脯抵住美男子健壮的胸膛，扬起眸子似乎在念着神秘的咒语。而俄狄浦斯带着一种戒备与男人的悲悯，以及男性对美丽异性那种无可奈何的眷恋俯视着她。这一对厮缠一处的人儿既像是一对情侣又像是两个仇敌。斯芬克斯美丽、冷酷的蛇一般的身躯，眼睛像迷蒙的一团黑雾，在蛇形的舞姿中喷吐毒焰。

莫罗的莎乐美系列绘画于1876年在巴黎的沙龙、1878年在巴黎世界博览会上展出，使无数观者叹为观止：莎乐美冷艳邪恶，脖颈上缠绕着神奇的宝石，在王尔德的戏剧《莎乐美》中，希律王是这样描绘那些宝石的："我有乳色烧制的玉石，犹如冷冽的火光，如同悲伤男子的心，害怕独处在黑暗之中而不见天日。……我有大如鸡蛋的蓝宝石，如同花朵一般青蓝。海洋徜徉其中，月色从不会从里头的浪潮中消失。"莫罗的色彩，正是这样一种花朵、玉石与月亮的色彩，互相映照，令人无法摹仿。

莎乐美的故事被反复改写，最著名的自然是大作家王尔德的作品，《圣经》故事被改为这样的情节：巴比伦公主莎乐美爱上施洗者约翰，因为无法得到后者的爱，她为觊觎其美色的继父希律王跳"七层纱舞"，作为交换她要求希律王杀死约翰。如愿以偿后莎乐美拾起约翰的头颅抱在怀里，亲吻他的嘴唇，这时希律王才发现了莎乐美的变态，后悔杀了圣徒，于是下令将公主杀死……

这样一个美丽而残忍的故事当时轰动了整个欧洲。而更为令人震惊的是著名的"七层纱舞"，它几乎还原了莫罗的画，那些阿拉伯宝石，确实堪与花朵和月亮的色彩媲美。

莫罗的画跨界影响了19世纪的戏剧、歌剧与舞蹈。有一位勇敢的女高音，在演唱歌剧《莎乐美》里，脱去了全部七层纱，她说，应该还历史以本来面目。七层纱成为世界历史上最有名的舞蹈。很多舞蹈艺术家都跳过七层纱舞。甚至连蒙塞拉·卡巴耶这样伟大的女高音也不例外。

据说，上帝有七层面纱，掀开最后一层面纱，真理便现身了。

然而真理并非是人人都敢于直面的，因此，舞台上的七层纱总会留着最后一层，按照中国人的古训似乎就是：最好别捅破那层窗户纸。因为，不是所有人都有直面真理的勇气，更不是所有人都能看到人类处境的终极意义。

二、博斯：平民的稻草车

被上帝抛弃或抛弃上帝之后，人类只能在梦境中寻觅属于自己童年的伊甸园。

无数画家用画笔描绘这失去的乐园。其中有一幅非常早又非常古怪非常醒目的，便是博斯（Hieronymus Bosch，尼德兰画家）的《娱乐之园》。作为尼德兰时代的画家，博斯一直被笼罩在同代的鲁本斯、凡·代克等绘画巨匠的阴影之下。然而他却实在是一个非常伟大的画家，愈到现代愈见其伟大。博斯的梦境既不同于雷尼·罗纳的绚丽神秘，又不像达利那般怪诞恐怖，博斯的梦像民间的古老寓言一般拙朴，充满着象征寓意。他竟敢把教皇和庶民放在一起共同赶起"稻草车"(《稻草车》),他随心所欲地借助想象之光来指挥一场人神之战(《圣安东尼的诱惑》),在《娱乐之园》中,他的奇思异想化作飞鸟的翅膀化作恶兽化作丑恶可怖的裸者出现在画布上,像黎明的红晕一般驱赶着中世纪的黑暗,如果有人证明他是外星球派来的使者我一点儿也不会惊奇。非常引人注目的是画面的右侧有一片树林,树林里结着像红宝石一般鲜艳的果实(或许这便是博斯梦境中的伊甸园?),而每只鸟每条鱼每个人嘴里几乎都含着一颗。难道这是博斯对于上帝的一种嘲弄(想当初人类的老祖宗仅仅因为偷尝了一颗禁果而被逐出乐园)?在博斯的笔下,上帝与庶民同在,伊甸园并不比他生活着的快乐美丽的农庄更美妙。而博斯本人大约就像《浪子》中那个狡黠质朴的农人,揣着一袋黑面包干便可上路,旅途中尝尽人间美味。

博斯的奇思异想是令人惊叹的。如果说达利的梦境是偏执幻想的再现,那么博斯的梦境则体现着人类的共性。对于博斯,达利应当把对丁保罗·艾吕雅的那句评价转赠给他:"他有整个的奥林匹斯山,我从他那儿偷来了一个缪斯。"

三、雷尼·罗纳:非人间的冥想

因为有了那远古的受了蛇的诱惑的女人,也就有了后来的雷尼·罗纳(Reny Lohner,奥地利女画家)。

雷尼·罗纳这个名字,在今天我们可能只有翻墙才能找到了。

雷尼的幻想违反她祖先那缠绵的情愫而有着一种自恋式的贵族气。她的梦幻世界总是那般浓丽得近于恐怖。她的用色大概连马蒂斯也自叹弗如。那大红大绿大蓝大紫到了她的笔下便成为非人间的色彩。看到她的色彩我便常常想起我儿时的梦境。也是那么一个神秘的、荒芜的花园。那些奇彩四溢的花因无人看顾而疯长成林,几乎每朵花上都栖留着一只玲珑剔透的鸟。那样的奇花异鸟只属于梦境,如今却在雷尼的世界里找到了。

那些挟带着躁动的古怪曲线化作血红的茅草一般的鸟羽，使人想到自幼熟谙音乐的雷尼固有的节奏和韵律。这些节奏和韵律无时不在，当它们与那些奇异的冥冥色彩汇合之时便陷入了一种对人类官能的占有。令人惊异的是雷尼的笔下只有色彩没有阳光，那些得有神助般的色彩韵律轻吻了印象主义与象征主义一下便笔直地向自己的世界涌去。《提拉·安古尼塔》展示了画家本人的内心隐秘：画面正中的裸女倚着一株朽木（仿佛被雷击后的树的残骸）木然站立，另一裸女则背对画面坐在树根旁，两个人都毫无表情。毫无表情地构成了一种冷冷的神秘，这仿佛是一个人的两种形态。遥远地，立着一座小小的房子，仿佛是原始人的骨簇搭成。而画面前景则是那一片梦幻般的色彩。血红浓艳像是凝固的血液，湛蓝碧绿又像是浸透了海水，乍看是花朵，再看却又变成鸟兽，怪就怪在它们既是花朵又是鸟兽。

　　在雷尼的笔下，自然的造物总是可以互相转换的：当你从那瑰丽的花朵中辨出一只鸟头的时候，你同时发现它其实又是一只鱼头，于是彩色的鸟羽在你眼中又转化为鱼鳍。有无数的眼睛藏匿在这片彩色之中，撕开美艳便会发现原来那是一只只魔鬼般的怪兽——你会惊叹邪恶竟这么容易地潜藏在美丽之后，甚至不是潜藏，竟是中了魔咒似的可以随意变化腾挪。

　　著名的《终结》和《伊甸园》更证实了这种色彩语言。《终结》中那些花朵变成树枝或鸟羽伸向天空之后又成为火红的珊瑚树，一只金苹果失落在一片蓝色的羽毛中，你会由这只金苹果想到世上最美的女人海伦然后想到特洛伊战争想到伊利亚特奥德赛，然而这绝非那只远古的金苹果，因为它身边站立着一个状貌古怪的黑女人与那静卧着的银白色女人遥遥相对，在画面的右下角有一张青铜色的魔鬼的面具。而《伊甸园》则在无数绚丽花朵中藏着一只彩色蜘蛛似的大毒虫，天上飞着彩色霰雾般的鸟轻灵得仿佛可以随时碎裂在空气之中，乍看美得无法言传，再看却忽然感到那一片彩色的空气中充满了毒液——远古的伊甸园被毒化了，这大概就是雷尼·罗纳的一切梦境的母题。

四、弗鲁贝尔的双重视力

与邵大箴先生谈起俄罗斯画家弗鲁贝尔，竟有十分切近的感受：我们都曾被他的画带入一种充满恐怖的梦境，在那些梦中，有无数奇特的眼睛。那些眼睛神秘、凄惨、惊恐不安，仿佛栽种在人的全部感官中，拔也拔不掉。看得久了，竟能与之发生一种令人恐惧的感应，那好像是一种飘忽的死亡阴影。按照俄国著名思想家列夫·舍斯托夫的说法，只有具有"双重视力"的人才能创造出这样的眼睛——意即"天然视力"和"非天然视力"。舍斯托夫又说，对于具有双重视力的人来讲，生与死的角色是可以互相转换的。他引用了欧里庇得斯的一句令人费解的话：生就是死，而死就是生。

弗鲁贝尔是19世纪末俄罗斯巡回展览画派的叛逆者。弗氏一生的内心始终无法与周围环境协调：动荡不安，孤寂、痛苦而迷狂，最终陷入深刻的内心混乱之中而无法解脱。他的画笼罩着末日感极强的悲剧氛围，特别是那个折磨了他一生的"天魔"形象，更是有一种超自然的神秘色彩。天魔即莱蒙托夫长诗《天魔》（另译"恶魔"）中的主人公。一个天使因为反抗上帝，被上帝贬黜为魔鬼。他渴望自由、爱情而不可得，他号召人们怀疑、反抗上帝，因而成为天国的死敌。弗氏选择了这样一个文学典型作为他一生追求的画面形象，本身便有一种"在劫难逃"的悲剧意味。画家亚历山大·别努阿对此有这样一段精彩的注脚："在这些令人惊心动魄、使人激动到流泪的优美作品中，有一种非常真实的东西。他的恶魔不改自己的本性。它爱上了弗鲁贝尔，但毕竟又欺骗了他。弗鲁贝尔有时看到自己神灵的这个特点，有时看见了那个特点，而就在对这种难以捉摸的东西的追求中，他很快走向了深渊。把他推向这个深渊的就是对该诅咒的东西的热衷。他的精神错乱是他的天魔主义的必然结果。"

弗鲁贝尔的天魔早已挣脱莱蒙托夫的缪斯而飞翔在"紫蓝色"

（同代画家称"紫蓝色"为弗氏的象征色彩）的天空上。尽管他很早便创造了《诗神》《波斯地毯前的小姑娘》《哈姆雷特与俄菲利亚》等一系列杰作，但冥冥中始终有个声音在搅扰着他，他想创造一个具有"纪念碑意义"的形象。他如痴如狂，最后大约是走火入魔，和那个反抗上帝的家伙合为一体而受到上帝的惩罚。他画了无数个天魔，却始终没有画出那个梦寐以求的神灵。他的"天魔情结"至死未泯。

自1885年始他便在内心构造天魔，直至四年之后才展出了第一幅天魔作品。在《坐着的天魔》中，他创造了一个超凡的形象：天魔孤独地坐在黄昏的岩石上，而他本身也像一块岩石。疲惫的肉体和孤寂的精神幻化成一种无言的仇恨。而背景上的色块使人想起洛可可式教堂的彩色镶嵌玻璃。整幅画面充满先知般的预感。

《塔马尔与天魔》则是我在多梦年龄时常常梦见的。我曾想象那是个充满恐怖色彩的悲剧故事。那个少女美到极点。那一双童话般的眼睛与天魔静静对视着。蓝灰色的冷调子紧紧环抱着这一对恋人，天魔那卷曲的富有雕塑感的长发闪着青铜的光泽。塔马尔和他紧紧相拥却摒弃了一切肉欲的意念而笼罩在宗教式的圣洁光辉中。两个人的灵魂通过他们的眼睛冷峻地闪烁。天魔粗犷狞厉的男性美与塔马尔的女性温柔像蛇一样缠绕着，窗外点点繁星好像变成象征物，变成一种神秘的符号。塔马尔使我想起俄罗斯童话中美丽的华西丽莎，她跪在天魔面前脸上是无限的爱与崇敬。而天魔温柔地托起她的手臂仿佛在说："我是背离与梦想的化身。我爱我之所爱，但我的爱永远只是一个隐喻。我相信的是死亡之梦，它与生命之火同等重要。"这是一幅超越时空生死的永恒画面。

著名的《天鹅公主》似乎也应归于天魔系列。她的面容与天魔实在是太相像了。同样的清癯面容和同样神秘忧郁的大眼睛。画面上笼罩着一种暗淡的银灰色的雾气，水晶般透明的天鹅公主漂浮在闪烁的烛光和紫色的涟漪中，连她戴着的珠宝和巨大的羽翼也如同一团玫瑰色的空气在慢慢消融。无疑这是天魔幻化成女人在黄昏中出现。当她向藏匿着死神的幽暗湖水走去的时候，曾带着无限的依恋回眸。那一双冰冷凄惶的眸子使人感到她正在由世纪末的黄昏走向死亡之梦，末日的太阳正在她的羽翼上发出玫瑰色的反光。

《飞翔的天魔》又向死亡之梦迈进了一步。画家的妻子在给友人的信中忧心忡忡地写道："……他的天魔是不一般的，不是莱蒙托夫的，而像是当代尼采学说的信徒。"由于画家内心的深刻混乱，《飞翔的天魔》实际上没有完成。弗鲁贝尔的魔鬼把他引向创造的巅峰。然而，"对于弃绝自己的人来说，不可能有任何快乐——在已有快乐和喜悦的地方，当你投入某种不存在的东西的怀抱时，就像做了催眠术的小鸟被抛进眼镜蛇嘴里一样。"（列夫·舍斯托夫）终于，在天魔组画中最后一幅《被翻倒的天魔》问世后不久，画家精神分裂，四年之后双目失明，又过了四年，这位天才的艺术家悲惨地死去了。

《被翻倒的天魔》表现了天魔之死。天魔从高处跌落，跌得支离破碎。被折断的翅膀深深插入泥土，他的眼睛仍然闪着愤怒不屈的光。画面用色十分阴暗，画家仿佛预感到，天魔的死亡阴影即将与自己重叠。

画家的生命结束了，而天魔的故事却并没有完结。

天魔的巨大阴影是属于弗鲁贝尔的，同样也属于陀思妥耶夫斯基，属于凡·高、卡夫卡……属于一切具有双重视力的、被世俗所弃绝而执迷于探索死亡之梦的艺术家和伟人们。阴影变成灵感使他们的生命放出辉煌之光，阴影变成达摩克利斯之剑高悬头顶使他们毕生无法安宁，阴影变成死亡之梦诱惑着他们，使他们误入梦境。

终于，他们和他们的阴影重叠了。我想，缪斯应当在他们的纪念碑上刻下这样一行碑文：对他们来讲，生就是死，而死就是生。

艺术家真相（系列）

被女神加拉拯救的达利

我想，如果不是因为女神加拉（KALA）的到来，声名赫赫的萨尔瓦多·达利（Salvador Dalí）肯定会沦落到凡·高那种精神分裂的悲惨境地。他被内心恐惧和性的焦虑困扰着，画出那一幅幅怪诞的梦境：

连续不断地变形的咆哮的狮头（《愿望的调节》），像面饼一样搭在树枝上的柔软的钟表（《记忆的持续性》），招来苍蝇的腐烂了的驴子和残缺不全的尸首（《血比蜜更甜》），紧咬住嘴唇的蝗虫和拿着放大的性器官的手（《早春》《忧郁的游戏》），这一切似乎都是足以引起妄想的持续不断的疯狂，一切主题都脱离了弗洛伊德的诠释而变成完全清醒的梦。可怕就可怕在那梦是完全清醒的——达利在用佛兰德斯式的袖珍画技法制造欲望的梦境。

超现实主义绘画是西方现代艺术中影响最为广泛的运动之一，以精致入微的细部写实描绘和可以认识的物体局部为准则，来表现一个完全违反自然组织与结构的生活环境，把幻想结合在奇特的环境中，以展示画家心中的梦幻。——达利是一位具有非凡才能和想象力的艺术家，他的作品把怪异梦境与绘画技巧令人惊奇地融合在一起。1982 年，西班牙国王胡安·卡洛斯一世封他为普波尔侯爵。他与毕加索、马蒂斯一起被公认为是 20 世纪最有代表性的三位画家。

作为超现实主义的巨匠，达利一直是人们关注和争论的焦点。"我同疯子的惟一区别，在于我不是疯子"，达利如是说。他有着奇思妙想的特殊才能，他惯用不合逻辑地并列事物的方法，将自己内心的荒诞、怪异加入外在的客观世界，将人们熟悉的东西扭曲变形，再以精细的写真技术加以肯定，使幻想具有真实性。

《由飞舞的蜜蜂引起的梦》描绘的是加拉的一个梦境。画面上，裸体的加拉悬浮在一块礁石上休憩，而礁石则漂浮在海面上。在加拉身旁，一只红色石榴漂浮在礁石边，一只小蜜蜂正专心致志地围绕着石榴"工作"。加拉的左上方，大石榴裂开了口，裂口中窜出一条大鱼，鱼夸张的大嘴中又跃出两条斑斓猛虎，张牙舞爪地扑向加拉柔软的躯体。猛虎前面，一把枪直指加拉，尖尖的刺刀头点在加拉的臂膀上，引起蜂蜇般的疼痛。远处，一只大象驮着尖顶方塔，迈着被极度拉长的竹竿般的四条腿走在海面上。这样的大象，我们在他 1946 年的《圣安东尼奥的诱惑》中又一次看到。一场由绕石榴飞舞的蜜蜂而引起的梦就这样呈现在我们眼前，它的颜色清澈明亮，形象逼真写实，但却毫无逻辑性可言。"这一切象征什么？对这样一幅画中的石榴、蜜蜂、老虎、大象、大海……可以赋予它几种甚至上百种意义的解释；而每一种解释都有深刻的情色含义。"

能制造出如此怪诞梦境的人必然是个被吓坏了的孩子。达利小时候曾把一只蝙蝠扔进水箱，第二天却毛骨悚然地发现这蝙蝠竟还没死，而且全身叮满了密密麻麻的小虫，这时有一个他平时倾慕的贵妇人从窗前走过，他突然感到一阵冲动，接着就捡起那只蝙蝠狠狠咬了一口，然后惊恐万状地扔掉了。又有一次，他很近地观察一条鱼，忽然发现鱼头很像一个放大了的蝗虫头，他恐怖万分，从此惧怕蝗虫，而班上同学却恶作剧地在他书包里塞进蝗虫，吓得他魂飞天外！

在达利的画中，常常在精美的笔触旁加上一堆密密麻麻的小虫或是既像鱼又像蝗虫的恐怖形象。童年的他拒绝上学，拒绝知识。

六岁时候他的兴趣是厨师，七岁的偶像是拿破仑。二十二岁的时候，马德里的美术学院给了他一个展示个性的舞台，他不再迷恋那些空泛的头衔，他开始要做独一无二的达利。

他逐渐发现，做一个与众不同的自己胜于重复任何一位伟人。他不断与大众唱反调的欲望和各种荒谬的言行令他很快在学院博出位，但是在艺术家成群的学院维持特立独行并不是一件容易的事。为了夺人眼球，达利别出心裁地花了三个小时，用绘画的油彩和特殊的发网将头发做成了一个唱盘，如果拍打，还会发出金属般的铿锵声！他说，这一切灵感的来源都来自女神加拉。

其实，加拉原是超现实主义诗人保罗·艾吕雅的妻子，他们相识于1927年，尽管加拉比达利年长十岁，但两人一见钟情狂热相爱并很快走到了一起。从此，加拉成为达利的伴侣、模特儿与灵感之泉。

狂热的达利认为：加拉的眼睛有一百三十五种颜色，加拉是他绝望、发狂、激动和忧郁发作的惟一见证人——无论是达利的自传还是日记里，他都在记录自己的"天才"的同时，也不遗余力地赞颂着这位"我们时代独特的神奇女子"。

达利是个跨界高手。他将超现实主义延伸到各个领域：油画，素描，蚀刻，雕塑，建筑，摄影，戏剧，电影，文学和银器，特别是，他同时还是个顶级的珠宝设计师：他运用黄金，铂金，钻石，红宝石，绿宝石，蓝宝石，海蓝宝石，托帕石，珍珠，珊瑚以及其他高贵的材料，打造出心，嘴唇，眼睛，植物，动物，宗教神话符号，并赋予其拟人化的独特形式。萨尔瓦多·达利亲自挑选每种材料，不仅是挑选颜色或价值，更深入考虑每种宝石或贵金属的内涵和象征意义。一些珠宝，如《眼睛的时间》（1949），《皇家心》（1953），或者《空间的大象》（1961）被认为是他运用珠宝的绘画，成为他的重要作品。

达利对于珠宝的热爱，同样来自他对加拉的狂热。在他看来，只有最奇异的想法才能配得上他最爱的女人。他曾经为她设计了一枚心形胸针，黄金质地的心形底座上镶嵌着红宝石，象征着血液和血管。但最令人震惊的是，这枚胸针竟然会随着她每一个脚步而跳动，如同一颗真正跳动的金属心脏！

有一天，当缪斯化作一只毛色鲜艳的大鸟降落在达利的画室时，这位留着小胡子的加泰隆人正在"答记者问"。

"超现实主义？"

"不，不是。"

"立体主义？"

"不，不是的。画画，是画画。——如果你不介意的话。"

于是大鸟飞到达利的肩上。他抚摸了它一下。

站在神界的达·芬奇

我们熟知的达·芬奇形象当然来自他那幅著名的自画像，一位大胡了的睿智长者。其实，达·芬奇年轻时代是佛罗伦萨著名的美男子，他的老师韦罗基奥雕塑的青铜大卫像据说就是以年轻的达·芬奇为模特儿，按现在的说法，达·芬奇可是不折不扣的男神啊。

达·芬奇堪称跨界鼻祖。因为他不仅仅是画家，还是天文学家、发明家、建筑工程师，擅长雕刻、音乐、建筑，通晓数学、生理解剖、物理、天文、地质等学科，爱因斯坦说过，达·芬奇的科研成果如果在当时就发表的话，科技发展甚至可以提前半个世纪！有研究证明，他的智商高达二百以上，从某种意义来说，达·芬奇已经不能用天才之类的词来解释了，对于芸芸众生来说，他就是神！或者说，他是站在神界的人。

列奥纳多·迪·皮耶罗·达·芬奇（Leonardo Di Serpiero Da Vinci），于 1452 年出生在意大利佛罗伦萨。父亲是个富有的律师，关于他的母亲则众说不一，有说是农妇，有说是乡下女孩；而达·芬奇博物馆馆长亚历山德拉却宣称，她可能是一名中东女奴。总之，有一件事是大家共识的，那就是：达·芬奇是个私生子。

凡天才的童年一定是与众不同的。小达·芬奇很小时候画的画便被辗转卖给了米兰公爵。少年达·芬奇在作坊里协助老师韦罗基奥画《基督受洗》的时候，虽然只画了一位跪在基督身旁的天使，但其神态和色调已经明显超过了老师。据传，韦罗基奥为此不再作画。

有趣的是，达·芬奇是作为一个音乐家而不是画家在米兰出名的。他会弹一手好听的六弦琴，这期间他的绘画作品不多，但他无与伦比的才华，简直把米兰大公卢多维科·斯福尔扎迷住了！

达·芬奇三十八岁那一年，回到佛罗伦萨开始创作举世瞩目的作品《蒙娜丽莎》。《蒙娜丽莎》现在是卢浮宫的镇馆之宝。幸运的是我在1999年赴法时近距离地细看了这幅名画，虽然隔着厚厚的防弹玻璃，依然能看得十分清晰。好在卢浮宫只要相机"No Flash"便允许拍照，当时我用的是个奥林帕斯，如果换作现在，一定要自拍一张留念，但不知道如今卢浮宫是否已经改弦更张？

数百年来各方人士不断地研究蒙娜丽莎"神秘的微笑"，这微笑成为"世界十大未解之谜"。研究者们得出了各种离奇古怪的结论：诸如原型因爱女夭折，所以抑郁寡欢；原型不是贵妇而是妓女；哈佛大学神经科专家利文斯通博士说，蒙娜丽莎的微笑与人体视觉系统有关；加拿大美术史家苏珊·吉鲁则认为蒙娜丽莎那倾倒无数观赏者的嘴唇，是一个男子裸露的脊背；法国脑外科专家让·雅克博士认为蒙娜丽莎刚得过一场中风，脸歪着所以才显出微笑；英国医生肯尼思博士说蒙娜丽莎怀孕了，他的根据是她的表情怡然自得，并且双手放在腹部。还有人说画中隐藏着一只天鹅，天鹅在希腊神话中代表宙斯的妻子赫拉，而赫拉又被罗马人称作朱诺·莫纳丽达。也就是说，蒙娜丽莎即莫纳丽达。

也有电脑分析显示，蒙娜丽莎和达·芬奇自画像的脸部有多处相似，可能蒙娜丽莎就是达·芬奇本人，也就是说，这个形象雌雄同体。

更奇特的是，意大利国家文化遗产理事会主席西尔瓦诺借助显微镜观察油画中蒙娜丽莎的眼睛，发现了微小字符。于是研究者们普遍认为这是达芬奇给后世留下的密码。

而美国马里兰州的约瑟夫博士则干脆认为："蒙娜丽莎压根就没笑。"

最可怕的说法是卢浮宫内收藏的《蒙娜丽莎》并非真品，据说是在 1911 年那起盗窃案中《蒙娜丽莎》失窃，后来的失而复得只是一场烟幕，真正的《蒙娜丽莎》已经落入一位富有的收藏家之手，挂在卢浮宫内的只是一件赝品。

但是这个结论很可能被推翻，因为使用 X 光照射，发现蒙娜丽莎嘴部涂了至少四十层颜料，而每一层颜料都要几个月才能风干，推算大约十年才能画好蒙娜丽莎的微笑。

众说纷纭，不变的是《蒙娜丽莎》那神秘而永恒的微笑。

瓦萨里说："上天有时将美丽、优雅、才能赋予一人之身，令他之所为无不超群绝伦，显出他的天才来自上苍而非人间之力。列奥纳多正是如此。"也正因如此，达·芬奇堪称文艺复兴第一人，他把艺术与科学推进到一个前所未有的高度，是划时代的巨人，旷世的奇才，"文艺复兴时代最完美的代表人物"。

小行星 3000 被命名为"列奥纳多"——如今，这颗星穿越了数百年，依然俯瞰着世间，可我觉得，"造物主无力再造出一个像他这样的天才了！"

毕加索：创造与毁灭的暴君

"创造"是毕加索生命的关键词之一。在他漫长一生的数以万计的作品中，有油画，素描，雕塑，版画甚至陶艺——他有着一般画家不具备的传奇性和巫师般的魅力。

中国人常常讲到"童子功"。的确，一个人的天赋强于一百种后天的手段，爱因斯坦的名言"百分之九十九的汗水和百分之一的天赋"后边还有一句："起决定性作用的恰恰是这百分之一的天赋"。毕加索就是这样的天才儿童。

还不会说话的时候小毕加索就会用画画来表达自己的要求。他想吃西班牙热甜饼就会画一个螺纹形，四岁时他就能神奇地画出花朵和他想象中的奇奇怪怪的动物，然后做成剪纸贴在墙上。

毕加索在回忆中说："真的很奇怪，我从来不画那些稚气的画，哪怕是我小时候。"他的第一幅画画的是马拉加港和灯塔。而他的第一幅油画作品画的是一个斗牛士，那是在1889年，毕加索时年八岁。

十四岁的毕加索内心经历过一件非常神秘的事：他爱的小妹妹生病危在旦夕，他悄悄地向上帝祈祷，如果可以拯救妹妹，他宁愿上帝收回自己的绘画天赋，终身不再作画。之后毕加索就陷入了两难境地：一方面他希望妹妹好转，但另一方面他希望他的绘画天赋不会丢失。后来妹妹真的死了，毕加索就认定上帝是个魔鬼，同时他又暗中觉得是因为自己的犹豫才导致妹妹的死亡。少年的他便有了双重人格，既怀着巨大的负疚感，又同时相信自己有操控的神秘能量。后来他认为是上帝决定用妹妹的死来促成他成为伟大画家，于是他决定听从冥冥中上天的召唤。

毕加索八岁完成第一幅油画作品，十三岁开作品展；十四岁进入巴塞罗那的隆哈美术学校，十六岁在马德里的皇家圣费南多美术学院就读，油画《科学与慈善》获得马德里全国美展荣誉奖，后来又在马拉加得到金牌。他的画作经历过蓝色时期、玫瑰色时期、立体主义时期、古典主义时期、超现实主义时期、蜕变时期以及田园时期。他在1905年创作的《拿烟斗的男孩》被约翰·海惠特尼女士以三万美元重金购得；最后在伦敦举行的苏富比拍卖会上以一点零四亿美元的天价被德国的犹太富商格奥尔格先生收藏，这个纪录，一直保持到2006年才被打破。

与那些孤芳自赏的画家不同，毕加索一直看重大众的接受度与评价。尽管他真正想要的是惊世骇俗。他曾经说过："我从没想过给'快乐的少数派'画画，我总认为绘画要让那些哪怕不懂欣赏的人也能被唤醒些什么。就好像莫里哀的作品，既能让那些文化阶层会心而笑，也能让那些不甚了了者乐不可支。莎士比亚的作品也是如此。我的作品就像莎士比亚的戏剧一样，常常包含着一些可笑而鄙俗的东西。就这样我才能俘获每一个人。这倒不是我公然迎合观众，而是我拿出了一些能适应各个层次口味的作品。"

诚如亨利·詹姆斯坦言："一件闪闪发光而坚硬的珠宝……光芒四射、熠熠生辉、浑然天成，而此时所见的光辉一面，彼时却深不见底。"毕加索正是这样的珠宝，他是天才又是暴君，是艺术家又是色情狂。他对绘画、对女人、对理想充满热情，但同时又是个无力去爱的人，他是创造者又是毁灭者。他曾经说过："我想，我到死都没有得到过真正的爱情。"

很少有人知道，毕加索生命的另一个关键词是"毁灭"。实际上，毕加索创造性与毁灭性的挣扎正是他生活的核心。作为创造者，他的创造力是神奇的，他不但给艺术界，而且给整个人类文明史都留下了深深的烙印。而他作为毁灭者的一面却鲜为人知。他的结发妻子精神失常；第二个妻子、孙子、多年的情人先后自杀身亡；《格尔尼卡》时期的情人、艺术伴侣朵拉·玛尔精神崩溃——这些仅仅是他的毁灭性人格造成的悲剧的小小插曲。他的传记作者曾经踏遍他生活过的地方采访他生活的见证者，结论令这位作者惊诧不已：原来，伟大的毕加索有如此暗黑的一面。而他的情人、惟一弃他而去的弗朗索瓦所作《巨匠与情人》，更是令人跌破眼镜——弗朗索瓦的实话实说令毕加索大怒，从此与她恩断义绝。谁也无法想象，那个曾经令六十二岁的毕加索心旌摇动、亲自为她打伞的美丽姑娘，会如此勇敢地披露一位世界级大师的真实面目。

毕加索的悲剧性格在于，在艺术中崇尚毁灭的同时，在生活中也进行无情的毁灭。毕加索恐惧死亡，相信世间人性本恶，他拿艺术当武器，把一腔仇恨都发泄在画作和他的女人上面。毕加索说："一幅好油画，就得有把锋利的画刀，一段好姻缘亦是如此。""一幅画是一个加法的总和。至于我，一幅作品如同减法。我完成一幅画，接着就把它毁坏掉。但是归根到底，什么也没有损失，犹如我抹掉的一部分红色，它将在另一个部位重新出现。"

毕加索是一个创造与毁灭并存的暴君，或许真正的天才都是如此，他们内心的光明与暗黑都如此强烈，正是这样强烈的冲突与反差，才能产生出巨大的创造力！

凡·高的星空

在大都会博物馆，凡·高的《向日葵》前总是人头攒动，我想，假如画家生前知道自己死后的价值，也许就不会自杀了。但进而一想，这实在是一种肤浅的想法，正因为画家的执着，所以才能有那样纯粹的人生，才能有那样纯粹的画。

我挤到人群的最前面，真想用手触摸一下那高高突起的金黄色的笔触，那哪里是什么向日葵，简直就是一团巨大的火球，燃烧着，拧搅成痛苦的、痉挛的形体，每一道笔触都凝聚着生命——凝聚在火中的生命啊，那不就是画家本人么？！

讲西方美术史，无论如何都绕不开凡·高。

说起凡·高倒是有段趣事，那是在上世纪 80 年代初，因为同获一次文学奖认识了张承志，后应邀到他家里去玩，当时他正在写一部长篇，问起我最喜欢哪些画家的画，我知道他最爱凡·高，于是就说了蒙克、达利和德加，偏偏不提凡·高，果然他急了，开始激动地大侃凡·高的画，凡·高一直是他的挚爱，而他的作品，也正如凡·高一般纯粹。

我想，或许有很多人，是从热爱凡·高开始爱上西方油画的吧？！

文森特·威廉·凡·高（Vincent Willem van Gogh，1853—1890）于 1853 年出生在荷兰的一位牧师家庭，据记载他外貌丑陋，走路时佝偻着背，年纪轻轻就像个小老头儿，而且他充满幻想，爱走极端，生性怪僻，不懂人情世故，不善与人交往，因此在生活中屡屡受挫。但是凡·高的一生，现在有一个截然相反的版本。原版是大众熟知的版本：才华洋溢却穷途潦倒，最后举枪自戕，悲剧的一生激发人性共鸣，让他备受世人爱戴。然而最新版本却指出，凡·高不但没疯，且是理性又心思缜密：从他一生中的数百封信中便可以看出来。诗人余光中说凡·高是"画家中的诗人，更是热爱人类的广义上的情人"。如今这些颇具文学价值的"情书"，全被当成艺术品，在荷兰凡·高博物馆与英国皇家艺术学院合办的"凡·高的书信——艺术家如是说"特展中展出。

"怀才不遇"吗？相反，他成名的速度要快于同代画家：凡·高博物馆策展人路易斯（Louis van）分析，凡·高的时代因信息流通慢、营销渠道不通畅，画家至少得从艺二十五年，才可能被市场接受。路易斯认为，凡·高起步太晚，绘画生涯仅仅十年，而他过世那年（1890 年），他的画作已经进入了顶级画评家的视野。1908 年收藏家们已经开始大量搜购凡·高的画，如果凡·高在世，此时他才五十多岁，那么就极有可能会有毕加索那样的人生！

"穷途潦倒"吗？不是！与凡·高同一时代的邮差，每个月所得仅一百三十五法朗，得养活一家七口；反观凡·高，他弟弟提奥一直在供给，在他生命的最后六年每月提供他二百法朗生活费，仅供他一人花销。一百多年前，国际旅行很难，而当时的凡·高早已遍游荷兰、英国、法国、比利时……成为无国界的欧洲公民了！

新版《凡·高的一生》（作者：史蒂芬·奈菲和乔治·怀特·史密斯）打破了这位画家最后的浪漫光环。书中所刻画的凡·高孤僻、暴躁、酗酒、身患梅毒，甚至，他们通过推理与证据，证明凡·高不是自杀，而是死于小镇少年的误杀！……当然，他们对凡·高画作的品质毫无贬损之意。

是的，即使是对凡·高最有非议的人，也无法否认这位天才画家的贡献。

大都会展的凡·高自画像，幸好不是割了耳朵的那一幅。但是这幅自画像也同样震撼，画家的眼睛是绿色的，像狼的眼睛。画家的神情是痛苦的，好像充满了自虐后的痕迹。但是凡·高的自我感觉是对的，甚至是超常地对，因为他就像一匹高傲野性的荒原狼，在上流社会的沙龙中找不到自己的位置，世俗的龌龊无法淹没他高贵的精神，他幻想着的，永远是生命的源头：天空、大地、鲜花与麦田。

凡·高的《乌鸦飞过麦田》更为震撼：铺天盖地的金黄色席卷

着整个画面，很像是熊熊滚动的火焰。整个画面看起来几乎没有一个中心视点，而天空中分散开来的乌鸦，使得画面的视野更加开阔。凡·高仅仅用了黄色、蓝色和绿色来呈现整个画面的意向，没有一猩红色，哪怕是曾经用过的红色铧犁与红罂粟，麦田的表皮脱落，被一种痛苦而紧张的情绪植入——似乎死亡的阴影已经弥漫在画家的生命上空。

《卧室》属于"第二眼美女"，越看越有味道。床上的那一块红色，如同刚刚烧制好的釉面那种不可思议的红，象牙白的墙面，窗外是灿烂的黄与极度深寒的蓝——没有一个画家可以提纯这无比纯粹的色彩——也许真的如同研究者们最新的研究成果：凡·高是色盲！因此用色无比大胆！或许世界上只有色盲与孩子才敢如此大胆地把对立的不协调的色彩堆积在同一幅画里！

我最爱的是凡·高的《星空》。我们现在常常说"仰望星空"，但是有多少人是像凡·高那样因仰望星空而弃绝世俗！

凡·高的宇宙，可以在《星空》中永存。这是凡·高眼中的真实，却是世人眼中的幻象。它超越了拜占庭艺术家们当初在表现基督教的伟大神秘中所做的所有尝试。螺旋式的星星在忽明忽灭地爆炸，如同火焰般的笔触不受任何技法的束缚——这是画家短暂一生中最后的一幅画，值得我们永远铭记。

不，我不同意传记作家把凡·高描述得那么阴郁病态，我要说的是，凡·高一生追逐光明与爱而不可得，他就像一个任性的孩子，对爱渴望而又恐惧，那种令人心碎却又无比强大的张力，令他的每幅画都成为焕发着异彩的《圣经》！他的死亡是光明的泯灭，如同他画面中那个硕大的不可思议的太阳，熔金般压垮了屋顶，照见所有的虚伪与猥琐，也因此，他必须死，只有死，他的艺术才能重生……

比亚兹莱：落入凡间的妖孽

在西方美术史上有一位画家，曾经在20世纪二三十年代的中国刮起一阵旋风，鲁迅、梁实秋、徐志摩、闻一多、郁达夫等一众大师莫不为他的画作所倾倒，朝花社编印的《艺苑朝华》罕见地在第一期编选了他的画。即使是在百余年后的今日，他的作品仍然历久弥新，深深撼动着人们的精神世界。他是最具争议的艺术家，他的某些作品曾被禁止展览与刊登，仅在巴黎与伦敦的地下美术商之间流传过；他是19世纪末罕见的天才，甚至可以说，他把19世纪末的西方吓坏了！——可惜，他只活了二十六岁。

他，就是英国画家与平面设计家比亚兹莱。

比亚兹莱是地地道道的19世纪末的"恶之花"。

他思想前卫，画面唯美而怪诞、华丽而颓废。简洁的线与强烈对比的黑白色块，为当时英国的新艺术运动带来震撼性的视觉冲击。持续影响了当代与现代、东方与西方的艺术创作。他从来不画同时代画家所一致认为的美；相反，他喜欢邪恶之美，倾向于改变比例的变形手法，他的绝大多数作品只有黑白两色，但同时又很繁复。精致的线条细碎的花纹，由于这些复杂的花纹而显得画面华丽。他的笔下人物总是一些表情诡异妖冶的男女，充满了颓废、情色与邪恶的情调。他的画作辨识度极强，充满了原创精神，他的才华如同只有在冥间才能遇见的彼岸花，美丽非凡却无法复制。

比亚兹莱于1872年出生在英国南部的一个海滨城市，从很小的时候便显示出超人的艺术才华，他非常热爱德国著名歌剧作家瓦格纳（Richard Wagner，1813—1883）的音乐，据说，他在音乐与文学上的天赋甚至大于绘画。也正因如此，他的画中充满了诗性与幻想；他热爱古希腊瓶画和"洛可可"风格的装饰艺术，同时也对东方的浮世绘与版画产生了极大的兴趣。

可是，他七岁时便被诊断患有肺结核，不得不被送到一个空气好的地方养病，过了几年漂泊的生活，直到遇见著名画家伯恩·琼斯爵士（Sir Edward Burne-Jones，1833—1898）。正是伯恩，发现了他的绘画才华。

比亚兹莱初露锋芒是在1892年夏天，他接受了出版商登特的绘制《亚瑟王之死》插图的订单。一共三百余幅插图、标题和花饰等等，插画充满了天鹅、精灵、骑士等与故事没有直接关系的奇幻细节。这些画中显示出的惊人才华，震惊了出版商，也让年轻的比亚兹莱得到了当时算是很高的二百九十五镑收入。

当世纪末的英国画家们沉溺于在古老传说的故纸堆里找寻着温和的诠释的时候，比亚兹莱却用一种前所未有的决绝方式表达了他的艺术理念。他的黑白世界竟是这般魅力无穷，诡异怪诞，难怪百年后的画界依然称他为"惊世比亚兹莱"。

与比亚兹莱命运攸关的另一个重要人物便是我们熟悉的大作家王尔德。比亚兹莱与王尔德相遇，确是世纪历史的奇缘，是奇才与奇才的碰撞，他们的相遇，注定会撞出奇异的火花。

内心骄傲、谁也不放在眼里的文坛领袖奥斯卡·王尔德（Oscar Wilde，1854—1900），一眼看中了比亚兹莱和他的画。我们都知道王尔德是位唯美主义作家，而在他的眼里，比亚兹莱无论从外形还是造诣，都是上帝给唯美主义运动特意打造的一个完美偶像。他生着淡金色的头发，尖尖的下颌，钢琴家的手指细长剔透，而敏感与柔弱的程度又似致幻性植物，他永远是个少年，虽然身体虚弱，但头脑与灵魂却像初生的婴儿那样有着顽强的生命力。他的绘画与平面设计结合了伯恩·琼斯、安德里亚·蒙德烈和浮世绘的精神，形成了独特的风格。这一切让王尔德与出版商莱恩刮目相看——正巧王尔德的戏剧《莎乐美》要出英文版，他们便力邀这个少年来做插图。

1894 年，莱恩创办著名杂志《黄皮书》（The Yellow Book），比亚兹莱成为杂志的灵魂人物。《黄皮书》出版后轰动了整个西方世界，竟成为 19 世纪 90 年代的象征，年轻的比亚兹莱赫然站在了历史的中心。而《黄皮书》也成为比亚兹莱事业的巅峰。

其实，比亚兹莱的线描不仅仅是诡谲或奇异，他更多地关注了社会问题，尤其是针对不公平和维多利亚社会的伪善。比亚兹莱的部分插图为我们展示了"新女性"世界与男性的堕落。在比亚兹莱看来，堕落是男性追求权力的结果。他的线描刻画了男人对财富的贪欲，譬如四十大盗的强盗头子这幅线描，被描绘成珠光宝气并且畸形臃肿。萨特林在她的分析中说："他臃肿的肥肉和繁琐的珠宝证明了这种超乎寻常的物质上的强烈爱好。"作为先锋艺术家，比亚兹莱对于维多利亚时代的批判十分尖锐。

然而，自《黄皮书》出版后，人们对他画作的指责越来越激烈，直到1895年，王尔德因为"有伤风化"罪被捕，第二天报纸报道"王尔德被捕，肋下夹了一本《黄皮书》"，比亚兹莱的厄运到了。莱恩解雇了比亚兹莱，从此，再也没有出版商敢于出版比亚兹莱的作品了。雪上加霜的是：比亚兹莱的肺病犯了，而且很严重。

比亚兹莱死在一家小旅馆里，年仅二十六岁，墙上贴满了他崇拜的意大利艺术家的铜版画。

在他还活着的时候，已经有人提出"比亚兹莱时代"这个说法。这个时代指的是19世纪90年代，也就是现代艺术萌芽的时代。首先把比亚兹莱介绍到中国的正是鲁迅。他为比亚兹莱自费出版了《比亚兹莱画选》，并且生平第一次对一个画家高度赞美："这90年代就是世人所称的世纪末（fin de siècle）。他是这年代底独特的情调底惟一的表现者。""没有一个艺术家，作为黑白画的艺术家，获得比他更为普遍的声誉；也没有一个艺术家影响现代艺术如他一般广阔。视为一个纯然的装饰性艺术家，比亚兹莱是无匹的。"

卢梭：孤傲与童贞

1996年我第一次赴美，在纽约大都会博物馆转悠了好几天。在那儿，我第一次看到了卢梭的真迹。

首先声明：这个卢梭，既不是那位写《忏悔录》的哲学家，也不是那位画风景画的巴比松画派的领导者，他是亨利·朱利安·费利克斯·卢梭（Henri Julien Félix Rousseau，1844年5月21日—1910年9月2日），是原始主义画派的代表画家。

我喜欢很多画家，但真爱的只有莫罗、雷东、比亚兹莱、狄妃奥、弗鲁贝尔和卢梭。非常奇怪这些人几乎都是生前地位不高死后却获殊荣的画家。

让我们从卢梭的《梦》说起：

在一片强烈的热带色彩的丛林中，白太阳刚刚从山那边爬上来，热带的花果与植物显示出一派装饰性极强的宁静，一头狮子躲在树丛中在吃东西，整个画面像一个行吟诗人的梦境，那些精致的枝叶，就像是剪刀剪裁出来的一样，卢梭的《梦》实在太美丽、太迷人了！

——这样的画，即使是在绘画的丛林中也不会被淹没。——太孤傲了！后来知道，他的确是个非常孤傲的人：不拜任何人为师，早年曾到非洲，受到黑人艺术的影响，他的作品中含有浓厚的原始主义情调，后被法国画界推崇为原始主义代表画家。他的画富于原始意味的诗意，表现强烈的具有装饰趣味的美，创造了一个超尘绝俗的世界。

卢梭于1844年出生于法国，父亲是马口铁工匠，家境小康。他的故居至今仍然维持原状，并有一块匾额表达这个城市对这位铁匠之子的纪念。他十八岁参军，当时的军队记录了他的外貌：身高只有一米六三，黑眼睛，椭圆脸，左耳上有伤疤。因此，在卢梭的自画像中我们看不到他的左耳出现在画面上。

他很晚才开始画画，他说："除了自然之外，我没有老师。"人们称他为"星期日画家"。这类画家完全出于热爱而作画，没有任何规律约束与对金钱的渴求，也因此，在他所有作品中，只有一种原始与拙朴的美。

自1886年起，被官方沙龙拒绝的命运将他推到了独立艺术家协会，在这年的第一次展览上，卢梭用手推车载着《狂欢节之夜》等四幅作品穿过巴黎的街巷送到陈列场地，从此开始了他的画家生涯。那个月夜，是多么奇妙诡谲的夜！一个小个子推着手推车，穿行在一个巨大的月亮下面，月光笼罩着他，月亮似乎已经明白《狂欢节之夜》标志了一位天才画家的诞生。

——这是一件精雕细琢的作品，正面化和平涂的手法显示出画法的天真，煞费苦心的细部处理恰好构成完美的结构形式，黑色剪影与发光小人的对比彰显出神秘的诗意。

欣赏卢梭的画的诀窍是要感受他的心境。这种通过绘画的形式和色彩相结合来表达画家内心精神幻想的特征，在绘画中不自觉地表现出的美学观念，对现代绘画产生了非常重要的影响。事实上，卢梭对现实世界做了根本意义上的变形，画中的物体不再是自然中的形象，而是由他创造出来的形象，也就是说，它们是可视的现实世界经过画家的内心整理之后的形象，这就使精神现实通过物质现实将不可视的领域浮现在可视的现实空间之中。

卢梭的作品很早便显示出他对异域风情的情有独钟。《睡眠中的吉普赛女郎》中出现了奇妙的北非沙漠风光、狮子及熟睡的黑人的组合，大胆的想象因为精微的细节而产生了一定程度的真实感。月色里的非洲沙漠、女人华丽的衣裳都隐蔽在夜的寂静中。她安详地躺在一片曼陀林旁边，表情和夜融为一体。一只健壮的狮子正圆睁着眼睛靠近她，还低头触摸她的呼吸。可是女人毫无察觉，她在梦呓中根本无法感知观者的惊骇。卢梭把人世间无法相融的对抗神奇地安放在了一起，甚至还让它们对话交流，这就是卢梭的不可思议的童真世界。

与印象派对光影的迷恋正好相反，我们无法从卢梭这里看到光与影的变化，也不易从中看到深层次的透视感和生活的场景，卢梭基本用的是平涂的画法，艺术在这里有了反传统的性质。卢梭以一个艺术家奇特的想象力、以梦的逻辑构思画面，在19世纪法国印象派、后印象派、野兽派、立体主义接踵而至的年代，毕加索、马蒂斯、莫奈、高更等大师迭出，而卢梭却不为所动，以充满暗示、诡秘，背离意象与装饰意味的自然主义原始风格特立独行于学院派的画坛。由于他的独创性和卓越的艺术成就而被推崇为原始派艺术的先驱，奠定了原始派艺术在现代美术史中的地位：譬如《热带森林》《战争》，又譬如《诱蛇者》。

卢梭的创作生涯横跨了19—20世纪，经历过野兽主义—表现主义绘画艺术运动，很难看出他曾受哪一门派的影响。卢梭的绘画中各种事物的形象有一种绝对的清晰感，就是这种绝对的清晰反而导致了一种绝对的神秘。画家沉湎于对每一个物象都一视同仁的精细描绘，似乎每一个形象都失去了它自己固有的属性，景物在画中变成了抽象的符号，不再是古典透视关系下的写实的物象，而是各自独立的、带有梦幻般的物象，这是一种内在精神的抽象表达。

在色彩方面，卢梭经常将对立的绿色、红色以及黄色用于风景之中，在形式的辅助下，色彩起到了让不平静的因素变得平静的作用。与印象主义者们十分重视的环境色正好相反，卢梭只注重环境的固有色，把树叶、花朵、植物、果实等绘画中存在的事物，以儿童式的单纯饱满的固有色去描绘，这样，卢梭发现了色彩的表现力，把自己内心的神秘幻想，通过色彩的表现力准确地凝固在了画面上。

在卢梭的绘画中，当天空成为画面的主题或占据画面主要位置的时候，它与前景的物象往往呈现出不可企及的距离，这种不可企及性，与没有纵深感的道路的描绘形成鲜明的对比。这样现实世界似乎变成了神秘世界。卢梭的画面把我们带进了后来的形而上绘画——超现实主义的神秘的梦境之中。

每个时代都有它的先知。被奉为 20 世纪艺术先行者的是卢梭。"他凭着本能画画，他认为创作者必须获得完全的自由才能在思想上达到美与善的境界"。

艺术家的全部秘密就是心灵的自由。他无须乞求，只需坚持。当然，为保持心灵的自由，就需要更多的牺牲——卢梭的创造在生前饱受诟病和嘲笑，当他离开世界的时候，告别的只有贫穷。

克里姆特的情色之美

2006 年 6 月的一个下午，西方美术界出了一件大事——世界上最昂贵的油画拍卖纪录被刷新。奥地利著名画家古斯塔夫·克里姆特的一幅画作以 1.35 亿美元成交价被化妆品巨头罗纳德·劳德（Ronald S. Lauder）收购，创下迄今单幅油画最高拍卖价纪录。之前保持着这一纪录的是西班牙绘画大师毕加索的名画《拿烟斗的男孩》，它曾于 2004 年 5 月在纽约索斯比拍卖行以一点零四亿美元的价格被拍卖。

这幅画是犹太糖厂主的夫人阿德勒·布洛赫－鲍尔（Adele Bloch-Bauer）的肖像，画中人坐相端严，眼神迷离，红唇妖媚。为突出她的华贵，克里姆特不吝在背景和衬裙上用了灿烂的金箔。这幅画，据说花费了画家整整三年的时间，难怪研究美术史的专家们都在八卦他可能恋上了这位夫人呢。

古斯塔夫·克里姆特（Gustav Klimt, 1862—1918），奥地利画家，维也纳分离派绘画大师。他出生于一个从事金银雕刻兼铜版工艺的家庭，从小就接触了许多有关传统手工艺和镶嵌画的知识，因而他成为最早把传统手工艺和现代艺术完美地结合起来、开创了自己独特的艺术风格的画家。

克里姆特是一位对人生有着独特体验的艺术家，他的作品描绘了生命的诞生、成长、衰老、死亡，把绘画上升到一种思考人生哲理的高度，对宇宙的生死循坏进行了艺术的探索。他绘画艺术的最大特点就是浓郁的装饰风格与深刻的思想内涵。他吸收了古埃及、古希腊、中世纪艺术、日本的"浮世绘"甚至中国年画的装饰元素，创造出一种独特的绘画样式。

藏于奥地利美术馆的《吻》是一幅装饰性壁画，是一幅受到热捧的艺术杰作。此画大量使用了金银箔等装饰元素，画面看上去熠熠生辉、十分夺目。在纯金色的背景下，一对恋人在开满鲜花的草地上拥吻。男人充满爱意地轻吻着女人的脸，两人执手相握，男人的黝黑阳刚与女人的白皙阴柔形成了强烈的对比。各种长方形、螺旋形、圆形的图案纹样仿佛史前人类的神秘符号。按照西方美术评论家的解读，这是一幅充满了情色暗示的画，但却没有任何粗俗的感觉，只有炫目的美丽与沉思。

从某种意义上来说，克里姆特也是不折不扣的天才少年，他十四岁即获得维也纳艺术学校的奖学金，十八岁即为维也纳艺术博物馆做室内壁画并从皇帝弗朗茨·约瑟夫一世那里得到了黄金勋章，三十五岁那年创建了维也纳分离画派，目标是提供年轻的非传统创作者一个发表的平台。分离派没有任何宣言，包容所有的画派，让当时的自然主义、写实主义、象征主义、表现主义共存。

自创立"分离派"后，克里姆特开始将亚述、古希腊和拜占庭镶嵌画的装饰趣味引入绘画表现中，用孔雀羽毛、螺钿、金银箔片、蜗牛壳的花纹、色彩和光泽，创造出一种"画出来的镶嵌"效果，如同繁花般灿烂，每每给观者带来盛大的视觉飨宴。

克里姆特的确像是被智慧女神眷顾的人。如果仅仅用"奢华""装饰象征主义""情色画家"之类的头衔来定位他，那就太肤浅了。其实，在他画作的绚烂豪华里，蕴含着人类苦闷、悲痛、沉默与死亡的悲剧氛围——正是这种氛围、超强的画面空间协调力和微妙的肢体语言表现力，才成就了克里姆特的大师地位。克里姆特为我们制造了一个迷宫般的空间，颓废、华丽、暧昧的表层，深入其中却是哲理的深渊。

在他的《女人三阶段》中，他把女人的幼年、青年和老年三个阶段放在一起，不由不令人感伤。无论多么美丽的花朵，总有衰败的一天——女人的老去一定会让喜爱女人的克里姆特感慨不已，他一生未婚却有十四个孩子，这些孩子是他与不同的女人生的，但他的终身伴侣只有一个，就是艾米莉·芙洛格，尽管与其他女人纠缠不清，芙洛格仍然陪伴了他一生——他的一生并不长久，只活了五十五岁。

克里姆特作品的最大特色是唯美主义和象征主义精神相结合，主题主要是"爱"与"死"——"他的作品可以被称作'梦幻的死亡之花'。"仿佛"在绚烂舞台上演出的一场死亡之剧"。

而《阿德勒·布洛赫-鲍尔肖像》连同四幅克里姆特名画，于二战期间被纳粹德军从布洛赫-鲍尔家抢走，辗转落到了奥地利政府手中。布洛赫-鲍尔夫人死于1925年，她没有子女，丈夫过世前曾立遗嘱，将所有财产留给兄弟的三名子女，在世的只有阿尔特曼。而阿尔特曼与奥地利政府展开了八年诉讼，最后，美国最高法院裁定奥国政府归还画作。直到2007年，奥地利当局才将全部五幅画作归还给了阿尔特曼。

阿尔特曼在佳士得拍卖行把此画卖给了罗纳德·劳德。劳德欣喜若狂地说："这是我们的蒙娜丽莎，简直是我毕生最重要的投资！"劳德把该画作放在美国曼哈顿的新画廊（Neue Galerie）展览，赢得万千观者的惊叹！

克里姆特曾经说过这样一句貌似谦逊的话："我没什么特别的。我只是一个日复一日、夜以继日地画着的画家，任何想更了解我的人，应该谨慎地看看我的画。"

然而，他的画作《真相》（Nuda Verita，1899）暴露了他心灵的真相——一个裸体红发女子手持真理之镜，上方引用了席勒风格的字体，"如果你不能以你的成就与艺术满足所有人，那么满足少数人吧。满足全部就坏了！"

——这，才是克里姆特大师真正的内心独白吧。

雷东：一半是黑暗，一半是光明

有位画家说过这样一段名言："艺术家是一场灾难。在现实世界里他别想期待任何东西。他赤裸地来到这世上，没有母亲为他准备襁褓。不论年纪大小，只要他敢向公众展示出他那独特的艺术之花，他就会立刻遭到所有人的唾弃。所以，要做个艺术家，你就得准备好甘于寂寞，有时甚至是与世隔绝。"——说这话的画家，就是法国19世纪末伟大的象征主义画家雷东。这段话，似乎也是画家本人前半生的一个注脚。

我个人非常喜欢雷东的画。他的画有着奇异的美丽。他是个我行我素的人，天马行空独往独来，特立独行于一切流派之外。雷东笔下的花卉已经由他早期的黑色世界转入了彩色世界。由早期的恐怖和阴暗，转为了欢乐与明朗。雷东的用色令人叹为观止，幻想、诗情、象征与迷蒙流溢在鲜艳单纯的色彩中，他的红，是融汇着明媚的鲜红，他的绿，是交织着幻想的嫩绿，他的蓝，是没经过污染的翠蓝，他的黄，是春天梦中的鹅黄。——不禁想起一个朋友对我说，他的梦是彩色的，我说，梦当然是彩色的，他说，不是生活中的彩色。我想他要说的，一定是雷东这样的奇异的色彩。记得我小时候的梦中也呈现着一种不可思议的色彩，但是人大了，当远古灵性保存在孩子身上的记忆消失之后，那色彩也就慢慢流逝了。我想，在世上，总有一些人会永远保有这种灵性，他们大抵是一些艺术天才。雷东，这位跨19世纪与20世纪的法国画家，无疑是其中不可多得的一位。

然而早期的雷东却并非如此，他有过一个黑色时期。雷东绘画的第一阶段从1879年至1889年，主要从事石版画创作。主要作品有《在梦中》（1879）、《埃雷东：本》（1882）、《起源》（1883）、《戈雅颂》（1885）、《夜》（1886）、《圣安东尼的诱惑》（1888）等石版画组画。评论家把这些作品称为超现实主义和达达主义的先驱。因为这一时期的作品均为黑色石版画，所以被称为"黑色时期"。雷东创作的第二阶段是从1890年开始直至去世。那纯净鲜艳的色彩同他的版画相比判若两个世界。尤其是粉笔画（Pastel），是雷东艺术的一大特色。粉笔画是从古代文艺复兴大师们使用红垩笔、白垩笔作画的方法发展而来的。在18世纪开始有多种色彩的粉质画笔，可以使画面产生天鹅绒般柔和美丽的效果。

象征主义的哲学基础是神秘主义，信仰那种理想的彼岸世界。对象征主义来说，重要的是反映个人的主观感觉，使个人从现实中超脱出来，引向虚无缥缈的"理念"世界。所以在象征主义作品中所能感受到的只是形象的抽象性和不稳定性，是那种强烈的主观色彩和朦胧晦涩的含意。

雷东于1840年出生于法国波尔多，因为体质先天很弱，出生两天后便交给保姆抚养，没有得到母爱的温暖。这样的孩子一般都有问题，确实也是如此：他少年时代性格孤僻，喜欢独自冥想，常常看着天上的云彩，一整天一整天地做白日梦。他三十岁才学画，他的美学思想主要来自象征主义文学家和诗人马拉美等人的作品，他认为绘画主要是想象的结果，而不是靠视觉印象的再现。因此，他反对印象主义的色光追求，而致力于表现现实世界中根本不存在的鬼怪幽灵和幻觉形象。这样的艺术家，似乎本来便注定会抑郁或者夭折的，但是在雷东身上，却出现了奇迹。这奇迹无疑来自他的婚姻。

1880 年 5 月 1 日，雷东与卡米耶·法尔特小姐结婚，这是一位性格坚强的阳光少女，此后雷东将与画商打交道的事都交给妻子处理了。后来他在写给他的传记作者安德列·梅勒里奥的信中说道："在我妻子身上，我看到了我的命运的神圣金线。是她帮助了我在家庭悲剧中幸存下来，我相信在我们结合的那天我所说的'我愿意'，是我这辈子说过的最明确最纯粹的一句话。它甚至比我要做画家的认识更为明确。"

看来，婚姻对于一位艺术家来讲，其重要性超出了我们的想象。我们可以试想，假如凡·高有一个美好的婚姻与家庭，恐怕是绝不至于最后走向那样悲惨绝望的境地的。

这之后雷东的艺术特点从原来的恐怖与幽暗，变成了欢乐与明朗。这些作品多由美丽的花卉和少女组成，其色彩灿烂华丽而不俗艳。波纳尔曾说过："这类作品表现了两种几乎相对的特色：一是非常纯粹的可见实体，另一是神秘的情感。"

雷东后期的画十分喜欢描绘花卉题材。雷东之所以爱画花，是因为他从花中看到人，他曾说过："花朵和人的面孔一样，一朵花就是一个谜"，"它是灵魂的反射"。

《长颈瓶中的鲜花》是画家去世前四年所作，长颈瓶中一束从野外采摘来的花朵，在画面上被处理得如此和谐美丽，似乎是一部由各个声部、各种乐器组成的交响乐。难怪有人把雷东称作"神秘的色彩作曲家"。

《神秘之舟》是一幅杰作。它那单纯的画面，强烈的色彩，充满了不可复制性。亮蓝色的一叶扁舟，被绿色的海水承载着，在一片缀满金色和银色的斑纹的天空下行驶着。明亮的黄色船帆使船体的蓝色更为震撼。——我们会忽然感到，这正是画家的童年记忆！——《船上的女子》（1897）、《带着光环的玛利亚》（1898）、《船上的圣母》（1900）、《船上的情侣》（1902）等——都是同一主题的不断变换。

雷东创作了许多大型的室内装饰画。他在1901年写给安德列·邦杰的信里说："我用花朵、梦中的花朵和想象中的动物来装饰餐厅的墙壁。这些画都是大尺寸的，使用了几乎所有的绘画手段，蛋彩、粉彩、油彩，甚至还有彩色粉笔……如今我的黑色到哪里去了？"这些大型的装饰画要求他放弃抽象的思维，取而代之的是真实的与想象的花朵和动植物，这些物体都有明确的形象。他的这些画都有一种轻巧、闪光、如梦幻般缥缈的气质。

在雷东生命的最后几年里，他的油画和蜡笔画变得越来越色彩斑斓。如彩虹般灿烂的颜色使我们心醉神迷，让我们的心灵翩翩起舞。就连过去的魔鬼也纷纷变形了：在《独眼巨人》中，魔鬼变成为一个温柔的情人形象，他从一片灿烂的原野上探出头来，满怀着爱情静静地注视着一个酣睡着的裸体女子。我们不禁要问，独眼巨人的形象是否代表了画家本人？他在生命的最初曾经陶醉于《多彩的云》（波德莱尔的一首著名的散文诗），随后又一头埋入对阴影的沉思，最后又返回到一个明媚的世界，在丰富的色彩中找到了生命的慰藉。

雷东既反对写实派，也反对印象派，他认为写实派缺少想象力，而印象派则过于感性。他自己要探索一种具有思想魅力的人性美，他创造了自己的艺术语言而成为象征派最杰出的画家。他的经历告诉我们，命运与风格都是可以改变的，真正的艺术家，可以接受任何形式的神谕，而雷东的神谕，来自他的爱情——爱情比他少年时代白日梦中那些变幻不定的云彩更美丽，不是吗？

金色提香

提起提香，我会马上联想到他的名作《花神》。大学时代读《花神》，留下了极其深刻的印象。提香的出现使威尼斯画派的成就达到顶峰。他生于阿尔卑斯高原一个将军的家庭，从小爱画画，常到户外写生，最绝的是，他用花汁着色。按照我的想象，提香应当是一位性情中人。他早期师从贝利尼，后来着迷于同学乔尔乔内的才华，竟不听老师的，单服乔尔乔内。贝利尼一怒之下把他俩都赶了出去，于是两人只好靠卖画来维持生活。但这一点难不倒提香，他的画大受欢迎，因为擅长金色的调子，便有了金色提香之美誉。

《维纳斯与阿多尼斯》充溢着"提香的金色"，背景是暴风雨刚刚过去的天空，乌云中透出一缕金色的阳光，乌云开启处有一块灰蓝的天空，浓密的树林旁，牧羊少年安东尼含情脉脉又有些羞涩地俯看着维纳斯，维纳斯像藤蔓一般缠绕着他，身旁是羊群和刚放过箭的小爱神丘比特。再细看，我们可以看到丘比特的弓箭正挂在树枝上，维纳斯坐着的石凳搭着一块暗红色的毯子，她本来是在林边歇息的，看到那个美少年，她便不肯放过了，美神与爱神在一起的时候自然要产生爱情故事，按照古希腊罗马传说：战神阿瑞斯嫉妒他们，致使安东尼后来在狩猎中被野猪咬死，维纳斯无比悲痛，向宙斯求情，　向冷酷的宙斯被真情所感动，同意每年两人可以在一起有四个月的假期，这有点儿像我们的两地分居了，多少还欠一点人道。但即使是这样，在提香的笔下也有着一种独特的美，而且是金色的。

提香·韦切利奥（Tiziano Vecellio，1490—1576）被誉为西方油画之父，是意大利文艺复兴后期威尼斯画派的代表画家。他出生在意大利威尼斯北部一个景色秀丽的地方，十二岁时父亲带他游历威尼斯，后来提香再次来到威尼斯便走进了贝利尼的画室，从此一生都没有离开威尼斯。

有趣的是，提香在贝利尼的画室认识了比他大十多岁的乔尔乔内（Giogione，1477—1510），从此成为乔尔乔内的铁杆粉丝，提香模仿他的画风到了以假乱真的程度。在贝利尼发飙之前他们就开始接受外面的订单：乔尔乔内接的单大部分都交给提香去完成。后来，乔尔乔内越来越发现在色彩创造和艺术技巧方面，提香有超过自己的可能，这使他们之间的关系开始冷淡和紧张了。从此乔尔乔内把内心的焦虑与不安发泄到放肆的寻欢作乐中去，三十三岁时便英年早逝。

提香从此开始了独立的艺术发展。他最早的作品是《田野合奏》（约 1510 年）。以前一般认为是乔尔乔内之作，现在则公认出自提香之手。此画表现两青年于田野间奏乐，两仙女伴随左右，背景山林古道的描绘极为出色，诗意的题旨和风景的描写都有乔尔乔内之风，但人物形象显得华美壮硕，则是提香个人的特色。它很清楚地表明提香虽在乔尔乔内的影响之下，却一开始即有自己的想法。

他个人风格趋于成熟的第一个代表作是《神圣与世俗之爱》（1512—1515），表现象征圣俗两种爱情的两位女性分别居画幅两边，背景山水亦各有差异，神圣之爱（左边）背景为丘陵寨堡，世俗之爱背景则为湖滨城镇，但彼此均和前景的泉石树木相连。神圣的爱表现为一位衣着整齐的女子，世俗的爱则为裸体女郎，她们彼此各倚踞图中央古典石棺式水池的两边，形成鲜明的对比。裸体女郎的形象健康美丽，光彩照人，被誉为文艺复兴艺术中表现女性美的杰出画作。

此后，提香的杰作不断出现。祭坛画有威尼斯弗拉里教堂的《圣母升天》——这是一幅高六点九米、宽三点六米的巨型教堂画，以地上的圣徒群众、云中升天的圣母和天顶的上帝分列三段，上帝自由翱翔的形象和云层的环形构图明显吸收了米开朗琪罗和拉斐尔的风格，但色彩的富丽和人物的生机盎然则完全是提香的本色。画中凌空而起的圣母与地上目睹奇迹而惊诧的圣徒的众生相，在表现强烈的力量与雄伟的体魄方面，不仅可以和米开朗琪罗媲美，而且为威尼斯画派开拓了全新的领域，因此此画早在 16 世纪就被誉为"近代第一杰作"。

提香画风的发展过程也代表了西方油画的发展历程，早期风格带有古典主义色彩，中期的绘画直接影响了巴洛克的艺术，而后期则影响了日后浪漫主义和印象主义画派。提香的艺术生涯和丰富的创作实践推动了 16 世纪威尼斯画派的发展，他的艺术影响了西方几代画家。

几个世纪过去了，提香作为一个伟大的画家和天才艺术家的典型，仍然停留在历史中。瓦萨利曾评价说，在意大利，没有人能和提香的绘画天才相比，无论是拉斐尔或是达·芬奇都赶不上他。

与那些遭遇悲惨的画家不同，提香在世时便享有盛名，受到同时代人的尊崇仰慕，在威尼斯的一座豪宅里过着奢侈的生活，身边围绕着作家与艺术家们。这些，自然都得益于他靠美术创作获得的大量财富。当时的威尼斯出现像提香这样的绘画大师是有其社会基础的。人们在经济优渥的条件下，对自由与入世哲学的兴趣日趋强烈。提香借希腊神话题材以表现人生的欢乐与享受，正符合人们在长期神学思想禁锢下产生的逆反心理。

提香得到过很高的荣誉，他为查理五世——当时最高阶层的人物画像，被授予帕拉蒂努伯爵称号，被选上威尼斯宫廷画师的席位，但憧憬爱神与酒神精神的画家对此并不感兴趣，他婉拒了这份高俸厚禄。因为他清楚地知道，一旦当上了宫廷画师便也成了国王的弄臣——这正是他的聪明之处。在西方美术史上，提香可以说是第一位不愿依附于任何统治者的画家。但这并不能说明他刚直不阿，他才舍不得放弃他的幸福生活呢：白天，他坐在海边的花园别墅里，边听着音乐边作画，夜晚，与艺术家和女人们通宵宴饮，享受着爱神与酒神带来的极度愉悦。

有一天，罗马皇帝查理五世在随从的簇拥下来到他的画室，发现一支画笔掉在地上，弯下身子去为他捡起来，提香说："我不值得你为我捡起一支画笔。"而查理五世竟然说了这样一句话："世上最伟大的皇帝恺撒都应该服侍你。"

日出·印象（上）

1874 年，一群年轻的画家在巴黎卡皮西纳大道的一所公寓里举办了第一届印象派画展，有三十一位画家参展，包括莫奈、雷诺阿、毕沙罗、西斯莱、德加、塞尚……这些如今听起来光辉灿烂的名字，在当时却受到官方学院派压制，他们也曾于1863年举办"落选沙龙画展"，结果却是引来学院派古典主义的猛烈攻击。年轻的画家们继续奋斗了十年，终于在1874年这一年，在巴黎的闹市区举办了"无名艺术家、油画家、雕塑家、版画家协会"展览。这次画展震惊了当时的美术界。

这次画展中展出了莫奈的一幅风景画，题名《日出·印象》。有位叫勒罗瓦的作家发表了一篇小品文评论这次展览，题为"一次印象主义的展览"。"印象派"由此而得名。1876年举办第二次展览，有二十位画家参加，这次展览干脆打出了"印象主义画展"的旗号，从此印象派正式登上法国画坛，扩及欧洲，影响到整个世界。

西方绘画在发展历程中，画家总是会将当时的科学成就引进艺术创造之中。由于新的光学与色彩学研究成果问世，后来又经查理士·亨利把光和色彩直接与美学相结合，运用到艺术法则上——这使追求创新的画家们深受影响和启发，他们尝试着纯粹的"外光"描绘，以及新的色彩关系分析，并把这种自然科学的法则和他们的艺术观点结合起来进行创作。他们认为自然界的一切物体都是光的照射作用，才显现出它的物象；而一切物象又是不同色彩的结合，没有光和色彩便没有这个世界。他们还认为：画家要认识这个世界，主要是从"光"和"色彩"的观点上去认识，"光"和"色彩"既然成为这个世界的中心，也是画家认识世界的中心，所以印象派所描绘的是主观化了的客观事物——这标志着与传统艺术观念的彻底决裂。毫不夸张地说，印象主义的诞生，是绘画史上的一次伟大的革命！

在艺术观点上，印象主义画家反对当时占正统地位的古典学院派，反对日益落入俗套的浪漫主义画派，而深受巴比松画派和库尔贝写实画风的影响，吸纳了荷兰、英国、西班牙、日本、中国等国家绘画的营养。由于个人的兴趣不同，印象主义画家又分为重光和色彩与重造型和素描两种类型，前者以莫奈、雷诺阿为代表，后者以德加为代表，而毕沙罗则介于两者之间。

毕沙罗是印象派的一支——点彩派的始祖。他是犹太人，年轻时做过店员，二十五岁到巴黎学画，受巴比松派影响，反对保守的学院派。毕沙罗在印象派的基础上，创始了一种把色彩分割成为不同条纹或者点状的方法，意在光幻华丽的色调中，有一种闪烁耀眼的效果。这种科学的色彩概念在后来的修拉与凡·高那里得到了发展。

《里昂：阴天的早晨》，点彩派的早期作品。阴霾的天空上，烟囱里的烟透明地滚滚穿过，河流则在光线中闪闪烁烁。这种忧郁的天空色彩似乎是属于欧洲独有的，它使我想起1997年的维也纳，那次是中国作协代表团参加第三十四届贝尔格莱德国际作家会议，路经维也纳停留了一天，维也纳的天空也是这样的忧郁、灰色，连茜茜公主的宫殿和金色大厅也是灰色的，还有无数灰色的拜占庭式、哥特式和巴洛克式的教堂，在街心花园里，有着无数灰色的鸽子一群群地在这里起落。当莱茵河、塞纳河或者涅瓦河穿越欧洲的时候，也被染成忧郁、高贵的灰色了么？

《白杨树》——点彩派的效果在这幅画中表现得淋漓尽致。闪闪烁烁的草地上，高大的乔木和低矮的灌木显示出森森细细的美，绿色的旋律，绿色的交响乐，绿色的变奏，我们会惊诧大自然中竟饱含着这无数细腻的绿色层次，也许是个阳光灿烂的日子，天空的背景上飘着白云。

记得小时候姐姐的作文中描写风景时永远是"蔚蓝色的天空上飘着几片白云"。在一个下雨的日子里，父亲说，去，看看窗外，天空到底是什么样的！我们谁也不去。也许，在孩子的潜意识中，天空应当永远是晴朗的，日子永远阳光灿烂。

毕沙罗的白杨树，就是我童年记忆中的那棵白杨树！

《农妇肖像》——毕沙罗深受蒲鲁东主义影响，在画界有"印象派米勒"之称。他非常喜欢表现农家生活与农民形象，在他的一生中画过很多农妇。这幅农妇肖像看起来那么逼真，她背后倚着的木门，那粗陋的衣服和黄色的头巾，那被太阳晒成酱红色的脸膛，那微蹙的眉头和茫然的眼神，还有微微咬着的嘴角，这种神态，我们似曾相识。也是1997年那次去欧洲开会，在塞尔维亚与保加利亚的边界，一个世界著名的大教堂旁边，有一群农妇正在耕种。距毕沙罗的肖像画，时间已经过去了一个半世纪，可是那些农妇的装束神态多么相似，令人想起地母之神——一种亘古不变的永恒的力量。

再看看马奈的《天使与基督》。

马奈比毕沙罗小两岁，出道却比他早。对西方美术史稍有了解的人都知道马奈。这位印象派的奠基人无异于一场革命的发动者，他的叛逆思想使他"按照自己的方式"作画，他只画他的眼睛而不是别人的眼睛看到的东西，他的好友小说家左拉与诗人波特莱尔不遗余力地推崇他，他很快成为青年画家的精神领袖。《天使与基督》让我们看到画家的大胆叛逆。天使与基督都不是神，而是活生生的人，他们平凡的相貌和表情令人震惊。基督的形象让我们想起某个好莱坞男星，显然这是基督复活后的一幕：他的四肢还显示着可怕的钉孔，两个长灰紫色翅膀的天使在背后支撑着他，基督茫然看着黑暗的天空，不知是被耶路撒冷的犹太人算计了还是被他那阴险的父亲——上帝算计了。

这幅画若是诞生在中世纪，马奈会不会成为第二个布鲁诺？！

《在家中花园里》这幅画使我们立即想起那幅被当时法国沙龙拒展却使马奈一举成名的作品：《草地上的午餐》。可能背景是同一个，都是马奈家中的花园。画面上绿茵茵的草地，年轻少妇带着她的孩子在草地上嬉戏。马奈笔下的少妇们都生着一头黑发，穿白色长裙，那个小男孩悠闲地躺在她的身上，伸开两条腿，让人想起宋代词人辛弃疾的词：最喜小儿无赖，溪头卧剥莲蓬。古今中外的小孩子，大约都是这样讨人喜欢的吧。

《女人与鹦鹉》，画名与库尔贝的那幅相同，内容与画风却完全不同。这女人可不是年轻妖媚的少女，而是一个非常成熟的女人。女人身旁的架子上站着一只鹦鹉，鹦鹉也不再是那种五彩斑斓的了，而是黑灰白三色的，特别是那醒目的白眼圈，与女人的白衣服相映成趣，在自然界里，怕是很难找到这样的鹦鹉吧。在架子的下部，还有一个掰开了的柠檬或者香橙，这象征着什么？喻示着什么？或者，隐藏着一段什么样的故事？猜不透，只感到有些神秘，并且很像希区柯克式的电影，那女人，难道不像希区柯克影片中的女主角么?!

日出·印象（下）

　　印象派以法国画家莫奈的《日出·印象》为名，莫奈自然是印象派的一位重要代表作家。下面，我们就来一起欣赏他的几幅重要作品——这几幅作品都收藏在美国纽约的大都会博物馆。

　　《枫丹白露的橡树林》——枫丹白露是我少年时代便开始的梦想：蓝的天，绿和黄的树，黑的枝干，红的土。多么美的画啊！最早的关于枫丹白露的概念，是从柯罗那里来的，柯罗的画中那些参天巨树，那些金黄色的林妖，都为我带来神奇的遐想。我幻想将来有一天在枫丹白露的林荫小道上散步，坐在路旁的长椅上，打开一个画架，看着晚霞慢慢弥漫在天边，把树林浸染成为灿烂的金红色，在金红色的霞光里，孩子们和带斑点的法国牧羊犬欢笑着跑过小路，还有姑娘们挎着水果篮子，成熟的果香和奶酪的臭味混在一起，在木制的长椅上，我将把这一切收入我的画布中。

　　《苹果花》——对《苹果花》的第一反应是英国作家高尔斯华绥的《苹果树》。在我的想象中，《苹果树》中描述的场景正是如此。那些丰饶美丽的苹果花啊！谁都知道印象派命名的由来，是从莫奈《日出·印象》而来，莫奈早期的老师是布丹，后来又结识了雷诺阿、西斯勒，等等，他们离开画室，到枫丹白露森林写生，莫奈很尊敬库尔贝和马奈，他特别沉醉于光与色的科学实验，有一天他整天都不作画，库尔贝来看他，问他为什么，他回答：我在等太阳。

　　《苹果花》一定是莫奈等来了太阳之后的作品。阳光潜入斑驳的云层之中，使苹果花的色彩明暗反差错落有致，那一块最明亮的苹果花投下的阴影，恰好与绿草地成为对比。

　　法国画家雷诺阿，当然也是印象派大师之一。雷诺阿善画人物画，他笔下的人物大多是美妇人。《夏邦蒂埃夫人及孩子们》这幅画被认为是改变了雷诺阿一生的画。当时法国出版家夏邦蒂埃偶尔买了无名画家雷诺阿的一幅画，并邀他参加了自己家里的一次 Party，这是当时穷困潦倒的雷诺阿第一次踏入法国上流社会的社交圈子，之后，受主人委托，他开始为夏邦蒂埃夫人及其儿女画肖像。当时雷诺阿三十四岁，用了整整六周时间精心描绘了这幅肖像画——画家自然是有目的的，要知道，夏邦蒂埃当时在出版界颇有影响，雷诺阿想以这幅画来真正打开上流社会的大门。——雷诺阿的愿望实现了！他的这幅画成为载入史册的肖像画，画面上夏邦蒂埃那美丽的夫人和两个天使一般的孩子得到法国画界的一致称赞，夏邦蒂埃本人更是乐得合不拢嘴，自此，雷诺阿的订单源源不断了。

然而，在印象派画家中，我最欣赏的一位是德加。

最早打动我的自然是德加的《舞女》。他画了一系列《舞女》，我最喜欢的自然是那幅最朦胧的、芭蕾舞演员姿态最正点的。

德加出身贵族，性格孤傲落落寡合，他的《自画像》似乎非常准确地刻画了他的真面，那一双漠然的眼睛似乎略带一点神经质，平民的服装却有着贵族的气质。这与我想象中的德加几乎完全一致。在当时，成功的惟一标志就是官方沙龙画展的成功，然而德加却对于沙龙展览没有兴趣，也不大愿意卖画，甚至成为沙龙展览的叛逆者。

再看看他的《舞台彩排》。——德加经常出入歌剧院，他非常喜爱芭蕾，但他注意的绝不仅仅是华丽的场面动人的舞姿，在他描绘的剧院与芭蕾中，有着强烈的幻梦色彩，他尝试着用彩色粉笔来表现这一切。这似乎恰到好处。他从来没有放弃过精心观察和内心窥视的观念，他的芭蕾舞很少触及幕布徐徐升起时的妙不可言的场面，而常常表现训练时或者谢幕后的那些疲惫不堪的少女。《舞台彩排》正是如此。彩排中的芭蕾舞女演员在舞台布景的树林之中穿行，我们看到德加极其讲究的光与色，那些朦胧的质感强烈的纱衣像空气一样轻灵，给我们带来了少女们芳香的气息。

德加的《入浴》是极其精确的素描。在这幅画中，德加超越了他的前辈。他把裸体人物作为局部场面与局部环境来表现，描绘了无意识的悠闲。画中的人物是很美的，这种美处于一种平静、坚实而具有雕塑感的结构之中。正如画面的鸟瞰式构图和切边的处理所表现的那样，把照片特写式的画面，转化成日本版画意味的抽象布置的画面。德加用的仍然是粉笔，粉笔好像能给人带来一种意想不到的效果，好像把我们带入了一个明亮的幻梦之中。

印象派的产生是西方绘画发展的必然结果。

西方美术自16世纪威尼斯画派始便关注光和色彩的描绘，尤其是提香。而后，经鲁本斯、委拉斯开兹、伦勃朗、哈尔斯和维米尔，在他们的作品中都闪耀着迷人的光与色彩，可谓印象派的先驱者；英国风景画大师透纳和康斯太勃尔的画中充满阳光和空气，法国的德拉克洛瓦则被称之为"打开印象主义天窗"的画家；巴比松画派的画家干脆把画架移到室外大自然中去对景写生，为印象主义画家开了先河；库尔贝的画中已经充满了阳光，有人称他是"印象派之父"，正是在所有这些大师的探索成就之上，印象主义画派才得以诞生。

雷诺阿曾说过："自然之中，决无贵贱之分。在阳光底下，破败的茅屋可以看成与宫殿一样，高贵的皇帝和穷困的乞丐是平等的。"这种艺术观念导致印象派画家们在创作中全力以赴地描绘"光"。正如支持印象主义的著名作家左拉所说："绘画所给予人们的是感觉，而不是思想。"所以我们在印象派的画中所看到的是阳光充盈的色块组合，充满空气感。既然是凭感觉，那必然是主观的，所以印象派所描绘的是主观化了的客观事物。这标志着与传统艺术观念、艺术表现方法和艺术效果的决裂。

把握瞬间的印象，抓住鲜活的感觉，揭示人与大自然的灿烂景象，追求自由、平等在艺术中的反映，这就是印象主义——西方绘画史上一次划时代的革命。

她嫁给了她的画

在大都会，终于有一位女画家进入我的视野了！这就是伟大的美国女画家玛丽·卡萨特。玛丽·卡萨特是 19 世纪末至 20 世纪初美国最杰出的女画家，在世界美术史上也占有重要的一席之地。上世纪 80 年代，当印象派画家的作品被介绍到中国的时候，卡萨特的画作就引起了国内美术界的极大关注与推崇。记得当时在《世界美术》上看过她几幅母与子题材的画，我就想，这一定是个好太太好妈妈，但是我完全错了——实际上，她终身未婚。

玛丽·卡萨特出生于 1844 年，她的家族是当地的名门望族。父亲是指望她继承家业的，她却执意要做画家，于是冲突不可避免。卡萨特看来是个相当执着的人，肯定是 A 型血，白羊座或者摩羯座。激烈冲突之后，父亲成了输家。

于是她二十一岁那年就和母亲到欧洲游历去了。先到意大利研究柯勒乔的作品，又到西班牙探讨委拉斯开兹、鲁本斯的名画。1872 年，她以一幅《嘉年华会》入选巴黎沙龙展，一年后她定居巴黎。

幸运的是，此时的巴黎正是印象派浮出海面的时期。卡萨特非常喜欢印象派画家对光和色的表现，尤其深爱德加的作品。那段时间，她疯狂临摹德加，并且以一幅名为《伊达》的画作参加了一个画展。伊达是一位公主，她决心牺牲恋爱婚姻而把一生完整地献给艺术——这似乎正是画家本人的一个誓言！她的偶像德加正是在看了这幅画之后才对她产生了兴趣，轻易不夸人的德加对她的绘画技巧称赞有加，并且强调：卡萨特是他遇到的一位"感觉与我同样好的画家"。并邀请她参加印象派画展。

此前，由于官方沙龙的评审制度让她无法完全按照自己的心意创作，在 1877 年官方沙龙又一次拒绝她的作品之后，她放弃了继续向沙龙送作品，加入了当时还举步维艰的印象派。之后，她多次在印象派画展上展出作品，很快获得塞尚、莫奈、雷诺阿等印象派主将的支持，法国作家左拉也对卡萨特的绘画极为赞赏，还有那位怪诞的后印象派画家高更也不吝赞美："卡萨特的作品很有魅力，而且很有力量！"——要知道，高更可从来都是以尖刻的批评见长的！

当然最令人赞叹的是她与德加的友谊，竟然持续了四十年之久——在两位个性极强的艺术家之间能有这种恒定的友谊，实在是太难得了！

她的代表作《洗浴》流露出来的细腻感觉是男性画家们无法望其项背的。在构图处理上，这幅画显然有德加的影子。赭石色的花纹墙纸、棕红色的地毯图案和母亲的条纹衣裳使色调非常和谐舒服。母亲正搓洗着女儿的小脚丫，母亲的手指和女儿的脚趾都非常有质感，有温度。最重要的是：这不再是古典作品中的圣母子，而是现实生活中安详的母女。她们所承担的不再是宗教的精神性功能，而更多的是对于现实生活的理想再现，特别是，对于一位终生未婚的女画家来说，这应当是她最最真实温暖的梦境。

我非常喜欢一幅并不那么出名的画：《朱尔斯被她的母亲擦干》——这么生活化的细节被我们的女画家捕捉到了：并不完美的女孩是如此真实，只能说画家是在用画笔诉说着女性温柔的母爱，凭着诚实去捕捉儿童天然的动作，在平凡中表现栩栩如生的画面，以真实、优美的笔触捕捉生命之光。

至于那幅《蓝色沙发上的小女孩》更是征服了许多画评家：小女孩坐在沙发上，一只小狗睡在旁边，据说这幅画是一对夫妇邀请卡萨特为其女儿所作的肖像画，卡萨特极其善于捕捉儿童的瞬间表情，并能深入刻画内心——小女孩当时显然是很不耐烦很不情愿。这幅画是卡萨特的得意之作，而有趣的是：最近位于华盛顿的国家画廊在维护该画作时发现这幅画上还有另一位画家的笔触，那就是德加。

《莉迪娅在包厢》这幅油画创作于1879年。与雷诺阿同题画作中呆板的女子完全相反，卡萨特画了一幅明亮生动的画，画中人自信快乐，表现了现代女性的独立之美，甚至透露出一种美国式的骄傲。作为定居在法国的美国人，卡萨特在学习法国文化艺术的同时，内心深处并没有丧失美国人的特点。

从19世纪70年代末开始，卡萨特进入了一个创作的高峰期，这十多年中她创作了许多精彩的作品，并且将她著名的母子题材的作品发展至成熟。《读费加罗报》（1878年）、《茶聚》（1880年）、《园中缝纫少女》《阳台上怀抱小狗的苏珊》（1883年）、《海滩上的孩童》（1884年）、《园中母子》……还必须要提到她的版画：在《信》这幅版画中，你看不到一点点卡萨特的影子，会以为是另一画家所作，这充分说明卡萨特在绘画方面的多样性与可能性，《信》这幅版画，平涂色块的运用和简练流畅的线条都显现出日本版画对她的影响，在巴黎那个喧嚣的浮华世界里，这幅画难得地静谧而美丽。

尽管如此勤奋，卡萨特的付出与收获并不均衡——直到1891年，四十七岁的卡萨特才举办了首次个展，法国美术界集体向这位女画家致敬，然而她的祖国却并不买账。直到1904年芝加哥美术协会邀请她为年度展览主宾，卡萨特才回到美国。十年后，费城美术学院为她颁奖；1926年，八十二岁的卡萨特去世，她离世二十年后美国才举办了规模宏大的卡萨特回顾展，也就是说，在卡萨特生前并没有真正得到祖国的承认。

卡萨特本人曾经说过，艺术家有两条路，一条是笔直的康庄大道，另一条是坎坷的羊肠小道。她说她走的是后一条路。她也说过自己做为女人非常失败，试想，在19世纪末20世纪初的时代，一个女性终生献身于艺术事业而不是家庭生活，需要承受多大的外部社会压力和来自内心深处的自我质疑，有多少难以言传不为人知的痛苦！她嫁给了她的画！——自从作出这个惊世骇俗的决定，她便注定会走向坎坷之路，可是，难道真正的艺术家们走的不都是坎坷之路吗？！

伊丽莎白·维热·勒布伦：美丽与哀愁

在世界美术史中，女画家是如此稀少，由于少而弥足珍贵。然而，这并不意味着女画家缺少才华，而是，她们的才华常常由于各种各样的原因遭遇了遮蔽——毋庸讳言，这依然是个菲勒斯中心的世界。

在我很小的时候，在父亲送给我的第一个日记本里，有着这样一幅画，画名：《母与女》。

这一对世界上最美丽的母女，组成了世界上最温馨的画面，有好长时间，每当我心情不好的时候，都会看看这幅画，这幅画，有着意想不到的治愈作用：虽然是写实，其实却是超现实，因为从很小的时候我就有个感觉，在真正的现实世界里，是没有这样完美无瑕的画面的。

这幅画的作者，就是法国新古典主义画家伊丽莎白·路易丝·维热·勒布伦（Elisabeth Louise Vigee-Le Brun），她于1755年出生在一个艺术之家，从小画画，后成为法兰西皇家绘画雕塑学院院士，世界各国许多著名的艺术院校都聘请她为"荣誉教师"。她是当之无愧的法国最杰出的女画家，同时也是世界最著名的女画家之一。她一生的经历具有极强的传奇色彩，简直就是一部史诗般的巨片，令人在无比震撼的同时扼腕叹息。

伊丽莎白的父亲路易·维热是享有盛誉的艺术家，在绘画天分极高的女儿身上寄托了很大希望。女儿继承了父亲的柔顺和母亲的美貌，是的，伊丽莎白非常美丽，看看她的自画像，你就知道什么叫过目难忘的美了。

美丽优雅、才华横溢、财富、荣誉，一样都不少，按说应当是完美人生了吧？错！伊丽莎白的一生，是无法想象的坎坷曲折、动荡不安的一生。

她十三岁丧父，从此失爱。母亲对她极为严苛，继父更是将她推入了噩梦之中——利欲熏心的继父掌控了她的收入来源，将她的心血换得的财富全部纳入自己囊中。直到十九岁那一年，她遇见了画商勒布伦，面对年长她二十岁的勒布伦的穷追不舍，她一直犹豫不决，后来她想，再坏也坏不过被继父勒索、被母亲无视的境地吧，于是她选择了同意——但是不久，她就明白自己为这个选择付出了巨大的代价。

原来勒布伦竟然是个赌徒和酒鬼！他比继父更加盘剥伊丽莎白的钱财，最糟糕的是：她从此失去了自己的名字，而以勒布伦夫人的名字闻名于世——这真具有讽刺意义。

然而，这一切都无法剥夺女画家的才华，她把自己全部的爱都给了绘画和女儿，她的肖像画红遍了整个欧洲。以至于奥尔良公爵夫人找她画像都得排队，法兰西元帅更惨，到了她的画室连位子都没有，只能席地而坐！

勒布伦夫人所创作的宫廷贵族肖像，突破了洛可可式的矫揉造作，她非常注重人物的神态，她能画出一个人的灵魂。在《卡特琳娜·斯卡尔斯卡娅女伯爵像》中，画家抓住女伯爵照镜子的情境，使人物真实而自然，有浓厚的生活气息，画面人物动态疏密有致动静结合，以暗绿色为主色调，与明亮的面孔与胸部形成鲜明对比。

在她二十三岁那一年，被路易十六的妻子玛丽皇后召入凡尔赛宫，这一去就是十余年，其间，她为皇后画了三十多幅肖像，两人成了好闺蜜。但是她心里很清楚，她一直是在异性的欲望和同性的嫉妒的夹缝中生活，果然，正当她名声日隆之时，流言几乎令她陷入没顶之灾。

她的一幅画《和平带来富足》给她惹了麻烦，流言开始弥漫在凡尔赛宫四周——别有用心的人凭借臆想，硬说她和另一个男画家有不正当关系，因为这位画《皇太子诞生》的画家住得离她很近，且当时的伊丽莎白年轻貌美，流言被当时的宫庭首席画师皮埃尔利用，皮埃尔出于嫉妒，提出伊丽莎白根本没有正规的从业执照，要查封她的画室，更有人以讹传讹，说她铺张浪费：她明明只为一次聚会花了十五法郎，却被讹传为两万法郎！为此国王亲自出面找她谈了话——这在当时的时代，可是太严重的事了！

并且，人们开始指责她收费太高，动辄上万，殊不知她全部的收入都进入了她丈夫——那个酒徒和赌棍的口袋。

这一切让伊丽莎白有口难辩、痛苦不堪。终于，在画了《玛丽皇后与她的孩子们》之后，法国大革命爆发了！

作为皇后的密友，伊丽莎白自然是被通缉的铁杆保皇派，她匆忙中收拾了简单的行装，行囊里只有区区八十法郎，带着心爱的女儿，与一个雅各宾党人挤上同一辆马车，在一个月黑风高之夜，匆匆逃亡。

从此浪迹天涯——从意大利、奥地利、德国一直辗转到了俄罗斯。在圣彼得堡，她受到了极高的礼遇——俄国皇后把她留在身边，而在这时，她已经听说路易十六与皇后玛丽殒命断头台的消息。而她那个赌徒丈夫觉得她已经失势没有利用价值，向她提出了离婚。

在那个年代，离了婚的女人如同一片失重的纸鹞，只能随风飘零——但是缪斯女神再次眷顾了她，圣彼得堡成为她的第二故乡，她在这里再次画了大量肖像画，并且，生平第一次全额拿到了应得的报酬。

故事的情节反转又反转——

——终于，最可怕的灾难降临了，她一直视作惟一珍宝的女儿朱莉背叛了她。朱莉爱上了一个长她十七岁的男人，她鉴于自己的教训竭力反对，然而完全无用，朱莉弃她而去，她躺倒在空落落的大房子里，没有气力起来，泪水，把她淹没了。

她痛不欲生，再也没有前行的力量了！这位曾经令整个欧洲倾倒的美女画家、不幸的妻子、失败的母亲，最后栖息在了巴黎。她为自己的墓碑写了这样一句话：这里，将是我最后的休息之处。

是的，她太累了，需要一个长时间的休息；而她给这个世界留下的，是八百多幅艺术珍品与永远的怀念。

穆夏：从招贴画到斯拉夫史诗

与其他画派不同，新艺术运动作为第一个真正面向普罗大众，且时间跨度达三十年之久的艺术运动却在西方美术史中被遗忘了。特别是在当代中国，阿尔丰斯·穆夏（Alphonse Maria Mucha，1860—1939）与他所属的新艺术运动一样，已经被完全忽略。在《中国大百科全书·美术卷》中找不到他的名字，最搞笑的是，对他名字的翻译多到五花八门，朋友们如果看到穆查、姆佳、慕克、米哈、穆恰……那都是他的名字。

穆夏，波西米亚人。于 1860 年生于捷克的一个小镇，年幼时曾经是教堂唱诗班成员，当时那教堂保存了许多巴洛克风格的艺术品，这些美丽的艺术品深深影响到年幼的他，他很早就确立了自己当画家的梦想，然而梦想太难照进现实。穆夏接连碰壁：去布拉格国立艺术学院就读，校方没看上他，找借口说："为了不埋没你的才能，恳请你另谋高就"；去维也纳剧院做布景美术，剧院又被大火变为一片瓦砾；穆夏万般无奈，只好在街头给人画肖像为生，吃点儿小扁豆充饥，好不容易进了艺术学院深造，赞助人又停止了赞助，真是屋漏偏遭连夜雨啊。好在，这时穆夏已经掌握了朱利安画派和德拉罗什画派的很多技巧，逐渐形成了自己的艺术风格。

转机终于来了。

1890 年，穆夏结识了当时的大明星萨拉·贝鲁娜露，给她画了一幅埃及艳后扮相的素描，这幅素描显然是美化了萨拉，于是萨拉对这位年轻人念念不忘。后来她演出时急需一张海报，而此时正是圣诞节期间，出版商找不到绘制者，于是萨拉就指定了穆夏。当时连吃饭都成问题的穆夏穿着租来的燕尾服去了剧场，观剧后就在剧场旁边的咖啡馆桌子上画出了设计草图。这个设计稿得到了萨拉的高度赞赏，剧场主和出版商虽然没看上，但是迫于大明星的名望只好采用了这幅海报。

没想到，海报获得了巨大的成功！穆夏的海报重塑了全新的萨拉，海报中的女子如月亮女神般典雅而美丽，华丽的服饰、绚烂的色彩、优雅的线条无不令人赞叹，一时间洛阳纸贵，连这幅画的复制品都成了抢手的艺术品！穷困潦倒的穆夏一夜爆红，订单滚滚而来。那些生活用品，服装纹样，商品装饰，各色广告在他的笔下被描绘成鲜花、卷草、美女、香车，长长的卷发，婀娜的体态，秀美的面容，华丽的饰物，灿若云锦的花朵，教堂彩色玻璃的嵌饰，而这些作品中有很多就是以萨拉为模特儿而创作的。萨拉狂喜之下，与穆夏签了六年的合同，穆夏从此名声大噪，"穆夏风格"的艺术品风靡一时！

"穆夏的艺术时代"由此诞生。他设计的戏剧海报、商品广告及装饰画，以那种绚丽多彩的画风给他带来了巨大的声望。这些作品被人们当作时尚标志而全盘接受。

另外，鲜为人所知的是：穆夏竟然还是当年的捷克斯洛伐克第一套邮票和纸币的设计者！他的作品对后世的商业绘画影响巨大，由于他的出现，在全世界刮起了所谓新艺术时尚之风，包括中国。这回总算知道上海滩那些美女月份牌的起源了！

穆夏的成功自然与商业有关。当时正是19世纪末到20世纪初的十年，恰逢欧美商业繁荣之时，资本的扩张带来了新的阶层与时尚，中产阶级成为时尚商品的主要消费群体，同时也是社会文化和艺术的主要接受者。新奇美艳是他们对美的基本要求。经济基础的改变促使着文化思想的改变。财富的拥有者企望改变自己的生活状态，形成一股寻求新生活的思潮。人们追求享乐，开始了附庸风雅的竞赛，他们假装内行地出入艺术场所；穷奢极侈，灯红酒绿，看歌剧，看画展，出席各种沙龙，而商家当然不会放过这机会。而穆夏此时所创作的海报，正好迎合了这个新时尚。

穆夏的创作经历几乎就是"新艺术运动"的一个缩影。他成了时代宠儿。一时间，雕塑、建筑、剧场背景、明信片、餐具、年历、日历插画、餐单、商业广告……无不打上他的创作印记。穆夏为萨拉设计的价值不菲的珠宝首饰，更使他受到上层人士的瞩目，成为"新艺术"的旗手。由于他的卓越成就，还被奥匈皇帝授予了骑士封号，又被法国政府授予了骑士荣誉勋章。

"太美了！停一停吧！"这是来自《浮士德》的诅咒。但是对于穆夏来说，如果他仅仅满足于商业成功，在此停留，他就真的死了！

穆夏依然记得少年时代的梦想，始终没有忘记自己是斯拉夫民族之子，他要用组画来讴歌自己最热爱的家园。

穆夏的《斯拉夫史诗》（The Slav Epic）花去了他十八年的时间，系列组画有二十幅之多，这一鸿篇巨制描绘了包括捷克在内的斯拉夫民族从史前到19世纪的漫长历史进程。整个主题包括二十幅尺寸巨大（610cm×810cm）的油画作品，无论从哪方面来讲都堪称绘画史中的杰作。穆夏采用了油彩和蛋彩的混合画法，为搜集素材，他踏遍了斯拉夫民族的历史遗迹，作品中所涉及的历史时间之长、地理风俗之多、史实之复杂和画面之深刻，足以看出画家为此倾注了全部的心血。1928年，全部作品完成之后，穆夏将此作品全部无偿献给了当时已独立了的祖国。《斯拉夫史诗》被穆夏视作自身艺术生涯的总结，他从"新艺术运动"中突破，再一次破茧成蝶，这一次展现在人们面前的，是一位具有历史刻度的深沉而伟大的画家。

有趣的是，在穆夏离去半个多世纪之后的今天，世界又开始给予他新一轮的关注，他各种形式的展览与出版物接踵而来。难道历史又走进了一个惊人的相似阶段吗?!——我们要不要重温一句：太美了！请停留！

德尔沃的幽灵世界

与那些疯子式的天才不同，天才画家保罗·德尔沃（Paul Delvaux, 1897—1994）是一位安静的美男子。他出生于比利时的一个律师家庭。自幼受过良好的希腊罗马古典文化教育，爱好古典音乐、儒勒·凡尔纳的科幻小说与《荷马史诗》。但是表面的优雅并不能遮蔽他内心的执拗——从小喜欢冥思幻想的他一生只爱过安玛丽一个女人，并且是在三十二岁才恋爱，他服从母亲与另一个女人苏珊娜结了婚，而五十岁时与安玛丽重逢，他一反听话的乖儿子形象，果断与苏珊娜离婚后与安玛丽结婚，当然，此时他的母亲已经作古。

保罗·德尔沃是比利时现代绘画的代表人物，他的梦幻写实画风在整个世界范围内都堪称独特。他将个人的内心世界与梦境融入画面，营造了一个静态时空，他独特神秘的绘画语言不仅轰动了当时的超现实主义画坛，而且也让现代建筑设计深受启迪。他一生所画的题材离不开三个元素：一是文艺复兴以来的透视关系；二是以维多利亚式的古典建筑为背景，进行不可思议的时空转换；三是在画面中反复出现以一种现代化的形式加以呈现的古希腊静谧高贵的元素，似乎在向世人倾诉着灵魂与梦。他的绘画远离时代，令人在画前流连的时候，忘掉了时间与空间。

让我们来看看他的奇异的画作：——一群少女紧闭双唇，名字却叫《合唱》。德尔沃曾经说过："基里科画出了沉默的诗歌、怀念的诗歌，他是空幻的诗人。"这句话简直就是他本人的自白。

有很长时间他一直徘徊于新印象派和表现派之间。最后他还是成为超现实主义画家。他不再重现外部世界，画面变成了凝滞不动的庙宇，马路，公共广场与空旷的房间，常常有神秘的月光倾斜而下，有同样美丽而呆滞的女子站立其间——完全是梦境中场景与人的奇特相遇。

最为奇特的是，德尔沃营造的幻梦并非用技法构成，给人的感觉是：他的绘画就像做梦，在他提笔之前似乎就已经梦见过了。他的画笔在非理性的时空中逡巡，在潜意识中探究，在神秘、诡异的月光下，平地创造出一个沉寂的女性世界王国。这让我们不禁联想到，有研究者关于"女人偶"的说法，也就是说，研究者认为德尔沃笔下那些美丽而空洞的女人反映了一种病态的审美观，而这正是当时社会病态的真实反映。

灰色是德尔沃所爱，《乡村美人鱼》中，女子空洞淡漠的眼神凸现的忧郁气息被解释为拒绝伤害。在德尔沃的画里，道路往往没有方向，德尔沃的世界是闭锁的世界，静止的世界。女性似乎是他精神世界的主体，他崇拜女性又害怕女性，他的原始心象一定是一个美丽而又拒绝一切的女人，他勾勒的所有女性虽然完美却无生命体征——犹如皮格马利翁塑造的那尊女人雕像——那是男人希望的女人，却并非真正的女人，没有温度没有灵魂，遗世孤立在尘世之中。

有人说，这些女人象征了德尔沃本人对现实的态度，矜持而不妥协、自省而自虐。我却不这么认为。德尔沃的母亲似乎是对他一生影响巨大的人，在他幼年的时候母亲就曾经不止一次地说，除了她以外的其他女性都是不值得信任的，这话其实影响了德尔沃一生的女性观。

在《德尔沃访谈》之中，他谈到了这个，可以说，德尔沃潜意识的女性观在童年就已经决定了。他终其一生的女性形象描绘，正是他对于女性的渴望与恐惧的梦中心象，换句话说，这位对女性充满憧憬的画家只愿让女性停留在梦中静止的状态，让她们保持在他精神世界中的雕像感，而不具有"官能性"。

上世纪 30 年代中期后，德尔沃被界定为超现实主义画家，但他本人并不喜欢这个称号，他从没正式参加法国超现实主义团体的活动。他的本意，大概并不希望被界定为任何一种流派，而内心只希望自己的画风是惟一。从某些方面，他做到了。

德尔沃的艺术语言确实具有鲜明的个人特色。他一生的绘画语言虽然没什么变化，但是非常具有艺术魅力、精神内涵与时代特征。他的绘画语言的确与超现实主义有明显区别。他创造的是静态的诗，让人觉得他的全部作品一直都在想接近一个完美人物，而这个完美人物却始终没能和他真正会合。或许他本人原意并非如此，但是我们从他创作的一系列杰作中，从冷峭幽谧的月光，月光下凝然不动、眼神空漠的美女与海市蜃楼般奇妙的建筑中，读出了一种静静的恐惧。是的，恐惧。恐惧而美丽，却又完全不同于达利的燥热。可是，这种幽灵般的美难道不更可怕而诱惑吗？！

第一次世界大战后，欧洲各国普遍出现了批判传统观念的、波及欧美各国的革命。弗洛伊德的精神分析理论及相关心理学派的学说与超现实主义的产生息息相关，超现实主义画家追求潜意识的梦境，但每个人的梦境都不同。在西方绘画界，德尔沃无疑是非常特殊的一位，他的画极具奇特性和神秘性，也可以说，他创造了一种带有荒诞美感的梦幻画风。敏感的他把潜意识里压抑的情绪和对外部世界的反映凝聚成象征语言，然后用一种貌似怪诞的方式重新排列组合，而他潜意识里又包含了同时代人的许多精神共性。缺少关注，屡遭挫败使他对现实失望，战乱、死亡与废墟使他开始了对时代及生存环境的思考，总之，解释这位画家梦幻世界的精神内涵是有相当难度的，但无论如何他的梦幻世界是令人迷恋的——伟大的艺术作品凝结了艺术家的精神内涵，也因此，它们不朽于世。

德尔沃不止一次地说到，他的创作意在描绘他的梦境，那只是一个普通人的梦境……在九十七岁那一年，他终于在他最后的梦境中，找到了他终生所爱的那个女人。

克洛斯：假作真时真亦假

1980 年 12 月 20 日，第二届全国青年美展在中国美术馆展出。一进展馆，所有人的目光就定格在了一件巨幅油画上——画名《父亲》，作者是个新人，叫罗中立。由于当时的美术评论家们对于此画争论不休，于是决定让观众来投票，观众投票的结果就是：此画一举拿下该届美展金奖！而照相写实主义（Hyper Realism）这个流派也随之被中国广大美术爱好者所认知。记得当时《父亲》给我的感受是，不管我站在美术馆的任何角落，那双被密集皱纹深深包围的眼睛都转向我。换句话说，我逃不掉那双眼睛的追踪。而后来看到的美国画家克洛斯的画给了我同样的感受。

20 世纪 40 年代出生的美国画家查克·克洛斯（Chuck Close，1940— ），是照相写实主义的代表人物，绘画跨过了一个怪圈，终于又回到了现实主义，但早已不是本来意义上的现实主义。克洛斯本来就是一位严肃的摄影学者，专心研究摄影与绘画间的一切关系，他 1968 年的《自画像》，将现实主义纳入了人体艺术的范畴，在这里，艺术家缩小了他彻底写实的范围，以刻画和表现他自己的身体作为中心主题。

照相写实主义出现在上世纪 60 年代，在加利福尼亚，一群青年艺术家企图运用一种超级写实的绘画，来打破当时抽象派的一统天下，他们既像是与抽象主义唱反调，又像是不甘心服从于观念艺术。这类绘画有着鲜明的波普艺术的面貌，却并不热衷于广告效应。

在那之前的一个世纪，照相机的问世导致了一场真正的绘画革命。19 世纪下半叶的艺术家们认为照相技术所表达的真实细节是画家无法做到的。所以他们干脆放弃了对自然与真实事物的摹写。现在很多人都会在那些抽象变形的画面前发出内心的质疑：为什么画家要把画画成这样？毕加索早期的画多棒啊，为什么后来要做这样奇怪的变形？美术研究者们真的懂画吗？康定斯基那复杂的点与线、波洛克那乱七八糟的涂鸦、克利那貌似音乐五线谱似的线条，纽曼干脆就在一块灰上画两条蓝色的线，美其名曰《亮拉链》，也成了一幅名画，他们究竟是在故弄玄虚，还是真的暗藏玄机？其实追根溯源，答案就在于照相机的问世——客观摹写拼不过照相机，咱就走主观变形的路吧，何况艺术家们坚决排斥机器介入艺术，他们坚信个人的创造性才是艺术的灵魂。

然而到了 20 世纪末，画家重新回到了写实主义，他们出人意料地选择了照片。

照相写实主义作品往往尺幅巨大，给视觉带来极大震撼。查尔斯·贝尔（Charles Bell）认为，"极度地改变日常东西的尺寸，使我们能够进入里面，更容易探索它的表面和结构。"照相写实主义沉浸在丰富的细节刻画中，精确、清晰，并且无一例外地摒弃一切主观因素。事实证明：放大日常事物的尺寸，所造成的美学和心理效果是难以想象的。

照相写实主义根据现代哲学中距离论的观念，认为传统的写实主义过多注入作者的主观情感，因而是一种主观的写实，或者说是人文的写实，但是如果用不含主观感情、不戴有色眼镜的眼睛来观察和反映，则能为更多的大众所了解，转播的范围更广，在这里，照相写实主义画家们有意隐藏了一切个性、情感、态度的痕迹，不动声色地营造画面的平淡。这种表面的冷漠之中，其实包含了某种对社会的看法，起码反映了后工业社会中人与人之间精神情感的疏离与淡漠。表面上看，它是对写实的回归，而实际上，它是对当代社会的某种揭示。照相写实，在这里已经成为与抽象主义并行的一种现代艺术手法。

其实，克洛斯本人早先就是画抽象画的，但是一直没画出来，于是就开始画照片。他画了很多照片，从亲友的入手，慢慢从画照片中感觉到一种全新技法的诞生：他根据照片画成人像和城市街景，将人头照片投射到画着格子的画布上，用喷枪笔逐格作画。

"照相写实主义"这一画派从诞生起便饱受争议，但却深受私人收藏的青睐，在艺术市场上有着相当的竞争力。画幅大，远看逼真，近看局部却很抽象，画家用逼真的画面揭示出一个真实的虚幻，譬如头发和胡子，过去总以为他们是一根一根画出来的，但是近在咫尺的局部，只是点和旋涡，完全是抽象的图案。因此，极其逼真的作品却让人得到一个相反的结论：一向被视为最真实的照片其实是由许多不同形状的颗粒合成的一个幻象，真实是由不真实幻化出来的，正是假作真时真亦假。

有趣的是，被画家们选中的照片都不是摄影师的杰作，而是普通的快照，大都是街景、橱窗、广告牌和生活用品。画家们对待作品的方式与波普艺术家接近，他们超然于画的对象之外，即使是最华丽的景色，也被他们冷淡的叙事手法消解了。他们冷淡而精准地照搬生活的结果，是让观者在感叹当代生活的种种琐碎细节之余，横生出一种奇怪的质疑与反讽。

克洛斯热心制作巨幅头像，他可以利用照片放大，人们也许要问，为什么对这些人像比原来的照片更感兴趣？最好的回答是，这些画像创造了一种以假乱真的魅力，质感逼真得惊人，写实主义推向极致便成为照相写实主义，这本身既荒诞又真实，与我们现在坚持的现实主义比照，似乎很能说明一些重要的问题。当克洛斯攀着梯子在画布上用他的喷枪喷出一个个小格子的时候，也许上帝就要笑——人啊，你在干什么？你这样费力气地画上无数根头发，意义究竟何在?！难道它比现实的头发更像真的么？

克洛斯也许会回答："为什么要有意义？生命有意义么？生活有意义么？你这迂腐的上帝老儿啊，难道你也相信那些吃饱了撑的没事儿干的人赋予人生的意义么?！"

于是克洛斯扔掉画笔，长吁了一口气，然后，被画像中那双逼真的活人般的眼睛惊呆了。

二　星汉灿烂

大都会博物馆之梦

我有三个梦想，第一个，关于敦煌莫高窟；第二个，关于美国大都会；第三个，关于法国卢浮宫。

如果说，纽约是美国的皇冠，那么大都会就是当之无愧的镶嵌在皇冠上的一颗璀璨的明珠。一个多世纪以来，大都会艺术博物馆坐落在美国最繁华的都市，却远离喧嚣，展示着从史前时期到现当代长达数千年的文明史。在这里，藏匿着全世界的奇珍异宝，包括埃及、希腊、罗马、伊斯兰、亚洲、美国、中世纪等跨越时空的艺术品，以及武器、盔甲、乐器、服饰等。最引人注目的是巨大的绘画收藏：以法国印象派为主，由意大利、荷兰、佛兰德斯、西班牙等地约三千件名作构成了强大的欧洲绘画阵容。加上金融巨子罗伯特·里曼所捐赠的从文艺复兴时期到19世纪名画等藏品，更是成为一场伟大的艺术飨宴，美不胜收，令人叹为观止。

1866年7月4日，在巴黎布洛涅森林的一家餐馆里，聚集了一群庆祝祖国独立九十周年的美国人。晚宴上，法学家约翰·杰依提出"建造一座博物馆"的建议，当时美国尚无大型博物馆，因此杰依的建议深深打动了在场的人们。于是以杰依为会长、由企业家与文化人组成的纽约联盟俱乐部向政府提交成立博物馆的建议书，1870年，博物馆被正式批准兴建。同年普法战争爆发，美国于是积极购买了许多在战争中幸免于难的艺术品，十年后，大都会博物馆正式开馆，1892年，博物馆建筑全部完成。此后，藏品数量迅速增长，由摩根、洛克菲勒等富豪所捐赠的艺术珍品和捐款，大大充实了馆藏。第一次世界大战后，美国经济腾飞，博物馆获得的捐赠更是源源不断。为此，大都会博物馆曾经多次扩建，现在的面积涵盖了第五街、第八十街和第八十四街，规模十分巨大。如今，博物馆近三百万件藏品分别由十七个不同的陈列馆陈列展出，包括：美国艺术馆，古代近东艺术馆，武器与盔甲陈列馆，亚洲艺术馆，服装馆，素描版画及摄影作品馆，埃及艺术馆，欧洲绘画馆，欧洲艺术及装饰艺术馆，希腊及罗马艺术馆，伊斯兰艺术馆，罗伯特莱曼藏品馆，中世纪艺术陈列馆，乐器馆，非洲、大洋洲及美洲艺术馆，20世纪艺术馆等，每一陈列馆藏品之丰饶与精美，都足以与任何一座独立的大型博物馆相媲美。

在很长一段时间里，大都会一直是我的一个梦。我自幼酷爱绘画，曾经梦想做一个到处漂泊的画家。三四岁时会用石笔在洋灰地上画娃娃头，五岁时曾经照着当时的月份牌用彩色铅笔画了一张《鹦鹉姑娘》，据母亲回忆，这件事当时颇轰动，从那时起铁道学院（现北京交通大学）的大人们都叫我"小画家"，小学三年级参加国际儿童绘画比赛还拿了奖。在十三岁那一年，我也确曾拜中央美院国画系教授姚治华先生为师。姚先生师承叶浅予，擅画舞蹈人物，用笔十分考究，那些行云流水般的线条令我倾慕不已。他的画一般都远销法国，因此他在西方的知名度远高于国内。他常给我留作业，当然是素描速写之类。但我偏偏对于这些绘画的基本功很没兴趣。心里的一股躁动与激情促使我还没学会跑就想飞。我喜欢无拘无束的绘画，无法忍受任何规矩和固定的程式。姚先生对我的一个亲戚讲，这女孩子很有才气，但是不学好绘画的基本功是不行的。等到我真正领悟到这一点时已经晚了，那时我知道自己注定无法报考美院——我是无法忍受那种学院式的严格的。

1989年，在我心情极为恶劣的时候无意中用小足刀刻了一个黑女人的头像，衬在白纸上，竟有了一种特殊的韵味。于是便收集了一皮包像纸的黑纸，用足刀精雕细刻起来。开始时还打个小稿，试图藏一点什么机关，什么寓意，后来索性抛却意念，随心所欲、心境空明地进入"准气功状态"，又有音乐相伴，刀尖上便悠悠然产生了一种神秘的节奏与韵律，黑的神秘沉重与白的灵动幽雅构成了一个崭新的世界，而我在这个世界乐在其中。1990年，我举办了个人刻纸艺术展，反响竟相当不错。

我的梦想开始实现了：1991年，我去了敦煌，感受了莫高窟的强烈震撼，回来后写了长篇《敦煌遗梦》。1996年春，我有幸在好友的陪同下步入了大都会博物馆这缪斯的殿堂，惊人的美丽与恢宏令我流连忘返，我竟一口气转了全部十七个展厅，当看到我一直奉若神明的大师们的真迹的时候，那心情真是难以言传。展厅里的保安终于答应我可以不打闪光灯地拍照了。于是我与最喜爱的几幅原作合了影（包括莫罗的《俄狄浦斯与斯芬克斯》、莫奈的《干草垛》、凡·高的《向日葵》等），这对我来讲意义极其重大，起码可以作为我实现梦想的佐证。记得当时正赶上台北故宫博物院珍品展览，所以来的人特别多，听说在我参观的前一天，当时已九十九岁高龄的宋美龄刚刚来过，这令我多少感到遗憾。

朋友身体不好，被我的兴致所感染，勉力转了几层，然后就在楼下的咖啡厅歇息去了，楼下的咖啡厅很大，是开放式的，周围是各种美丽的绿色植物，喷泉水一直可以喷到小桌子上，还有一些现代雕塑，大半是铁艺。我参观过后去找他，要了一杯applejuice，我们就那么坐着闲聊，想起二十年前在天安门广场风雨交加的夜晚学唱怀念周总理的歌曲，在新街口的那间奶品店吃粗糙的奶油点心，在黄昏的密云水库里游泳……好像还在昨天，可二十年一下子就过去了，我们已经老了，现在是坐在美国大都会博物馆黄昏的霞光里，忽然觉着一切都不可思议。

是啊，艺术如同人生一样，当你觉得它已经走到尽头，再也无法向前发展的时候，它总是掉过头来，以似曾相识的面目出现，再给你一个惊喜。所谓"山重水复疑无路，柳暗花明又一村"，说的就是这样的境界吧。譬如现代绘画在经历了达达主义、波普艺术、光效绘画与机器艺术之后，忽然又回到现实主义，但这绝不是文艺复兴时代或者库尔贝式的现实主义，而是推向了极致的照相写实主义。

让我们一起走进这座西方艺术殿堂吧！

《基督降生》

乔托（1267—1337）意大利

表现基督降生的绘画题材大概有成千上万种，但是意大利人乔托的《基督降生》令我们惊叹。它高悬在欧洲绘画馆的展厅里，幅面并不大，但参观者们总是在这里驻足：这幅 13 世纪的画是那么精美，精美得让我们这些现代人惭愧。主要色调是红、褐与金色，圣母在马槽里生下耶稣，三王来拜，天使在空中飞翔，而那戴着光环的小小人儿，正茫然注视着人间。圣母玛丽亚艰难地探起身子，深情凝视着她的儿子——这个即将在人间受苦并创造奇迹的上帝之子。

乔托无疑是文艺复兴时代绘画的开山祖之一。著有《十日谈》的伟大作家薄伽丘与诗人但丁都是他的好友，但丁非常欣赏乔托的画，乔托也非常尊敬但丁，在巨型壁画《乐园》中还画了但丁的肖像。乔托的画已经背离了中世纪绘画的模式而走入了一片新的天地。他在画面中构造层次，使人物与背景有了立体感，他着意刻画人物的内在情感与情绪变化，追求着空间透视与运动感。他晚年致力于雕塑，他创作的"乔托钟塔"现在仍然屹立在佛罗伦萨，美丽绝伦，令后来者高山仰止。

《圣安德尼》

马提尼（1315—1344）意大利

马提尼是杜乔的学生，意大利文艺复兴时代早期代表画家之一。他的绘画代表着西恩纳风格。如为锡耶纳市政厅所作《圣母加冕》的壁画就明显看出西恩纳的画风。这幅《圣安德尼》系马提尼的代表作之一，画面上，圣安德尼手持《旧约》，一副焦虑、忧郁的神态，似乎在对人世间的不平忧虑，又像是以《旧约全书》为武器，在对恶势力进行讨伐。作为一个 14 世纪的画家，马提尼的手法十分细腻，人物的头发和衣褶都有着十分强烈的质感，与之不同的是那本《旧约》，颜色鲜红，从整幅作品的中间色跳出，并且显得平面、缺乏立体感。荒唐的是，那本色彩鲜艳的《旧约》让我想起了三十年前的红宝书，当年的人们也是这样怀揣红宝书与政敌据理力争。信仰使人们变得有力量，而信仰的崩溃使道德沦丧，社会脱序，然而，黑暗落后愚昧的信仰却会使人更加可怕，从这个意义来讲，人们又似乎应当早日从可怕的信仰中解脱出来；我们究竟要不要信仰，到底要什么样的信仰，成为 20 世纪尚待解决的重要难题。但有一点是肯定的，那就是：人类有着自欺的本能，这也就难怪尼采宣布"上帝已死"之后会引起人类的一片恐慌了。上帝死了，人们总要去找新的替代物，否则，人类将用什么来慰藉自己的心灵，来进行一次遇难航程中的飨宴呢？

《受胎告知》

波提切利（1445—1510）意大利

看到波提切利的名字，我们立即会想到他的名作《维纳斯的诞生》《春》等，但是大都会博物馆中所选的两幅《圣约罗姆最后的圣餐》和《受胎告知》，却是我们不大熟悉的。

波提切利是集同时代之长的画家。他生于佛罗伦萨，少年时代便厌师厌学，曾被父亲认为是个没出息的孩子。稍长，去做匠人，开始显示出非凡的绘画天才。波提切利曾在美第奇宫廷中服务，是佛罗伦萨画派中最富于幻想和最为独特的画家。更为惊人的是他的反教会思想，他的《春》与《维纳斯的诞生》便是代表作品，其中充满了对于人生的美好愿望与幻想。

《圣约罗姆最后的晚餐》与《受胎告知》是画家不多的宗教画，前者的布局很像是教堂画，后者则是被许多画家所热爱的题材：画面的右边是圣母玛丽亚（当时是木匠约瑟之妻），当时她蹲在家中的木板地上，既是在小憩，又像是在冥想，她身后是简朴的柜子和床，好像都是木制的，显露出她"木匠家属"的身份，她的前方是一席白纱帘，那里实际上是一扇门：天使正对着门，也就是在画面的左侧，对着玛丽亚在报告一个惊人的喜讯：上帝授予了玛丽亚圣灵，伟大的救世主就要在她的腹中诞生了！天使自然生着翅膀，那对翅膀是属于波提切利的：它是跳跃的，生动的，好像刚从正对着我们的那扇大门走进，她弯下身子，压低声音神秘地诉说着那个秘密，那个主宰了人类几千年的故事的缘起。画面结构十分简洁，用色单纯，与华丽的《春》与《维纳斯的诞生》恰成对比。

《圣母子》

贝利尼（1459—1516）意大利

乔凡尼·贝利尼是威尼斯画派鼻祖雅各布·贝利尼的儿子。他继承其父画风，非常讲究色彩的运用，当时佛兰德斯的油画颜料刚刚传入威尼斯，他立即开始使用油画颜料，画风以抒情和优美见长，是得到当时宫廷认可的大画家。《圣母子》正是贝利尼常用的题材。在这幅《圣母子》中，圣母玛丽亚怀抱圣子耶稣坐在窗边，猩红色的窗帘透出凝重的质感，窗外，是蓝天白云下的教堂尖顶。圣母抚摸着圣婴，那神态更像是凡间的一位少妇，面部丰满润泽，与中世纪圣母那种面无表情的干瘪形象恰成对比，而圣婴，更是一个可爱的金发男孩，皮肤的质地细腻透明，整个格调和谐、安谧而宁静，应当算作早期威尼斯画派的代表作品之一。

《嫦娥图》彩墨

唐寅（1470—1524）中国

在大都会博物馆，展出着一些相当著名的国画。文人画居多，譬如宋徽宗、郭熙、韩幹、倪瓒、钱选，等等，都是国宝级的国画，很为大中华增光添彩的。

却单单选中的这幅《嫦娥图》，自然是一个大俗的原因：看到唐寅的名字就立即想起那出脍炙人口的喜剧《唐伯虎点秋香》，是传媒把唐伯虎塑造成一个大众情人式的人物，我不知道真正的唐寅地下有知，会不会跳出来作侵犯名誉权的起诉。

可以感受到这是一幅很美的画。极其柔和清淡的裙裾与钗环的色彩，拥托出嫦娥那种寂寞到了枯澹的美丽，特别是画卷那种经年的陈旧，更是浸淫了一种落寞却又高贵的情怀。卷首诗题曰：广寒宫阙蕉游时，鸾鹤天香卷绣旗，自是嫦娥爱才子，桂花折与最高枝。大概，唐寅笔下的嫦娥正是他心中理想的"如花美眷"，怎么能想象这样的美女如此孤独寂寞?！他希望她能够摆脱天宫的束缚，投入他这个人间大才子的怀抱，这也算作一种很高级的意淫吧。

《亚当与夏娃》

丢勒（1471—1528）德国

提到文艺复兴时期的德国代表画家就绝对绕不开丢勒。丢勒是个金银首饰匠的儿子，从小喜爱绘画，青年时代到意大利旅行，受到意大利绘画影响，回到德国后，开始钻研木刻及铜版画，取得了非常伟大的成就。恩格斯曾把他比作达·芬奇式的巨匠："丢勒是一个画家、收藏家、雕刻家、建筑家，此外还发明了一种筑堡学体系……"丢勒把广博的知识运用在绘画上，显示出非同一般的构思才能，当然，从丢勒的画中我们不难识别德国人独有的精确与理性。

蚀版《亚当与夏娃》是丢勒的代表作之一，画面上，亚当与夏娃分站在一棵大树（依我看是生命树）两边，连接他们的是一条缠绕的蛇。背景，是伊甸园神秘纵深的景观。那些古老的树，那些美丽的错综复杂的枝叶和藤，都透出丢勒极其精美的刻工，就像用一根根细如游丝的线编织而成。画面左边的亚当，右手持智慧树的树枝，树枝上栖着一只美丽的鹦鹉，最有趣的是挂在树枝上的那枚铜牌：上面似乎写着上帝的告诫，类似世俗社会中的动物凶猛请勿靠近，或者游人止步一类，但是亚当把这根树枝摘了，因为他和夏娃已经偷吃了智慧果，能够辨善恶了，他们轻蔑地摘下了那根枝条，准备携手走出伊甸园，而夏娃就更勇敢些，她左手擎一枝伊甸园的花，右手握着那条诱惑了他们的蛇，好像在说，蛇啊，再见了，我们永远也不后悔！有趣的是，他们的表情都充满了德国人的理性，而赤身裸体的效果没有带给人丝毫肉欲（像佛兰德斯画风那样）的感觉，倒是像让人欣赏一幅严格的人体解剖图。

《圣母子及众圣徒》

拉斐尔（1483—1520）意大利

提起意大利文艺复兴三杰，人们一定会立即想到达·芬奇、拉斐尔和米开朗基罗这三个光辉的名字。拉斐尔生于意大利中部的一个小公国里，这里崇尚中庸、温和、静谧和秀美，拉斐尔把这些风格在绘画中发挥到极致，他成名之后主要为罗马教皇服务，意大利许多教堂穹顶画都出自拉斐尔之手，可惜，这位天才的画家只活了三十七岁。

《圣母子及众圣徒》是典型的教堂穹顶画。拉斐尔笔下的圣母是最美丽最温柔的圣母。圣母抱着圣婴坐在宝座上，两边是天使和两位使徒。而上面半圆形的拱顶上，是上帝在演说。他周围飞翔着的仙女，是西方人的天使，还是东方人的飞天？在这幅画面前，我们会突然感受到东西方文化内在的趋同性，这种结构，这种布局和纹路，与我们的敦煌壁画何其相似：那些布满团花、卷草和菱环纹的藻井！那些优美的覆莲、流动的飞云、旋转的散花、飘舞的长巾、艳丽的葡萄与联璧纹，那些云气动荡、衣袂飘飞的美丽的伎乐天……都与眼前的关于圣母子的神话那样接近。我们不禁要问，究竟谁更伟大？是西方的上帝还是东方的佛陀？抑或是，创造他们的人？！

《面饼及鱼的奇迹》

丁托列托（1518—1594）意大利

提香的大弟子丁托列托也是威尼斯画派红极一时的画家。他的画同时具备"提香的色彩与米开朗基罗的形象"，画面充满着梦幻与动态之美。丁托列托喜欢大场面与富于戏剧性的题材，《圣马可的奇迹》《银河的起源》等自然都是代表作，《银河的起源》中那个大神朱庇特与神后朱诺都栩栩如生，朱诺的乳汁喷射出来，变成银河的点点繁星。

《面饼与鱼的奇迹》自然取材于《圣经》故事。耶稣与十二门徒到处传教布道，一日，众人聚集在树林中，听耶稣讲道，已过晌午，众人腹中饥饿，施洗者约翰拿来一张面饼，一条小鱼孝敬老师，耶稣遂大显神灵，祈求在天之父，将面饼与鱼变成了无数，每个穷人都吃到了，而且吃饱了，于是耶稣的威信大大提高了。由此看来，《旧约》大概是以色列的穷人们创作的，难道饱饱地吃上一顿面饼和鱼，就足以使他们相信上帝了么？

《特雷多风暴》

格列柯（约1541—1614）希腊

格列柯出生于希腊克里特岛，二十五岁到威尼斯，拜丁托列托为师，三十岁后到西班牙定居。他在克里特岛时就深受拜占庭遗风和西班牙当时流行的神秘主义影响，热衷于抽象的宗教题材与怪诞离奇的艺术形式，他画中的形象多半是瘦削修长的，散发着神秘的氛围。《拉奥孔》便是他的代表作之一。

这里的《特雷多风暴》虽然只是单纯的风景画，却完全独异于其他画家。画面的大自然似乎在颤动着，一切都是倾斜的、不规范的，在天空那种神秘幽暗的色彩中，似乎正在酝酿着一场大风暴。那灰暗的云滚滚翻腾似乎代表着一种不可抗拒的力量，那些大地上的建筑和植物，那些高大的乔木和低矮的灌木，在那力量面前被激烈地震撼着，像万花筒一般变成无数的碎片。在那种压抑与威慑之中，天空似乎传来一种可怕的背景音乐——那是极为恐怖的天空的呓语。

《维纳斯与阿多尼斯》

鲁本斯（1577—1640）荷兰

鲁本斯，世界美术史上的大师，佛兰德斯画派的重要代表画家。他出生于德国，父亲是律师。十岁时他父亲去世，由母亲把他带到安拉巴尔克的宫廷中做侍童，按照当时宫廷的要求，侍童也必须学习拉丁语、德语、西班牙语和法语，显然，通过对多种语言的学习和掌握，鲁本斯为后来担任外交官奠定了极好的语言基础。他十四岁学画，先后拜过不少老师，以罗马派画家维尼乌斯对他影响最大。他二十二岁去意大利留学，主要研究和临摹提香与开兹的作品，玛恩杜埃侯爵非常欣赏他的画，于是鲁本斯成为侯爵家的常客。后鲁本斯成为当时佛兰德斯首府布鲁塞尔的宫廷画家兼外交官，曾出使西班牙、意大利等国，并被赐予贵族头衔，成为欧洲王室的显赫人物。

鲁本斯的绘画以繁复的构图与意境的理想化饮誉画坛。他的技巧纯熟，特别富于运动感。流动的线条和透明的色彩构成宏大热烈的场面和令人激动的结构旋律，在鲁本斯的画中，处处充满了生命的饱满色彩，有着一种健康甚至粗野的异教精神，最典型的便是著名的《抢劫琉西巴斯之女》。

在《维纳斯与阿多尼斯》中，维纳斯便是鲁本斯笔下典型的女子：健美丰腴、华丽肉感，她的皮肤是透明的，连皮肤下面青色的血管也纤毫毕现，那是充满生命力的人间女子，是活生生的，简直呼之欲出。如果与提香的同名画对比，会发现他缺了那种金色的优雅，却多了一种极为大胆的异教徒式的狂放热情。

《画家本人及其一家》

鲁本斯

鲁本斯留下很多美丽的肖像画，大部分都跟他的第二个妻子爱莲有关。当时他已经五十三岁了，而她还只有十六岁。她是他嫂子的妹妹，他很早就认识她，喜爱她，从画中看，爱莲肯定是个不符合现代标准的美女。她嫁给他之后长期为他做模特儿，看得出他非常喜爱她美丽丰盈的体态，每一幅有关爱莲的画他都在强调那些裸露的部分，银白的肉体从那些细工洞明的黑衣中暴露出来，泛着肉感的芬芳。于是"鲁本斯式的美人"成为一个代名词，它特指那些丰腴的、健美的、华丽的女人，而爱莲，便成为画家一生追逐的美的经典。

《圣彼得与圣约翰医治残者》

普桑　法国

古典主义是16—17世纪法国艺术的主要思潮，而普桑则是法国古典主义绘画当之无愧的奠基人。他在青年时代就住在罗马，曾就读于多米尼基诺学院。他是个"绘画在别处"的人，一个局外人。在祖国他没有朋友，在罗马也是孑然一身，他性情孤傲，醉心于伟大庄严肃穆宁静的古典艺术风格，对于古典雕塑特别情有独钟。在作品中他非常讲究古典形式美，构图严密均衡，人物端庄典雅，画面富有诗意，如同恬静的牧歌，充满了古希腊人的理念。《圣彼得与圣约翰医治残者》自然是《圣经》故事，画面的人物都充满了雕塑感，在耶路撒冷的圣殿前，贫穷和残疾的人们在乞求着耶稣门徒彼得与约翰的救治，整个构图充满了古希腊式的庄严与纵深感。

《斯图阿特公爵肖像》

凡·代克　佛兰德斯

在世界美术史中，鲁本斯与凡·代克总是被排列在一起。两人都是当时佛兰德斯的重要代表画家。凡·代克十九岁便是很有名的画家了，后来成为鲁本斯的学生与助手，实际上，他早期作品很像鲁本斯。1620 年他去了英国，然后去意大利居住了七年之久。凡·代克回来的时候一度成为佛兰德斯女执政官的宫廷画家，1632 年再赴英国，成为英国宫廷和贵族的肖像画家。在意大利时期，凡·代克对提香非常推崇，大约是那种优雅的金色给了他某种启示，凡·代克后来的绘画总是有一种华丽优雅的调子，特别是肖像画，凡·代克的肖像画对于整个英国肖像画有着极其深远的影响。凡·代克与英王查理一世有很好的关系，他为查理一世画了很多肖像，譬如著名的《查理一世狩猎》。大都会博物馆收藏的这幅《斯图阿特公爵肖像》，也具有典型的凡·代克式画风，年轻英俊的斯图阿特公爵和他心爱的猎犬站在一起，公爵的眼神和查理一世乃至许多凡·代克的肖像人物的眼神非常相似，有着一种高贵的冷漠。那只猎犬好像是德国黑背或者法国牧羊犬，总之是一只名贵的犬，它非常虔诚地看着主人，这令我想起最近在报纸上看到的克林顿及其爱犬的照片，照片上，孤独的克林顿正在与爱犬接吻。而这位英国贵族看来也是孤独的，孤独到了只愿与爱犬相守的地步。

《伯利嘉肖像》

委拉斯开兹（1599—1660）西班牙

伟大的委拉斯开兹是 17 世纪巴洛克风格的西班牙代表画家。可惜，大都会博物馆只选了他的这幅《伯利嘉肖像》。委拉斯开兹出生于西班牙城市塞维利亚的一个破落贵族家庭，很早便接受了意大利人文主义与自由主义思想，当时塞维利亚受卡拉瓦乔影响极大，流行着一种"波德哥纳"风，即专门描绘下层生活的风俗画。委拉斯开兹一直保持着这种关注下层、富于生活气息的画风，即使是在他被菲利普四世召任宫廷画师并兼任皇宫总管、国王侍从之后，他的画笔依然保持着极其鲜明的倾向性。在他的笔下，王公大臣们往往有着一种内在的空虚与昏聩，而下层的人们却有着一种健康和美丽的力量。贵族们不是傻子，委拉斯开兹的画受到宫廷理论家们的无情抨击，说他出身低贱、画风拙劣，不过，委拉斯开兹的位置不是那么容易动摇的，他一一回击了他们，用自己的画笔开创了一代画风。这幅《伯利嘉肖像》，从衣褶与衣领织物的精美程度来看，仍然属于巴洛克画风，但是人物的勃勃生气，已经与当时的其他肖像画有了本质的区别。

《男子肖像》

哈尔斯（1580—1666）荷兰

提起哈尔斯，人们立即会想起那幅著名的《吉普赛女郎》，那俏皮的眼神，讥讽的嘴角，有如蒙娜丽莎永恒的笑容成为一种标牌。假如时光倒转三百年，当我们走进17世纪荷兰乡村酒吧的时候，也许能发现一个放浪形骸的天才画家，用装牛奶的大瓷罐大口喝着红葡萄酒，还有加巧克力的威士忌。他的周围总是聚着一批酒肉朋友，他喝得醉眼醺醺，常常被朋友们架着回家。他的永远锁着忧郁秀眉的妻子，把他关在了门外。

这就是哈尔斯，难怪他总能画出那些充满浪漫活力，狂放明快的形象！他常常为酒友们作画而决不收分文，而令他欣喜的是酒馆里的常客们常常为他做模特儿，那些弹七弦琴的年轻人，那些疯疯癫癫的老太婆和那些美丽俏皮的少女，从来不老老实实坐在那儿，哈尔斯也对他们毫无要求，他能够在瞬息之间抓住他们的神态，这就够了。

这幅《男子肖像》似乎是位荷兰贵族，但是那种豪放的线条，尤其是脸部生动的描述、对比色的运用，都是哈尔斯所最擅长的。

如果把哈尔斯与凡·代克的肖像画放在一起欣赏，你会发现什么？

《亚里士多德与荷马胸像》

伦勃朗（1606—1669）荷兰

伟大的画家画了一幅伟大的哲学家和伟大诗人胸像在一起的画。画面上，古希腊哲学家亚里士多德身穿希腊式长袍，好像别着一根金色的绶带，用充满哲思的眼睛默默注视着荷马胸像。这幅画的用光极其精到，是典型的伦勃朗式的"光"。哲学家伸出一只手，平静地放在那尊胸像的头顶上，而伟大诗人荷马以一尊胸像的形式出现，更令人感到神秘。我们可以立即联想到《伊利亚特》和《奥德赛》，联想到神奇的特洛伊木马，美丽的海伦与金苹果……但是这一切在哲学家理性与力量的笼罩下，都变成了亦真亦幻的梦境……

伦勃朗，荷兰 17 世纪最伟大的画家，荷兰面粉商的儿子，曾经考入过著名的莱丁大学，但因酷爱绘画，只上了六个月就退学了，之后，与画商康布克成为好友，并娶了康布克表妹莎士基娅为妻，此时的伦勃朗，志得意满，收入甚丰，这一时期的代表作应为《杜普教授的解剖学课》。

《自画像》

伦勃朗

伦勃朗的命运之神没有光顾他多久就把他抛弃了。他三十五岁那年，妻子去世了。之后，一连串的厄运降临到他的身上。他变得穷困潦倒。特别是那幅《夜巡》，遭到了绘画界的一致攻击，更是令他心痛。这幅自画像大约在他五十岁绘成，我们看到他非常沧桑的表情，伦勃朗式的集中的光束毫不留情地展示了他前额上密密的皱纹，幸好那紧抿着的嘴唇还显示出一种刚毅。伦勃朗的肖像画的确到了出神入化的程度：人物面部的肌肉好像是活的，触手可及的，人物的神态也是那般逼真。我不禁想起我的少年时代，曾经一度对肖像画感兴趣，为朋友和家人画了不少肖像，竟然口碑很好。于是有一次试图画自画像，还精心地把两面镜子摆成 45 度角，结果却比任何一幅肖像都更差。从心理学角度来讲，这似乎是因为人总是或多或少地想美化自己，所以有人说，自画像的水平才是检验一个画家的试金石。

《三座十字架》蚀版

伦勃朗

这幅画我还是第一次见到，即使是在大都会博物馆，也没有注意到它的存在。画的内容自然是《圣经》故事，是我们已经极其熟悉的那一段故事。当时，耶稣戴着荆棘冠背负着十字架已经走过了漫漫的路程，终于被绑缚在了十字架上，十字架的两边，分别绑缚着两个罪犯。耶稣半裸着身子，伤口流着血，好像正在挣扎着喊出最后的话：马尼！马尼！拉马撒巴各大奇！（天哪天哪，你为什么让我这么痛苦！）但是伦勃朗式的布局使我们看到的不是痛苦，或者说不仅仅是痛苦，我们看到一束强光正穿越云层照射下来，那正是来自天国的光，那样明亮的光燃起了一片火焰，那么昳丽，光芒四射，使没有照到的黑暗部分变成了死气沉沉的坟茔。于是，我们似乎听到了来自天国的歌唱，最痛苦的时候也许就是最接近幸福的时候，最黑暗的时候也许就是最接近辉煌的时候，当然，这也许只是人类的自欺，也许，仅仅只是也许。耶稣基督的故事究竟要告诉我们什么？一百个人也许会有一万种理解。

《油灯下的玛格丽特》

拉图尔（1593—1652）法国

法国画家拉图尔与普桑一样同属17世纪法国古典主义代表画家。拉图尔的画特点鲜明，一眼就能认出。他的画总是像平面的几何图形似的，用过于简洁的光把人物分成块面。《油灯下的玛格丽特》是拉图尔的代表作之一，这个叫作玛格丽特的姑娘显然为画家摆出各种不同的姿态，收藏在大都会的这一幅，是把油灯放在镜框前，真实的油灯与镜中的油灯交相辉映，反射出镜框美丽细致的雕花，给人一种梦幻般的感觉。玛格丽特面向那盏油灯，灯光集中在她的脸颊和前胸，显得非常柔和，头发与红裙上的反光有着一种丝绒一般的质感，她的双手抚摸着一颗头骨，头骨已经被摸得十分光亮，我们看不清她的表情。是情人的头骨么？难道，拉图尔画的是那鼎鼎大名的玛格丽特皇后？很有可能。皇后当时已经不再是皇后了，所以她有着平民的装束。玛格丽特的那种惊天地泣鬼神的爱情早已一去不返了，但是我们仍能从电影《玛戈皇后》中找到她当时怀抱情人血迹斑斑的头颅的确切影像。但是现在她的怀抱中只是一枚头骨，岁月使头颅变成了头骨，可是玛格丽特为什么依然那么年轻呢？！

《花园情侣》

无名氏（17世纪）日本

终于又有一幅东方的绘画出现了。这幅17世纪的日本版画令我惊诧：它竟然有着那样流丽、精美的线条！那些花园里的花草，轻灵得就像是要飘逸起来似的！在花丛中，一对情侣相拥着，少女头上的饰物与身上的和服都非常华丽，看来是富贵人家的小姐，她半掩着口，不知是害羞还是忍俊不禁，身旁的青年表情也是如醉如痴。一把剑，靠在远处的假山石上。好像与中国的传统故事有着惊人的相似之处：也是小姐在后花园与情人相会。他们的故事从何开始？又如何结束？是大团圆？还是悲剧结局？三百年后的我们已经无从猜测了，但爱情故事穿越三百年的时空，依然有着相似的欢乐与痛苦，期待与绝望，开始与结局，这便充分证明画作的艺术魅力了。

《手持水瓶的女子》

维米尔（1632—1675）荷兰

维米尔艺术语言的特征是清晰和通俗易懂，他擅长表现市民日常生活的风俗画，在这一时期，他是独树一帜的风俗画家。在他仅存的三十几幅作品中，这幅《手持水瓶的女子》被公认为他的代表作。我们看到一个谦和柔顺的女子，一手持水瓶，另一手在开窗，和煦的阳光照射进来，使人感到一种和谐优美。和他另外一些作品如《读信的妇女》《花边女工》《倒牛奶的女仆》《缝纫女子》一样，他总是把平常的生活处理得充满诗意。这使我们感到画家似乎有着一种清洁单纯的心性，在维米尔的世界里，总会有一些充满阳光的房间，洋溢水分的空气，潮湿闪光的屋顶，平凡质朴的家庭妇女……作为17世纪小荷兰画派的代表画家，维米尔向我们展示了当时荷兰市民的生活，他的画作是非常独特的。

《信仰的寓意》

维米尔

维米尔的晚年，开始追求象征意义的画风。这个客厅里的女主人，身穿蓝白两色的裙子，据说象征着纯洁与真实。她的一双眼睛充满了虔诚，一只手放在心的部位，面对着一个精致的十字架，还有打开着的《圣经》，好像在对上帝表白着忠诚，背景，是耶稣殉难的画。她的一只脚踏在地球仪上，那大约是世俗社会，还有死去的蛇与滚落在地的苹果，自然象征着原罪。显然，这位上层社会的妇女是在用自己的方式在向上帝示爱。她好像在说，主啊，给我爱和信任吧，为了信仰的纯洁，世俗的一切我都可以抛弃，任何东西都休想诱惑我，我要用我整个的生命来赎人类的原罪。主呢？他听到了么？

《康熙南巡图》（局部）彩墨

王翚（1632—1717）中国

这幅《康熙南巡图》在整个大都会博物馆中十分醒目。清代画家王翚瀚墨遒劲，布局恢宏，巧用侧锋逆锋，酣畅淋漓地画出了古老东方的名山大川、丛林古树，以及在山水中行进的中国皇帝，其气魄堪称黄钟大吕之作。但有趣的是人与自然的比例，在所有的西画中，人都是占主要位置的，而中国画则恰恰相反。有如东西方神灵的不同，西方的神都有着人的烦恼与欢乐，爱情与仇恨，整个的奥林匹斯山就是人神合一的，而中国的神就是神，人就是人，我们知道盘古或者女娲的爱情故事么？只有一个"悔偷灵药"的嫦娥，自从进了广寒宫，也只能守寡与玉兔相伴了，当然还有织女和七仙女的故事，那结局，我们都是知道的了。所以说，宙斯似乎比我们的玉皇大帝要民主得多，也人道得多，不是吗?！

《喜剧演员》

华托（1684—1721）法国

终于写到华托了。华托是法国 18 世纪洛可可风格的重要代表画家。华托十九岁时曾到巴黎装饰画家基洛特门下学画戏剧广告，二十九岁进入皇家画院，出入于宫廷与贵族之间，他的画虽然追求装饰、华丽的洛可可式画风，却并不受上流社会的赏识，他的作品总是有意无意地泄露出那些贵族们空虚的精神世界与矫揉造作的表情。我想华托的骨子里其实很清高孤傲。在他的画中常常流露出一种忧郁悲伤的味道。并且，往往在画面上欢乐的人群中，会隐藏着一个独自徘徊的男子，带着掩饰不住的悲凉，那似乎正是画家本人的影子。

华托只活了三十七岁，便郁郁离开人间。

《喜剧演员》画的是个弹吉他的喜剧演员，穿着一身弄臣的衣服，戴着金色的假发，却看不出一丝一毫的快乐。背景是一片树林，远远的，有一座灰色雕像式的背影。这幅画似乎表现了人生的双重含义，喜剧和悲剧不过是一个硬币的两面，一切都是可以互相转换的，画家是想通过喜剧演员貌似快乐的歌声向我们倾诉什么吗?!

《贝金汉姆与玛丽柯克思之婚礼》

霍加斯（1697—1764）英国

看到霍加斯的名字我们自然首先想到那幅著名的《文明结婚》。那充满讽刺意义的画面就像舞台剧一样生动。霍加斯实际上是英国风俗画的奠基人。擅长带有讽刺意味的风俗画，这种画在他之前极为罕见。有人说他具备作家的素质：构思技巧、想象力与故事、戏剧能力，可能是因为他创作了几套连环画形式的讽刺故事画吧。国人似乎对于他的画很偏爱，曾经将他的画大量复制成版画在民间流行。他自己也承认："我努力像一个剧作家那样去处理我的题材，我的图画是我的舞台，男人和女人是我的演员，他们通过一定的动作与手势来表演一出哑剧。"

《贝金汉姆与玛丽柯克思之婚礼》正是这样的一出哑剧。画面上我们看到显然是贵族的新郎和新娘在父母双亲的陪同下，正在接受神父的祝福。华丽巨大的拜占庭式建筑使我想起那种精致的铜版画。小爱神正藏在那根巨大的雕花柱子上，而在那个木制的小阁楼里，也许是神父们平时倾听忏悔的地方，有一个色彩灰暗的人正在向下面窥视。当爱神之箭把双方连接起来之后就轻灵地飘走了，结局如何他永远不再关心，但我们并不能谴责他不负责任，世界上有那么多的痴男怨女，连上帝本人也管不过来，难道我们还奢望一个小娃娃能对所有亚当夏娃的后裔实行三包代办托运么？

《静物》

夏尔丹（1699—1779）法国

《静物》这幅画一看就与众不同。好像是一个市民家的厨房。有一口古老的雕刻精美的铜锅放在厨房的案板上。铜锅旁边是打来的猎物——山鸡与野兔。靠案板处摆放着一些蔬菜和水果。山鸡身上的伤口好像还在流着血，而兔子的毛色与肌理是那么逼真，如果不是还有一只小猫在旁边窥探着它们，简直就像是一幅精美的照片了。

夏尔丹是法国 18 世纪写实主义画派的代表画家。他的画以静物与风俗画为主，风格上受荷兰画派影响，但与荷兰画家不同的是，他从不染指贵族的生活，反映的都是普通的市民，连静物画也画的是最普通的物体。因此他的画风平易近人，并且很注意色彩的和谐。他的《午餐前的祈祷》几乎家喻户晓。狄德罗在沙龙艺术中在严厉抨击洛可可画风的同时，盛赞了夏尔丹的平民风格。夏尔丹向我们展示了一个谦和勤劳的平民世界，反映了小人物俭朴的美德。

《肥皂泡》

夏尔丹

这幅画非常有趣，画面上，一个人趴在石台上吹肥皂泡，一个孩子在旁边看着。构图非常单纯，却很有情趣。特别是那个大大的肥皂泡，质地非常逼真，在幽暗的光线下闪闪发亮。这使我们一下子想起童年，想起爸爸妈妈曾经在简陋的肥皂盒里面化了一点肥皂水，然后用蜡纸为我们做好吸管，我们小心翼翼然而又是兴致勃勃地吹起了肥皂泡！小小的肥皂泡就像电影一样，有黑白的也有彩色的，真美啊，可惜只能存在一瞬间，在它最美丽的刹那也就是即将破裂的刹那。吹肥皂泡的人身边的那个孩子在看什么？在想什么？他小小的心还没有装过任何东西，但是他总有一天会了解破碎，以及破碎的美丽。

《维纳斯出浴》

布歇（1703—1770）法国

布歇的《维纳斯出浴》应当是洛可可风格的代表作。与《狄安娜出浴》一样，都是在暗色调的森林和月光中炫耀肉体的明亮与美丽，并且把女神描绘成了娇滴滴的贵妇。布歇的色调是我十分欣赏的那种银色调子，森林的边际与维纳斯裹着的丝绸都是银色的，有一种内在的贵族气。我并不喜欢过于雕琢的洛可可风格，但是显然，这种风格很受法国18世纪上流社会的欢迎。布歇常以神话寓言为题材来展示他的才华，他曾经在意大利学习四年，回国后成为国王路易十五的首席画师，可以自由出入当时上流社会十分著名的贵妇人沙龙，并为路易十五的情人蓬帕杜尔夫人画像。

布歇还设计图案与装饰品，大受当时法国贵妇们的欢迎。

《情书》

弗拉戈纳尔（1732—1806）法国

在法国18世纪洛可可风格绘画中，《情书》应当占有一席之地。

画面上那个正在悄悄把情书插入鲜花中的贵族少女，正用那一瞬间的诡异和娇羞向我们回眸微笑。少女的身后是一只乖乖伏卧的宫廷狮子狗。这幅画的用光非常有特色，光线从人物的斜前方打来，照亮了那张美丽的脸和富丽堂皇的绸裙，色彩非常柔和。柔和得像是梦境。

弗拉戈纳尔是夏尔丹的学生，但很明显，他的画风与夏尔丹完全相反。他倒是常常临摹布歇的画，后来成为路易十六时期洛可可画风的代表人物。

《偷吻》

弗拉戈纳尔

一个贵族青年在两个贵族少女之间，看看画的背景，好像是他们一起来到了一个狩猎的小屋，在一起寻欢作乐偷尝禁果。请注意那些装饰性的精美的衣褶，这种画风是很受当时法国上流社会喜欢的，特别是妇女们。我们可以想象当时法国贵族妇女的装饰，鼓着裙撑子的大石榴裙，瓶颈口一样细的腰，那些敞胸的紧身胸衣，难怪我们常常在18—19世纪的小说中看到贵族妇女们动不动就要"晕过去"的情节，也难怪"拜倒在石榴裙下"这个词流传至今。但无论如何弗氏的画是有诗意的，即使表现的是极其世俗的场景。

《查理三世之子肖像》

戈雅（1746—1828）西班牙

在18世纪中叶的1746年，在西班牙阿拉贡的一个农民家里，伟大的戈雅诞生了。他十四岁始学画，当时还是少年人的心性，时常打架斗殴，一次因打伤人而逃往马德里，混迹于一批斗牛士之中，来到意大利。当时意大利流行的古典主义艺术无疑对戈雅产生了影响。他二十九岁成为著名画家，并被聘为宫廷画师。他的大胆夸张与富于幻想的画风奠定了浪漫主义绘画的基础，对于现代绘画的主要潮流产生了强烈影响，被尊为浪漫主义先驱。

《查理三世之子肖像》让我们看到一个十分可爱的小王子，他红衣红裤，腰系金带，身后是个十分精致的鸟笼，右手用绳子牵着一只美丽的小鸟，而他并不知道，两只老猫正虎视眈眈地盯着这鸟。这似乎让我们忽然想起一个中国成语，叫作螳螂捕蝉，黄雀在后。

《巨人》蚀版

戈雅

戈雅一生的艺术经历了许多阶段。《巨人》大约是他中、晚年阶段的创作，在这一阶段中，戈雅对于狂暴残忍禀性邪恶耿耿于怀，甚至时常用画笔来表达一种阴郁恐怖的梦境。《巨人》似乎就是这样一种梦境：一个巨人坐在大地上，用无奈的近乎绝望的眼神回头四顾。天空上只有一钩残月和几粒星星。即使是巨人，也无法与天空和大地作战，面对变了质的天空大地，他只有愤怒，无奈，或者同归于尽。

《苏格拉底之死》

大卫（1748—1825）法国

在世界绘画史上，大卫是无可争议的新古典主义代表人物。当代研究者们认为，新古典主义是一种折中、派生的风格，这种风格使文艺复兴与巴洛克式画风得以延年，否则，古典主义早已寿终正寝。但是大卫的作品在最终导致 20 世纪抽象艺术倾向中起了决定性作用。

大卫最初模仿过布歇，青年时代旅居意大利，倾心于卡拉瓦乔与古典雕塑。回到法国后，受到当时大革命影响，开始创作以古典英雄为题材的作品，反对当时流行的那种虚伪矫情的学院派画风。他主张艺术应当简洁、严谨和具有公民热情。《苏格拉底之死》清晰地看到他的艺术主张：认为绘画是古典浮雕作品的变体，强调线条轮廓，将形体安排得如同饰带横过画面一般，并且利用实墙、中间色及不透明阴影之类，来封住画面深度，以强调画中的面。

大卫与戈雅的重要之处在于，他们两人都是古典—现代绘画的承上启下者，对于现代艺术的产生有着不可替代的贡献。

《科学家拉瓦依希尔及其夫人》

大卫

让形象起一种"教化"的作用，使画面类似于一种结构单纯的舞台剧形式，这正是大卫及其追随者的追求。他们试图用共和主义的单纯与严肃，来替代 18 世纪保皇主义的繁文缛节。这幅画是典型的大卫式构图。简洁，明晰，富于古典主义的浮雕感。当然，我仍然认为大卫最好的作品是《马拉之死》。20 世纪 80 年代初，法国现代画展在京展出，我穿过比肩继踵的人流走到这幅原作面前——坐在浴缸里的马拉已经死去，一只渐渐垂下去的手还拿着鹅毛笔，另一只手拿着那封致他于死命的信。马拉的脸上并无痛苦，完全是一尊灰白的雕塑。——我至今记得这幅画带给我的震撼。

《布罗格利公主》

安格尔（1780—1867）法国

安格尔是新古典主义的最后一位大师。他是大卫的学生，青年时代去意大利，在那里度过了一生最美好的时光，直到中年才返回法国。他崇拜拉斐尔的艺术。与大卫不同的是，安格尔把古典的明晰与浪漫的美感结合了起来，使用的是一块既辉煌又优雅的调色板。这幅画是安格尔的晚年作品，单纯而洗练，人物的安谧表情使我们想到著名的《泉》。在安格尔身上，并没有什么法国大革命的痕迹，大概也因如此，他那种重形式的美学思想在当时已经遭到浪漫派代表人物的激烈批判。

《丽贝卡之劫掠》

德拉克洛瓦（1789—1863）法国

伟大的浪漫派代表画家德拉克洛瓦画过很多这类的题材。他一反过去总是从神话获取题材的传统，大胆从莎士比亚、拜伦、斯科特和中世纪，寻找具有强烈戏剧性、强烈运动与强烈情感的素材作为创作源泉。特别是通过巴洛克式的色彩与自由不羁的笔触，使法国的浪漫主义运动真正进入了自己的时代。

这幅画让我们想起鲁本斯的同类题材，与鲁本斯那种突出华丽肉感的人体不同，德拉克洛瓦的色彩不但来自巴洛克艺术，还与英国色彩画家康斯太勃、透纳等有关，他的绘画对于后来的印象主义与后印象主义有着深远的影响，特别是对于凡·高与塞尚的绘画。

德拉克洛瓦——浪漫主义的雄狮。

《狄安娜与阿克提翁》

柯罗（1796—1875）法国

这是一个著名的罗马神话故事。狄安娜是罗马神话中的月亮与狩猎女神。她从小就对父亲宙斯立誓要终生保持贞洁。一个仲夏的夜晚，她背着银色的箭袋去打猎，然后与侍女们一起在清澈的溪水中洗浴。正在这时，青年猎人阿克提翁无意中来到这个美丽的树林，看到几个仙女在水中洗浴，狄安娜发现自己的身体被一个猎人看见了，顿时大怒，她向青年猎人的身上弹去几滴清水，猎人立即变成了一只鹿，被自己的猎狗撕咬而死。柯罗的这幅画画的正是狄安娜与侍女们在洗浴，而阿克提翁正向她们走来，悲剧尚未发生之时。

柯罗是我少年时代最喜爱的画家之一。他的《林妖之舞》至今令我迷醉。他的银灰色调的风景画总是有着神话般优美的森林，还有半人半神的美丽少女。作为巴比松画派的精神领袖，柯罗的画对于后来的印象主义产生了令人难以置信的影响力。

《三等车厢》

杜米埃（1808—1879）法国

19世纪产生了一位伟大的讽刺漫画家，就是出生于玻璃匠人家庭、十二岁时给法官当过差的杜米埃。杜米埃在卢浮宫馆长的画室里学画，后来在《漫画》《喧哗》等周刊上发表政治讽刺漫画，并因《洗衣妇》一画而被判了六个月的徒刑。杜米埃并没有屈服，对于不公正和残忍，他都到了深恶痛绝的地步。

这幅画采用了他惯用的戏剧性明暗对比的方法，使得世俗绘画主题在形式上大大改变了。三等车厢里那些穷人——包括市民、农民和贫困的知识分子让我们一目了然。特别让人不能释怀的是那个睡着了的男孩子，他的手还紧紧地扶着一个小箱子，那里面是什么呢？他是不是正在做关于那个小箱子的梦？

《秋天的草垛》

米勒（1814—1875）法国

著名的巴比松派代表画家米勒出生于农村，少年时代务农。他始终不喜欢那种"沙龙艺术"，最后终于与几个朋友一起来到巴比松村，他认为，画农民才是他的使命。米勒一生清贫，大部分画都是用自烧的木炭条画的。《秋天的草垛》画得很美，背景是米勒常常表现的那种紫蓝色天空，好像一场暴风雨就要来临，巨大的稻草垛前，羊群在吃草。这使我们想起画家那幅最享盛誉的《拾麦穗》，好像是同一个场景，只不过角度变了，人物变了。米勒关于农家的系列作品，就像是一部优秀的长篇电视系列剧，还是室内剧，成本极为低廉，内容却很精彩。

《冬林夕照》

卢梭（1812—1867）法国

非常优美和诗意的风景画！这虽然不是卢梭的代表作，却很能体现这位巴比松巨匠的风格。我常想，真正的巴比松代表人物应当是卢梭。他青年时代便是知名画家了，很是遭人嫉妒，他的办法是逃离。他躲到巴黎附近一座叫作巴比松的小村庄里，与柯罗、米勒等一起表现大自然的美，那里有山川、小溪、森林、农舍和纯朴的农夫……

这幅画的色彩很美，冬天那枯澹的林木在夕阳的返照下，恰如一朵纯金冠冕，那里，有卢梭最爱表现的橡树，我们似乎可以透过橡树庄严雄伟的形貌审视画家的灵魂……

《女人与鹦鹉》

库尔贝（1819—1877）法国

19 世纪科学的迅速发展，使神话与幻想越来越少，库尔贝的写实风格应运而生，他的画与哲学家卢梭、小说家左拉一起形成一种现实主义自然主义的思想浪潮。库尔贝的画被官方拒绝参展，他便自建木棚办个展。这幅表现女人与鹦鹉恣意玩耍的画首展于1866年的沙龙画展，当时引起很大的争议。很明显，他的画风中仍然带有

18 世纪的洛可可风格，但却逼真得让人不敢正视。一个年轻妩媚的裸体女人躺在床上，她的右手优雅地抬起，一只毛色斑斓的鹦鹉正站在她的手指上旋转。

库尔贝的一生是在古典主义、色情学院主义与浪漫主义的思潮交替冲击下创始了写实主义的，因此被后人称为近代现实主义绘画之父。

《特纳维海滨》

布丹（1824—1898）法国

被人称为印象派鼻祖的布丹，早期曾与柯罗、库尔贝一起作画。他们三人都以画天空著称。柯罗被称为"天空之王"，库尔贝被称为"天空的拉斐尔"，而布丹的天空才是最美的天空，布丹的天空是那么多彩，那么瑰丽，那么变幻无穷。在大都会艺术博物馆所收藏的《特纳维海滨》与《河边村镇》，都展现了辽阔高远变化的天空，特别是《河边村镇》，那些美丽的倒影就像在玻璃里克隆的村镇景观，但是由于朦胧与变幻，就比真实的景观更为迷人。

《丢瑞特肖像》

惠斯勒（1834—1903）美国

1979 年第一期《世界美术》的封面用的是惠斯勒的《白衣少女》。那幅画我至今记忆犹新。

惠斯勒虽然是美国人，却长期居住英国。是印象派的主要成员之一。1863 年马奈的落选画展中，就有着惠斯勒的《白衣少女》，此事令他深受刺激。惠斯勒把马奈的实验进一步推向了平面——装饰性，他似乎是个永不满足的艺术家，创造了一种边缘性的纯抽象艺术。后来他开始对日本浮士绘感兴趣，并且倾心于中国瓷器，被东方艺术中的那种雅致、优美所打动，他的《陶瓷故乡的小姐》和《金屏风》等作品充满了浓郁的东方气息，画风渐渐转向装饰趣味。

《丢瑞特肖像》是很有趣的肖像画，我们的男主人公挎着一件女士的裙子，手里拿着一把女士的扇子，我们可以把这幅场景想象成为在一个舞池的旁边，丢瑞特先生的太太或者女友被人请去跳舞，忙乱之中把裙子和扇子放在他手里，从他的表情中我们可以读到什么吗？

《紫罗兰》

无名氏（19世纪）法国

又是一个无名氏！

东西方的无名氏都有着令人惊叹的绘画技巧，这幅静物紫罗兰画得多么美丽！真让人难以相信，在一百多年前的法国，就有人能够把花朵的灵魂画出来！那些丰茂的紫罗兰，就像一群翩翩起舞的蝴蝶似的，那些黄色和紫色的花瓣，充满了勃勃生机，娇艳欲滴，呼之欲出，真的想摘下来，带着露水在晨风中摇曳，若是在情人节那天，情人们或许就不会再去购买包装过的玫瑰，而向着这来自大自然的处子奔去。

《穿红礼服的塞尚夫人》

塞尚（1839—1906）法国

不知为什么，我对被尊为现代绘画之父的塞尚怎么也喜欢不起来。塞尚很早就加入了印象画派，后随毕沙罗画风景，但与毕沙罗正好相反，他注意的不是光影，而是内在结构和用色彩表达的质感。对塞尚来说，绘画最重视的是物象的结构美，以及体和面所包

含的韵律。这幅画是画家五十一岁那年画的。塞尚性格内向，不爱
与人交往，所以通常只找家人做他的模特儿。他的妻子常常成为
他的模特儿，仅仅在肖像画中就占了二十五幅之多。画面中我们不
难看出，这幅肖像远远不同于过去的肖像画，可以看出画家非常重
视内在结构，人物具有浓重的体积感。塞尚作品是印象派的一次革
命，他认为印象派过于追求外在美与客观性，所以他的作品总是十
分主观，确切地说，是用他自己的眼睛在看世界，这幅画就是他眼
里的妻子，他的恋爱了十七年才结婚的奥尔唐斯。我想，爱了十七
年才结婚，也算是伟大的爱情了吧。

《妇人沐浴》

卡萨特（1845—1926）美国

终于有一位女画家进入我们的视野了！！当卡萨特还是个年轻
姑娘的时候就到了意大利、西班牙和比利时，她到处参观大师们的
绘画，后来加入了印象画派。她喜欢用一种粉彩作画，这幅《妇人
沐浴》并非她的代表作，但是很有特点，她的色彩明快舒畅，笔触
轻松自如，如果与那幅著名的《洗脚》对照着看，就会令人猜测那
沐浴着的妇人正是画家自己。

《圣母玛丽亚》

高更（1848—1903）法国

这幅色彩浓艳欲滴的画在展厅里特别醒目。

高更笔下的圣母玛丽亚是多么奇特啊！那完全是个岛上的土著
女人，穿一件艳红的长袍，赤脚，裸肩上背着小救世主——一个
土著小孩。作为圣母玛丽亚与小救世主的惟一标志，是头顶上的光
环。远处有两个半裸的土著女人正在向他们走来。远处还有一个女

人，脸被花丛遮住，长一对蓝黄相间的翅膀，看来是天使了，天使下端的翅膀非常明亮。再往后看是美丽的热带丛林。好像还有山和湖泊。前景则是鲜艳的热带水果，圣母玛丽亚赤脚站在浓绿的草地上，一脸虔诚。整幅画给人以强烈的异国情调，令人怀疑画家本人便是一位离经叛道的异教徒。

《塔希提岛的女人》

高更

这幅画太有名了。在世界美术史上，只要提到后期印象派，只要提到高更，就一定会提到这幅画。高更也是个令人尊敬的人，他放着富裕的商人不当，硬是对画画着了迷，为此，妻子也离开了他。但他"一意孤行"，和凡·高相约到阿尔去画画，后来因为凡·高精神失常他才回到巴黎。他幻想着少年时代曾经接触过的南美生活，终于舍弃了巴黎，来到南太平洋上一座名不见经传的塔希提岛上。这里奇异的民情风俗与原始风味的土著女子深深吸引了他，他开始用一种古拙的手法来表现一种纯朴的、自然的原始美。

《加特图夫人肖像》

萨金特（1856—1925）美国

萨金特也是我喜爱的画家，之所以喜欢他是因了那幅众所周知的《威德汉姐妹》，在上世纪 80 年代的《世界美术》上，我惊叹于三姐妹的独特美丽，还有她们身上那白色的丝绸裙，看上去那么柔软，那么富于质感，就想用手去摸一摸。

这幅画也是萨金特的代表作之一，他是美国人，在印象派画家中寥寥可数的美国人中间，他无疑是非常重要的。画面上加特图夫人穿着极其性感迷人的黑色晚礼服，透明的象牙色的皮肤反差鲜明。原作很大，在大都会博物馆中，非常醒目，可以清晰地看到这个美丽女人薄薄皮肤下透出的粉红，以及她那雍容华贵的气度。

《大碗岛的星期日下午》

修拉（1859—1891）法国

众所周知修拉是点彩派的代表画家。他早期曾学习过古典画派，但因为对于色彩格外着迷，就开始研究色彩与笔触的排列方法。比如在画草地时，他就把蓝色笔触画在黄色旁边，远远看去，就是非常新鲜的绿色。

《大碗岛的星期日下午》格外有名。画上的巴黎人在塞纳河边散步或者坐在地上休息，但是人的形象好像剪影，看不清形象与表情。画面上都是斑斑点点的色彩，太阳照射的地方有着强烈的闪光，整幅画有着一种在强烈阳光下睁不开眼睛的感觉，而那些投射在草地上的阴影，又徒增了人物树木的立体感，在原作面前站上三分钟，会突然感到一种晕眩。

《沙发》

劳特雷克（1864—1901）法国

劳特雷克的取材无疑受了德加的影响，他也对舞女、妓院、马戏团、酒吧和小丑有着浓厚的兴趣，所不同的是，他笔下的人物具有讽刺与夸张的形象，他的舞女往往不是年轻美丽的少女，而是红颜已逝的女人，那些人物内在的困顿、疲惫、颓唐……尽收笔底。后世评论家认为，这是因为画家因童年时摔断双腿造成的残疾而使他的心灵充满痛楚，使他对于下层的、受屈辱的人们充满敏锐的观察力与同情心。

劳特雷克 1894 年住进妓院，画了一系列妓女人物，有百余幅，这幅画是以同性恋为主题的，这是画家非常感兴趣的主题，他自己虽然出身贵族，却因残疾而遭到父母遗弃，他十分理解这些女人渴望爱而不可得的心情，于是用洋溢着爱的笔触画出互相抚慰的妓女们——这是她们不需要付出任何代价的爱。

《爱之花园》

康定斯基（1866—1944）俄国

这幅画的中间是个调色板么？那些乱七八糟的线条和颜色，到底说明了什么，如果有康定斯基的第二幅画，我就绝对不选这幅。他的《秋天1号》《即兴之8号》《长方形图3号》等等，倒是很有意思。

康定斯基，对世界美术史稍有了解的人都知道他的意义，这个了不起的俄国人，在抽象主义绘画方面作出了特殊的贡献，可以说是抽象主义绘画的创始人，他追求更为自由、更具生物形态的造型与色彩，那些奇异的浪漫的想象令人叹为观止，看上去像是梦中的形态。所以有人认为他的抽象是"热抽象"，而蒙德里安的画则是"冷抽象"。

康定斯基为什么会有这样的梦想？是受了弗洛伊德的蛊惑，还是被原子裂变震惊？总之他说过这样一段寓意深刻的话："20世纪自然科学的发展给艺术家提出这样一个问题：人类之生存在于探索神秘，而这样人类便处于一个两难境地。人类希望获得明晰。但每当达到明晰就会出现新的——往往是更大的神秘，于是，可不可以通过终止对神秘的探索来保持明晰？艺术家的回答是肯定的，他们以视觉语言勾画出自己面对现实面对宇宙面对神秘所产生的内心恐惧，他们企求在相对静止的空间里寻找逃避恐惧的避难所。因此，试图在现代艺术中找到现实的常态形象，找到对物质世界的誊写是不可能的。"

康定斯基的梦真的为我们提供了"避难所"吗？！

《汉金莲与舞蹈一号》

马蒂斯（1869—1954）法国

有谁相信马蒂斯的老师是莫罗？莫罗——那位神秘主义的隐士，那位莎乐美与斯芬克斯的缔造者，我们看到他传授给马蒂斯惟一的东西便是色彩。那些美丽得奇怪的色彩，使我们想起歌德的《色彩论》，歌德说，他久久地注视着一位红衣女郎，但是当女郎起身离去时，她身后的白色墙壁上却留下了一片美丽的海水绿色。歌德把这种现象叫作"补色"。马蒂斯把补色原理运用得非常熟练，在这幅画中，他把补色运用到了极致，变成了"野兽派"那种大红大绿的不协调的色彩，汉金莲的红花与绿叶，椅子的黑色与地板的褐色，墙壁的紫绿相间的色彩，本来都是那么地刺眼，那么地高度不协调，可是在马蒂斯的画中，都用东方艺术那种单纯的线条把它们组合起来了。

马蒂斯的一句话对我很有启发："应该以最小限度的要素作最完善表现的奋斗。"野兽派大师马蒂斯就是这样做的。

《月亮里的沉默者与饶舌者》

克利（1874—1940）德国

克利是音乐家的儿子，是瑞士出生的德国画家。他的绘画中常常流露出音乐的美感。克利是抽象主义画派中的一个奇迹，虽然他并不像康定斯基那样享有盛名，但就我个人的品位而言，我似乎更欣赏克利。克利曾经让自己像儿童那样作画。任由铅笔橡皮等引导自己，直至形象出现，然后根据这个形象联想出一些新的形象：点、线、面和体。《月亮里的沉默者与饶舌者》就像克利一贯的做法那样，让想象如同月亮一般飘浮在空中，画面充满了神秘与奇异，又浸透了孩童的天真。那种微妙的、令人匪夷所思的色彩好像是上天的画板调制而成，一条装饰性的鱼从"月亮"里掉出来，进入了一个迷宫式的格子世界。

熟谙音乐的克利究竟要告诉我们什么呢？！

《德国警官肖像》

哈特雷（1877—1943）

作为美国的现代主义绘画先驱，哈特雷参加了德国"青骑士"画派。在1914年前后，他画了德国旗系列画，他的画脱胎于立体主义或者德劳内的奥弗斯主义抽象，但效果不同，把这些画作为抽象作品来谈并不合适，因为尽管哈特雷分解并重组了画面，仍然如实表现了德国国旗的颜色和形象，以象征他在1914年的德国看到的战争幽灵。这幅画让我们不得不佩服画家的想象力，德国国旗与警官的帽徽竟然通过如此和谐亮丽的色彩组合表现出来，令人惊心动魄。

《斯特恩肖像》

毕加索（1881—1973）西班牙

这是毕加索二十五岁时以美国女作家和美术爱好者斯特恩为模特所创造的人物，这时的毕加索还没有创始立体派，但是我们已经可以从画中感到了立体派的那些元素。毕加索是20世纪艺术中最引人注目的现象，可以说，20世纪大半部艺术史都可以按照他的成就来书写。他经历了漫长的"蓝色时期""玫瑰色时期"，终于在1912年左右创立了立体主义：将人或者物的自然形态肢解，变成复杂的几何线与形，更重视抽象艺术与装饰趣味，对观众的智力形成挑战。

毕加索是艺术史上一座难以逾越的高山，我们面对他，自然只有高山仰止的份儿。但是我常常想，假如他像塞尚、凡·高等人那样短寿呢？那么他的命运是不是也会那么悲惨，起码是不及现在那么生前便享受盛誉呢？我内心的回答是肯定的。毕加索的成功，在于他生命中的不断创新，更在于他的不断变化的生命本身。

《灯塔》

霍伯（1882—1967）美国

这幅画给人的感受非常奇怪，它像是现实，却又并非现实，而是一种创造出来的现实。画家似乎对于阳光特别迷恋，无论在室内或者室外，阳光与阴影始终是他急欲捕捉的主题，阳光下不明身份的人物，以及室内外景致的强烈光线变化，形成画面中的基调。画中无论是人还是物，都似乎彼此毫无关联，显得静止、孤立、沉默与无助；而内容表面上显得寻常和平淡无奇，在平淡处流露出不经意的美。

不知为什么，看到霍伯的画我就想起法国新小说代表作家罗伯-格里耶的小说。也是那样冷淡的、客观而又精致的对物的描述，灯塔、房子、土地、植物，似乎都毫无关联，但是彼此都按照客观程序排列组合着，在一抹卷云的天空背景下，这些静止的物显得神秘。

霍伯是美国最受欢迎的画家之一，他的创作非常具象和社会写实，如同浮士绘般描述每日生活场景，他的画呈现出现代社会人与人之间的疏离与冷漠，日子的平凡以及平凡中不易为人觉察的美丽景象。

《金色的五字》

德穆斯（1883—1935）美国

书法——美丽的字迹，一直是重要的艺术，在东方文化中尤其如此。在早期文明阶段，书法作为符号的象征，有着独特的神秘感与魅力。作为艺术的单词、表记图案、象征符号与信息，不仅仅限于书法与印刷铅字，还包括上万种贯穿人类历史的其他形式：象形文字、象形绘画、中世纪手写本彩饰、纹章符号、库菲克陶器等等。美国人德穆斯，可算是精确主义与字母主义的鼻祖。德穆斯的《金色的五字》，一个套一个的 NO.5，照我看来就像是三五烟的广告，为什么三五烟不用这幅画作为标志呢?！多么美的金色五啊，如果用这幅画作为标志，那么连我这个不吸烟的人也想尝上一颗了。一定是因为版权问题。这幅原作，就收藏在大都会博物馆，可它的版权属于谁呢?

这幅画实际上是给诗人卡洛斯·威廉斯的献礼，它是以卡洛斯的诗为蓝本的：

在雨中
在光里
我看到了数字五
金制的
在一个红色的
救火车
行驶的
紧张
未受注意的
铿锵作响
警笛呼啸
车轮滚滚
碾过黑暗的城市

《起始》

贝克曼（1884—1955）德国

《起始》是贝克曼很有名的一幅三联画。巴尔把它说成是"现代精神通过和超越现代世界极度痛苦的胜利航行的寓言"。我真的看不出有这么沉重的寓意，只觉得有一种莫名的震动。左边的那幅画，我们看见一扇巨大的窗，窗外是背着刀箭监视着的人们，其中一个戴王冠的人，正隔窗向里面的一个姑娘窥望，我们看到那个姑娘的大眼睛也在凝视着他。窗内的主要人物是个戴墨镜的大胡子——我们可以把窗内看作一个酒吧，是一群不速之客正在袭击这个酒吧，在刀剑林立之中，突然响起苏格兰的管风琴，琴声与现实是那么不协调，那是一种理想的声音么？然后我们的目光转向中间那幅画，那种高度的不协调已经像旷野里的一声锐叫，在慢慢地撕裂我们的神经。我们看到画面的三分之一被一个女人占据，那女人穿紧身衣，吸一支长长的烟，也许不是吸烟，是在玩什么游戏？而一匹白马就那么不协调地冲进了这间房子，马上的骑士高举着刀剑，好像是从房顶的那个洞窜进来的，而房顶上还倒挂着一个猫脸人，半裸着身子像是在呼救。一个学究模样的男人站在一架梯子旁，惊恐地凝视着这一幕。而在他们的身后，一扇门已经秘密地开启，一个阿拉伯酋长样的男人手持魔镜走了进来。右边的那幅就更是匪夷所思：一个人面对画面弹着竖琴，他的背后是一个悬挂的地球仪和一群人，这幅三联画让我想起一条注定遇难的航船，人类乘着这条航船，不知何时触礁。

《红、白、蓝》

奥基夫（1887—1986）美国

红白蓝自然让人想起同名的三部电影，在那三部电影中，我更偏爱蓝色。而在这里，蓝色成为底衬，一只漂白的碎裂的羊头骨居中挂着，两边有两条暗红色的宽宽的色线。这种图案让我想起 photoshop 软件中的一个羊头图案，它们非常相像，好像是一对克隆姐妹。

奥基夫不同于美国现代主义的其他画家，她所接受的教育与训练完全是本土的，很难发现欧洲现代主义带给了她哪些明确而直接的影响。无论主题是纽约的摩天大楼、放得很大的花卉细部、漂白的颅骨或者骨盆、西部谷仓，还是生土建造的教堂，她的形象都具有线描的精确性。特别是那种强烈聚焦的特写式的细部，更是有一种超级现实主义——照相主义的前兆。

《来自洛克港的报道》

戴维斯（1892—1964）美国

戴维斯在 1940 年创作的《来自洛克港的报告》和《柔美的垫》，是这位画家关于抽象主义实验的高潮，但还是可以辨认出建筑物、气泵和飞鸟。色彩与直线透视使这幅画获得一种强烈的深度感，但主要色块又重新肯定了画的表面，参差不齐的抽象色块和线条使画面扭曲、震荡，置景象于强烈奇幻动势之中的构图要素，把美国爵士音乐速度转化为和谐与不和谐的抽象色彩。

戴维斯是两次世界大战间最重要的美国画家。他的生涯实际上跨越了整个美国现代艺术史。当他还是一名学生的时候，就在军械库展览会上展出了五幅水彩。他在 20 世纪 20 年代的拼贴画，是美国 19 世纪的乱真和 20 世纪波普艺术的过渡。后来，他的色彩变得更加鲜明，而且通过更小的、更不规则和更加对比的色块形状，使画面的复杂性大为增加，提高了作品的速度感、运动感，使节拍与旋律欢快起来。

戴维斯可以说是 20 世纪独一无二的美国艺术先驱，甚至到了 20 世纪 50 年代，他仍然受到勇于探索的新一代艺术家的钦佩。由此我想到中国的作家，这种"各领风骚数十天"的状态不知算不算正常，日本以及其他一些国家的当代文学，都是在时过十年之后再评价，我们这种现炒现卖，是不是只捞出了一些浮在水面的泡沫，而又忽略了一些沉在水底的珍珠呢？我们当代的作家在过去几十年甚至十几年甚至更短的时间之后，还有谁能够真正受到后来者的尊敬呢?！

《亮拉链》

纽曼（1905—1970）美国

亮拉链，一个多么漂亮的名字！但是我们只看到最最简约的画，一块灰色的平面上，两根蓝色垂直的线。纽曼的画有点僵硬，不可避免地让人想起蒙德里安，不过，它们的效果却很不同，不仅仅因为纽曼的画面要大得多，而且那有意不完整的边缘，在画面上产生了一种空缺的效果，这就好像那占主体位置的色场被撕裂了一样，于是在色彩的表面与线条之间，建立了一种明确的紧张关系，线条似乎是结构或者空间的敞开与闭合。

抽象主义产生于美国，但它又对于欧洲与整个西方世界产生了极大的影响，这类画家专攻一个主题，不断重新描绘它，画面常常只是一个单一的色场，仅在边缘或者分割面边缘留下一条色线，将色场打破，但整体色感仍然极为统一。

《秋之韵律》

波洛克（1912—1956）美国

这幅画看上去很美。波洛克，二战后美国绘画的象征。他的绘画方法非常特殊，既不用画架也不用画框，而是把画布铺在地上或者在墙面上作画，用的工具也非常特殊，他喜欢用棍子泥刀画刀等等，并且把沙子、玻璃碎片等等掺在颜料里，成为糨糊状的液体，再滴洒在画布之上。当他作画时，他并没有意识到他在画什么，只有经过一个"认识"的过程之后，他才能看到他画的是什么。因为他这种绘画是在不断的行动之中，所以被称作行动绘画。他的绘画源泉来自无意识，也许这种无意识的绘画应当是一种高级的绘画，这种滴洒出来的画面厚薄不一，深浅不一，形成了自然空间，《秋之韵律》便是如此。

我看到过一幅照片"波洛克在他的长岛画室里工作",照片上的波洛克正踩在画布上,弯着腰,专心致志地用棍子在画布上洒颜料。背景是一幅已经画好了的画。若干年前,我曾经认为波洛克这类画是任何人都能画得出来的,其实这是个不大不小的误区。人们都知道"从拙入工"与"从工返拙"的道理,其实第一个拙与第二个拙含义完全不同,貌似一个怪圈,但回到的却并非原点,一切画家只有在扎实的绘画基础上才能创新,波洛克也绝不例外。

波洛克生命中的最后语汇采用了黑色。1956 年,他死于车祸。去世之后,他成为一个象征,成为美国绘画获得国际性地位的不可动摇的代表性人物。

《蓝绿红》

凯利（1923—）美国

整幅绘画成为一个整体单元,形式展现于整幅绘画,色调限于两到三种,没有前景也没有背景,这便是以凯利为代表的 20 世纪 50 年代抽象表现主义绘画。画面上是鲜艳单纯的三种颜色,这种纯净的抽象绘画有别于人物造型、光效幻觉、物体制作、幻想、光、运动,或者所有背离了绘画本身职能的其他倾向。

凯利,一位重要的初级结构主义者。曾是 20 世纪 50 年代色场画家的领袖人物。他好像特别喜欢大而明快的、稍稍有点不规则的卵形形状,与矩形彩色平面形成对比。他的画组织得像一张彩色图表,其中包含了令人吃惊的色彩关系与色彩对比的内容,在大都会博物馆中,凯利的画从老远就向观众招手,无论如何,凯利是最精妙、最敏感、最善于运用色彩的画家之一,他的画只能给人视觉上的享受,即使是最多思的哲学家,在这样单纯的、令人惊异的绘画面前,也无法琢磨出什么意义吧?!

三　余墨遐思

绘本：文学的中国画风与世界面向

面对世界文学的新格局，作为写作者，我们要敢于做新的尝试。考虑到现在图书市场的受众基本是年轻人，喜欢直观的感受，我们可以尝试做绘本。绘本，英文称 Picture Book，顾名思义就是"画出来的书"。它不仅是讲故事、学知识，而且可以全面帮助青少年建构精神世界，培养多元智能。绘本是发达国家家庭首选的青少年读物。既有专为儿童读者的，也有面对成人的绘本。

绘本起源于西方，诞生于 19 世纪后半叶的欧美。人类文明都具有图画叙事的传统，文字也起源于图画，中华民族作为硕果仅存的古老文明，从考古发现来看，长江、黄河流域都存有我们祖先留下的图画：如岩画、陶器绘制、壁画等，这些都可以看成是中国最早的用图画叙述事件的记录。夏商周青铜器上的图画、秦汉时代的画像石、魏晋南北朝的墓室壁画、五代两宋的卷轴画、明清的戏曲和小说木版插画，总体而言，这些插图，都具有了初步的讲故事的能力。

我看过广西的花山岩画，数十处有岩画的岩阴延续数十里。这些岩画中可以辨别出几十种不同的颜色。饮食、采集、捕鱼、狩猎、舞蹈、歌唱、生殖、死亡、丧葬……夕阳西下的时候，山的断层变成了单纯的色块，被斜阳熏陶得光熠四射。有无数根古朴而美丽的线隐藏在岩石上。那些线深深刻出远古时代的生活。鱼和鸟以及许多的人体器官构成了这种生活。简洁、单纯、童真、古拙、神秘、刚烈、含蓄、抒情、抽象、金石之韵……旋转的东方线条神秘而游离，穿越太空，遏制着有序的日月星辰，抽象的符号火炬一般在空中摇曳，勇敢的精灵衔着希望之矢扑向太阳，黑色的鸟主宰着天空，如命运之神游刃于黑红相间的大色块之间。"天地与我并生，万物与我为一"，古人绘出了感人至深的图画故事。

在 21 世纪，绘本阅读已经成为全球青少年阅读的时尚。自前年始，我开始尝试绘本。第一个绘本是由海峡书局出版的，北北主编。但是严格来讲这只能叫作插画本，因为字数多，画大概有四十来幅，且与文字没有构成故事。之后与十月文艺出版社签下的绘本《海百合》，是一个真正的绘本，此书有我原创的七十幅画，也就是说，自 2016 年初始至今年的 5 月，我一直在做这个绘本，过程非常艰苦。我试图用一种"图画语言"做成供青少年乃至成人看的一部电影，让它既能开阔视野，又有细节描述，既有有趣的故事情节，又暗藏着起、承、转、合的节奏设计。画作尽量画得精美以吸睛，并且可以成为一种记忆故事的符号。内容虽然悬疑密布，但是故事的核非常简单，用一句话概括，就是"真爱战胜堕落"，如同所有的童话或者成人童话一样，用各种有趣和繁复的情节来包装一个简单的最好具有世界共识的隐喻。做绘本，相当于一个导演，要在有限的篇幅之内把故事讲得清晰生动又好看，每个角色设计的连贯性和一致性不能仅仅从文字上表达出来，更要在绘画上表达出来。譬如，我画的每一个人物从头至尾都要表现出一致性，无论他（她）在任何一个角度，都得让读者知道，这就是他（她）而不是别人。这个是我在画前没有预料的难题，因为过去的画的主题性都是独立的、非连续性的。于是只好设定一些人物特点，譬如女二号曼陀罗，她的右脸上始终有一朵曼陀罗花的胎记，她的面部特征是妖媚，而女一号海百合，面部特征则是纯真。这个绘本万事俱备，只欠封面，如果一切顺利，将会在春节期间问世。非常希望得到大家的关注。

《海百合》的画风是偏西画的，而接下来签的绘本，将是一个完全的中国风的绘本。

其实，文字本身也是有色彩的，譬如画写意画，每一笔似乎都是不经意的，但是墨色的浓淡，笔锋的侧逆，留白的空间，总体的布局，都是十分的讲究，一个败笔都会影响全局。

之前曾经有个误区，觉得绘本不过就是儿童读物。但是有一本由英国绘本作家艾莉森·简创作的《数字的挑战》征服了我，首先封面精美，厚得如同木质，所谓数字的挑战，你以为一页一个数字对应一组物体很好了，仔细看每一页都有 N 组对应数量的物体。你被作者的用心惊到了，忽然发现每一页都与前一页有关系，都有 N 组物体与之对应，简直就像"找茬游戏"一样令人着迷。这样的绘本，不仅对于青少年，即使是对于成人也是烧脑的，令人爱不释手！

我们的人民文学出版社出版的全彩绘本《哈里·波特》也是非常精美，每一页插画都别具匠心，令人在读吊人胃口的故事的同时，有一种直观的美的享受。

我非常看好做绘本的前景，丝绸之路上从古至今的故事就非常之多。多年前我写的《敦煌遗梦》，便是一套极好的绘本素材。因为敦煌壁画本身就融和了古波斯、古印度、日本浮士绘的技法，那造型优美的莲花和飞天藻井，轮状花蕊的覆莲，流动的飞云，旋转的散花，飘舞的长巾，艳丽的葡萄、卷草与联壁纹，那云气动荡、衣袂飘飞的伎乐天……那许多的佛本生、佛传与经变的故事，那无数的飞天、药叉、雨师、伎乐、羽人、婆薮仙、帝释、梵天、菩萨、天龙八部，还有那奇异的鸣沙山、月牙泉、三危佛光……我在书中提到的"吉祥天女沐浴图"，画作便来自新疆和田丹丹的石窟。——挖掘中国古风做绘本，是一条非常宽广的跨界写作之路。

中华民族几千年的灿烂文化，是我们这个民族的特有财富，绝不能随意丢弃。纵观当今世界，文化的冲突、邪教的泛滥、自然的破坏、人性的恶化，等等，均为社会安定和发展之阻力。然而要消除和解决这些问题，中华文化具有西方文明无法取代的作用。当前西方一些有识之士都在尽力研究中华文化，和一百年前的西学东渐相反，形成了"东学西渐"。这些都说明了中华文化在当今世界仍有极高的价值，21 世纪不仅是东西方文化交汇的世纪，而应当是从过去"以西方文化为主流"转向"以东方文化为主流"的世纪，复兴中华文化绝不是对西方文明的对抗，而是意味着东方文化对西方文化的吸纳，创新出人类新文化，为人类开启新的文明。

无论你信不信，被奉为现代小说之神的卡夫卡就读过大量中国古代哲学家的文学著作，并且很感兴趣，如《南华经》《论语》《道德经》等。据说卡夫卡偏爱研究道家，他说："老子的格言是坚硬的核桃，我被它们陶醉了，但是它们的核心对我依然紧锁着。我反复读了好多遍，然后我却发现，就像小孩玩彩色玻璃球游戏那样，我让这些格言从一个思想角落滑到另一个思想角落，而丝毫没有前进。通过这些格言玻璃球，我其实只发现了我的思想槽非常浅，无法包容老子的玻璃球。这是令人沮丧的发现，于是我停止了玻璃球游戏。"我在想，如果卡夫卡悟透了玻璃球游戏的奥秘，难道世界文学史会因此改写吗？

我们为什么不能做一个有关老子的玻璃球游戏的绘本呢？

我想，可以的。

（本文为作者于 2017 年在第二届
博鳌文学论坛上的演讲稿）

文学无国界——作家如旅人

文学是可以超越国界的。

譬如卡夫卡、果戈理、布尔加科夫、契诃夫……还有出生在捷克，最终加入法国籍、用法语写作的米兰·昆德拉，还有我们中国的高行健先生，等等。

没有走出捷克的昆德拉便没有《生命中不能承受之轻》。

但同是捷克出生的作家卡夫卡却没有昆德拉幸运。他说："按照血统我是犹太人；按照出生地，我在奥匈帝国统治下的布拉格；按照语言，我写作时运用的又是德语。我的一生，都像被囚禁在一座文化孤岛。我是所有人眼中的陌生人。"

我倒觉得，作家是所有人眼中的陌生人，这种感觉很对——这是一种真实的写作的感觉。反过来想，如果一个作家成为所有人眼中的熟人，那该是多么可怕的事！

情况相似的还有纳博科夫。据说他晚年时，有人曾问他归属问题，纳博科夫笑说，自己属于没有国籍的国家。但是他并不会为此流泪。"因为我后半生，都是对过去的回忆与思考。从而形成的本本小说，是重复运用了我前半生的经验。把我分割于任何国家，都像是在分割水与空气。"

赫尔曼·黑塞有句名言："我永远不会为爱情与风景停留在世界上的任何一个点。"

我在小说《羽蛇》中说："现代人没有民族没有国籍……现代人

是终生的流浪者，如同脱离了翅膀的羽毛，不是飞翔，而是飘零，因为他的命运，掌握在风的手中……"

作家，是终生的旅人，文学，是无国界的。

从另一方面来说，作家的旅行也往往会开启他新的创作思路。譬如二十二年前去了敦煌，新的灵感就来了。就在这本新出版的英文版《敦煌遗梦》中，我这样写了鸣沙山和月牙泉：

> 夜晚的鸣沙山，被一种钢蓝色的雾霭笼罩着，有如梦境。那金字塔般的峰峦显示了神秘与孤寂。在它的脚边，静静地淌着同样钢蓝色调的月牙泉。这种奇异的色彩使人想起凝结在一起的蓝色金属。

> 太阳下的鸣沙山完全是黄金的杰作，令所有的雕塑家倾倒。但夜晚的鸣沙山却令人无法识破，即使最杰出的雕塑家到来也一筹莫展。它完全属于自然的隐秘属于月亮属于星星属于阴柔之美……

我的几个重要的作品几乎都是缘起于某次旅行，譬如我去了云南，就写了《双鱼星座》和《缅甸玉》，去了海南就写了《青芒果》，去了新疆，就写了《西域神话》，去了大西北，就写了《天籁》……而当新长篇《炼狱之花》遇到瓶颈时，是在香港国际作家工作坊打开了瓶颈，完成了作品的主体。

而最重要的，是十二年前的《羽蛇》，1996年我应邀赴美三个月，边讲学边写《羽蛇》，美国给了我重要的启示，我写道：

> 对美国的印象是蔚蓝色。闭上眼睛想起的美国，不是科罗拉多和杨百翰，不是宾夕法尼亚和纽约，甚至不是夏威夷，而是马里兰大学圣玛丽学院的那一口小湖。那种丝绒一般的蔚蓝。还有大风天里的白色帆船。
>
> ……
>
> 上帝的弃儿最好不要与上帝的宠儿相遇，不然，已

经忘记了的，已经麻木了的，会忽然洞穿漫长的岁月，燃烧起来，本来你以为已经是灰烬的地方，又烧起了熊熊大火，大火与阳光湖水滚动在一起，滚成了一片蔚蓝，在这个被神雪藏过的地方，火焰烧过之后就成了澄明的湖水，那么安静，所有的声音都向远方退去，虚空如画。

一生也许只有一次的蔚蓝色啊。

后来，在圣玛丽学院遇见的美国男孩作为我的人物原型进入了《羽蛇》的结尾。

是的，文学无国界，作家如旅人。

（本文为作者 2011 年在哈佛大学的演讲稿）

中国古文化中的世界公民

日本翻拍的《西游记》，美国人改编的《花木兰》，还有和六小龄童与宁财神的争论一波未平，一波又起——据说是孙悟空原型的印度神话形象神猴哈奴曼的雕像来到了中国展出。

关于这位神猴的来历，大学者胡适早有说法：胡适认为《西游记》的美猴王孙悟空原型就是取自哈奴曼，他说："我总疑心这个神通广大的猴子不是国货，乃是一件从印度进口的。"随着印度佛教东传中国，《罗摩衍那》记载的"楞伽城大战"中大闹无忧园的情节，就被改编成《西游记》中孙悟空大闹天宫的故事。陈寅恪和季羡林皆同意此说法。

但是也有不少史学家反对，他们认为由于不同文化之间相互交流和传播，才能促进人类文明的发展。印度人把孙悟空称为"中国的哈奴曼"，中国人完全也可以把哈奴曼称之为"印度的孙悟空"。

许多佛经都有猕猴的记载，如：《贤愚经》卷十二，又出《弥沙塞律》卷十、《僧祇律》卷二十九、《佛五百弟子自说本起经》。《大唐西域记》卷四"猕猴献蜜及释迦等遗迹"事载："在昔如来行经此处，时有猕猴持蜜奉佛，佛令水和，普遍大众。猕猴喜跃，堕坑而死；乘兹福力，得生人和，成阿罗汉。"

在印度文学中占有重要地位的"神猴"哈奴曼将首次在中国展出，它出现时间比中国的孙悟空还早了一千多年。哈奴曼大概是公元前300年就诞生了，而吴承恩，大家都知道，他是明朝人，出生于 16 世纪。

虽然胡适、陈寅恪二位先生提出孙悟空的原型是哈奴曼的说法已经很久，但很多视悟空为"国粹"的人仍难接受。人们会举出诸如吴承恩是不是看过《罗摩衍那》这本书这样的理由来反驳"原型"论，人们会毫不在乎敦煌壁画中已有"猴行者"形象的事实，人们宁愿相信鲁迅的考证——孙悟空的原型是大禹治水时降服的淮涡水神无支祁。

不过相对于线条"粗糙"的哈奴曼来说，吴承恩笔下的孙悟空已经非常丰满，这说明文学形象应该是不断进化的。既然"神猴"哈奴曼可以被吴承恩塑造成孙悟空，那么谁又敢保证明天不会有人从孙悟空身上提取出另外一个经典呢？

有很多东西并不是某一个民族独有的。既然吴承恩可以把印度"神猴"哈奴曼写成齐天大圣、张艺谋可以在中国排演《图兰朵》，那么日本人抑或美国人也照样可以拍出他们眼中的《西游记》和《花木兰》，这又有什么奇怪的呢？

哈奴曼来了，我们不必生气，更不要咒骂。因为文学是属于世界的，该来的一定会来，该走的也一定会走。应当说，哈奴曼不是印度的，他属于世界；孙悟空和花木兰更不是谁家的，他们属于人类，他们都是世界公民。

（本文为作者 2011 年在纽约中印作家对话中的演讲稿）

八十年代琐忆

　　2005 年 4 月的一个夜晚，我从家里返回人民医院（其时我正在人民医院住院），走到马路中央的那一刹那，我分明看见一辆车疾驰而来，然后是锯齿划破玻璃一般难听的紧急刹车声，同时看见投射在马路中央的一团惨白的月光，月光中间一小团黑黑的东西，正是我扎头发用的绒绳——然而等我再过去捡绒绳的时候，车、月光和绒绳都不见了，好像从来就不曾有过，摸摸头发，绒绳真的没了——这是怎么了？是幻觉？还是我疯了？！就那么披头散发地走进病房，护士们吓坏了，我知道她们在我眼里读到的是——恐惧。

　　那几年，我觉得自己被一种巨大的恐惧压倒了。有一天我对一个关心我的朋友说：我总是莫名其妙地害怕，她立即反问：你怕什么？是啊，怕什么？假如能说出怕什么，那么便是不应怕的了，没有怕的对象，没有恐惧的对象——也许，我是在怕这个世界——这个世界不知从何时起已经失去了灵魂——到处是谎言，到处是陷阱。有好久了，我害怕外面的世界，闭门不出。

　　自由的灵魂都是纵横捭阖，飞扬游弋的。按照藏传佛教的说法，灵魂被称为"银带"，当人们入睡的时候，"银带"是游离于人体之外的，它的遭际便形成了梦。所以，梦和现实隔得并不远，也许只隔着一扇窗，可对于有些人来说，这扇窗是一辈子也打不开的，而且他们还要诬蔑那些可以看见窗外风景的人是在说谎。

我始终认为世上的人大抵分为两种，有灵魂的和没有灵魂的。有灵魂的人就有痛苦，而没有灵魂的人，既无前生又无来世，是一群注定在今生一次性消费的人，这样的人群其实十分可怕。他们混迹于茫茫人海之中，无信仰，无道德底线，更无自省精神，他们有的只是永不满足的欲望和能够满足这些欲望的手段，他们混淆了视听，对于人类的精神世界极端蔑视任意践踏，对于世间的物质巧取豪夺贪婪索取，如果这样的人再攫取了作家的头衔，那便是大不幸了。但更不幸的是，这个时代恰恰提供了滋生和繁殖这种人的肥沃土壤。

最近西蒙·舒斯特出版公司来信问，《羽蛇》的卷首语"世界失去了它的灵魂，我失去了我的性"，究竟应当如何解释？我说，我的意思是这个世界早已堕落成为一个物质世界，而失去了它的精神世界，也就是灵魂。而这个"我"，其实是一个大我，也可以说是有良知的中国知识分子，更确切地说是中国优秀的知识女性，实际上长期受着难以忍受的戕害（也许已经麻木了）——这戕害或许来自整个男权世界——作为中国女性的最本质的"性"，早已迷失了。

20世纪80年代的第一个春天，我开始发表小说。当年得了首届《十月》文学奖。现在反省，实在应当感谢那个时代，换了今天，别说是获奖，像我这等犟头倔脑一意孤行笨嘴拙舌完全不懂得讨人喜欢之人，恐怕就是发表也很难的吧——文学不知从何时变了味儿——我不想随便用"低俗"这个词，我只想说，是一些人利用了另一些人的人性弱点，把文学变得不那么纯粹了，或者干脆变成了通向仕途的敲门砖。文学再不是80年代那个刚刚开启的神圣殿堂了，在这座华丽的殿堂的后厨里，有人做了手脚，在美酒佳肴里下了蒙汗药。在貌似狂欢的飨宴中，大家都来赶着分一杯羹，以至本来清醒的人也醉倒了。

80年代我的经历充满了戏剧性，其中之一便是与《收获》的相遇。1983年我写了生平第一个中篇《河两岸是生命之树》，在宗璞的鼓励下，作为自然来稿寄去，竟然在一周之内就得到了请我去上海改稿的电报。最有趣的是当时漂亮率直的郭卓老师手持《收获》为接头暗号在车站接我，上了编辑部的木楼梯她就边走边喊："接来了，是女的！"——后来她告诉我因为我的名字编辑部产生了歧义。后来就是小林老师把我约到武康路她家里谈小说。当时小林老师如同我幻想中的吕碧城一般清高卓绝，却又诚恳谦和——她对小说人物关系的分析深深打动了我——一个无名作者竟得到如此认真的对待，固执如我，也不能不彻底折服。那一天的大事是见到了巴老。当时巴老从一个房间慢慢走向另一个房间，我目不转睛地看着他和蔼的笑容，尽管内心充满崇仰，却说不出一句话来，甚至连一句通常的问候也说不出来——不知为什么那时我觉得凡心里的话表达出来就会变味儿——尽管那一年我已年届三十，但心理年龄上却缺乏一个成长期，人情世故方面基本为零，甚至负数。

曾经说过"80年代是个文学狂欢的年代"，现在看来并不准确。中国文学其实就根本没有过所谓"狂欢"。确切地说，80年代应当是个"以文会友"的年代。有许多人相识于80年代，也包括一些作家，譬如艾青、宗璞、林斤澜、张承志、史铁生、刘恒、王安忆、王朔、苏童、扎西达娃、李陀、多多、路东之……至今，仍对他们保持内心的喜欢。有一件趣事不可不说：当年看到《十月》所发一篇《晚霞消失的时候》，非常喜欢，想认识作者，当时的好友崔之元（如今已经是所谓新左派的领军人物了）立即说，此事包在他身上。

崔之元是我和邻居"发小"钱玲共同的朋友。还在上海复旦大学念书的时候，他就曾经受朋友之托，给钱玲带了一本书到北京来，那本书是台湾学者孙隆基写的，题目叫作《中国文化的深层结构》，我看过之后深受震撼。小崔直言不讳地对我的小说提意见："小斌姐的小说缺一种东西。"第二天他就拿来一篇小说，说是朋友写的，钱玲抢着先看，没看几行就红了脸，我仔细通读了一遍，写的是一个女人，如何为了养家去跳脱衣舞，通篇全是性描写——于是我们就怀疑其实是他所为，两人你一言我一语地把他给批了一通，他红着脸申辩："是朋友写的，和我一点关系也没有。……不过，我倒觉得他写得很真实，像小斌姐写的那种东西太素了，简直就是全素斋，不真实。……"

后来，小崔假期的时候几乎天天来玩，每次都侃得昏天黑地。所以我一说想认识那位署名"礼平"的作者，小崔立即就有了行动。他连夜赶写了一篇评论给《十月》编辑部寄出去，请他们转给作者。没想到，等到第七天的时候，"礼平"真的回了一封信，邀请我们去他家里玩。——他的真名叫刘辉宣，是当年北京男四中一派红卫兵的领袖。

那是个部队大院，显然刘辉宣的父亲是这里的首长。当时他站在门口接我们，就着月光看去，我发现他与我的想象完全不同，而且，和我认识的一些当年中学运动的领袖人物也完全不同，连说话的方式也不同——这让我多少有点失望。他家的院子很大，院中央有桌凳，月光下，一个女子坐在凳上梳头。显然，她的头发是刚刚洗过的，肩上披着大围巾，月光下她的笑容非常婉约，刘辉宣向我们介绍说这是他爱人。我半开玩笑说，那一定就是小说里的南姗了——他笑嘻嘻的，不置可否。那天聊了许多，却唯独没有聊文学。

崔之元，清华大学公共管理学院教授，博士生导师。1995年获美国芝加哥大学政治学博士学位，曾任教于美国麻省理工学院政治学系，并于德国柏林高等研究中心、哈佛大学法学院从事研究。2007年、2008年春季学期任美国康奈尔大学法学院杰出访问讲座教授。

小崔后来出国做了博弈论专家爱欧斯特的研究生。"走向未来"丛书、"尤利西斯与海妖""控制论与社会""希腊城邦制度"……马尔库塞、顾准、吉布斯、维纳、马克斯·韦伯、海德格尔……这些名字，都是第一次从他嘴里听说的。

还有一个人也说过我那时的小说是"全素斋"——她就是现在鼎鼎大名的白灵。

1987年第一次触电，导演是导《一个和八个》的张军钊。张和想象中的差不多，也像当时风行的导演那样留着满嘴的络腮胡子，一双很有表现力的大眼睛。谈得似乎很投机，他说看了《对一个精神病患者的调查》，觉得很好，当然也有一点意见，需要好好磨合云云。

过了几天，他请我吃饭。刚刚上好了菜，像是掐准了点似的，一个年轻女孩风一般地飘了进来。那时候我还真没见过几个演员，所以看见那个女孩就觉得挺不错，我记得当时她穿一身豆沙紫的裙子，蓦然看去似乎清纯，细细端详却颇有几分妖冶。见了我，堆下一脸的笑，拉了我的手摇了又摇，像是老熟人似的。然后她开始大夸我的小说，最后她说，如果说有一点意见，就是小说"太素了"（连用词都和小崔一样），一部好的小说，应当有性描写。我记得我当时的回答好像是说之所以没有那方面的描写，是因为觉得这部小说里面似乎不需要。她的声音有些粗哑，和那张脸配着不大协调。

最初的时候我很是接受了她。她能说会道讨人喜欢，能说会道讨人喜欢在任何时代任何社会都吃香。何况她还不仅仅是能说会道，她待人处世恰到好处，她会反着夸人，就如那个笑话里讲的那样：某老太寿诞会上某人写道：老太太不是人。这一句话把大家吓得魂飞魄散，可那人立即笔锋一转写道：老太太是神，如何如何。这样高精尖、难度极大的夸人方法恐怕不是所有人都能学得会的。

但是白灵绝对具备这种才能。而且我后来才知道，她还有一招杀手锏。现在想起来，白灵绝对是开放的急先锋，在 80 年代后期，她已经完全能把性和情这两种质地不同的东西分开了，这对于一个女人来说，真的挺了不起。

事隔不久张导就打来电话，请我帮着推荐女主角，"你记忆当中有谁演你的女一号比较合适，想想，或者，见过的，气质上比较接近的，你都可以推荐……"最后张导急了："哪怕最近见过的也行！……"张导遇上我也算他倒霉。他绕来绕去的，偏我根本没听懂他的话，我心思是直的，特别是那时候，根本不理解别人的话外音、潜台词。于是我就挖空心思地想，谁呢，谁演合适呢？

一道光亮突然升起，之前，根据王蒙小说改编的《青春万岁》的电影，里面有个贫穷的信教的女孩，长着一双雾蒙蒙的眼睛，那个女孩……好像很合适！我这样说了，张导却在电话那边不吭气。

可笑的是我完全不懂对方沉默背后的含意，一个人开始喋喋不休："那个女孩的眼睛很特别，你注意了吗？虽然她穿得破破烂烂，可那气质，就像个落难公主似的，你不觉得吗？……"我说了又说，直到无话可说，这才察觉到，电话那边，竟然一直沉默。

《弧光》正式建组了，女一号是白灵。至此，我才算明白张导的苦心。但是我再次露出傻气，我说白灵和我想象中的景焕绝对不是一回事啊，我就这么跟副导演说了，末了儿还说了一句："要么请她演女三号吧。"于是剧组主创人员再次相聚的时候，白灵一反过去那种无比亲热的劲儿，冷着脸不理我了。

张导倒是一如既往，对我很客气。且给我开了当时最高的编剧稿费：四千人民币。扣掉三百的税剩下三千七百块钱，给儿子买了一架星海钢琴。之后不久遇见刘恒，当时他正在给张艺谋改编《菊豆》，问及我的稿费之后他说，嗯，不错，我也得跟老谋子要这个价。

《弧光》当时是作为实验电影公映的，有国内与海外的两套版本，海外版有当时创纪录的一分三十秒做爱镜头，还得了莫斯科电影节的一个奖，然而我在看粗剪片之后却发呆失语——这是我写的那个《弧光》吗？——N 年后我才明白，明智如阿城者，才是正确对待原作与成片的典范——陈凯歌请阿城看《孩子王》，阿城说：我拉的屎我就不看了。

倒是白灵，由于《弧光》获得了一个出国学习的机会，这一出去就没回来，连 1961 年的生日也变成 1968 年了。先是风闻她与理查德·基尔合拍了一部"反共"电影，后来又在网上看到她如今妖冶"性感"的照片，直到前不久网上疯炒她偷东西的新闻——她辩解说，是由于失恋走了神儿——这点我相信，我相信她真的是爱那个男人——在无数阅历后还能有真爱，仅这一点就很了不起了，比起现在戴着各种光怪陆离的面具玩一夜情的正人君子们，白灵起码是个"真人"。

时代的变化太大了，以至于我们现在想起 80 年代的种种，常常多少感到不可思议。有朋友说我"是个拒绝与时俱进的人",我觉得他说对了一半。有段时间,我甚至想好好地"享受"一下生活,天天和一帮"70后""80后"的小孩泡酒吧,聊天,听爵士和摇滚,吃各种乱七八糟的东西,从阿玛尼、范思哲、香奈尔一直逛到粉红玛丽、莱茵朗姿、华伦天奴……但这样的生活还没到两个星期,我就对自己深恶痛绝了——匈牙利的获诺奖作家凯尔泰斯先生说得好:"物质的集中营甚至比纳粹的集中营更可怕。"——他想必是经历过的。

我依然回到自己的惯性中。去体验写作中"销魂的酷刑,极乐的苦痛,痛苦和快乐都是难以形容!"(海涅诗)——这大概是我的命,人是抗不过命的。

还是用我最近刚刚完成的一部长篇小说的结尾作为这篇小文的结尾吧:

在一个无边无垠的背景下,人都是渺小的,无奈的,苟且的,变形的,变态的,痛苦的,压抑的,抑郁的,非正常的,无法选择的,无可奈何的,莫衷一是的,随波逐流的,背叛自己的,变成非我的,藏污纳垢的,无论是她,商娣姐妹,还是王练。甚至是华铮。她想。这么想着的时候,她看见镜子里那个被生活折磨得百孔千疮的女人,竟然又恢复了一丝生机,从她红肿的眼睛里,竟然透出一丝光来,那光越来越亮,照亮了整个屋宇,那光晶莹通透,恰似一块没有雕琢没有加工的巨大水晶,洞穿了整个黑暗的天空。

可惜,这部小说,目前还不会发表。大概要等很久很久,多少年,我也不知道——但愿那时候,我们这个世界又重新注入了灵魂,而我们,也终于在多年迷失之后,重新找到了我们的本性。

148

"阿尼玛"与"阿尼姆斯"的角色冲突

——男女两性在恋爱婚姻中的冲突

　　我们这代人有着明显的先天不足。譬如，关于性爱方面。很多人追溯起来总说在我们青春期时爱情正在变为禁果。其实不然。远在我们的童年、少年时代便一直在遭受禁锢。女孩和男孩的概念其实是瞬息即逝的，孩子可以在一夜之间长大成人。由于神秘的基因或其他作用，有些幼小的孩子便开始对于异性感兴趣。当然，那是一种天真烂漫的孩子的爱。这种孩子式的朦胧的爱完全不同于成人的爱情，它纯洁真挚、偏执专一，不含一丝杂质，却又激情如火。据我观察，在这个年龄段能够产生自发爱情的孩子，往往在童年时患有严重的自闭症。

　　最近我请教了一位儿童保健研究所的专家，她说据研究结果表明，童年时患自闭症的儿童一般都是智力超常的儿童。而孩子最初爱的人与他（她）的阿尼玛心象或者阿尼姆斯心象有关。

　　"阿尼玛原始心象"这个概念很多人可能并不熟悉。这个词来自荣格的分析心理学理论，荣格说："每个男人心中都携带着永恒的女性心象，这不是某个特定的女人的形象，而是一个确切的女性心象。这一心象根本是无意识的，是镂刻在男性有机体组织内的原始起源的遗传要素，是我们祖先有关女性的全部经验的印痕（imprin）或原型，它仿佛是女人所给予过的一切印象的积淀（deposi）……由于这种心象本身是无意识的，所以往往被不自觉地投射给一个亲爱的人，它是造成情欲的吸引和排斥的主要原因之一。"

荣格这里说的是，"男人天生就禀赋有女性心象，据此他不自觉地建立起一种标准，这种标准会极大地影响到他对女人的选择，影响到他对某个女人是喜欢还是讨厌。阿尼玛原型的第一个投射对象差不多总是自己的母亲，正像阿尼姆斯原型的第一个投射对象总是父亲一样。在这之后，阿尼玛原型被投射到那些从正面或从反面唤起其情感的女人身上。如果这个人体验到一种'情欲的吸引'，那么这女人肯定具有与他的阿尼玛心象相同的特征。反之，如果他体验到的是厌恶之感，这女人一定是个具有与他的阿尼玛心象相冲突的素质的人。女人的阿尼姆斯心象的投射也是如此。"

按照荣格的理论，尽管一个男子可能有若干理由去爱一个女人，然而这些理由只能是一些次要的理由，因为主要的理由存在于他的无意识之中。男人们无数次地尝试过与那些同自己的阿尼玛心象相冲突的女人结合，其结果不可避免地总是导致对立和不满。

阿尼姆斯心象同样如此。"在正常的发育过程当中，阿尼姆斯被'投射'在几个男性形象上面，而这种投射一旦实现，一个女人便把某人看作确实是她们认为的那样一个人，这个人已经几乎不可能被她接受为他实际上所是的那种样子了。这样一种看待人的态度，在人际关系中可能会很有妨碍，只有男人符合女人对他的设想的程度上面，这种态度才能继续下去，而不致发生冲突。阿尼姆斯能够被人格化为各种男性形象，从最低级的一直到最有才智的，这要取决于妇女自己的进化程度。""一个聪敏的有文化的女子比那些受教育较少的姐妹们更加是阿尼姆斯权威的牺牲品。"

但是，"事实上，阿尼姆斯能促进妇女对于知识及真理的追求，并把她倾向自觉自愿的活动，不过她必须学会认识阿尼姆斯，并把它控制在适当位置"上面。

看过一部美国影片《情浓七日》。由奥斯卡影后梅丽尔·斯特里普主演。情节十分简单，大致是说两个已婚男女邂逅相遇并相爱的故事。两人在很短的时间内便达到了那种高度默契的心心相印。虽然两人之间并没有发生性关系，但早已以"心"相许。很快，男的那种魂不守舍的样子被妻子发现了，在妻子的追问下，他说他遇到了一个女人，"But，Nothing"（但是，什么事也没有）。妻子沉默良久，然后突然举手狠狠给了他一记耳光，同时咬牙切齿地迸出一句："那就更糟！"我认为这是一段极为精彩的表演。完全是两个人的心理交流。应当说这是一个十分聪明的妻子。她的聪明之处便在于：她懂得这种没有涉及肉体的精神之爱对于她的威胁更大。应当说，仅仅求得性欲的满足是非常容易的，而心与心的交流则难乎其难。而她注意到她丈夫的"心"已经被夺走了，所以她毅然决定回丹佛老家。实际上，西方中产阶级具有很高的传统意义上的道德水准。他们对一些事是可以"不在乎"的，而对另一些事却是非常之"在乎"。可能比我们中的很多人更"在乎"。

当下很多人已经"不敢爱"了。这似乎是一种时代症。"不敢爱"三字实乃经验之谈，里面包含着许多局外人不知的酸辛苦辣。我认识这样一位中年女性，十二年前她在一片茫然之中结了婚，又在茫然之中过了十二年，她隐约地感到有什么不对味儿，却并没有意识到有多么严重。实际上，她的丈夫是个严重的阳痿病人。直到她考上研究生并深爱了一个人之后，她的一直沉睡的情感世界才苏醒过来，我惊奇那时她完全像是变了一个人——本来木讷的脸充满了一种精力过剩的神采，一双本来看不出性别的眼睛充满了一种神经质的、危险的光芒。看来力比多的效用决不限于青春期。中年人的那狂热而又压抑的爱简直可以令人死去。她流着泪对我说："真是'恨不相逢未嫁时'啊！"

一年以后，由于各种各样的原因，他们分手了。她好像一下子老了十年，神经质地、絮絮叨叨地不断逢人便说这件事，像祥林嫂失去了阿毛一样不断地重复着同一个故事。连听者的神经也要崩溃了。

"我真傻，真的，"她总是这样开头，"对于男人，千万不要给他们真情。因为爱得越厉害，就越要受制于对方，越真心就越要受伤害。"她总是这样结束。

从此之后她便不敢再爱。她把自己的心裹上厚厚的甲胄，生怕受伤。奇怪的是，经过这一次不成功的恋爱之后，接连不断地倒有些男士找上她的门来。一切创伤都可以平复，渐渐地，她把那令人痛心的失败尝试淡忘了。新的朋友又赠予了她新的自信。但是她始终不敢动真情，生怕一动真情，爱的对象又要逃遁。

其实，这个故事是带有普遍意义的。自古以来便是"多情反被无情误"。列夫·托尔斯泰的不朽名作《安娜·卡列尼娜》便揭示了这一男女两性之间的永恒秘密。有很多人一点不理解安娜情绪上的那种大起大落和对渥伦斯基那种"无理搅三分"的态度，认为她是"吃饱了撑的"。的确，安娜在小说后半部的表现的确是近于"无理"，但是，这不过是一个表层现象。透过表象看实质，我们便不难看出，安娜之所以表现异常，仅仅在于她感到自己缺乏安全感，更确切地说，是由于她爱得太深而时时怕失去对方的那种恐惧造成了心态的极度不平衡。但是，正是这点导致了她的现实失败。男性与女性在爱情方面的投入永远是不等量的。对于渥伦斯基来讲，虽然他很爱安娜，但是他的这种爱与他的事业相比，不过是"金山上的一粒金砂"而已。他得到了安娜，他并不会完全满足，如果他仅仅得到一个女人便满足了的话，那么他也绝不会是世俗意义上的男子汉。而对于安娜，渥伦斯基却是她"整个的生命"。仅仅这一点，便命定着安娜爱情的悲剧结局。安娜与渥伦斯基那无数次的近乎"无理"的争吵，无非是安娜希望得到心爱的人更多的爱的一种变相表现方式罢了！而男人却很难理解。

男人很难真正理解女人。在古代，算命先生从不惠顾女人——他们认为女人的命运是不可测的。现代亦如此。很少能有男性作家写出真正的女人的隐秘。正因如此，男性的女性观常常会走入误区。前面谈过阿尼玛原型与阿尼姆斯原型，不幸的是，男性的阿尼玛原型常常包括爱慕虚荣、矫情做作、耍小手段、贪婪嫉妒这样一些女性弱点。男人是很容易受骗的。越是好男人越容易受骗。所谓"好汉无好妻，赖汉娶花枝"是也。

我认识这样一位青年，就他的品德与才识来说都属罕见，唯独在选择爱人方面，接二连三地失误，首先，他的理想模式——或者阿尼玛情结大约是那种纯真活泼可爱、很孩子气的女性，这并没有什么错。但是他忘记了女性的伪装。他爱上的恰恰是那一层伪装，他还不具备破译女性真实密码的本领。因此后来他选择了一个实际上与他原始心象相悖离的女人做妻子，令他痛苦不堪。

还有一位书生气十足的朋友，今年已经五十有八，三十年前他娶了一位年轻美丽的姑娘做妻子，婚后不到两年便离了婚，原因是妻子嫌他"那方面不行"。妻子虽美，着实厉害，发起怒来竟一脚将他踢下床去。这等令人痛心的血泪史他竟毫不自省，缓过神来便发誓要找更年轻漂亮的女人，还果真被他找到了——两年之后他认识了一位年轻漂亮的实验员，很快成婚，小家庭布置得很漂亮，小日子十分温馨幸福。然而好景不长，结婚六年之后两个打得不可开交，终于再度离了婚。最重要的原因仍是他"那方面不行"。但第二任妻子比前任要聪明，并未急于离婚，而是在外面找了情人。谁知纸包不住火，终究还是让他知道了。而在这同时，有一位年纪与他相仿的女士深爱了他，只是有碍于道德观念，不愿与他挑明，一心盼着他办完离婚手续后再作计较。谁知，他坚辞不肯，号称一定要找一个比第二任妻更加年轻漂亮的才肯干休，那位爱了他的女士向我哭诉了她的烦恼，望我以好朋友的身份规劝于他。我只好含蓄地说些人最好不要总被同一块石头绊倒云云。

然而他却的确是在被同一块石头绊倒，婚姻的连续失败无论从哪方面来说都会对人的心灵产生长久的毒化。尤其对于中年人来说，更会有一种很强的挫折感，难以痊愈。

而对于他的第二任的年轻漂亮的妻子来说，则存在着另一种矛盾：爱与安全感的矛盾。这实际上仍属于前面讲过的安娜故事中那个永恒的矛盾。他的第二任妻子对我说，她早在婚后第二年便不再爱他了。那么为什么过了那么长时间才离婚呢？原因只有一个：她认为他虽然缺乏性吸引力，却具备安全感，她可以像只疲惫的归帆一般停泊在他的港口。永远不用担心这港口会突然下沉。而她的情人却恰恰相反，犹如来无影、去无踪的一股龙卷风，虽然能将她整个身心裹挟而去，却飘忽不定，难以依靠。因此，她走上了危险的钢丝，一头，是安全可靠的丈夫；一头，是热情如火的情人。无论从物质、金钱，还是感情、性欲都可得到满足，算盘是不错，只是太自私，而且这样做的结局有可能是彻底鸡飞蛋打。

爱与安全感不能两全，这也的确是许多女性心中的问题。依我看来，爱的本质就是瞬间。是永恒意义上的瞬间。也就是说，只要你真爱了，同时也真的被爱了，哪怕只是一瞬，也就获得了爱之永恒。永恒的爱绝不指世俗时间的概念。"金风玉露一相逢，便胜却人间无数。"但这样的概率，实在是少之又少的。

笔者多年前在小说《敦煌遗梦》中说过一句话：好男人和好女人永远走不到一起。永远错位，即使走到一起，结果也未必好，这似乎是上帝在造人时设立的一个可怕的箴言。

人既有渴望自由的本能，又有逃避自由的本能。人很难去改变别人，却能不断地完善自己。恋爱婚姻是个说不完的题目，迄今为止，谁也说不出一种最完美的理想模式。

最后用鲁米的一段名诗来结束这篇没有结果的短文：苍天为男／大地为女／大地滋养着天赐万物／苍天大地应有知／苍天大地与人同／苍天若无爱／大地苟无情……这，大约就是阿尼玛与阿尼姆斯心象冲突的最好诠解吧！

百年孤独　万年一叹

或许是缘分。

1983 年，我大学毕业后的第二年，在常去的动物园广风餐厅旁边的新华书店，鬼使神差般地，我拣出了一本书，印得粗糙，名为《百年孤独》，作者加西亚·马尔克斯。许多年之后我才知道此书系盗版。但在当时，经历了整个的民族浩劫之后不久，这本书的出现让我着迷。

之所以着迷，是因为它暗合了我的趣味：我自小是个爱做梦的孩子，我的梦天马行空无所羁绊，上至天国下至深海，其怪异难以描述，所以也就非常舒服地接受了女子乘飞毯起飞的情节而毫不感突兀。并且自此爱上拉美文学，略萨的《潘达雷昂上尉与劳军女郎》《胡利娅姨妈与作家》、普伊格的《蜘蛛女之吻》、博尔赫斯的全部……然而记忆最深刻的，是《百年孤独》——那是上世纪 80 年代馈赠给我的最好的礼物——它打破了我一向把大师级作家分为"社会型"与"自省型"（这是我的自创）两类的格局，提供了成为好作家的第三种选择：出世与入世、地狱与天堂、上帝与魔鬼、此岸与彼岸……的神奇转换，这种神奇变成了巴赫《音乐的奉献》中那种音阶升高而又回到原点的螺旋式之美，变成了埃舍尔笔下那诡谲下降而又升起的美丽瀑布。

这种现实与虚幻的天衣无缝的结合让我看到了一条奇幻绮丽而又品质高贵的文学之路！它既不似自省式写作那般把人压迫到黑暗

之中，又不似社会型写作那样容易遗失心灵最深处的奥秘。它可以焕发人类最高级的创造力与想象力，它是文学最高最美的枝条。而写作，难道不是一种栖息于地狱却梦想着天国的行当吗？难道不是我们为摆脱令人生厌的日常生活的自欺手段吗？！

我的小说《羽蛇》发表后有许多评论，奇怪的是无论是中国还是西方，都把她与《百年孤独》作了对比。譬如一位年轻的评论家李永宏在《当代文坛》上发表的评论中说：

> 这是一部阅读完后却不能停止思想的小说；这是一部能引起灵魂共鸣却无法述说，言传拙于意会的小说；这才是真正意义上的小说，可遇而不可求。这部艺术性极强的小说被文坛忽略，不能不说是当下文坛的悲哀。……翻开厚厚的文学史，我们不难发现，有很多经典小说，都遭遇过"曲高和寡"的命运。《羽蛇》直抵现实深邃的部位，具有强大的力量，成为一个时代的精神芯片，它需要时间慢慢发掘，它是属于历史的，属于世界的。我甚至认为，它是真正的中国版的《百年孤独》。
>
> 一个作家的价值，不是体现在他和时代的同步上，而恰恰是体现在他和时代的差异和错位上。一个和时代没有差异和错位的作家，他反而最易被时代所抛弃。
>
> 经过大浪淘沙，我想被抛弃的绝不会是《羽蛇》这样的艺术珍品，它定会是世界文学海滩上的一颗闪光的珍珠。

我在《羽蛇》的前言中说：我们是不幸的：生长在一个修剪得同样高矮的苗圃里，无法成为独异的亭亭玉立的花朵；为了保证整齐划一，那些生得独异的花朵，都注定要被连根拔去，尽管那根茎上沾满了鲜血，令人心痛。有幸保留下来的，也早已被改良成了别样的品种，那高贵的色彩在被污染了的空气侵蚀下，注定变得平庸；我们又是幸运的：在当今的世界上，还有哪一国的同龄人可以有我们这样丰富的经历？童年时我们没有快乐，少年时我们没有启蒙，青年时我们没有爱情，中年时我们没有精神，老年时我们没有归宿——另一个世界的宠儿们闻所未闻的什么大字报、批斗会、通缉令……都曾经走马灯似的从我们年轻的眼前飞驰而过，那真是神话般的叙事，那一切都是发生了的，尽管中华民族有着著名的健忘机制，但是那一切却深深地镌刻在许多同代人的记忆之中。

但是我们终于懂得，每一个现代人都是终生的流浪者。现代人没有理想没有民族没有国籍，如同脱离了翅膀的羽毛，不是飞翔，而是飘零，因为它的命运，掌握在风的手中。我们懂得了这个道理，但是付出了沉重的代价追根溯源，对我们这个民族的历史，特别是女性历史进行反省，并且洞察人性中的复杂性，仅仅写这一代人是不够的。我始终认为历史教科书上的历史，不过是整个历史的冰山一角，而这一角还很值得质疑。于是我从一个女性传承的家族，也就是母系氏族入手，写了五代女人的历史。

太平天国的一代，我主要写了赵碧城也就是羽蛇的姨祖这个人物，她为了反抗天王洪秀全的暴政，付出了比生命还要惨痛的代价。

辛亥革命的一代。这一代的主要女性人物是赵碧城的姨侄女，也就是羽蛇的外婆玄溟，她的丈夫是早期辛亥革命的狂热支持者，而后来堕落成为一个抽鸦片吃花酒养戏子抛妻弃子的男人。

新民主主义革命的一代。主要女性人物分成了两支，一支是玄溟的女儿、羽蛇的母亲若木，也就是西南联大的那支知识分子队伍，若木从小受到强势母亲的压抑，形成心理人格的变态，而另一支是玄溟的侄女沈梦棠，她是所谓满怀革命理想投奔到延安的青年，而到了延安她的所有梦想都破碎了，她被延安的审干运动整得九死一生。

第四代，也就是我的小说主人公、若木的女儿羽蛇的一代，其实也就是我们这一代，经历了上山下乡，回城、四五、改革开放，恢复高考制度，竞选……

第五代，就是所谓"85后"的一代，这一代的代表人物是羽蛇的外甥女韵儿。韵儿是一个热衷于物质享受、非常现实、完全没有灵魂的美丽女孩，后来为了钱嫁给了一个日本人，回国之后过着时尚却无聊的生活，她只觉得小姨她们甘愿为理想献身的精神非常可笑。

所以，我的小说的历史观，是完全与历史教科书相悖的。

是的，《羽蛇》颠覆了历史，尽管我深知还原历史是完全不可能的，但我还是尽了我最大的力量，来还原了部分历史。特别是，我亲历的历史。

要颠覆历史是非常难的，但还需要寻找一个合适的载体，现在你们肯定明白我书中那些女人名字的来历了：羽蛇、金乌、若木、玄溟……那些来自远古的太阳与海洋，与女性本身一样源远流长，生生不息，具有转世再生的顽强。这当然可以构成一种文化象征，但问题是这种顽强既有悲剧的美感，又有非常可怕的一面。这并不是什么神话式叙事，而是借助神话来揭示现实中残酷的关系，这本身就是在解构神话。

血缘就像是一棵树。现代分形艺术像一种美丽的树形结构，很明确地象征我的小说中每一个人物的轨迹与终极命运。

> 百年五代女人的心灵秘史，五代性格迥异的女人在时空的沧海桑田与血缘的神秘因袭中的自我复制与变异。在女主人公羽蛇破碎的生命中，一方面，我们可以读到她对世界的拒绝与她以死亡所换得的绝对自由与终极胜利；而另一方面，我们更清晰地认识到羽所面对的世界无比强大，因为，一根"脱离了翅膀的羽毛不是飞翔，而是飘零，因为她的命运，掌握在风的手中"。

美国一位女性评论家 Theseus 在美国国家图书馆协会会刊的《每月书评》中说：

> 这是一部史诗。它涵盖了中国百余年的历史，它是从1890年开始的。女主人公是一个非常孤独、敏感的女人，

她从小失去了母亲的爱，因此终生都在寻求爱——但却始终没有得到。她的爱情也许在1980年代，然而，这爱却并没有真正实现。书中有很多神话一般美丽的场景，使这个故事显得神秘，但这并不妨碍它是一部史诗。它很像马尔克斯的《百年孤独》的写法。此前我对整个华文文学完全不了解，非常感谢这部书的作者，她使我与华文写作产生了共鸣。

——而我要感谢的，是马尔克斯和他所代表的拉美文学。

多年之后我有幸见到了那些我曾经爱过并一直爱着的作家：略萨、罗伯·格里耶、帕慕克、库切……却没能见到伟大的加西亚·马尔克斯——这位巨人在一个平凡的春天弃我们而去，而这个春天因他的离去而变得不再平凡。

（写于2014年4月，文学巨匠加西亚·马尔克斯逝世之际）

伯格曼：手执魔灯的大师

多年以前有一部电影让我产生了一种真正的惊悚之感，那就是《呼喊与细语》。同时我知道了它的导演叫作英格玛·伯格曼。

瑞典电影大师伯格曼把人与人之间那种隐秘的、令人悲哀的关系推向了极致：死去的大姐因为生前未能得到姐妹亲情的温暖，死后还在渴望与妹妹体肤的接触；二姐因为厌恶丈夫、不愿与之过性生活而竟然用利器刺破阴道，将鲜血涂得满脸……伯格曼的影片有一种魔力，它能够击中、穿透和撕裂所有人的心。

后来就读了伯格曼自传《魔灯》，越发相信：真正的大师都是由他的童年造就的。伯格曼出生于瑞典的一位牧师家庭，他自小瘦弱多病，敏感早慧，极其看重母亲的爱。四岁的时候，因为妈妈给他生了个小妹妹，他觉得在一瞬间失去了妈妈的爱，便对小妹妹心怀敌意，险些扼死了她；他甚至以装病的方式来博取母亲更多的爱，再大些，他开始用冷酷无情来掩饰这种爱，可是，当妈妈突然辞世之际，伯格曼再也掩饰不住自己的情感，他痛哭失声，一直守在妈妈的灵前，幻想着妈妈还在呼吸。我想，正是因为有了这种对于爱，对于亲情的极端渴望与叛逆，才有了《呼喊与细语》。

早在中学时代，伯格曼就得到了一部电影放映机。那是一个普通的圣诞节。父母把一个小型的放映机作为礼物送给了伯格曼的哥哥，伯格曼于是痛苦得"号叫"起来，他钻进了桌子底下，不吃不喝，直至哭得昏昏睡去。也许是上帝看到了这个小孩子纯真的悲伤，于是上帝开了恩：伯格曼把自己的礼物——一百个锡制的士兵与哥哥交换，最后得到了这个原始的电影放映机。

这就是伯格曼的魔灯！"它带有一个弯曲的灯罩，黄铜镜头和金属支架的造型是那样美丽。"当少年伯格曼带着惊喜看到雪白墙壁上映出的草地上的女郎时，他知道自己的这一生已经别无选择。

一扇通向心灵秘密通道的门开启了，他走进了属于自己的秘密世界。在魔灯的照耀下，那个世界似乎是人类世界的真实写照，然而又全然不是。它的每一个细节都是不真实的，然而魔灯又把它们变成了真实。那就是电影，那就是在伯格曼的魔灯照耀下的电影，正是有了第一盏"魔灯"，才有了后来的《危机》《罗科尔与影院看门人》《黑暗中的音乐》《监狱》《三种奇怪的爱情》《夏日插曲》《女人的期待》《秋天奏鸣曲》《野草莓》《呼喊与细语》《芬妮与亚历山大》……他把电影院里的观众都引向了他的秘密世界，和他一起哭，一起笑，一起发疯，一起舞蹈……

20世纪90年代以来中国电影在海外声誉鹊起，频频获奖，可恰恰缺少这种揭示人性本身的片子，并且随着电影市场化的发展，这种可能性恐怕也将越来越小了。这是中国电影的遗憾，也是中国人的遗憾。国人的遗忘机制似乎从一开始就决定了会忘却童年的秘密，而那个秘密却一代又一代地活在孩子们的心里。可惜，孩子一旦成人就把心里的那个秘密忘了，而且一点儿也不懂得自己的孩子，一点儿也没想到那孩子便是自己的过去。而孩子，却一直被那可怕的秘密烧灼着，直到成年。这大概就是我们的悲剧所在。

伯格曼大师却始终记着他童年时代的秘密，他勇敢地用那盏魔灯照亮了人性深层的黑暗。而我们的电影人，尽管可以通过努力熟知所有的卖点，技巧，深谙发行之道，甚至电影的美学意义，却唯独缺少了探索人类灵魂的勇气。也正因如此，我们的电影人可以荣获所有的奖项，得到所有的荣誉，成为最优秀的导演，却永远无法达到伯格曼的高度，永远不能成为——大师。

孤独是迷人的

——《艾米莉·狄金森传》解读

大家似乎都知道"孤独是可耻的"这句话，然而艾米莉·狄金森的一生把这句话改写成"孤独是迷人的"。

伟大的美国女诗人艾米莉·狄金森——相信至今在中国，也没有多少人真正了解和关心。

仿佛是机缘所至——1996年，我赴广州开笔会。当晚，花城出版社社长肖建国表情神秘地把我和林白叫在一起，悄声告诉我们，社里印了一本《艾米莉·狄金森传》，印得很少，手边只剩下两本了。我俩怀着欣喜接过社长递来的书，捧在手里——后来此书再未重印。

现在，这本珍贵的书就在眼前：作者巴蒂娜·克纳帕（Bettna L. Knapp），译者李恒春。封面是狄金森一生惟一的照片——她简朴的服装隐隐透出一种低调的奢华，貌似平凡的脸上，一双眼睛却暴露出她内心的热烈与狂野，勇敢与坚强。

多年之后我才知道，她之所以不喜欢拍照，是因为她不愿意让自己"被困在木框子"里，除非是诗行的框框——天哪！这是多么强烈的个性！

笔会的那几天，我几乎没有参加活动，而是被此书深深吸引了：它告诉了我一个奇异的女作家真实的一生——生于1830年的她，自二十八岁那年便闭门不出，文学史上称她为"阿默斯特的女尼"，然而她并非女尼，从她身上会知道："孤寂"并不一定是负面的，它也可以是一种迷人的正面力量，我们的女诗人不过是厌弃红尘纷扰，她自我幽闭的内心深处，有海，有花，有星，有月。最重要的是，她很早就悟到了：灵魂应当选择自己的伴侣——她很早就敢于和别人不一样。譬如她向朋友艾比尔写信时写道："当我最幸福时，每一个乐趣都隐含着刺痛，我认为无刺不成玫瑰，我的心中有痛苦的空虚，使我坚信这世界不能完满。……我希望将来天堂的大门会为我打开，安琪尔会称我为姐妹，然而，我还是不愿成为基督徒。"

她一直没有皈依宗教，为此，"加在她身上的压力是无情的，包括威胁与羞辱，但她却从未动摇。"——后来她终于明白，她之所以一直没有皈依宗教，恰恰是因为她如同夏娃一般偷吃了智慧之果——她的智慧令她无法返回到童年的伊甸园，一个敢于选择与别人不一样的人，势必一生尝尽痛苦，包括精神上和肉体上的双重痛苦。

在迄今为止中国出版的有关狄金森的诗集与介绍中，对于她的闭门不出一直语焉不详，然而此书却详实地揭示了这一原因，为狄金森一生的秘史开启了一条神秘的通道——那通道直达女诗人的心灵深处：狄金森生于一个富有的家庭，也曾经有过快乐的童年，然而很快，一切都变质了，随着岁月的推移，她与父母和兄妹的关系变得复杂而微妙，她在少女时代便开始照顾多病的母亲，她觉得母亲"无法亲近"，死亡在很长的时间内笼罩着她的母亲，使整个家庭变得"压抑不安"，在狄金森晚年时这样回忆道："我从未有过母亲，我猜母亲就是当你有烦恼时可以急切寻求帮助的人"，她又写道："孩提时，当我跑回家时，总有一种恐惧感，生怕有什么事情会降临到我头上。"对于父亲，她更是怀着一种复杂的情感，一方面，她觉得他令人敬畏；另一方面，她绝对无法容忍父亲对她才华的无视，她的父亲对她哥哥奥斯汀的偏爱给她的心灵投下了巨大的阴影，这使她与哥哥的关系一度紧张，她在一封信里用讥讽的语气写道："奥斯汀是诗人了！……滚一边去吧！……"女诗人强烈的个性与神经质使得她烦恼不安，她曾经寄希望于爱情，她完全不是有些人猜测的那样如同清教徒一般，而是怀有极其强烈的爱欲，二十五

163

岁那年她深爱了一位牧师，而不幸这牧师是个有妇之夫，她的爱情无法宣泄，只能怀着初恋的心情给他写信，她把自己的诗比喻成"我的花朵"，把他比喻成"西方的唇"……但是爱永远是双刃剑，爱有多深，伤害就有多深！心中的爱化作烈焰，把她敏感的心燃烧得疼痛难忍，由爱而生的苦恼与伤害使女诗人的心在流血，经过内心痛苦的挣扎最终她选择了"隐藏"。她的隐藏，不但包括了她的爱情，也包括了她超尘绝俗的诗句——以至于在她的生前，只发表了七首诗，留下的诗稿却达一千七百余首。她在孤独中埋头写诗三十年，死后留下的是整整一座令人惊叹的玫瑰园！——直到美国现代诗兴起，她才作为 20 世纪现代主义诗歌的先驱者受到热烈追捧，对她的研究成了美国现代文学批评中的热门，她本人也成为与美国文学之父欧文与大诗人惠特曼齐名的伟大诗人！

美国人献给狄金森的铭文是"啊，杰出的艾米莉·狄金森！"

而在中国，其实早在 1984 年就出了第一本《狄金森诗选》，那时的中国读者甚至学者，还不知道狄金森是谁，而在《中国大百科全书·外国文学》卷第 251 页，也只有"狄更生"名下不足半页的文字。

2000 年 10 月，由百花文艺出版社出版了《孤独是迷人的——艾米莉·狄金森的秘密日记》。此书对于中国的学界颇有影响，许多人开始对这位奇特的女诗人产生了兴趣。

如果说，美国人是在狄金森去世后才真正认识她的价值，那么中国几乎要晚了一百年！甚至更长，因为至今，狄金森也没有进入中国的主流，她只是在中国的学界，特别是在像我这样迷恋她的读者当中产生了深刻而长远的影响，然而我相信，她美丽真挚而直击灵魂的诗行，迟早要进入中国广大读者的视野——她的诗让我们可以分享她深刻的思想——那是关于死亡、永恒、自然与爱，也就是生命中最最本质的哲学。

> 我是为美而死——被人
> 安置在这个坟冢
> 有人是为真理而亡的，也被葬在旁边的穴中

他曾轻声问道"你为何而死？"

"为美。"我回答

"我，为真理——两者都一样

我们是兄弟。"他说话

就这样，像两个男人，相会在这个夜晚

隔着墓穴交谈

直到青苔爬到我们唇边

将我们石碑上的名字遮掩……

这样的诗句，真是令人颤栗啊！！

为美而死？谁敢说这样的话？只有我们的女诗人！为美，为形而上的原因而死，在中国的文人中似乎已经绝迹了，仅仅有上世纪80年代的一位诗人海子。据说蒋子龙曾经有个讲座的名字叫作："中国作家，你为什么不自杀？"——的确，纵观世界文学史，有多少作家为形而上的苦恼自杀？！海明威、叶塞宁、川端康成、三岛由纪夫、茨威格……这真是一个奇特而令人恐惧的现象，这类作家由于他们的纯粹而与现实格格不入，义无反顾地走入了自己的秘密世界，他们接近神祇，与神祇对话，天生与尘世无缘，只好逃避在文学或艺术的象牙塔之中。当然，并不是说为自己的精神理想，非要去疯去死才算纯粹，但是对于这样的作家，我表示由衷的敬意。

而在中国，几乎人人都在进行现实主义写作，写心灵的内省式作家被无形边缘化，很多人成为一世主义者，在这个娱乐化时代，成为既得利益者，何来灵魂的煎熬与苦痛，更遑论为形而上的原因而自杀！有的只是在汶川地震之时，那位山东作协副主席的"鬼诗"，竟然在人民的大灾难面前，还不忘歌颂官僚与权势者，从而为自己的升迁找敲门砖！

狄金森在自己的诗中"为美去死"，她的肉身活了下来，一生活在一个小镇上，她是为自己选择了一条向死而生的道路！这对于她，一个很早便领悟到人生真谛、与尘世无缘的人来讲，更是难乎其难啊！

终于，在狄金森成为四十岁的老姑娘的时候，曾经做过她的伯乐的希金森来到阿默斯特专程看望了这位女诗人。因为长期独处，她已经"不太习惯与人交谈，说起话来扑朔迷离前言不搭后语"。尽管如此，希金森对她的印象仍然"非常深刻"。

　　狄金森的诗中我最喜欢的一首是《灵魂选择自己的伴侣》，我几乎可以把它背下来了：

> 灵魂选择自己的伴侣
> 接着把门关紧
> 那无比神圣的决心
> 再也不容干预
>
> 心不动
> 即使华车恭迎
> 在蓬门之前
> 心不动
> 即使皇帝亲跪
> 在门垫之上
>
> 任凭弱水三千
> 仅取一瓢
> 然后心再无旁念
> 磐石入定

　　现在，我再次拿起这本书，拉开窗帘，看着北京的一个普通的夜晚，想着百余年前美国的一位女诗人，也许也曾经像我这样拉开窗帘，看着阿默斯特初升的月亮。那百余年前的月亮的光辉，此时也正在沐浴着我，而我，还远远做不到"磐石入定"。

　　相信再过若干年，狄金森的诗句会穿越时空，真正走入中国人的灵魂深处，因为，她是不朽的。

《钢琴教师》：从电影到小说

　　2002 年的一个风和日丽的日子，我偶然看了名为 *La Pianiste*（法语）/ *The Piano Teacher*，译名为《钢琴教师》的电影。这部由迈克尔·哈内克（Michael Haneke）导演，伊莎贝尔·于佩尔（Isabelle Huppert）主演的电影给我的第一感受，只能用"目瞪口呆"四字来形容。

　　看过的电影也不算少了，从 1997 年伊始便在中国电影资料馆坚持观摩达五年之久，五年内每周看两部片子，基本上风雨无阻，但没有一部像此片一样如此震撼我心。稍后才知，此片获了第五十四届戛纳电影节评审团、最佳男女主角三项大奖。于是买了碟，前后竟然反复看了七次，很多台词已经可以背出来了，但每一次看似乎都有新的发现，新的震撼。这令我恐惧，于是急急地将碟片送了人，像是急于把一颗带来灾难的女皇王冠上的宝石出手，出手时我对朋友说，这部片子的原作极有可能获诺贝尔文学奖。

　　竟然被我言中！本届诺贝尔奖的得主，正是电影《钢琴教师》的原著者耶利内克（Elfriede Jelinek）！

　　《钢琴教师》写的是一个中年女钢琴教师埃莉卡的故事。埃莉卡与专横的母亲生活在一个封闭的、异性缺席的残缺家庭中，这种畸形的环境导致了她不得不依靠偷窥和自虐来发泄性欲。长久被禁锢的欲望，却被一个年轻帅气的男学生华特掀开。在华特狂轰滥炸般的追求下，埃莉卡却因长久的病态压抑，已经丧失了被爱与爱人的能力，一场令人疼痛的性冒险开始了，最后的结果是两败俱伤。

对于坐在电影院的影迷来说，《钢琴教师》最令人惊诧的莫过于埃莉卡种种变态的行为：她在浴缸里自残，在成人音像店租带，甚至在拣起别人遗留下的沾有秽物的纸巾细闻时，她的神情竟然那般泰然自若，没有一丝羞愧或仓皇。唯其如此，才能活生生地触摸到一种莫名的连当事人也感觉不到的痛！而在电影的结尾，埃莉卡眼看着自己一直苦等着的华特若无其事地转身而去，她飞快地把长长的餐刀插入自己的身体，血慢慢地渗出来，她依然面无表情。

当然不是想殉情而死，而是想给此时的痛苦切开一个出口，让肉体的疼痛暂时覆盖精神的绝望——包括全盘失败的愤懑。

她收好刀子，走出剧场。字幕升起，没有音乐，静默的黑暗重重压在我们的心上。爱已灰飞烟灭，也许本来就不存在，无论是她还是他，都误读了爱情这个字眼。从此她仍然回到原点，没有爱情也没有生命的被母亲绝对控制的残缺家庭的原点。作为电影，这的确是大师的作品，在场面调度上，更是导演与演员完美结合后的杰作。白色为背景基调，充分象征女主角内心世界的苍凉，除了埃莉卡的家中，诸如琴室、演奏厅，皆以镜头创造出空旷的深景，构图式的景框设计尤为奇绝，中景或全景的平视镜头固定不动，在同一个镜头里面，无论距离镜头深浅，每个人的反应都充满叙事张力。导演充分给予演员发挥的空间，两位分别得到戛纳影帝影后的演员也达到极为成功的效果。特别是伊莎贝尔·于佩尔震慑人心的演技，虽然几乎面无表情，但所有观众都能感受到在那张万古不变的脸后面，有着"于无声处听惊雷"般意外的力量！

而小说则是千呼万唤始出来。也许是电影给我的感觉太强烈了，读到小说后的第一感觉竟是有些失望，直到再读一遍后，才深感小说原作其实是极具震撼力的，小说的元素中自然有很多是电影所无法表现的，相信耶利内克一定会认为电影完全是另一个作品，而不是她所写的《钢琴教师》。我不知道耶利内克是不是女权主义者，但是在小说中，她写的这一场非同寻常的恋爱却很像是一场权力角逐：人到中年的埃莉卡其实根本没有恋爱过，但自恋的她的内心其实蕴藏着巨大的激情，譬如在少年时代那场与布尔西的恋爱游戏中，她就曾经因为失败与被压抑而自残。自恋与自残，虐待与受虐肯定是一个人的两面——那起始的原因肯定是一种巨大的无可宣泄的激情！中年之后，她在性的方面似乎已经是一个找到平衡的女人，而这种平衡在年轻学生（在小说中学生名叫克雷默尔）到来后被完全打破，就像一个踩在钢丝上向前用力伸出手的人，她所有的平衡都失去了，接下去她开始像所有陷入恋爱的人一样变得张皇失措，进退维谷。耶利内克犀利地揭示了这场奇特恋爱的实质，它是一场争夺控制权的战争，开始时埃莉卡占据着控制权：在卫生间里，埃莉卡只替克雷默尔自慰，不许他发泄，企图以性爱对他进行绝对控制；然而，当她郑重地把信交给克雷默尔之后，一切转变了，控制权颠倒了过来，她本来是把自己最私密的性幻想暴露给她准备认定的男人，她以为这是自己"爱"的表现，因为这是属于她自己的独特的性爱方式。然而此举却被克雷默尔狠狠地唾弃，之后的一切便转了向，埃莉卡从先前期望的主控地位一落千丈，她试图按照克雷默尔期待的方式去做，但在爱的方面满目疮痍的她已经不能够享有常人的性爱，于是等待她的便是令人羞辱的挫败。之后是两人像拉锯战一般的几个回合，终于，屡受刺激而无法发泄的克雷默尔再也无法克制，他冲进埃莉卡的家强暴了她！权力关系完全翻转，爱情也被消磨殆尽，一厢情愿的性幻想被还原成心灵的苦痛与肉体的创伤。

而在这之前，她一边极端轻蔑地拒绝他，一边因为爱的妒忌毁掉一个女孩弹琴的手。这样残忍的示爱的确让人触目惊心。亲情也同样触目惊心，相依为命的母亲对四十岁的她像对孩子一样地看管，无处不在的电话追踪简直令任何一个正常人疯狂。

爱与伤害从来就是双刃剑，这是老生常谈，新鲜的是，耶利内克在这里写的并不是爱，而是一场充满病态、索取、羞辱与挫败的战争。

当控制权易手时，她终于忍受不了孤独和自我煎熬，去找克雷默尔，向他投降了。她是如此期盼有人把她从濒临窒息的孤独中拯救出来，以致屈尊渴望受虐，但问题是，她受虐的渴望完全是她的性幻想，一旦实施，她便全盘崩溃。

而耶利内克的智慧表现在：克雷默尔最后的致命一举，恰恰是埃莉卡信中所要求他做的，问题的滑稽与残忍之处，恰恰在于这里，没有经过爱也丧失了爱的能力的埃莉卡希望克雷默尔做的只是她的白日梦，而一旦他真的做了，给她造成的伤害却是致命的。

爱在这里完全成为一个幻象。

对于她，也许是溺水者乞求的一根稻草。

对于他，爱被性所终结，忘却比弹响一个音符更轻松。

这是多么深刻的隐喻！在这个粗糙的欲望化的时代，爱已不知沦为何物，爱竟如此艰难，无论是电影还是小说，埃莉卡最后都再次回到了母亲身边，一个人竟然只能从一直伤害自己的亲人那里找回爱，岂不是令人痛彻心扉！在电影中，最后的音乐仍然是贯穿全剧的舒伯特的《冬之旅》——音乐教授因音乐而骄傲，而音乐却把她的爱与青春彻底埋葬。

我想，也许电影《钢琴教师》对原作压根就是一种误读。但那又算什么呢？在阅读思考中，一切阅读其实都是误读，作者、读者与文本之间，向来有着极其微妙的关系，读者永远无法重塑作者的所有意念。但在现代文学的理论里，"误读"（misreading）乃是一种创造性的校正，每一个读者通过阅读而再次诠释了作品，通过阅读而参与了作品的再创造。电影也一样，观众是通过观看而参与了作品的再创造。于是《钢琴教师》的误读是多重的——读者对原作的误读，评论家对原作的误读，导演对原作的误读，影评人对电影剧情故事的误读，观众对电影内容的误读，观众对影评文字的误读……包括敝人这篇文章，无疑也是一种误读——因为真正开启答案的密钥只在原作者手中掌握。而在文学艺术的大世界里，误读恰恰显示了作品中社会与人性的丰富层面，这从另一个侧面证实了这部小说原作的阅读方向如此多元——它应当是一部伟大的小说，如果它原有的音乐感被我们的翻译准确译出，那么我相信它比目前我们看到的这部书更具震撼力。

迷宫中的博尔赫斯

我读博尔赫斯比较晚，大概在 20 世纪 90 年代中期了。但是一读就放不下了，感觉与他的心灵相通。特别喜欢他的《阿莱夫》《交叉小径的花园》《死亡与罗盘》《老虎的金子》等，他的写作是一种智者的写作，读他的作品，我总会想象一位在巨大图书馆中、浩瀚书海里的神奇的老人。博尔赫斯的经历确实神奇，他是一位拥有英国血统的阿根廷人，他的家族诞生了诸多勇士，在战争中创立过英雄业绩，因此他从小就崇拜祖神与英雄，这在他那迷宫式的小说中常常浮现出来，他制造的迷宫太美、太有趣了，有古老东方的神话，有欧罗巴的形而上学、玛雅文化，等等，他常常在虚构中引入真实的历史文献，更使读者如入迷宫，真假难辨。但无论迷宫如何令人迷幻，他的主题却永远是关于时间，关于永恒，关于存在的荒谬与无望的追求，等等，他小说中常常包含着许多意象，比如老虎、金字塔、镜子，等等，充满了诗意的优美与简洁的幽默，有极高的艺术价值，虽然在被任命为阿根廷国家图书馆馆长之后不久就双目失明，他仍然很平静地幽了一默：命运赐给我八十万册书，同时却又给了我黑暗。

其实，无论博尔赫斯的眼睛是否失明，他的内心早已被神祇之光照亮，对于那些仿效他的人，他似乎可以像保罗·艾吕雅那样说：我得到的是整个奥林匹斯山，而他不过从我这里偷走了一个缪斯。

埃及艳后的智慧

克丽奥佩特拉这个名字，我们最早无疑是从好莱坞巨片《埃及艳后》中知道的，我们还同时知道：这位古埃及托勒密王朝的末代女皇，她那传奇般的绝世美貌，她与恺撒、安东尼等英雄人物的情缘，曾经激发过无数诗人、作家和艺术家的想象力，如但丁的《神曲》、莎士比亚的《恺撒大帝》等，都曾将其描述为一个"旷世的肉感妖妇"；而萧伯纳也称她为"一个任性而不专情的女性"。在《埃及艳后》中，克丽奥佩特拉更是被描绘成凭着色相诱使恺撒拜倒在她的石榴裙下，助其击溃亲生胞弟而出掌王位；恺撒遇刺后，她又诱使安东尼为其效力。然而天不从人愿，安东尼的作为激起了罗马市民的愤怒，在与罗马人交战中彻底败北之后，克丽奥佩特拉眼见大势已去，不得已以毒蛇噬胸自杀，时年三十八岁。于是，妖艳、美丽、性感成为这位埃及女皇的代名词。

不过，却也有史书记载说，她的面容"既不出众，也不惊人"，她更多的是依靠智慧而非美貌来进行统治的。她有着令人吃惊的政治智慧，事实上，在恺撒死后，她急欲求得安东尼的庇护，但却碰了一个软钉子。于是，她马上把主攻方向转向安东尼手下最得力的大将卡尼迪斯，以贿赂的手段买通了这位影响力非凡的罗马大将。正是卡尼迪斯后来说服了安东尼，让他同意庇护克丽奥佩特拉，而安东尼也从此陷入埃及艳后的温柔陷阱中不可自拔。据说，这一段历史后来找到了确凿证据：克丽奥佩特拉的亲笔签名文件。文件的具体内容，是埃及女皇答应给罗马帝国大将军卡尼迪斯以优惠的商品进出口关税——允许他每年免税向埃及出口一万袋小麦，进口五千安普耳的上好埃及美酒。这份文件的末尾有一个笔迹秀美的单词，正是埃及女皇的亲笔签名——于是，这份文件便成为她贿赂罗马大将的铁证。

实际上，在克丽奥佩特拉统治时代，古埃及仍保持着极度繁荣。至今，在亚历山大港外海海底，依然保存着完整的街区和雕像，那便是克丽奥佩特拉和她的最后一个情人迈克·安东尼共筑的爱巢——亚历山大城。使这座极富有传奇色彩的皇家古城获得重生的，是海洋探险家弗兰克·戈迪奥和他的考古探险队，他们的惊人发现，都证明了古埃及历史上那段仍然繁荣的历史，当然也证明了"埃及艳后"绝非只是凭美色来保家卫国，捍卫自己王位的。她运用的技巧跟我们现在处理国际关系时的做法并没有什么两样。

历史的某些层面，往往是被掩盖着的，"埃及艳后"的智慧便被她的"美丽"掩盖了，她究竟是不是那么美丽，我们无从考察，而她的智慧却已成为确凿无疑的事实。我们可以想象，假如克丽奥佩特拉地下有知，她会对《埃及艳后》说什么呢？

寂寞猛于虎

——评木心先生《竹秀》

木心先生辞世引起了木心大热，我却是早已中了他的毒——自读了 2006 年他的第一部在大陆出版的书《哥伦比亚的倒影》之后。

其中"竹秀"一篇，以其独特韵味与内涵吸引到我。内中写道莫干山的虎与米粉肉，记忆至今："粗粒子米粉加酱油蒸出来的猪肉，简直迷人，心想，此物与炒青菜、萝卜汤同食，堪爱吃一辈子"，木心为掩饰饕餮本性，又拉出伍尔芙："伍尔芙夫人深明此理，说得也恳切，她说，几颗梅子，半片鹌鹑，脊椎骨根上的一缕火就是燃不起。燃不起就想不妙写不灵"——深以为然！作家们大抵乃贪馋好色之徒，清教徒或许做不了好作家。

木心上来便有惊人之语——"一旦美好的事物逃离仅供观赏的价值而展示出世俗的功能之时，便已然成为奴性。不但如奴性般可耻，还如日常生活一般可笑与寂寞。"

而木心在莫干山上的深夜来客，竟是猛虎！然而他竟然任其"撕拉撕拉地抓门"，而他则"恬然不惧而窃笑"。直到虎离去、万籁俱寂之后，木心方道：这倒是可怕的。

原来，木心害怕寂寞甚于怕虎。"人害怕寂寞，害怕到无耻的程度。换言之，人的某些无耻的行径是由于害怕寂寞而做出来的。"——真是于无声处听惊雷啊！——任凭虎在外边挠门，而木心在屋内"恬然不惧而窃笑"，还在感叹虎的智商不够，"不懂得退后十步"而借力撞门，如此的境界，文人中恐怕也只有木心先生了。

翌日知道确实是虎而想到买羊腿吃，恐怕也只有他才想得出来。由怀疑羊腿不得而失落，到突闻"红烧羊肉的香味"的喜悦，再到见到"烫热的家酿米酒""大碗的葱花芋芳羹""浓郁郁的连皮肥羊肉，撒上翡翠蒜叶末子，整个金碧辉煌"。于是这时木心感叹"中国可爱"了。而我们，也不由得要感叹木心先生的可爱了！

终于，全篇高潮来了——莫干山大雪之夜，木心渴望一个鬼魂来与他聊天，"这种氛围再不出现鬼魂，使我绝望于鬼的存在"。周围这样静，连吹蜡烛的声音都显得"响"，枕边的锦盒旁有一本日记，日记里夹着照片，照片背面写着"竹秀敬赠"，于是木心把竹秀二字写了大概六百遍，睡着了。却又被大雪折竹的声音惊醒了——大雪折竹而发声，该是何等的清越之音呵。

最后他总结：在都市中，更寂寞。路灯杆子不会被雪压折，承不住多少雪，厚了，会自己掉落。

木心此文，害得我两赴莫干山去寻找"竹秀"意境。老虎当然没有遇上，那种"粗粒子的米粉肉"也未见踪影，倒是吃了红烧肉，酱油烧的，确是很香，还有木心向往的炒青菜和萝卜汤。当然，最让我动心的，其实还是那茂密的竹林！——我与木心的年代，相隔远矣，然而那一片竹秀却依然存在于时间的长河之中，不能不令人感叹！

寂寞，自然是有的。只是没有木心先生那般胆壮，与老虎相比，我还是忍受寂寞吧。

海外评木心乃百年不遇之天才作家，为的是他那不像小说不像散文不像诗不像词的文字，那种独特，除了天才二字，实难尽言。"发纤秾于简古，寄至味于淡泊"——妙哉木心！

此文原载《光明日报》"中国好文章"，经我文学代理交陈丹青过目，丹青极为欣赏，大概也是因了中国作家真喜欢木心的人不多，写的人更少吧？这点我至今感觉奇怪。

看古人如何谈情说爱

终于看了全本的青春版《牡丹亭》。

遗憾的是：白先勇先生此次未能率苏昆前来，他的秘书郑小姐告诉我，先生"病了"。

与先生相识还是在 1999 年 12 月，当时他访问大陆，我们一起吃了饭，席间，他还曾讲到他父亲白崇禧将军二三事，十分有趣。之后没有联系，直至前年北京文学节，因他获奖，北京作协让我想办法与他联系，也是巧了，彼时他正在苏州昆剧院。得知获奖的消息他十分高兴。但我因出差未能参加文学节，更加遗憾的是：未能看到 2004 年《牡丹亭》的演出。

这部戏的缘起是在 2002 年，届时白先勇应邀在香港为大学生们讲昆曲，演讲的主题是《昆曲中的男欢女爱》。——"要让青年人看看古人是怎么谈情说爱的"。当时他要求主办方请四位青年昆曲演员配合讲座临场示范，而且一定要俊男靓女。于是主办方从苏昆请来四位演员，结果大受欢迎。讲座的最后一天，尽管下着雨，门票五十元港币一张，一千五百个座位依然座无虚席。由此，先生下了决心，一定要把"牡丹亭——中国文学最美丽的一则爱情神话"重新搬上舞台。

于是以往从不喜在公众场合露面、不喜接受媒体采访的白先勇开始为这个梦想托钵化缘了，而苏昆的配合也十分默契，白先勇选角很有一套，此前他就曾亲自出马为根据自己小说改编的影视剧挑选演员。譬如《游园惊梦》中的卢燕、胡锦、金大班姚炜、玉卿嫂杨惠珊都是白先勇相中的。他对"柳梦梅"的要求是：书卷气浓，风流儒雅，个子不能矮也不能太高——这要求够苛刻的了，可他还就是找到了！他找到了苏州昆剧院的青年巾生俞玖林，几乎是在同时，他也找到了理想中的"杜丽娘"——沈丰英。杜丽娘的外表柔美羞怯，内心坚强叛逆，沈丰英恰恰相符。接下来，他又做了一件破天荒的大事：亲自出马请动两位昆曲名家，用一年的时间驻扎苏州，将箱底宝贝传授给这两位年轻人。他坚持两人在拜师时一定要"三跪九叩"——而他自己则从文学和心理角度帮助演员理解角色。他告诉沈丰英，你看柳梦梅不能瞪着眼睛去看，大家闺秀一定要含羞瞥视，就是这种微妙的眼神，竟然排了百余次之多！

我们在观赏此剧的时候充分注意到这种眼神，拿捏得真是美啊！不由得让我想起龙冬最近说的一句话："那时候，男的像男的，女的像女的！"

至于改编，白先勇说得很清楚，昆曲如同文物，轻易碰不得，"唐伯虎的一幅古画，破了旧了，你只能去补它，修它，裱得漂漂亮亮的，放在博物馆里，灯光照得很好，把它的美衬托出来。他已经画得那么好了，已经是杰作了。如果去加几笔，涂一涂颜色，那就破坏了。""昆曲的曲牌都是诗，现在的人哪里有本事写那么美丽的诗？写得过汤显祖吗？用白话写就不是昆曲，那是话剧。"

也许正是出于这种明确的构想，牡丹亭中最经典的《惊梦》《寻梦》《冥誓》，等等，几乎一字未动，即使动也不是改，而是删。因汤显祖的五十五折实在太长了。

而《牡丹亭》的视觉之美，更是令人惊叹，白先勇邀请了海峡两岸暨香港、澳门一流的主创，花神服装上的图案都是著名导演王童用画笔一笔一笔地画上去的；著名编舞吴素君为《牡丹亭》编排了三段花神的舞蹈；而作为台湾著名的舞台设计大师，林克华在"离魂"一场戏中，让杜丽娘在花神的簇拥之下，身披大红曳地斗篷，慢慢走向舞台深处。蓦然回首，黑幕之上，一束血红的追光，竟有着一种荡魂摄魄的美丽，把人看得心都醉了，心都碎了！害得我数天之内，什么也干不下去，耳边只有那优美绝伦的唱段："……原来这姹紫嫣红开遍，似这般都付予断井颓垣，良辰美景奈何天，赏心乐事谁家院？……"

照我看来，先生大概一直有着"牡丹亭情结"，据说他小时候曾在上海生活过数年，被梅兰芳、俞振飞在美琪大戏院演出《牡丹亭》中的一折《游园惊梦》深深打动。而2001年联合国教科文组织宣布昆曲为"人类口述非物质文化遗产"一事也令先生震撼，所以他说："最好的文化、最美丽的一朵牡丹在你的后院里面，你不去欣赏，不去灌溉，人家是不会替你做的。"于是他做了，他真的为昆曲艺术，为中国，为世界做了一件大事！

自然也有根本不买账的。譬如蔡康永先生曾经写过一段趣事：白先勇有一次找他去帮着改编《谪仙记》的电影剧本。先生讲到青梅竹马小伶人排演昆曲《长生殿》的场面，索性站起来演给蔡康永看。先生唱了两句，发现蔡康永没什么反应，停下来看着他说："咦？你不喜欢《长生殿》呀？""不喜欢。唐明皇一个皇帝，跟杨贵妃一起咿咿啊啊地翘着小指头跳扇子舞，不喜欢。""哎呀！"先生顿了一下脚，觉得自己对牛弹琴，"那你喜欢昆曲《游园惊梦》吧？""也不喜欢。主角演睡觉，观众也睡觉。""哎呀呀！"先生连顿两下脚，怀着最后的希望问道，"那你总喜欢《红楼梦》吧？"没想到蔡康永依然回答："不喜欢。他们老在吃饭！"这回先生把脚重重顿了三下："你怎么可以不喜欢《红楼梦》?!"蔡康永的讲述好玩极了，活脱脱画出了一个真实的白先勇，不是这样的白先勇，又如何制作得了《牡丹亭》?!

苏昆青春版《牡丹亭》今年又来京演出了，的确是美轮美奂，令人叹为观止。

如来：五色之光

——我写《敦煌遗梦》

……太阳下的鸣沙山完全是黄金的杰作，令所有的雕塑家倾倒。但夜晚的鸣沙山却令人无法识破，即使最杰出的雕塑家到来也一筹莫展。它完全属于自然的隐秘属于月亮属于星星属于阴柔之美。……在这寒气袭人的夜晚他爬上山顶望着赭石色天空上那轮蓝色的残月惊异不已。那残月残得并不规范残得十分古怪，它完全变成了一块多棱多角的蓝色金刚石，它挂在天际充满了一种残缺之美。那无数淡紫色的星星和它比起来显得黯然失色，因为它们太秀美太优雅太规范太充满学者味道。因而整个天空都像一张阴谋家的棋盘而月亮却像是一个顽皮孩子扔在棋盘上的一块亮晶晶的玻璃碎片，充满了生气和活力。

这是我在新作《敦煌遗梦》中描述的鸣沙山，属于梦境的鸣沙山。说是新作，其实距竣稿已有两年多了。1991年随中国作家代表团赴敦煌，莫高窟带来的体验完全是一种荡魂摄魄的震撼：那造型优美的莲花和飞天藻井，轮状花蕊的覆莲，流动的飞云，旋转的散花，飘舞的长巾，艳丽的葡萄、卷草与联壁纹，那云气动荡、衣袂飘飞的伎乐天……那许多的佛本生、佛传与经变的故事，那无数的飞天、药叉、雨师、伎乐、羽人、婆薮仙、帝释、梵天、菩萨、天龙八部，还有那奇异的鸣沙山、月牙泉、三危佛光……面对这美丽辉煌的强大冲击，忽然感到自己多年来梦想的便是这样的瞬间，这一瞬间使我无法释怀。

落笔成文却是半年之后的事。故事载体是早已有了的。女主人公肖星星以及张恕、向无晔等已活在我心中多年，在敦煌，我又找到了玉儿、阿月西、潘素敏……剩下的只是如何排列组合的问题了。说来好笑，过去武侠小说与港台影视对我来说是两大禁区，历来自命清高地对其嗤之以鼻，因为无聊才偶然翻了一本金庸的《鹿鼎记》，谁知一看便放不下来了，此书熔政治、社会、历史、人生于一炉，若不渗透中国国情之玄机之奥妙，若不达到领略人生之真谛之化境，绝难成此书。这才觉得，原来许多所谓准则不过是一种误区，在真实面前竟如此不堪一击，许多规定不过是人生游戏规则之外的附加条件，由于约定俗成而几乎变成了真理。其实，一切都是可以互相转换的：真与伪，俗与雅，出世与入世……且这一切同时又可以互相渗透，所谓假作真时真亦假是也。生命本身不过是一条可以包容一切的浑浑噩噩的河流，是可以互相过渡而变得多姿多彩的流行色，而绝非纯粹的非此即彼的三原色。色有伪色，空无真空。"知太虚即气，则无无"。于是我找到了哲理内蕴与世俗故事的联结点：这便是神秘的宗教背景。

偶然落入宗教神秘的海洋，立即发现这海洋的颜色也同样地不纯粹。同是佛教，便充满着相互对立的两极：佛教基本教义主张修"戒、定、慧"，忌"贪、嗔、痴"，而藏传密宗却认为双身修密，也就是佛与相应的性力结合时，才能达到某种境界。护法神吉祥天女，"颜貌寂静，庄严其身"，司命运、财富与美丽，在藏传佛教中却是一披"亲子之皮"的妖神。而欢喜佛更有诸多说法：欢喜佛一般均为双尊像，一说男为明王，女为明妃，裸体象征脱离尘垢，双体拥抱代表方法与智慧双成之意。又一说男为大荒神，喜行恶事，女为观音化身，与其相交，使之不行恶事（此举颇有舍身饲虎的味道）；而第三种说法则大相径庭：欢喜佛是佛教中的"欲天"，此说来源于古印度原始宗教中的性力派，此派认为宇宙万物皆由创造女神的性力繁衍而来，因而把性行为看成侍奉女神的方法与对女神的崇敬；而大慈大悲的观世音菩萨，原初形象竟是一对孪生马驹。后塑为一男身，传入中原后却被汉化为一美丽的汉家公主。如今，面对那慈眉善目的媚观音，又有谁能大不敬地想到此人生平、性别均不可考呢？说到净土宗，更是颇有几分荒唐。现在影视中凡穿袈裟的和尚谁不先念一声"阿弥陀佛"，殊不知佛国净土有三：西方阿弥陀净土，弥勒佛兜率天净土，东方药师琉璃光王佛净土，若是念错了名号，想去西方极乐世界却念诵东方佛祖，那可怎生是好？不过无论怎样净土宗是最受百姓欢迎的，因为修行方法极为简单：无论过去多少罪恶，只要念一声佛，便可横超三世，往生极乐。至于禅宗却恰恰相反，所谓佛法在世间，平常心是道，以心传心，我心即佛。唐代高僧呵佛骂祖是家常便饭。德山宣鉴禅师便有"达摩是个老臊胡"的名言。

佛是谁？如来究竟是什么？越进入佛教的深海便越困惑。

而且，当最初的激动过去之后，我发现了佛国深海中的残酷。在那些著名的佛本生故事中，什么舍身饲虎割肉贸鸽，什么剜肉燃千灯……简直是用血肉去换取动物的生命和满足人渣的阴暗心理，自然，这一切后来证明不过是帝释天的考验，结局是佛创伤顿愈皆大欢喜，可是我不免大不敬地想到，如果是相反的结局呢？难道佛祖的亲人看到他的骨殖能不伤心欲绝吗？难道他亲人的生命就不值几只老虎和一只鸽子？！更令人难受的是释迦劝难陀修行的故事：难陀是释迦的亲兄弟，家有美妻且恩爱有加，因此不愿出家。释迦领他遍游天宫，观诸天女，复游地狱，见汤镬之刑，示以因果报应。如此反复，难陀才潜心佛法，成为罗汉。按照现代的说法，这简直有点儿侵犯人权之嫌了！昔日悉达多苦修六年几乎死去，若不是牧女用鹿奶相救，又如何能在菩提树下顿悟成佛？既然吃喝无忌，又何必禁忌情爱？悉达多不爱妻子硬要他守着妻儿度过一生固然是扭曲人性，那么难陀爱他的美妻亦乃人之常情，硬要他离妻弃子去修行，恐怕应是更大的人性扭曲吧？试想难陀妻子的痛苦，又何以体现佛教的精神呢？！

近年来对宗教感兴趣的人越来越多了。无论是佛寺、道观还是天主、基督教堂都常常人满为患，一律或跪在蒲团上三拜六叩，或边划十字边跟着唱诗班哼哼，或逢山门必进，进则必烧香求签，不求到上上签绝不罢休。而那所谓上上签所示的，无非是最最凡俗的心愿而已。令人联想到渔夫和金鱼的故事中那个贪婪的老太婆。

著名的《西方净土变》自很早便从画册中看到，看到真迹时自然为之震撼。且不说那菩萨飞天，红莲绿荷，白鹤鸳鸯，单凭那嬉戏水中的化生童子，遥相对应的水榭重阁，乘云而降的各方诸佛，黄金铺地的极乐世界，便满足了世人全部的欲望。然而，这一切依然俗不可耐，它不过是让人们抛弃现世的物欲而去追求来世的物欲，却终归无法摆脱标准媚俗的一切。悉达多太子逃脱黄金宝座去苦修成佛，他若看到这幅金碧辉煌的壁画又会说什么呢?! ——由此看来，神秘与凡俗也是可以互相转换的。神秘的背后也许只是最最平凡的世俗常态。

据说很早很早的时候，佛像是从不出现的。因为早期佛教认为佛既然是超人化的因此不以规定具体相貌。在印度阿育王时期，表现佛的"逾城出家"不过是凡人向佛的巨大足迹礼拜。凡佛出现在艺术品中时，不过是用法轮、宝座、菩提树等来象征和隐喻。直到犍陀罗时期才出现了佛像。我想，或许自那时起佛便失去了真实。现在想起佛的时候，我宁可把它想象成菩提树，想象成莲花，甚至想象成海洋，想象成纯洁无瑕的婴儿。

或者，如藏密传人月称所说，把它想象成五色之光。这光因包容一切而接近真理。我想，如来光分五色，正是为了照顾人之观想。

但愿我的主人公们将因了这神秘之光而使生命更加辉煌。

爱不过是个枉费心机的企图

无论这结论多么残酷，我们不得不承认：性沟远远深于代沟——特别是在这个商业主义神话的时代。

如果说，前几年我写的《双鱼星座》，还顽固地站在女性立场，为女人说话，那么，现在我刚刚在《十月》第三期发表的《别人》则完全站在了一个"公允"的立场——因为长久以来我发现，男人与女人完全是两种动物，两性之间可以说从根本上就互不了解，男人对于女人来说，根本就是"别人"，反之，也一样。

为了把故事推向极致，我设定了两个极致人物，一个是会用塔罗牌占卜的老处女，另一个是没经过恋爱就结了婚的男人。于是两性情感上的错位不可避免地发生了。

男性与女性在爱情方面的投入永远是不等量的。对于男人来讲，如果他仅仅得到一个女人便满足了的话，那么他也绝不会是世俗意义上的"男子汉"了。而对于女人，那个她爱上的男人却是她"整个的生命"。老姑娘何小船那貌似无理的争吵，无非是她爱得太深又怕失去对方的那种恐惧造成的，仅仅这一点便注定了她的失败。

男人很难真正理解女人。在古代，算命先生从不惠顾女人——他们认为女人的命运是不可测的。现代亦如此。很少能有男性作家写出女人真正的隐秘。正因如此，男性的女性观常常会走入误区。反之，女性也很难真正理解男人，那男人在走近何小船之后便很快觉得自己犯了错误，想退步抽身了，他是个对家庭有责任感的"好男人"，即使没有爱情也算不得什么，而有了这份情感之后他很快便觉得自己有罪，正是这罪孽让他惨遭失去父亲的"报应"——对此，何小船不仅毫不理解，反而在自己编织的自欺之网中越陷越深。"她要的恰恰是他不能给予的，也是这个世界不能给予的。这个世界再不需要什么眼泪，痛苦，真诚和感动，这些词都已经和即将过时，她张开双臂拥抱的，不过是一种华丽的虚幻，这个世界需要的是说谎和假笑，连她自己不是也在说谎吗？为了他的感情天平向自己倾斜，她不是一直没有戳穿自己制造的那个谎言么？"

纯而又纯的爱情说到底不过是一种幻想，是人类用以自欺的一种方式而已。不过话说回来，真的无法想象一个人在获得了完美爱情之后的结局。假如梁山伯与祝英台，林妹妹与宝哥哥成了夫妻，有了孩子，又会如何呢？

所以我很欣赏萨特的一个观点："爱不过是个枉费心机的企图，这个企图就是占有一个自由。情人们既要求这个誓言又恨它，他想被自由所爱，又要这个自由是不再自由的自由。"——这真是一个天大的悖论。我想，能超越这悖论的，大概只有死亡了。爱走向美的极致便是死亡，可惜这是文学艺术的审美需要，凡人们大抵无此勇气，也无此必要吧。

因此我写了《别人》——一部残酷地揭示情感真相的心理小说。

出错的纸牌

关于我的中短篇小说集《迷幻花园》。

许多年前的一个中午，两个女孩在苏联专家设计的平房前聊天。一个女孩掏出三张纸牌问另一个女孩，从此她们的命运就被决定了。

那三张不同颜色的纸牌分别代表生命、青春和灵魂。

这听起来似乎十分荒诞，但却有着一种令人心悸的真实。人生并非希腊神话里的两头蛇可以向任一方向前进，有取必有舍，重要的是：你到底要什么？

选择是残酷的，特别是对于女人。如果你想要青春永驻，美丽如花，你的生命就只能剩下十年，那么你是不是愿意用生命来换取青春呢？还有灵魂，如果你依然活着依然美丽，却因了失去灵魂而像个僵死的木乃伊，你愿意吗？或者是，你活着并且灵魂高洁，然而身体和容貌都衰老丑陋，你能够忍受吗？！——这种残酷就在于它对于一个女人设立了两难困境，非此即彼。

人生只有两件事是真实的，一个是选择，一个是死亡。社会越进步，人类面临的各种选择契机就越多。萨特说，人的终身欲望是想亲耳聆听自己的追悼词，这样他最终能知道他是什么，但是知道和是这两个词是不相容的，所以这又是个悖论。人生选择的概率中充满悖论。

选择的残酷还在于人生其实无法选择。往往是，人被一种不可知的力量支配着走向命运。就像《迷幻花园》中那条凶险而又充满诱惑的小路，那神秘的古铜色的月亮，那宿命式的路牌——那是芬意念中的产物，芬被它们推向自己的命运，毫无准备，猝不及防。

更加可悲的是女性在选择中有着双重困境，因为她的命运还需要借助男性的选择。父权制强加给女性的被动品格由女性自身得以发展，女性的才华往往被描述为被男性的"注入"或者由男性"塑造"，而不是来源于和女性缪斯的感性交往。芬的"手枪"和"模拟生殖器"便充分证实了这一点。芬和怡穷其一生变幻缠绕一个绝对的男性，到头来才发现维系她们一生命运的原来只是个"蓝田猿人"式的"活化石"。那么，如果再给她们一次选择的机会呢？答案已经有了：她们依然会错。她们依然会掉进人生悖论的圈套之中。那是一次小女孩的纸牌游戏，这游戏的妙处就在于：选择的结果永远是错。

除非将来有一天，女性之神真正君临，创世纪的神话被彻底推翻，女性或许会完成父权制选择的某种颠覆。正如弗洛伦斯·南丁格尔胆大包天的预言：下一个基督也许将是一个女性。

遇难航程中的飨宴

关于《蓝毗尼城》与《密钥的故事》。

……"宇宙的竖琴弹出牛顿数字，无法理解的回旋星体把我们搞昏，由于我们欲望的想象的湖水，塞壬的歌声才使我们头晕。"（美，威尔伯）我想，支撑我创作的正是我对于缪斯的迷恋和这种神秘的智性的晕眩。

于是便有了故事：一个男人偶然来到一处刚刚被泥石流毁灭的风景点，却遇到一个奇异的女人，女人把他领到一座奇异的城池里去寻找食物，男人犯了城规，女人在他的背上刺下了一幅刺青以示惩戒，而若干年后，一位考古学家发现这幅刺青竟是消失多年的释迦牟尼的诞生地蓝毗尼城，而遥远的蓝毗尼曾经有着清香碧蓝的湖，艳丽夺人的花和亭亭如盖的娑罗树（《蓝毗尼城》）。另一个男人多年来一直向往着一个童年梦中的女人，一个偶然的机会他发现了一本书，书中藏着寻找宝藏的密钥。就是在他寻找宝藏的过程中，无意间却发现了一个岩洞里有一幅珍奇的岩画，画的恰恰是他不能释怀的女人。然而，他被告知那其实根本不是一个女人，而是一位黑人王子，最后让他的幻境彻底粉碎的是：那本关于密钥的书竟是一位三流作家的胡编乱造之作，于是他的一切努力和发现都变成了零，甚至负数，变成了一场滑稽游戏（《密钥的故事》）。

在神秘的晕眩背后，是悲哀，是对于整个人性、人生的悲哀。

人生就是一场最后注定要彻底幻灭的游戏。

那浩瀚无际的原始海洋，那些眼睛生在背上，嘴巴长在肚子上的三叶虫，那些腕足类、腹足类的动物，那些珊瑚、海百合和鹦鹉螺，那奥陶纪出现的最早的鱼……直到在灵长动物中有一支，深得日月精华造化之功，成为万物之灵的人——人类的演化经过了多么多么漫长的岁月！那时的人曾是自然的宠儿，和天空大地流水，和鸟兽森林花朵没什么两样。人可以在水中游，天上飞，陆上迅跑，可以和天地万物对话和神秘的感情交流。然而人向自然界索取得太多了，人类的每一进步都意味着自然界"报酬递减"规律的实现，人终于背叛了自然也被自然所离弃，人类再也听不懂自然界那些神秘的对话了，只有极少数被人们称为具有特异功能的人还保留着一些自然人的习性。人类最终将毁灭自然也毁灭自身——蓝毗尼城那美丽的香湖和娑罗树，正是被人类各种各样的欲望吞噬了。

于是人类试图在注定毁灭的航程中演出一次充满荡魂摄魄的美感的古希腊式悲剧。这样类似英雄壮举的悲剧曾经有过，那是在人类的青少年时代。然而当人类的年轮已进入中年的怪圈，人类的智慧已足够以假乱真的时候，人再不需要那种灵魂的拷问了。在当代，可以达到的高保真程度令人难以想象，复制品可以比真品更像真的。一切都在计算机和数字的操纵之下，一切都可以编进程序输入磁盘，一切都可以"做"出来，包括爱。在一个连爱都可以做出来的时代人们不再奢望爱情了。爱情这个字眼太古老太古老了，以致人们一想起它一接触它就苍老得要命，现代人羞于谈爱但可以做爱。一个三流作家的智力足以为一个孤独者设置一个陷阱。《密钥的故事》正是关于高保真的最好的诠解。即使"主"本人也无法解救堕落的人类。于是孤独者在寻求宝藏过程中所做出的种种努力，以及他的心灵探险和破译密码的智慧，全部成为一场无聊游戏中的无用劳动。

但是如果没有那个邻人的女孩呢？

在下一场游戏里，我们不再要那个女孩出现。我们永远不要向孩子们说破圣诞老人的秘密，那么孩子在吃圣诞老人装在鞋子里的糖果时就非常香甜了。

让我们都在濒死的航程中大吃香甜的糖果吧，我们的时代不需要悲剧。

从"见山是山"到"见山是山"
——关于我的长篇小说《敦煌遗梦》

　　唐代临济宗禅僧青原惟信说:"老僧三十年前未参禅时,见山是山,见水是水。及至后来,亲见知识,有个入处。见山不是山,见水不是水。而今得个休歇处,依前见山只是山,见水只是水。"显然,最初的见山是山见水是水是未习禅前的见解,是对客观世界的肯定;第二阶段则是习禅后的见解,是对于第一阶段的否定,也就是达到了物我两忘、浑然一体的境;但仅仅如此仍是不够,还要有第三阶段,即开悟后的认识,是从瞬时的有限去把握无限,它是否定之否定,实际也是一种肯定,只有在这时,才算找到了真正的自我。这是一个怪圈。《敦煌遗梦》便是按照这个怪圈的方式运行的。从"如来"这一客观真理,最后走到"我心即佛"的禅宗境界,似有经历了"九九八十一难"的感觉。而这中间,经历了身份复杂的吉祥天女(在中原佛教中司财富和美丽,在藏传佛教中却是披着亲子之皮的妖神);神秘莫测的俄那钵底(即欢喜佛,男女双身究竟是谁,有若干说法);虽善无征的观音大士(观音生平、性别均不可考);他力往生的净土修持(在净土宗中,无论生前干了多少坏事,只要一声阿弥陀佛,便可往生极乐);最后才悟到,原来平常心是道,佛法在世间。这是一个参悟的过程。

　　有朋友说,《敦煌遗梦》是宗教小说。不错,作品中的确涉及宗教情绪、宗教知识甚至宗教精神,然而,就作品的灵魂来讲,却远非如此。近年来逢山门便拜的人越来越多了，愿望却很简单：不求到上上签决不罢休。而那上上签所显示的，不过是最最俗不可耐的心愿而已。这令人不禁想起唐代的和尚怀玉。每天念佛五万遍，后西方众圣持银台（中品）来接，怀玉竟提出：我本望金台（上品），为何拿银台来？于是西方众圣只好乖乖拿金台来接。怀玉的抗议译成现代白话文，便是：我本来该是正职，为何给我定为副职？真正岂有此理！我那五万遍佛算是白念了！这非但荒唐，简直有点滑稽了。

倒是允许呵佛骂祖的禅宗更真实一些。但禅宗又何曾没有它的残酷？！慧可断臂得心传的故事便充分证实了这一点。足见任何一种宗教，当你真正深入其中的时候，也许会忽然发现丑恶和黑暗。一位大师曾经说过：宗教是本世纪人类灵魂最后的停泊地。而这最后的停泊地也是如此地虚幻和不可靠，正如我小说中的主人公们，渴望自由又逃避自由，即使在佛国宝地，依然难逃一场杀戮，而侥幸存活下来的人，也只好返回到过去愁烦之中，靠一种新的自欺度日。宗教，应当说是人类最后的自欺方式，戳穿了这点未免残酷，但却真实。

好在上天是公正的，于是人生中不仅有残酷，还有快乐、洒脱和幸福。当我们看到美丽的山水背后潜藏的阴影，不必惊奇，不必气馁，有朝一日我们会忽然感到那阴影也是那山水的一部分，没有它，世界就会缺了点什么。那时，我们见山仍是山，见水仍是水，只是因了那阴影的衬托，这山水便更美丽了。

辉煌的一瞬——关于《弧光》

《对一个精神病患者的调查》终于搬上银幕。原作是在 1985 年发表的。构思的时间却是很早了。那时常有些古怪的念头执拗地缠绕着我——那多半是一些关于人本身的思索。

我常常惊诧于人类的甲胄或曰保护色。人类把自己包裹得那么严，以致许许多多的人活了一生，并没有露出自己的本来面目。渐渐地，连本来面目也忘却了。甲胄与人合为一体，这不能不说是一种人类共同的悲哀。

我们大概早已忘了我们的第一句谎话，第一次违心的认同，第一句言不由衷的赞美……大约当时还着实为此气恼过，后来终于明白：在适者生存的前提下，任何物种都要学会保护自己，或曰：学会伪装和欺骗。在某种意义上，人类为自己涂上的保护色有如鲛鳙鱼的花纹或杜鹃的腹语术。

人要做自身的主人谈何容易？！

然而，总有些疯子或傻子要反其道而行之，譬如我梦中的景焕便不愿认同那条既定的轨迹，她拼命想挣脱，她想获得常轨之外的尝试，挣脱的结果是落入冰河——然而上天给了她补偿。就在她堕入了冰河的瞬间，她看见了弧光——那象征全部生命意义的美丽和辉煌。

真正的人类的创造力产生于痛苦和偏差的刹那。那是另一种人生。是庸人们永远无法企及的幸福。

景焕当然不是理想的人物。她究竟是不是疯子更不重要。我宁愿读者或观众把作品看作一个东方童话或世界性童话：因为整个人类还在面临着抉择。尽管马克思老人早就说过只有在一个正常合理的社会里人的个性才能真正地自由发展和起飞，然而谁也无法确证这未来的乌托邦是否真的存在。但我们宁愿相信它存在。这就像西方儿童们发现鞋子里的糖果便坚信圣诞老人的存在一样。如果揭开这个童话的秘密，孩子们大约是会痛哭不已的。

走出那条无形的轨迹

我常常为这样的问题发怵：

"你这篇小说的主题是什么？有人物原型么？"

"小说中的主人公是否有你自己的影子……"

……

因而我也为写"创作谈"而犯怵。

这大约是由于我的表达能力有限；抑或是由于文学艺术毕竟不同于其他领域，有那么点"可意会而不可言传"的味道，所以，聪明的做法大概是保持缄默，由读者去"意会"吧。

然而我仍然愿意写几句离题的话。

小时候，我喜欢画画儿。我用自己的眼睛去看世界。于是我把外婆画成一只戴眼镜的老猫，把姐姐画成一只穿裙子的和平鸽。我长大了，老师教我怎样画脑袋、躯干、手臂……怎样掌握人体的比例，于是，我的稀奇古怪的念头便一点一滴地被纳入成人世界那条既定的轨迹。我画的，不再是我的眼睛看到的东西，而是更符合生活常规的、符合规范的东西。

我想，有多少人是真正相信自己的眼睛，而不戴着现成的有色眼镜去看世界呢？如果真的有这种人，别人会觉得他很异样的吧。

于是我又想：有多少人真正敢于冲破那道看不见的防线呢？如果真的有这种人，他的日子恐怕是不大好过的。

阴错阳差，我这个酷爱文学艺术的人学了个经济类专业。接到录取通知书后，我大哭一场。可这是末班车了，不上也得上。历史好像总是和我们这一代人开玩笑。毕业后，我从事会计教学，毫无疑问我不是个好教师，但我努力接受"兴趣是可以慢慢培养的"这种理论。努力说服自己要"服从需要"。

然而有时却难免冒出些大逆不道的想法："假如我从事我所热爱的，是否比现在的贡献要大些？""假如将来有一天，个人兴趣能够与社会兴趣趋于一致，我们有自由选择职业的权利就好了！"

我想：或许在很久很久以前，我们人类本来是什么都会的。会走，会跑，会跳……还会飞。

是的，我们人类本来是会飞的。只是我们总怕掉下来，只好老沿着那无形的轨迹去兜圈子，周而复始，年复一年，于是我们的翅膀慢慢退化了，萎缩了。

可别小看这无形的东西。据说，许多发展中国家在致力实现现代化的过程中，在经历了长久的阵痛和难产之后，回过头来才发现：原来扼杀人们创造力，阻碍社会发展、经济起飞的，正是这无形的东西。

是啊，你能想象出在许多人被一种无形的力量牢牢束缚着，周而复始地在一条既定的轨迹上兜圈子，在这样一片土地上，能够建起一座现代化的大厦么？

智利有位学者说过这么一句话："落后和不发达不仅仅是一堆能勾勒出社会经济图画的统计指数，也是一种心理状态。"我觉得这句话说得太深刻了。

想了这许多之后，我心里被一种什么东西激动着，很想说点什么。于是我编了这么个故事。

至于我的女主人公有没有生活原型，我认为这并不重要。也许我曾经有过那么一个朋友，她实在应当算是个正常人，但却总是被人认为是异常的，而且总是不招人喜欢。于是我选了她做我的模特儿（如果你非说我有模特儿的话）。

我认为重要的只有一点，那就是：我希望有一天，我们这个民族会重振双翅，冲破那无形力量的羁绊，重新起飞。

要说的都说了，其余的，留给读者们去"意会"吧。

并非原点

《河两岸是生命之树》是 1982 年写的，正当毕业分配之际，别人写论文，我写小说。并非要显得与众不同，而是被一种激情啮咬住，不写不行。

那时，对外开放的门刚刚开了一道缝，正因如此，门外的景色看起来是如此新鲜，吸引了许多人——特别是年轻的大学生们拥挤观看，看得眼花缭乱。末了儿，都想说点儿什么——对社会，对生活，对爱情，对家庭，对性……我也说了，用笔。

那是一种什么样的激情啊！它使我整天处于一种癫狂状态之中，我每天都和书中人物生活在一起，忘了我属于他们还是他们属于我，写到动情处，趴在桌上哭一场……天呐，那时真是太傻了！

那傻劲儿是空前的，大约也是绝后的，后来我再没害过这样的"热病"。

我走了一段长长的路。

我开始信奉人性恶的观点，推崇恶的魅力，更相信善和理性的力量之微弱和兽性之强大。我一度感到这篇小说的幼稚，一度为它那种追求纯情、那种强烈却又是过时的理想主义色彩而感到脸红，一度彻底否定了它。

谁想我却收到了许许多多的读者来信。许多人为它一掬感动之泪，许多人把自己的经历细细地告诉我，甚至是秘密和隐私。一句话，他们和我当时写这篇小说时一样"傻"。我相信那句话了："只有出自内心的，才能真正进入内心。"

至此我明白，有一点是不能否定的，那就是我当时奉献给读者的真诚。

也许，每个人心里都有一个隐秘的角落，那里珍藏着美好的愿望，不然的话，这个世界就会没有梦，没有诗，没有童话和孩子。

也许每个人心里又同时装着天使和魔鬼。我想，只要不怕鬼，鬼就不害人。没有魔鬼，这个世界也会感到寂寞的。

由此看来，大约有两种文学作品是有生命力的：要么真得令人震颤，要么美得令人向往。

生命之路也许就像音乐中利用卡农技巧构成的怪圈：它的每个音部都比前一个音部增调，它无限升高，却又能很平滑地过渡到开头。但我相信，"无限升高的卡农"返回的并非是真正的原点。

不务正业与人生瞬间

　　1990 年 8 月里的一天，晴空丽日。位于东城区帅府园的中央美院画廊外面刷出一行斗大的字：徐小斌刻纸艺术展。墨迹未干，便有朋友们结伴而来了。

　　一切都依靠着朋友。从经费到联系到布展到展出，仅用了两个星期的时间。大约是因了爬格子的人搞刻纸，使人感到新鲜、好奇的缘故，观者甚众。留言簿上写了不少溢美之词，令人汗颜。报社、电视台纷至沓来。亦有美商想以高价购买我的几幅作品（自然这笔买卖没有做成，由于我缺乏商品意识，至今不曾打算出售任何一件作品，尽管它成本极低并且耗时不多）。一时颇令人鼓舞。

　　更令人鼓舞的是，艾青坐着轮椅而来，细细看了全部作品。

　　早就听说艾老学过美术，对于民间艺术，尤为喜爱。只是艾老前不久身体欠安，行动不便，大家都猜他未必能来。艾老却来了，而且是第一位观众。当他偕夫人高瑛精神矍铄地出现在展厅里，颤巍巍地在签名簿上写下“艾青”两个字时，我和朋友们都深深地感动了。果然，艾老对于许多展品都有内行的评价。当他看到《水之年轮》《沉思的老树及其倒影》等作品时，良久不语，最后看着我很认真地说：你这每一幅都是创作，想法很独特，应当拿去发表。

　　于是朋友们纷纷问我：刻纸搞了多少年了？是不是有版画基础？也有更熟些的朋友善意地嘲笑：你呀，你可真是不务正业。

　　是啊，曾经有一段，误以为走上了爬格子的路就等于穿上了红

197

舞鞋，一辈子就此交代了，可事实证明，这不过是自作多情而已。

小时候我最喜欢画画。记得最早是在两三岁，妈妈用石笔画了个娃娃头，我觉着好看，也照着画，姐姐们也画，爸爸回来了，就说我画得好。受了鼓励，便愈加勤奋起来。四五岁上竟满满地能画上一地，边画还边编着谁也听不懂的故事。好在那时的地都是赤裸裸的洋灰地，什么也没铺过的。

后来就正式拜师学了画。老师是中央美院国画系的一位教授，他看了我画的画，就要我在素描、速写这些基本功方面下功夫。凡学过美术的人都懂得，这些方面是要下苦功夫、笨功夫的，我画了一段，终于不耐。便不顾进度，"不务正业"起来。老师拿我没有办法，也只好随我去了。

我开始看一些在那个时代被禁锢着的西方画册。有两幅画一下子吸引了我：一是弗鲁贝尔的《天鹅公主》，另一是莫罗的《幽灵出现》。前者是弗鲁贝尔的"天魔"系列画之一，后者则是莎乐美与施洗约翰的宗教题材画。首先抓住我的是天鹅公主那双奇特的大眼睛，那眼睛里似乎流动着极美丽又极恐惧的死亡阴影。能够制造出这样面孔的画家大抵是恶魔缠身的人。而《幽灵出现》则以一种金碧辉煌、绝顶美艳又绝对阴毒的形式走入我的梦境。后来我有点走火入魔地画了许多怪里怪气的画，诸如《引渡》，画一个古希腊装束的女人怀抱一颗男人的头颅坐在一只刻满骷髅的骨船中，星星在夜空中组成一只巨大的十字。这些画自然没什么意义，却潜藏着我最初的奇思异想，与我后来的刻纸颇有关联。

至于刻纸产生的契机则纯属偶然。

1990年之前有段时间，我心情很郁闷，尤其对着"格子"的时候，忽然有了一种深恶痛绝的感觉，常常是，呆讷半日，却一无所获。百无聊赖之际，只好重新拾起"女红"：打毛衣，裁衣裳，等等。忽一日，无意间用削铅笔的足刀将一张废黑纸刻成一个黑女人，衬在白纸上，竟颇有一种韵味。于是便收集了一批黑纸，用锋利的足刀精雕细琢起来。开始时还打个小稿，试图藏上一点什么机关、什么寓意，后来索性抛却意念，随心所欲，心境空明地进入"准气功状态"。又有古典音乐相伴，刀尖上便悠悠产生了一种神秘的节奏与韵律。黑的沉重神秘与白的灵动幽雅构成了一个崭新的宇宙，而我在这个宇宙中得到了暂时的休憩。

如果说最初创作的《敦煌》《禁果》等还有些"底蕴"的话，那么像《水之年轮》《变奏——荒唐的根茎和花》等便纯属一种线的"炫耀"了。当然，还有色彩。后来我尝试利用旧挂历现成的色彩与纹路，制造出完全不同的新品种。如《飘逝》中的花手绢本是小姑娘的蝴蝶结，《空信箱》中飘飞的少女长发则来自阿兰·德龙的大鬓角，至于《青春》中的那一对日本少女，则不过是两只拆开了的黑猫耳朵和一片彩色地毯罢了。

拒绝象征，拒绝深度，拒绝一切沉重的文化代码，这就是刻纸的秘诀，它应当符合日前"商业神话"的规则。

这种创作非常让人着迷。

由着迷而激发着灵感，由灵感而转化成作品，由作品而成为展品。却拒绝由展品成为商品。正是因为缺了这一环，良性循环中断了。按朋友的话来讲，也就是在为新的"不务正业"找理由吧。

然而我常常在想，真的是不务正业吗？那么究竟什么是"正业"呢？我学的是经济，却走上了爬格子的路，后来又搞影视，搞民间美术……可谓杂乱无章，无"正业"可言了。可是，生活却因此而丰富起来，生命却因此而鲜活起来，这不务正业带来的一切，值了。

而且，世上一切学问、一切艺术都是相通的，这道理古人似乎早就明白。舞剑和绘画有何关系？而吴道子观裴旻舞剑竟"挥毫益进"；听水声与写字有何关系？而怀素"夜闻嘉陵江水声，草书益佳"；更有打球筑场、阅马列厩、华灯纵博、宝钗艳舞、琵琶弦急、羯鼓手匀……这些与写诗有何关系？而陆游却因此"诗家三昧忽见前，屈贾在眼元历历，天机云锦用在我，剪裁妙处非刀尺"……

据说，人脑有许多亿个神经细胞。人从生到死，这些灰白色的神经元仅仅使用了很少的一部分，而人有着许许多多的潜能未曾挖掘。从这个角度来说，人作为生命有机体，与应有的使用价值相比，是太微乎其微了。这不能不说是人类的大悲哀。人们有时太注重目的，注重目的的结果往往是一生只能做一件事。专心做一件事，只要智力健全，一般都能成功。但这成功的代价，却是一种巨大的心智的浪费。从生命的意义来说，人，应当敢于不断否定自己，敢于不断变化，敢于进行出世和入世的自由转换，敢于不断更新游戏方式。虽然这样的人生很难获得世俗意义上的成功，但是，他将像飞鸟一般，既享受天空的轻灵高远，又享受大地的博大深沉。在他不断挣脱常轨的瞬间，他的生命将不断爆发出美丽和辉煌。我想，在他的墓碑上可以骄傲地刻下这一行字：他，生活过了。

今年《精品》杂志问世，发了一组我的刻纸。我看到了，自然想起三年前的展览，想起艾老。于是很想对他说说上述这番话，不知艾老以为然否。

四　万里撷珍

九寨沟的“花儿”

　　从小就爱旅行。外面的世界很精彩。前些年去九寨沟，亲眼看到那碧蓝碧蓝、完全未被污染的水。那水如同镜子，可以纤毫毕现地看见埋在水底的水草，伸展着枝丫，像珊瑚触须一般美丽而柔软。那时，导游就在身边，在黄昏的光照里，唱了一支河洲“花儿”：老东家修下的乐家呀湾，拔走了心上的少年。哭下的眼泪呀调成个面，给阿哥烙下个盘缠。心里就有一种深深的、难以言传的感动。去九寨沟是唐达成先生带队，有陈丹晨、刘庆邦、吴志实、张庆和、于君等人。达成先生一路兴致很高，不断地题留墨宝，气色红润谈吐高雅，有谁能想到他几年之后会撒手尘寰？记不清有多久没见到童年时的蓝天了。夜晚极少能够看见星星。自然，在任何时代与社会，进步总是要付出代价的。人类社会的发展不可避免地带来自然的“报酬递减”，这“自然”二字，似应包括自然界，也包括自然人。人类曾是自然的宠儿，和天空大地流水，和鸟兽森林花朵一样，都是自然的元素，但是经过漫长岁月的演化，作为灵长动物之首的人，终于背叛了自然也被自然所离弃，人类再也听不懂来自自然的神秘的声音了。人类的年轮已经进入中年，人类的智慧已经足够以假乱真，一切都可以复制，复制达到的高保真程度令人难以想象，复制品可以比真品更像真的。一切都可以“做”出来，一切都需要谨防假冒伪劣。有谁能想到绿茵场上在几万双眼睛的监督之下，也能踢“假球”？又有谁能想到在台上要死要活搔首弄姿的歌星是在"假唱"？在一个连"爱"也可以"做"出来的时代，人们不再奢谈爱情。于是就幻想着一曲天籁之音。幻想着一张纯洁的不施脂粉未经污染的面孔。那是被真正的自然之神雪藏着的美丽。那种美丽与被污染的大都市反差太大，因此注定构成一种不和谐音。那是来自大自然的遥远的声音。它暴露了天国合唱的秘密：那是我们留存心底的美好，是幻想、酒和高远夜空上的星星——那是商品社会中硕果仅存的天籁之音。常常在想，九寨沟的水是不是还那么蓝？河洲花儿是不是还那么纯朴、那么美丽、那么自然？常常在想，若是达成先生一直在九寨沟生活，会不会要长寿得多？如果没去过九寨沟，中篇小说《天籁》自然就写不出来。

海　幻

去过厦门大学的人一定忘不了那片海。

典型的海积地貌：月光下就似皎洁的落雪，晶莹一片。

海滩边常有人观日落。长了，就像掐住了点儿，就差喊句一二三，落日就在那一瞬间，像只失去光彩的红色大球，软软地滚落到地平线的那一边，然后就是那些云，浇了浓杏汁似的，恋恋地在天边翻来翻去。一会儿，也隐没了。只留下这黛色的海，和滩上的人群对峙。人也渐散尽。海便像一只巨魔的眼睛，在夜色中闪亮。

却很少有人看到日出。这大概因了学生们日间辛苦，年轻贪睡，又兼这里日照时间长，如果看了日落又要看日出，大抵就要通宵不睡了，谁肯下这个决心呢？

一天夜里，暑热袭人。我睡不着，忽听附近南普陀钟响，知道已是三更时分，普陀寺有人进第一炷香了。我忽发奇念，想一个人去海边看日出，也未叫醒同伴，径自拿了游泳衣一气跑到海滩上，此时东方已有微明，月黑风淡。海和天变成枯叶般色彩，醉了酒似的飘飘摇摇，然后同唱起一支单音节的歌，像海妖的歌声似的，催得人昏昏欲睡。周围极静。那简直是一种非人间的静。只要你向它走去，便会被它所笼罩，然后被它压迫，压得你连大气也不敢喘。你只能战战兢兢地看着它，听着它的窃窃私语。海那时是凝固的，发不出音响。这种非常地寂静使你感到即将有什么事要发生了……

果然，在槟榔树黑黝黝的手臂间，这时能看到一角天空了，紫得浓郁且晶莹透亮，就像戴在黑手臂上的镯子。镯子的色彩渐幻化，终于透出一点浅玫瑰的光晕。槟榔树的叶子精致得就像用剪刀裁过——那大概是南风的杰作。

　　远远的，泊着一条船。

　　太阳的第一道光洒在那条船上，特别柔，淡红色。像是听到无声的命令，我急急换上泳装下海。一口气憋下去，刚来得及抬头换气，就发现自己已经浸泡在一片金色之中了！这时，你会忽然感到所有的语言都太贫乏、太苍白无力了！海面忽然变成了纯金的，你会不由自主地伸手去抓，可那金子烧得烫手！你想看太阳，可置身于一片金光灿烂之中，什么也看不清。我就那么迷迷瞪瞪地游，希望永远这样"万物皆空"，可只一会儿，那强烈的金色就渐渐变白了。这时才看见太阳红纸剪的似的黏在天边，是半个圆，下面半个圆被海水划碎成几块，清澈得就像浸泡在水银里似的，近在眼前，那真是美。大概是不善幻想的人此时也出现了幻想，仿佛那太阳伸手便可以触摸似的，于是便不顾一切地往那儿游，想看看被海水淹没的那半个太阳，更近了，你忽然发现太阳原来很薄，半透明，不过像红玻璃那样一种脆弱的物质，又细看，原来这是天空的一扇玻璃门，圆形的，敞开着，充满着诱惑，而天空，则是一座巨大的宫殿，云彩是宫墙上变幻的浮雕，这大概是上天给你的一次机会，就在你惊疑不定的时候，宫门关闭了。——人的一生，大约总是这样坐失良机。太阳这才变成球体，从水中挣扎出来，就像蛋黄脱离蛋清那么困难，似乎还带出了一些腥气扑鼻的海水。此刻天和海已经混沌一片，不似先前美，却比先前更诱惑，更难于识破。我觉得自己完全溶于其中，成为海上一片小小的浮沫。

　　等到能看清东西，我才发现自己已游到渔船附近。一个黑乎乎的孩子（眉眼我完全看不清楚）像是捧着条生鱼在啃，一边大声朝我嚷着，我完全听不懂，后来才认出孩子身后那灰乎乎的一堆原来是个女人，黑脸，很大的一块头巾。我这才感到累，扒着船休息。

　　"你们看见刚才的太阳了么？"我兴奋得很。他们大概也听不懂我的话，莫名其妙地瞪着我，也不招呼我进舱休息。这时南普陀的钟声第三次敲响，黑脸女人听见，像是长舒了一口气似的，那孩子也扔了剩下的半条鱼。两人哇啦哇啦地冲我嚷了一通，我猜那意思大概是说他们准备出海了。

　　游回岸边，海像只受伤的野兽似的伏在我脚下，淌着红洇洇的血和污斑。回头看，船已不见。我看着那个平平常常的太阳，忽然疑心刚才那一切不是真的，包括那个黑脸渔妇和她的孩子。

海滩上的小房子

出差厦门。雨后的一个黄昏，我来到厦门大学的海滩，看见一个小女孩正聚精会神地用沙子垒起一座小房子。

这是一片宁静的海滩。没有礁石，只有一条单纯的海岸线。海，像是一架蔚蓝色的风琴，有节奏地轰鸣着。在落日余晖里，小姑娘的裙子发出橙红色的反光。

"你叫什么？"我笑嘻嘻地"抓住"她。

"瑶瑶。"小姑娘虽然多少带着闽南口音，可是在此地已经算是发音标准的了。她长得不好看，但挺可爱：大脑门儿，凹眼睛，小小的翘鼻子，和脖子连在一起的胖下巴。使人想起无锡大阿福。

海滩上没有贝壳。但是被海水冲刷成各种颜色、各种形状的小石子并不比贝壳差。我惊奇地发现，小姑娘是个很有经验的建筑师，不，简直是个魔术师！她有条不紊地工作着，小心翼翼地把各色石子嵌进沙子里，作为房子上的装饰。瞧，那两块带尖角的淡绿色的石子成了房子上的飞檐，一排乳白色的长石子多像房子的立柱，那块扁圆形的、漂亮的灰蓝色石头成了房顶。连台阶也有了，那是一块斜斜的、半透明的石头，小姑娘全神贯注，连眼睫毛都沾上了沙子。

"好漂亮的小房子！"我赞叹着，"是谁教你的？瑶瑶。"

"嗯……"小姑娘翻着白眼儿，不好意思了，"谁也没教我。我想的。妈妈给我讲过安徒生爷爷的童话……"

哦，怪不得！原来是童话里的小房子！或许，我们每个人生下来都是天才。儿童眼里的爸爸，是把他们高高举起来的爸爸，他们只看到爸爸的手臂和腿，还有一个大脑袋。于是他们便照这样子画爸爸。可是立刻遭到了成人世界的攻击。大人们告诉他们，要画四肢，还要画躯干，还要画得成比例。于是，儿童的创造性便一点一滴地纳入了成人世界那条既定的轨迹。他们画的，不再是他们眼里看到的东西，而是更符合生活常轨，符合规范的东西。

我默然了。

落日，溶进橙红色的海水里。海的那边，升起了一道虹。淡淡的，在海和天之间，架起了一座桥。我望着小姑娘那黑发油油的圆脑袋。是的，每个儿童都是一个艺术家，应该为孩子们搭一座桥。

"你知道吗？瑶瑶，"我一边帮她拾石子一边说，"我小的时候，有一次把姥姥画成了一只猫，一只黄颜色的老猫！……"

"真的吗？阿姨？真的吗？……老猫？……咯咯咯……多好玩呀！老猫！……"她笑得上气不接下气。直到现在我还记得她那天真烂漫、无拘无束的笑。

厦门之行，最令人难忘的便是厦大那片宁静的海滩，和海滩上那座用沙子和石头垒起来的、美丽的小房子。

水之性灵——记本溪水洞

　　被污染的城市本溪藏着一个未经污染的岩洞。这洞可与名昭天下的桂林七星岩芦笛岩媲美。却因了东北人的朴拙，仅仅冠一"水"字，似乎委屈了它。谁知及至看过之后，却牢牢记住了这个名字。反把那无数有着美丽名字的去处淡忘了。

　　来到这里时值炎夏。却见洞口有出租棉大衣的。友人道："进洞需穿棉大衣。"我不以为然。谁知一入洞口，便觉一股寒气袭人，俨然有到了地府的感觉。黑魆魆的水被朦胧的灯光照耀如同一片黯淡的霜雪。我与友人同驾一叶小船，漫然荡去。两侧的石壁投下极美丽的阴影。以手轻拂水面，冰凉滑腻有如无数绿色的蛇在水中卷着枝蔓，阴险的蛇眼则在水的深处闪闪烁烁。转到开阔处，其水面宽度竟可供七八只小船比肩荡过。数十盏灯照得水色通明。奇形怪状的钟乳石有如 7 月之巧云，看它像什么便是什么。同是一块石，每个游者都有属于自己的想象。那剔透如丝的石梳可以是老翁的美髯又可以是少女的长发；那晶莹玲珑的弯石可以是水中之月又可以是关老爷的青龙偃月刀。无数种想象无法穷尽石之丰富，就像无数变幻的石无法穷尽水之丰富一样。

　　有些则属于共同想象。因为你不可能把它想象成除此之外的别的什么。譬如拐角处那块线条婀娜的长石，极像一个面壁而泣的女人。她背对光明独自拥抱黑暗。丰满的乳房和纤细的腰肢构成的线条令人荡魂慑魄，一时间竟令人感到这块石有着血肉丰满的生命。

友人说：真想摸摸，看它是不是温热的。大约这种"居心叵测"者甚多，这块石的周围总横七竖八地绕着几条船，造成交通堵塞。只好远远地看。看久了，竟觉得所有的石都活转来，这种强烈的生命感觉粉碎了一切想象如流星雨一般四散开来，撞击着两岸神话般的绝壁。——若受了日月精华，这满洞的石定然会脱胎成形，呜咽咽唱开几千年的愁闷。

船复驶入幽暗处，有如在夜空中潜行。静寂愈加浓稠。被船桨勾勒出的水的弧线变成琴弦垄断洞宇。每划一桨便拨动了一个美妙的天籁之音。船上的穿灰色棉大衣的游客此时变成一队队寂静无声的灰色幽灵。在黑暗的深处，幽灵们匆匆而逝，像云雾一般若隐若现，透明空蒙。我虽看不清自己，但自知也是这众多"幽灵"中的一个。于是忽发奇想感觉到死亡不过是一种灰色的隐身衣而已。从生到死不过是生命形式的相互转换，又何必慨叹生之艰难，死之必然?!……

水在出口处化作雾气蒸腾，变成片片云彩，飘过浮动不定的壁，袅袅升入天空。太阳的魂灵正化作芬芳的色彩流入水中。一种异样的温馨笼罩了我。这是一种经历了寒冷的温馨。

小小的本溪水洞已经生存几千年了。这里，曾来过多少游客！但水上却无法留下任何人的足迹。在破碎的白昼和完整的黑夜交替中，水始终只是一首毫无寓意的寓言。它安然流淌了几千年，排斥着污淖，孕育着灵性，繁衍出如此多姿多彩的石壁，给人以永恒的享受。

这大约是因了水有生命，水有灵性，而这生命与灵性又是如此朴拙！如此简单！从水洞中走到灼热的阳光下，我忽然想到：还是东北人聪明，这去处实实在在不能有比水洞更美妙的名字了。

烟花三月

刚过完春节，《曹雪芹》剧组就下了江南。当然是去选景。第一站是南京，然后是扬州、镇江、瓜洲、无锡、苏州、湖州、南浔、同里、上海……为的是寻找保存完整的明清建筑。南京被称作六朝金粉之都，绝非没有道理。每次到了南京，每次坐在秦淮河畔品尝那些精美的点心，都会想起当年的秦淮八艳，那些金粉美人不正是坐着美丽的船，或吹箫，或弹筝，与那些盛开或败落的王孙公子济济一堂，弹冠相庆？当天赴江苏作协主席赵本夫先生的饭局，忽然觉得，赵大哥与南京的一切是那样格格不入，实在非常不协调，从人到作品，赵大哥都是阳刚有余阴柔不足，骨子里是个唯美主义者，其耿直仗义更像是一山东大汉。就这样说了。赵大哥哼哼一笑，道：这么说也不错，我本来就是徐州人，徐州，就已经是山东的边界了嘛。饭后，毕飞宇带我们去喝茶，是一个美轮美奂的地方，灯光的格调极其讲究。飞宇说，若是朋友来了，他必带着来这里。飞宇这两年，文字上似乎有神助，写了大量好作品，在全国颇有影响，可他还是那么年轻，我们的同事甚至以为他还是个学生。翌日去了园子，总觉得有些不理想，好像人工痕迹太重，但总之可以在这里留一备份，立此存照。然后去扬州，一路上就想着"烟花三月下扬州"，又想着小时候从妈妈那里听来的童谣：小小西瓜圆溜溜，挑担白米下扬州，扬州爱我好白米，我爱扬州好丫头……但是到了扬州，不免有些失望。那条"瘦西湖"已然泛出绿色，传说中

"林黛玉上船"的码头，也颇落了些脏兮兮的废纸。更没见到什么"好白米"和"好丫头"，扬州包子倒是吃了不少，也未见得品出什么特殊的味道。当然也有意外之喜：距我们驻地不远，有一专门卖古董的地方，同事跑了去，买回一架屏风式玉扇和一个玛瑙壶，都是旧工。玛瑙壶把玩于掌上，在阳光下透出纯正的玛瑙红，尤其玲珑可爱。我们随后赶去，却已经一无所有。瓜洲严格说来只是路过，泊在码头上的那些蒙着泥沙的旧船，似乎就成了瓜洲的象征。到达镇江的时候下着蒙蒙细雨，正是"沾衣欲湿杏花雨，吹面不寒杨柳风"的时节。第一站是金山寺，下了车，早已看见道路两旁全是卖宜兴茶壶的摊位，我们挑了又挑选了又选，每人都买了几套，做得极精致的泥壶，便宜得不可思议。我挑了一套嵌金花纹的，也只有五十元钱。冒着茫茫雨雾，我们买了香烛，一步一滑地上了金山寺。金山寺的佛像，是极好，极宏大的，这样美好的佛像我只在灵隐寺和南普陀见过。或许是有感于在这样的雨天仍有虔诚的人来拜吧，细细地看去，可以看见佛的嘴角似有若隐若无的微笑。佛是药师琉璃光王佛，我很正式地拜过了。走出去的时候，我看见雨停了，有一股清新之气正扑面而来。我们找到了镇江绣衣厂。我们中心的四大名著改编，还有《东周列国》《太平天国》等古装戏，都是在镇江绣衣厂定做的服装。进了绣花车间，亲眼见到女工们飞针走线的手绣，真是叹为观止，就好像隔着窗子便是两个世界。这里是古代，古代的吴娃越女们心无旁骛，静如止水地构制着这个美丽别致的世界。一匹匹紧裹着的丝绸，在女人们软绵绵的手指中滑落，它们明暗交替，像水一般冰凉，像月光一般柔滑，当它们发出裂帛声时，从中间层层显示出了美丽的山谷和云朵。那些漫天翻卷的花纹，像葡萄叶，像鸟，像银箔。那是一种无法摹拟的美。我甚至不敢去碰那些丝绸，我很怕它们是一些不真实的东西，一碰，就要消失。我们一致决定由镇江绣衣厂来承做《曹雪芹》的服装。无锡当然是我们自己的领地，无锡影视城的负责人之一赵义迎接了我们，请我们吃"湖鲜"。自然指的是太湖里的鱼虾，真的很好吃，可是吃着"湖鲜"，我总是想着"狐仙"，这个美丽的谐音令人想入

213

非非。但是满街看过去，没有什么堪称狐仙的，就连一般的女孩子也鲜见。不知无锡的女孩都被雪藏到了什么地方。在影视城转了又转，总觉得和曹雪芹的历史背景没有多大关系。苏州，仍像二十年前我去时那样，似乎没有什么变化。刚到苏州就遇上个三轮车夫，说是可以把我们拉到生产高档丝绸的厂家，而市面上的丝绸多半是假货。我们三个人坐上一辆三轮车，那景象蔚为壮观，沿途的人都看着我们笑。三轮车夫显然是吃回扣的，这个直销点若不是他拉我们来，鬼都不会知道这个地方，这是个极其偏僻的小巷，外面什么也看不出来。真的是好丝绸，款式却陈旧得很，价钱也不低。我们三人一通狂购，最后我们出来的时候，全体售货员竟然集体送出门来！事后讲起来，听者无一不哈哈大笑。第二天，我们来到市中心一家普通的丝绸店，看到一模一样的衣裳，牌子都是相同的，却便宜了一半。难怪，不是大家都说，赚女人的钱最容易嘛！苏州小盆景式的园林，依然不是我们所需要的。来到湖州已经是吃晚饭的时间。湖州电视台的秦建军先生请我们吃了一顿结结实实的美餐，使我们的心情一下子好起来。第二天，我们到市中心溜达了一圈，发现这个小小的城市真的很适于居住，有些像欧洲的卢森堡，也是那样小巧而洁净，安静而富庶。秦先生原是北京人，当了兵，后分到湖州，就是有机会回北京也不回去了。反正是来回跑，在这里，有了很好的朋友和同事，又有这么好的居住环境，真是乐不思蜀了。知道了我们此次出行的目的，他很仗义地决定为我们开车领路，带我们去离此地不远的南浔。说是南浔有着保存十分完好的明末清初建筑。我们大乐——真是踏破铁鞋无觅处，得来全不费功夫。南浔真的没有让我们失望，光是藏经楼就足够镇人的了！那么大的规模，保存得那么完美，真是令人叹为观止。何况还有张静江的旧宅。张静江这个名字过去总是被打入另册的，看到这三个字，就条件反射般地觉得这是个坏人。其实张静江的历史令人钦佩：他是个坐在轮椅上的人，却用全部的钱财（包括他哥哥的钱财）支援了辛亥革命。可以说，如果没有张静江，那么孙中山与黄兴发动革命就缺乏经济基础。他是个真正的理想主义者。他后来支持蒋介石，也不过是因为支持北伐而已。一个时代过去了，我们有多少历史需要重写啊！张静江的大宅院，是保存得非常完好的明末清初的建筑。几进院子都各有特色，四周挖了一条湖以作隔离之意，湖上可以泛舟。最后一进院子索性是法国式的，并且是洛可可式的建筑，繁琐而华丽。从拱桥看这座大宅院，甚至可以想象那亭子便是沁芳亭，那院子便是蘅芜院，这里是潇湘馆，那里是秋爽斋，还有什么藕香榭、怡红院、滴翠亭、栊翠庵……似乎都可以找到出处！在这儿我们可以尽情地想象：宝钗在滴翠亭扑蝶，黛玉在沁芳亭葬花，宝琴去栊翠庵寻梅，探春在秋爽斋结社……妙！我们几乎异口同声地说：就是这儿了！这儿就是大观园！至于同里与上海，我们早已无心恋战。我们的南寻记就此结束，多么有趣啊：南寻南浔，难道是冥冥中注定的吗？

春城无处不飞花

　　昆明，是我去的次数最多的地方。来昆明头一天，《春城晚报》的记者便在饭桌上索要题字，一句现成的诗句一下子飞了来，我张口便说：春城无处不飞花。大家说，好。春城昆明的花朵千姿百态气象万千：梅标清骨，菊傲严霜。茶呈雅韵，李谢浓妆。水仙冰肌玉骨，牡丹国色天香。玉树亭亭阶砌，金莲冉冉池塘。芍药芳姿少比，石榴丽质无双……春城昆明的花，委实给人印象深刻。我这是第十二次来昆明了。前几次，昆明成了我去丽江、大理、思茅，甚至河口的中转站，或者说，是起点。是的，昆明成为我每次进入一个美好新世界的起点。就像是一片神秘的帷幕，揭开它，就会有一道风景令人惊喜。但这一次昆明不再是帷幕了，它本身就是风景，奇绝的风景，令人叹为观止的风景。我好像第一次注意到，世博园竟是一个硕大的花园，那些七彩的整齐的颜色，不再是人工割据的色彩。那是从自然界中精心挑选的花朵，花朵的子房饱胀，花蕊在阳光下变成了金色。在蓝天白云的背景前，会突然觉得这一切都不是真的，它好像曾经反复出现在我童年的梦中……它似乎该叫作"天国花园"。天国花园的花应当很多。譬如花卉市场，那一片新鲜的娇嫩欲滴的姹紫嫣红，在那个早晨突然降临，令人猝不及防，重重地刺激着人们的视神经。更加让人匪夷所思的是花的价格。我指着一枝耀眼的红玫瑰问：多少钱？花贩子回答：五块钱。……哦，原来并不比北京便宜多少。但我很快明白了，"五块钱"指的是整整一桶玫瑰！昆明的红玫瑰是论桶卖的，没有人会买一枝，如果你坚持买一枝，花贩子就会笑着把一枝花递过来，说，送给你吧。花的海洋里容纳着不计其数的浪花，多一朵少一朵都是无所谓的。先后上了三个花卉市场参观，头一次我因事没去，大家回来后便纷纷向我炫耀：那些美丽的鲜花和干花，的确令人心仪。我尤其喜爱那些干花。鲜艳的花朵被慢慢风干，变成了美丽的干花，所有的鲜艳都被岁月改造成了一种陈旧，陈旧的美，被尘封了的鲜艳，香气是没有的了，但是味道似乎更足，那种风一吹就要脆裂的枯澹，也远远能发出比盛开时更加昂贵的声响。我在一篇随笔中写道："过去了的，不可能重复。而枯澹才是艺术的极致——那是一种很难达到的边缘情境，那是经历过豪华绚丽、弃绝一切脂粉气之后的生命意志，那是一切风景的原初与归属，它是一种高级的美，它具有一种哲人的睿智与诗性的本质。"花就是这样，它盛开过，经历过庸人永远无法经历的繁荣与绚丽，然后浓缩起来，慢慢枯萎，凝聚成一块鲜艳的色彩，好像收拢了一生的美丽。也正因如此，我一直想着要买一束真正美丽的干花，插在我北京居所的那个巴基斯坦铜瓶里。那个铜瓶是我在新疆的巴扎千挑万选买的。离开昆明的前一天，我们在一个酒吧里，云南社的朋友和她的丈夫从天而降，两大束干花照亮了我们所有人的眼睛。那是什么样的干花啊！雪白的满天星，深紫和鹅黄的莲蓬，灰绿的芦苇，鲜红的玫瑰，碧蓝的康乃馨，杏黄和银灰的卷草……全部的色彩都是那种中间色，神秘、迷幻、美不可言。我好像一下子从一个一无所有的穷光蛋变成了一个大富翁！临别前，我把其中一束干花打开，分成若干等份，让大家来挑选。春城的花照耀着我们，让我们在依依惜别的时候，心情如同花一般宁静和芬芳。现在，我北京居所的巴基斯坦铜瓶中，插着整整一束美丽的干花，就在我写着怀念春城花朵的这篇小文章的时候，它们正静静地散发着幽香——真的，谁说干花不香，经过沧桑岁月，它的香气变得更浓郁了呢！

野象谷

距版纳一百多里有个野象谷，是人迹罕至的地方。为了给电视剧《野象的公诉》采景，作为责任编辑，我和编剧导演一起来到野象谷。我们也算是去过不少地方了，可还是被那种特殊的景色震惊了。说它特殊，是因为它的确有着神秘恐怖的氛围。它基本是原始的，没有被开发过的。被叫作临时旅馆的小木屋一个个都建在树上。那些高大的乔木托起小木屋，在空中搭起木梯和木桥，可以把四周的木屋都连起来。周围那些遮天蔽日的树木，那条忽闪闪的小溪，简直就是但丁《神曲》的插图。太美了！我和导演都惊呆了——为我们这个商业社会还有这样的景色吃惊。编剧是当地人，和野象谷的经理用云南话聊着天。当晚，我们在外面吃饭。我敢说这是在云南最好吃和最特殊的一餐！有一些极香的野生菌，还有肉和青菜，拌在饭里吃，简直就一直香到舌尖上。黄昏时分好像特别长，太阳就一直挂在西方，一个轮廓鲜明的淡红色圆球，本身的光线似乎很柔和，但是在云彩上的反射光芒，灿烂耀眼。我和导演延艺就下到溪流边，捕捉着黄昏最后的美景。那条溪流里面反映出一层层的浓云，色彩就像列维坦的风景画一样丰富。当地人说，他们在溪边撒了些食盐，月黑风高之夜，野象就会跑到这里来吃盐饮水，野象，是喜欢吃盐的。这神秘的说法让我着迷。暗夜降临，我们在没有灯的木头走廊上说了一会儿话，就各自拿着手电，回到自己的小木屋去了。我的那个小木屋在一棵最大最古老的树上，里面陈设极其简陋，但是非常干净。有一张床，一个放台灯、暖瓶的小桌，还有卫生间。我把钥匙和手电放在小桌上，把随身小包放在床头，打开印着蓝白花的粗布窗帘，正好能看到那条溪流，溪流正在黑暗中闪闪发光。很久很久我才入睡，但是很快，我被一种恐怖的声音惊醒了——在梦里，我恰恰梦见被一只黑熊追逐。恐怖的声音持续着，我一下子清醒了：是野象！一定是野象现身了！我冲到窗口，撩起窗帘，我清晰地看到溪边的一个巨人！野象，它比我想象得还要巨大，它那富于质感的耳朵，在黑夜的反光中，就像是云石的杰作。再看过去，还有一只，还有一只……天哪，一共是四只野象！我打开手电大叫着往木梯下跑："快看哪！野象来了！"待编剧、导演、司机们揉着眼睛出来的时候，野象早已无影无踪。他们为了平衡心态，一起哄着说是我发癔症，野象什么的根本就不曾出现。是啊，有什么可以证明我那天深夜的确看到过野象呢？我在暗暗感谢上天，是神 我看到了千古难逢的景色，谁不相信也没关系，反正我已经大饱眼福了。自个儿偷着乐吧！从野象谷出来没多远，就是百鸟园。其实我觉得该叫孔雀园更合适一些。这里最多的是孔雀。这里的孔雀不怕人。它开屏的时候，走到它身边，可以和它一起很安逸地合影，而不用担心它会突然走开或者关闭它美丽的尾羽。那一天的感觉奇妙极了，就像是进入了一个我从小就想进入的童话王国。这里的鸟兽鱼虫都是可以与人交流的。我甚至想抱着孔雀照张相，管园子的小伙子说：不可以，你若抱它，它会啄你的。我明白了。美丽的孔雀最热爱的还是自由，它自由自在地徜徉在花木之间，不愿意与其他生物过多地亲密接触。恐怕这也是所有野生动物的习性吧。其实人又何尝不是如此呢？在西方，在陌生人之间，是非常忌讳身体接触的，两人擦肩而过，彼此都留开一道缝隙，嘴里说着"Excuse me"，这个时候，人们保持了自由。而在零距离接触时，特别是对于相爱的人来说，身心交融的时候，也就是进入陷阱的时候，尽管那陷阱是美丽的。这里最特殊的一道景观叫作"孔雀放飞"，10点整，孔雀们集中在远远的山坡之上，由那里的饲养者进行放飞。孔雀放飞时好壮观啊！它们一只一只地从很远的山上飞来，停在园子里，然后开屏。一只，两只，三只……我敢保证你没见过十多只孔雀同时开屏，那实在是太美妙了！那些丝绸一般绚丽夺目的色彩，集中成为一道道彩虹。那是一种无法描摹的美，我睁大眼睛定定地看着，一眨也不敢眨，好像一眨眼那美景就会乘风飞去。野象谷与百鸟园，成为我旅游中的保留节目，有机会，我一定会再去，再去，永远也不会厌倦。

神光普照赛里木湖

去过的地方也算不少了，且不说九寨沟的奇异、张家界的壮美、敦煌的神秘……就是夏威夷湛蓝如丝的海水，佛罗伦萨静谧如画的黄昏，枫丹白露深浓瑰丽的秋色，卡罗维发利童话般金色的美景，也曾深深地打动过我的心。可是当我见到了赛里木湖，依然震惊不已。轻轻揭开面纱，赛里木湖宛若天人。第一件事当然是拍照。但是照片无论如何也无法传达真实的美。我第一眼看到的赛里木湖是正对着阳光的，因此湖水色彩比较浅。有一些不协调的景致也充塞在里面，譬如那些不发达的旅游业，比如那些色彩鲜艳的马匹、骆驼和帐篷，好像是给一个天生丽质的少女做了一些并不高明的化妆，给人以画蛇添足之感。好心的善解人意的刘师傅开车带着我们沿湖转了一圈。说心里话，那车每开出一米，我就想说：停下来。奇幻的光追逐着我们的车，把我们带到了一个神话世界。那水的蓝，由浅蓝、灰蓝、湛蓝转到钴蓝、银蓝，我第一次发现，蓝色竟有如此多的变化，在湖的背面，蓝色突然显得那般深邃，深得不可见底。那是真正的蓝色的梦，娇嫩而易碎，但是又充满了西域的神秘。云雾缭绕着那蓝宝石一样的水，如同海市蜃楼一般形成层层叠叠的屏障。有山，很低平的山，颜色是新鲜的黄褐色，它使我想起达利的蓝色系列画。那种圣洁宁静的蓝色与躁动不安的背景，就那么毫不和谐、毫不妥协地凝结在一起。达利笔下的水常常像薄纱一样可以揭起来，好像那正是水的"皮肤"。水是有皮肤的，看了赛里木湖你就可以相信。但是真正的神迹的发生还远不止于此！当我们的车开到赛里木湖背面的一个角落时，我发出了一声惊叫，连一直沉默的刘师傅和小何也兴奋得跳下车来：整整一排天鹅正栖息在湖边！这是我第一次看到自然的、野生的天鹅！天鹅象征着吉祥，它们似乎是一种神谕。它们安安静静地栖在湖边，享受着浅淡温暖的阳光，阳光在它们洁白的羽毛上形成一块块纯银的斑点。就在那一刹那，我看见一束光线斜斜地照射下来，整个湖面突然地明亮了，神光，是神光！我心里的一个声音在说。我轻轻地、轻轻地拿着相机，悄悄地悄悄地走了过去。它们毕竟是太警醒了，就在我准备拍照的那一瞬间，它们轻轻地飞了，像一束银色的风，一闪，就消失在碧水蓝天里了。但是还有一只天鹅，居然纹丝不动！刹那间我好像看见了它的眼睛，它的眼睛孤独而骄傲，但是又很善良，似乎对于我这个远方来客格外开恩。它好像在说：你不是想跟我合影吗？我等着你！刘师傅是当地人，是老司机，到赛里木湖不知道有多少次，却也是第一次看到天鹅，他吸着烟笑："徐老师，吉兆哩！"我激动不已，久久不能平静。我在想那一群天鹅，我在想那一只天鹅，这无疑是一个王子，被施了魔法之后化作天鹅在清晨出现，他本人一定有着清癯的面容和神秘忧郁的眼睛。湖面上笼罩着一种暗淡的银灰色的雾气，水晶般透明的天鹅王子漂浮在闪烁的烛光和紫色的涟漪中。连它巨大的羽翼也如同一团玫瑰色的空气在慢慢消融。当它向藏匿着危险的幽暗湖水走去的时候，带着无限的魅力回眸。那一双清澈的眸子使其在世纪末的黄昏走向生命之梦，末日的太阳正在它的羽翼上发出玫瑰色的反光。天鹅王子，能让我看看你的真身吗？

冰美人

在新疆的时候，一个朋友给我讲了冰美人的故事。

她说，是在 1994 年，在海拔两千五百米的阿尔泰深山草原，新西伯利亚考古与民族研究所的高级研究员娜塔丽亚和她的学生们，在距中俄边境铁丝网不到九米处，挖开了地下深达五米的冻土。里面是一口极其精美的棺材，棺材里是一个巨大的冰块。冰块化了很久，里面埋藏的马匹都臭了，最后，娜塔丽亚从融化掉的冰水中看到了一块富有弹性的肌肤，上面有着怪兽形状的刺青，接着，是一大块闪着箔金光彩的头饰在冰水里闪光。

我说：简直是不可思议！

她说：不可思议的事还在后面呢！原来里面埋的是一个美丽的贵妇人，上身穿黄色丝绸，下身穿羊毛裙，有着秀美的黑色头发，身体不但没有腐烂，还有着弹性！

当时，冰美人的出土震惊了西方学术与新闻界，美国《国家地理》杂志立即派它的资深记者赶到发掘现场采访，比利时皇家艺术和历史博物馆的摄影小组也赶到了，欧美学者们曾经一度认为这位冰美人是两千年前生活在黑海之滨的西塞利人，但是也有另一些学者认为，从黑海到阿尔泰山要走四千多公里的路，从她身上的丝绸判断，冰美人更可能是一位中国女子，而且是在长城以南的！

……

所以，有人说，这位冰美人就是汉代的王昭君！

当时，朋友坐在六十瓦的灯光下打毛衣，用随随便便的口气说着这些惊天动地的话，我看着她，一口一口地咽着奶茶，全身发冷。

那天晚上我做了个梦。

我梦见我走入一个深深的峡谷，两边都是冰山。冰山之中的缝隙像是有着一种巨大的磁力，把我一路吸进去，周围是一种令人恐惧的呼啸声，当我觉得我已经要撞上冰山、生命马上就要完结的时候，突然，眼前出现一片开阔的平原。平原上落满秋叶，就像镀了一层金箔，平原上徐徐走来一队人马，为首的便是"袅袅腰疑折，褰褰袖欲飞"的王昭君！

但是我始终看不清昭君的面孔，她美丽的脸似乎被一层玻璃笼罩着，好像是一种深深的看不清的湿雾。黄金和白银铸就的面具遮挡着周围武士的面孔，只能看见武士们的眼睛在湿雾中炯炯发光。王昭君穿金黄色丝绸长衫，下身穿暗褐条子的羊毛裙，完全是一副现代女性的打扮。我禁不住上去问："你怎么能证明你就是王昭君？"

王昭君嫣然一笑："你怎么能证明我不是王昭君？！"

她说完这句话，背景的天空就一下子昏暗下来，闪起千道闪电，同时雷声轰鸣。这时我好像打开了相机，想把王昭君拍下来，但是电闪雷鸣之后，我的相机里出来的照片却是一些闪电和一个飘忽不定的幽灵，那个幽灵惊破了我的梦境，使我一下子从梦中惊醒，坐了起来，把朋友也吓了一大跳。

我讲述了我的梦境，讲到王昭君说"你怎么能证明我不是王昭君？"时，她哈哈大笑，说："你怎么连做梦都像个哲学家？"

后来她把这事对另一个朋友说了，那个朋友说，是啊，太是了，什么事情都是无法证明的，谁能证明确有冰美人，又有谁能证明确有王昭君？！

维吾尔族民居的女主人

真的没想到维吾尔族的民居会这么美——当然，这是伊犁当地的维吾尔族首富。

维吾尔族的屋宇早先融合了陕甘地区和西亚的建筑风格。近代又吸收了俄罗斯的民居艺术，它的平面，多为一字形、L形或者凹字形，也有豆腐块形的，中间置一通道。一字形即一间、两间或者三间并列，排成一字形；若是两间，就采取里外间布局，对外入口开门在外间；如果是三间，就以后中为正房，对外入口设在中间，进门后再向左右间各设入口，似一明两暗的房屋布局。L形，就是把一字形房屋的一间向前伸出1—2米，可在延伸部分单独设对外入口。凹字形，就是"一"字形的中间房屋缩进去1.5—2米。豆腐块形，就是采用分支布局，设一通道，联系左右的房屋，通道的一端设对外入口大门。

这座房子是L形的。

当然最吸引我的首先是色彩，那种柔和的青蓝色在雪白的墙面上刷出古波斯式的图案，中间有断续的黑色花纹点缀，有明亮的金夹杂其间，不知是金粉还是金箔，显得富丽堂皇。

然后是造型。这是伊斯兰宫殿的造型，很高大很雄伟，屋檐镶满了伊斯兰式的刻花，虽然有点洛可可的繁赘，却也不失一种异域风情式的美丽。

女主人走进走出地忙着，并不和我们打招呼。随行的朋友告诉我，她叫阿娜尔古丽，是汉语石榴花之意，这解释引起了我的注意，我看着她，她穿纱底丝绒花纹长裙，典型的维吾尔族女人脸，并没有什么太明显的特征，但是可以看出来她年轻时肯定是个美女，这是我从她那轻盈的体态和深深的带着一丝忧伤的黑眼睛里看出来的，她的忧伤不是少女式的，而是少妇式的，是少妇那种深藏着人情世故的忧伤。写作的人常说，人情练达即文章，眼前的这位维吾尔族少妇，应当是一位人情练达却又深藏不露的女人。朋友告诉我，她的男人在阿勒泰做宝石生意，发了财，但是多年以来，这一座深宅大院里，只住着她和她的孩子。

这当然使我产生了联想，一种《蝴蝶梦》或者《唐顿庄园》式的联想，在这座豪华的庄园里，是不是也曾经发生过什么神秘的故事？

只有当我提出合影的时候她微微笑了一下，我是小心翼翼地提出来的，生怕遭她拒绝。

在华丽的屋檐下，她家植物葱茏的小院似乎更招我喜欢。就在这个小院里，她一手抱着孩子与我合影。我感觉她的微笑后面全是疑惑，那种疑惑是轻轻地散发出来的，如同一种淡淡的香水，把我笼罩在里面了。

那一碗香喷喷的牛肉面

12 月的台北，竟暖到可以穿北京的夏装。

印刻果然不凡。社长神笔一点，我们便乘上了遨游台湾的飞毯：从台北故宫博物院到中正纪念堂；从宜兰清洁的山水、古老的木雕到鹿港小镇老街上透亮的乌鱼仔、用树枝雕琢的铅笔；从玫瑰园美丽的英伦骨质瓷茶具、浓郁的花香茶香到窄门咖啡的极简低调奢华；从植物园宽尾蝶翅的绚丽翅膀到素书楼凝重端严的大红门；从赤崁楼夜景的正大仙容到明伦堂令人震撼的"忠孝节义"……不到十天的"文化福旅"，竟可以写成一本书了。然而书中最醒目的插图，还应算是那一碗香喷喷的牛肉面。

北京人喜欢吃牛肉面者甚众，作家尤甚。我则一般。旁人认为好吃得不得了的婉容故居牛肉面，我亦觉不过如此。然而此次所吃张记牛肉面，却令我终生难忘。

难道是因为饿了？刚踏进张记牛肉面馆，便有一股异香扑鼻。我虽不算是道地吃货，也能辨识好的食物之香乃浑然天成，不含杂味，那种味道如爱情反应具有化学元素，它会紧紧地勾住全部感官，令人神魂颠倒。端上来，是一大暗绿粗瓷碗。里面无非牛肉面而已，并无什么新鲜的，只是牛肉及配料量足、色正、味香。

没敢先喝汤，太烫。第一口面，柔而韧，热香从舌根往下落到胃里，慢慢漾开，心里先暖了。再来一小口汤，着嘴，暖流愈烈，漫延周身。汤的颜色如玫瑰金，质地如厚重的丝绸，似有沙茶与番茄的香味，上面漂着几滴金黄的油珠、几片碧绿的青蒜叶和鲜红的辣椒丝，几口下去，后颈已经在细细地冒汗。这才吃肉。

看着那巨大的肉块我本有些恐惧，因为按照以往的条件反射，这必是一块难嚼的上不去下不来咽又不是吐又不好的粗纤维，试探着咬了一小口，竟是奇鲜奇嫩，Q度奇佳！

这才敢大口地吃！这真是货真价实的黄牛肉，每一块皆带筋，半筋半肉，牛筋是半透明的，口感弹牙，一口咬下去，里面似有鲜香的汁液激溅，饱饱地满足着味蕾。配料似乎并不多，原汁原味，那一种纯正浓郁的牛肉香，能把人每个毛孔都渗透，一阵大吃之后，抬起头，迎着在座诸友同样惊喜的目光，大家心照不宣地一笑，吃几筷子爽口的小菜，又再次把头埋下去。

据说在台湾牛肉面馆众多，红烧、清炖、番茄、沙茶……把小小的牛肉面变成了文化，又据说，马英九在做台北市长时，为搞观光旅游，曾经举办过台北牛肉面节，还打出"世界牛肉面之都在台北"的口号，搞得连外国的牛肉面师傅都跑到台湾打擂比武——这算不算是一个绝妙的"文化创意产业"呢？！

吃到尾声，慢慢吮汤，似是享受的时候了，所有的困乏所有的冷，都化了，从心里往外舒坦——或许，牛肉面的秘密在那醇香的汤里？所以有人说，汤是牛肉面的灵魂。我倒觉得，台湾牛肉面的灵魂，就在于它的真实，它的货真价实，在一个代用品的时代，在一个高仿真的时代，在一个赝品比真品还像真品的时代，所有的货真价实都让我惊艳。

哪怕是小小的一碗牛肉面。

阿里山之夜

在台湾，印象最深的是阿里山。远远地就闻见阿里山的味道了。那是一种青绿色的芳香，潮湿得像是要滴出水来。那漫无边际的青绿色多么美丽，让人想起"拔地青苍五千仞"这样美丽的诗句。这是中国作协代表团来到台湾的第三天。我和叶广芩大姐、毕淑敏、方方相携走过阿里山的林区，边走边拍照。好久好久没见过这种纯粹的绿色了，绿得浓艳欲滴，不染一丝尘埃。那种清凉芳香的气息掠过面颊，就好像做了一次皮肤护理似的，让皮肤感到清凉光滑，贪婪地吸上几口，就连五脏六腑也清理了，周身通明透亮。令人不禁想到，阿里山原是有山神存在的，到山上去朝圣，就一定要焚香沐浴、通身洗涤，不可沾染一丝尘埃。最令人诧异的是阿里山的树。那些树造型极为怪异，有一棵伏卧在地的树，许许多多的枝蔓盘根错节，如同呈管状的现代城市雕塑一般自相缠绕，放在崎岖的山道上就是一尊完美的现代雕塑。那种造型与材料，即使是最富于想象力的艺术家也感到匪夷所思。我想，那一定是神的作品。与那些树合影的时候我小心翼翼，生怕林妖会在这种时刻突然苏醒。举目望去，那些层层叠叠的树，那些高大的乔木与低矮的灌木，就像是法国巴比松派大师柯罗画中的风景，到了夜晚，将有美丽的金黄色的林妖在那些树丛中出没。阿里山的夜晚终于到来了。东道主阮百灵把晚宴设在了山腰。那些来自山里的美味，香而味浓，给略略有点疲倦的我们，带来一种近乎奢侈的舒适的感觉。阮百灵过去在北京见过，这次重逢，他只把我当作老朋友待，仍是像过去一样活跃，说笑个不停；台湾方面负责接待的周理事长像邻家阿叔一样亲近随和；一路陪我们的王小姐，一直在用低低的频率讲述着阿里山少数民族的风俗，她送全团每人一只装眼镜或者手机的绣袋，很漂亮。在清凉的山风之中，听着"高山青，涧水蓝，阿里山的姑娘美如水，阿里山的少年壮如山"，看着眼前的山林美味和热情盎然的"山里人"，我禁不住心潮涌动，便站起来唱了一支《明天会更好》。一位台湾诗人抓起了另一只话筒，也在旁边唱——我选这首歌的时候竟忘了它就是台湾歌曲了，在场的所有人都加入了进来：轻轻敲醒沉睡的心灵，慢慢张开你的眼睛，看看忙碌的世界是否依然孤独地转个不停。春风不解风情，燃烧少年的心，让昨日脸上的泪痕，随记忆风干了——唱出你的热情伸出你双手让我拥抱着你的梦，让我拥有你真心的面孔，让我们的笑容充满了青春的骄傲，让我们期待明天会更好！和台湾人一起唱一首两岸都流行过的歌，非常有意思。这时的天空已经黑尽了，远处有星星点点的灯火，一定是美丽的林妖显现了。在那样的时候，喝一点点酒就会醉去，沐浴在林木的芳香之中，沉沉睡熟。阿里山之夜洋溢着丰饶之美，不禁令我想入非非——什么时候，可以随便在哪个周末坐着飞机赶到这里，就像去三里屯酒吧街那样便当？在阿里山山腰的这家餐馆里，沏上一壶刚刚摘下的新茶毛尖，一边品茗一边闲谈，若是在雪天，最好还有几只醉蟹，就着阿里山的山珍，聊尘封已久的前朝往事。明天，这并不是不可能的事。明天会更好。

大美青瓷

——上虞之行观青瓷

　　《鉴宝》栏目收视率一路飙升，已成为我的每周必看节目。忽一日，一件青瓷花瓶由专家标出天价，足足吓了我一跳。后来又知，去年 9 月，一件元代青瓷龙纹扁瓶曾在美国以 583.15 万美元成交，创了中国瓷器公开成交的纪录，由此方知青瓷之贵——注意，是青瓷而非青花瓷。

　　青瓷是瓷器的最早形态，美丽的青瓷釉色晶莹丰润，冷时"如冰似雪"，暖时"温润如玉"，据说，优秀的青瓷作品，不但有翡翠之秀色，碧玉之润泽，紫口铁足和釉面开片，还有古朴优美、凝重大方的造型。用复杂的工序烧造出的瓷器釉色青碧，釉层厚润，可与翠玉媲美，人们常用"千峰翠色"来形容青瓷釉色之美。千百年来，青瓷沿着海上"丝绸之路"传播到日本、朝鲜、东南亚、非洲和欧洲等地，与丝绸并重，成为中国古文化的象征。

　　一直以来的说法是：瓷器的出现于东汉时期。此次到上虞，才知去年 5 月，考古人员由出土的八十九件原始青瓷器推断，中国青瓷烧制的成熟期应当是在西周中晚期。

　　——这个新发现令我惊喜。自写过《德龄公主》之后，我一直进入历史无法自拔，越写越古，目前正在写一部战国时期如姬夫人窃符救赵背景的电视剧。恰好热衷于自西周以来中国古文化的研究。参观上虞的青瓷展览，亲眼看到青瓷的铁胎厚釉，釉面开满的层叠斜裂的梅花冰片般的纹路，真真是鬼斧神工之妙，于是突发奇想，回来后便将小说中如姬夫人的花瓶酒樽一律改为青瓷质地。

青瓷所以取得如此高超的工艺水准和艺术声誉，从人文角度去剖析，完全出自国人的审美精神。古代中国向来以玉比德，孔子曾说："夫玉者，君子比德焉，温润而泽，仁也；栗而理，知也。"而道家的艺术思想似比儒家更具积极意义。庄子曰："天地有大美"，主张"大音希声，大象无形"，崇尚自然天趣，反对雕琢细作，认为"圣人者原天地之美，而达万物之理"。沈括在《梦溪笔谈》中也说"造神入理，回得天意"，于是青瓷那种类似天然美玉、精光内蕴、浑然天成的神韵便成为国人所追求的美之象征。

青瓷把大自然优雅的青绿色糅入晶莹的釉层里，如同大自然的灵魂融入灿烂的人类文明中，它是名副其实的中国陶瓷中灿烂而独特的一支。据说青瓷与青铜器在造型上有着密不可分的血缘关系，在原始社会陶器业很发达的商周时代，青铜业得到发展。开始青铜造型多来源于陶器，而原始青瓷在商周、春秋时代是属于萌芽和确立之时，它的造型又借鉴于青铜造型。既继承了商周铜器的传统，又不一味拟古。在同一种风格的造型上，由于时代的不同，运用同样的材质和不同的处理手法而出现不同的艺术效果，这说明一种文化的发展不是独立存在的，它是遵循着继承和发展的道路前进的，而每一时代都会赋予它特殊的意义，譬如东晋以来随着佛教在中国的广泛流行，饮茶之风大盛，到了唐代饮茶习俗更是风靡全国，从而刺激了茶具的生产。其中越窑青瓷茶具青秘翠美，精致绝伦，"青如天，明如镜，白如玉，声如磬"，与茶色护翠融青共为一体，被茶圣陆羽誉为类冰似玉，我们完全可以想象：在几千年前，古人们身着绸衣，在柔和的烛光中手持青瓷美器，按照严格的礼仪，对坐饮茶，那该是何等真切的关于礼仪之邦的写照，有如此盛美的传统文化，又如何能坐视由于文化传承的断裂而造成的世风日下，礼崩乐坏，粗糙与欲望化的盛行？！不要蔑视传统文化吧！窃符救赵、毛遂自荐、吹箫吴市、赵氏孤儿等之所以成为千古绝唱，正是由于这些故事中充满了人性的、理想的光辉，相比较而言，当代很多人的堕落尽管有各种各样的原因，中国古代优秀文化的失传无疑是其中至关重要的因素。

中国古代文化曾经在世界上有极高的价值，当我们的青瓷首次传至法国，立即使法国人为之倾倒，那种神秘美丽的青色，在法语中竟找不出一个恰当的词汇来形容，只有杜尔夫所著《牧羊女亚司泰来》中牧羊人雪拉同在演出时所穿的舞台服装的颜色略与之相似，于是"雪拉同"便成为青瓷的代名词。据说，今天英文中的雪拉同（Celadon）即由此演变而来。

回京之后续写我的战国小说，想起上虞的青瓷，当晚做了个奇特的梦，梦见在一尊青瓷饕餮龙凤纹雕塑的背景前，一个身着红衣的舞姬飘逸飞动，错彩镂金，玉绿翠碧。两旁站立着司箫、箜篌、阮、笙的白衣乐女。一只巨大的编钟，被舞者长长的水袖拂出叮叮咚咚的清泉之声，满目翻飞，纵横捭阖，旋转如风，变化无常，高低起伏，回旋律动，急风骤雨般不可遏制——那位舞者，正是我小说中为了合纵抗秦大计勇敢地窃符救赵的如姬夫人。

初次访美

美式与中式婚礼之比较

1996年我应邀去了美国。当时因1995年世妇会在中国开，女性文学一下子大热，杨百翰邀请我访学，我准备的题目是《中国女性文学的呼喊与细语》。在美国杨百翰时赶上了一次婚礼。新郎是杨百翰的教师，新娘是犹他州议员的女儿。他们的婚礼像个大Party，热菜冷菜水果点心摆得层层叠叠井然有序，就像是一次丰盛的自助餐。一栋房子四扇门全大敞着，里面迷宫似的一道道回廊，各种档次的轿车八面来风般地涌来。新郎、新娘一直站在正门客厅的进口处。新娘不过是普通的婚纱装束，脸长长的，画着青眼圈的蓝眼睛很冷，即使嘴上笑着，眼睛也没有什么笑意。我问同我一起参加婚礼的朋友，朋友说她平时就是这样，其实人很不错，但是给人的感觉总是冷冷的，或许因为是州议员的女儿，多多少少有些傲气吧。新郎却是一团和气，满脸堆笑的，每接过一件礼物，那笑容就更加灿烂。美国人的礼物非常简单，一只小花瓶，一个绒毛玩具，甚至一盒糖就足够了，绝不像中国人那般铺张。我的朋友送的礼物已是十分奢华：一套很漂亮的睡裙。说了照例的许多祝福的话之后，我们便开始很随意地举着香槟酒到处转悠了。房间很大、很漂亮，墙壁上挂夏尔丹和克里姆特的画，壁灯和台灯的造型都十分典雅，还有些非洲乌木雕、墨西哥银盾什么的，能看出主人的高雅品位。那些精致的小点心、那些新鲜欲滴的水果……自然也都十分诱人。一切似乎都很完美，但是——在"但是"后面是个很大的转折，当我挑了一块外表十分精致的小点心尝了一口之后，险些一口吐出来。我之所以没有吐出来完全是出于礼貌。那是什么样的味道啊！酸中带苦，辣中有咸，真不知道世界上还可以调出这种味道！看看周围，美国人吃得津津有味，于是我不甘心，又拈了几块，一样尝上一口，就再也没胃口了。我就这样饿着肚子被淹没在一个美式婚礼的丰盛食物之中。在美三个月有一句英文我说得最溜：I prefer Chinese food（我想吃中餐）。而中国的婚礼却越来越繁琐。就在回国后的第一个星期天，还在梦乡之时，忽闻鼓乐齐奏，喇叭争鸣，下得楼来，只见浩浩荡荡一支车队开将过来，开道车是一蓝色雪佛兰，后面跟着的起码有七辆车，最次的也是桑塔纳，都扎着彩花彩带，铺陈极尽华丽——原来是迎接新娘的车队。台阶上，新郎新娘双方的人马正在兴高采烈地交谈，都是浓妆艳抹，但不知为什么，总让我想起20世纪50年代小人书的绘画水平。但是由于有这样的铺陈，还是激起了人们的好奇心，于是大家都等着，好像等待着什么重要时刻的到来。终于，新郎和新娘在台阶上双双出现了。也许是因为婚礼的序曲太壮观了，把大家的期望值煽得很高，所以当看到圆圆滚滚的胖新娘和矮小稀松的瘦新郎时都忍不住长长地叹了口气，自然，是叹在心里。

在华盛顿的一场舌战

4月的华盛顿，晴天丽日，樱花盛开。刚一下飞机，来接我的李凡小姐便说，你赶巧了，今天晚上有个很大的华人聚会。我暗喜：好久没领略乡情乡音了，没准儿能"他乡遇故知"呢。聚会地点在一所普通的公寓楼。李凡说，这是当地华人聚会的固定场所。说是华人聚会，其实来自大陆的很有限，更多的人来自港台，还有不少老美。我身旁的一位老美问我：你是第一次来美国吧？我说是的。于是他说：我想问你一个问题，你对好莱坞电影怎么看？没等我回答，周围的四五个华人几乎同时说：好莱坞电影当然是世界第一了！那还有什么说的！老美没说话，期待着我的回答。我说：好莱坞确实有很多不错的，甚至是优秀的影片，比如《辛德勒的名单》《雨人》什么的。但是更多的是商业片，恕我直言，好莱坞有很多商业垃圾，和欧洲的一些纯艺术片根本不可比……那老美点点头正想说什么，话头儿又被那几位先生抢过去，他们个个都十分激动，表情远比那些老美要丰富得多，像是听到第三次世界大战打响了似的。甲先生说："你是作家，又在中央电视台工作，按说不会说出这种话，难道你不知道，好莱坞电影进入欧洲市场把法国、瑞典、意大利片子都打得落花流水，难道这不是事实吗？"我说："这是事实。但是你起码把一个概念弄混淆了，那就是：究竟是艺术的标准还是商业的标准，是艺术价值还是票房价值。好莱坞用商业手段打进欧洲市场，这丝毫说明不了好莱坞的艺术水平就一定高于欧洲电影，有时候恰恰只能说明相反的问题。"乙先生扶扶眼镜上场了："徐小姐，你犯了一个错误，你把艺术和票房完全分开了，难道你不承认有这两种价值同时都很高的影片吗？"我向他笑笑，但心里已经很恼火了："这位先生想必是刚进来吧，我一开始就说了有这样的影片，但是极少，你没听见？"接下去的丙先生更直截了当："你说好莱坞的电影不好，难道说你们中国的电影好吗？"丁先生要面善一些，笑着看我："也难怪，你在你们中国能看到的片子非常之少，所以得出这样的结论也不足为怪。"我这时反而平静了。我盯着丙、丁两位："如果我没猜错的话，你们都是来自大陆的，对吗？"两人像是一下子矮了半截，点头称是。我又说："我想请问一下，你们都看过哪些中国电影？""你们中国电影无非是什么《地道战》《地雷战》《南征北战》什么的，好一点的像《小花》《知音》《大桥下面》……"天哪，这一个个片名对我们来说是多么陌生而遥远啊。他们从一种文化走向另一种文化，结果是被一种文化遗弃而又不被另一种文化接受，地理上的那座大洋也成为一种心理上的大洋，赴美三个月的经验告诉我，中美（包括海外华人）的文化隔膜是极深的，那座大洋有多深那隔膜便有多深……我笑起来，我说："看来这位先生是上世纪 80 年代初就离开中国了。那么我劝你，看看《阳光灿烂的日子》《菊豆》《红高粱》吧，你不是迷信外国吗？这些可都是获了国际大奖的片子。你最好看完了再评论中国电影。至于你，"我转向丁先生，"这位先生，和你猜测的相反，现在中国电影的市场非常开放，可以看到各种电影，何况，我的工作单位每周还可以观摩两部进口片。这么说吧，这次我到过美国最大的租借电影录像的连锁店，有很多片子我在国内看过……另外，我还想问你们一个问题，你们可以回答也可以不回答，你们加入美国籍了吗？""快了，快了……"他们喃喃着。"既然还没加入美国籍，那么最好别老说你们中国你们中国的，你们现在这么说还早点。"我说完了这话本是准备挨骂的，没想到有几个人赞许地笑起来，还有人向我竖起了大拇指，我一看，恰恰多数是美国佬，当然包括那位最初向我提问的美国人。这真具有讽刺意义。晚上吃夜宵的时候，恰巧碰见丙先生，他态度客气多了，正往盘子里拣中式土豆烧猪肉呢，边摇头边说："来了十几年了，还是吃不惯他们的饭。""看来你的胃比心爱国。"我立即不失时机地来了一句。丙先生抬头："徐小姐的嘴真像刀子似的。我甘拜下风，甘拜下风！对我来说，真是胃比心爱国，心比身先老！"一场风波告结束。时过境迁，现在回想起来，觉得自己颇有点可笑。这不过是一场普通的关于电影的争论，各抒己见而已，根本无须大动肝火。奇怪的是在异国只是稍稍听到贬低中国的声音便会感到异常刺耳，有时简直达到了神经质的程度，这在历来被友人讥为费厄泼赖的我是很少见的。这大约只有用"血液"两个字来解释了。如果有机会，我真的愿意为我过于刻薄的态度向那几位先生道歉，这，大概也是血浓于水的缘故吧。

夏威夷的扶桑

访美的最后一站是夏威夷。5 月的夏威夷，气候已像北京三伏。但却绝不闷热。它热得爽，热得透亮，因为有海。远远地从飞机上看过去，夏威夷如海市蜃楼一般，美得令人惊叹。在看了珍珠港、恐龙湾、国王金像，领略了夏威夷特产黑珍珠的炫目光彩之后，我开始了夏威夷一站最精彩的节目：波利尼西亚文化村之旅。文化村有七个部落。七个部落有七种风俗七种文化。当你乘着一条独木舟划过静静的水面时，各个部落穿着民族服装的土著人会乘着同样的独木舟穿过那些奇异的热带和亚热带植物，漂过水面来欢迎你。你会忽然觉得这是个神话，这是个真正的远古的伊甸园。当亚当和夏娃被逐出此地之后，这里依然保存着天真未凿的人群与混沌未开的美丽。那水如蓝丝绒一般厚重而深湛，越发显出水边绿叶扶疏之中大红扶桑（夏威夷州花）的艳丽。那些颜色都是纯粹的天然色，包括夏威夷的姑娘，都是那么纯粹，那么天然，她们用各种鲜花编织成花冠花环，戴在头上颈上。头上的花不是随便戴的：若是已婚，戴在左边；若是未婚，戴在右边；戴在后边有孔雀开屏的意味：等待追求；千万别戴在前边，那样就会被人认为是北京的二百五、上海的十三点、香港的三八了。各个部落都用最精彩的节目来欢迎游客，精彩之最的，要算莫里亚酋长的表演。这是位真正的表演大师。即使好莱坞超一流的明星也自叹弗如。他个子不算太高，但极壮。头上扎一圈用薄荷叶编成的冠，上身赤裸，腰下围一圈兽皮，身上别着弓箭，英武之外透出几分淳厚。出人意料的是，他讲一口极漂亮的英语，同时会四国语言。他大手一挥，便有一个土著人如灵猿一般四肢并用攀到一棵椰树顶端，扔下一颗成熟的大椰子。那距离起码也有二十米，酋长却稳稳地单手接住。这一系列令人眼花缭乱的表演激起了热烈的掌声。酋长举起椰子大呼：美国人和欧洲人举手！只见稠密的游客群中手臂林立，约占了总人数的三分之一。酋长接着喊：Japanese（日本人）！举起的手臂表明日本游客占了三分之一强。最让人想不到的，是中国（包括香港台湾）游客差不多占了剩下的近三分之一。于是欧美人、日本人和中国人形成了三足鼎立的局面。酋长接着把椰子和一把锤子递给身旁的一位黄头发蓝眼睛女士，女士竭尽全力，椰子纹丝没动。酋长微微一笑，像变魔术似的把椰子一举，又在膝上轻轻一磕，椰壳从中间裂开，早有乳白色的椰汁流下来。又是一阵热烈的掌声。接着是授花冠仪式。酋长分别叫了美国、日本和中国的三位女士，先赠给她们每人一串花环，都是夏威夷的鲜花，沉甸甸的足有上百朵，然后按夏威夷礼节让她们每人吻他一下，他再授冠。这花冠上的花朵是不同的，鲜红的扶桑最上乘，其次是一种浅黄色的花，再次为白色花。第一位是日本女士，因他站在高台上，她怎么也够不着他，女士急得抓耳挠腮，酋长抱着胳膊一点儿也不配合，一边半是嘲讽半是怜悯地摇着头：Oh，Japanese……游客们哄堂大笑。轮到了美国人，她倒干脆，根本没有那么啰唆，冲到石台上抱住酋长便亲了一下，酋长夸张地做着手势，大家几乎笑倒。最后是一个中国姑娘，她红着脸站在那里，不动，一副惹人怜爱的样子，酋长情不自禁地弯了弯身，我看着姑娘颈上的花环，突然心生一念，遂用中文大叫：套他！那姑娘敏捷得令人吃惊，她瞥我一眼，一扬手，早把颈上的花环直接套到酋长的脖子上，还没等他反应过来，她使劲一抻，他下意识地一低头，脸上早响起一声轻吻。大家捂着肚子笑，又鼓掌又跺脚，酋长连连笑道：Chinese！Wonderful！（中国人，真棒！）鲜红色的扶桑自然属于中国姑娘了，所有的中国人脸上都是亮光光的。

真品与赝品

在夏威夷的最后两天，导游的外甥女儿文小姐带我去一家首饰店。文小姐满脸神秘："听说过夏威夷黑珍珠吗？"我点点头。她十分意外："真的听说过？"看她那样子，很像在做海洛因生意，我心里倒生疑了：怎么在黑珍珠的产地，倒弄得这么神秘？首饰店的女老板是个台湾人，很会做生意。先带我们看过了玻璃柜里的展品，又叫人从里面拿了各种款式的成品和半成品。有一条镶钻的黑珍珠项链，做工极其精美，托在深紫色天鹅绒衬上，真是光彩四溢、熠熠生辉。摸一摸，满手都是芳香凉意，沁人肺腑似的，一时觉得那黑珍珠竟是灵物。看看价钱，居然比我认识的一位珠宝商人夏太处少了两位数。女老板看我喜欢，立刻口气温婉地说："徐小姐真是好眼力，这是刚刚上的货，96新款。这里的价钱是全岛最低的，比起美国本土，只相当于他们的十几分之一，甚至几十分之一，前几天一个小姐看中了一对手链，只犹豫了一个下午，再来时就被人买走了。徐小姐要当机立断哟——"我只好说，再找朋友商量商量。——那价钱对我来讲依然十分不菲。回到威基基宾馆立即往旧金山夏太处打了电话。听我描述过后，夏太断然地说："是假的。"问她何以见得，她说："第一是台湾人开的店。第二价钱太低，这样低的价根本不可能买到真的。第三，真的夏威夷黑珍珠，没有做得过分精致的，你看我那对耳环，不也是笨笨的不事雕琢？假的往往比真的还要漂亮精致，所以说，假的也没有什么不好，看你图什么了。"时过境迁，我觉得夏太的话很经琢磨，也许她只是无意说的。平时买衣裳不也是两种标准吗？要么是那种适合正式场合穿的高档服装（这样的衣裳少得可怜），要么是那种可以随时淘汰掉的款式新颖价格便宜的衣裳（在衣柜里占绝大多数）。对于穷人来讲，买些漂亮的假货并不失为一种选择，但问题是，如果那串黑珍珠项链作为假货，价钱就太高了。真品应当感谢赝品，正因为世界上有了赝品，真品才不寂寞，也才能显出自己的孤独与高贵来。至于那串黑珍珠项链，因为怕犯"买椟还珠"的错误，终于还是没有买。说起夏太，还有些故事可讲。那位夏太太，完全没有美籍华人的那些臭毛病，显得心态很健康，活泼，爱说话，是一位老年业余文学爱好者。初次见面，便给我们看她的宝贝。她丈夫夏先生的家原是很有名的商界巨贾，她又喜欢收藏珠宝首饰，所以每打开一样，我们就惊叫一下。来的都是女客，见过世面的也有几个人，大家叽叽哝哝地感叹着，品评着。有两只珠花，一看就是旧工，做得极精美，一只微微泛红，一只微微发青。夏太笑道："这不过是湖珠，泛红的叫美人湖，泛青的叫龙睛湖，好看是好看，不大值钱的。真正好珍珠，都是月光养成的，古人不也说吗，老蚌逢圆月中天就开甲仰照，吸的都是月精，才会养成珍珠的体魄。"倒是夏太手上戴的珠串，比美丽的美人湖和龙睛湖贵重得多，看上去不大起眼的，要用蓝丝绒来衬，才如月光一般皎洁，大家都不说话了。后来夏太拿出白金钻戒，大概就是我描述的那样子，真的一个杏字，一个呆字。夏太说，太阳神木的金枝，东西方古代都有的。一个木上日下，一个日上木下，又暗合了夏先生与夏太的五行八字，是他们的订婚纪念。一位美籍华裔女诗人，也算见过些世面的，指着一只杏黄色的翡翠笔洗说，我要是贼，就先拿这件！夏太笑道："真是好眼力。这样纯正的黄翡翠现在已经见不着了，在香港佳士得拍卖会上，一件黄翡翠的带钩，水色都比这件差多了，价钱还贵得要死哩！"又领我们上后面小花园，银星海棠开得正好。正是下午四五点的时候，夏太说是留我们吃下午茶。我们围坐在小花园的石桌旁，夏太亲自端来点心，无非是布丁、茶和冰淇淋之类。美国的布丁，像是用油泡过的，茶也是很没有意思的袋茶，也有水果茶，一股酸味，我并不爱吃。惟一中吃的只有冰淇淋。美国的冰淇淋确实非常好吃，即使觉得要发胖，也还是抑制不住地吃，又非常便宜，买上一大桶不过才七八美元，真正穷人的食品。太阳有气无力地悬挂着，光线惨白惨白的让人产生一种怀旧情绪。大家都说，夏太好福气。夏太边招呼大家边呆呆地看着太阳："福气是还有的。不过也寂寞。每天最怕过的就是这时候。一到这时候，就想起小时家里附近的铺子，有个大火炉，上面永远烤着馒头干，金黄焦脆，后来再没有吃过那样的馒头干。还有卖糖人儿的。几下子给我做了一个穆桂英，连鸡毛翎子都看得出来。唐人街我常去的，从来没有卖糖人的，老板们尽是广东人，哪有我们北方人的讲究？那时我们逢年过节就要在门上挂上红红绿绿的挂钱儿，气死风的大红灯笼，女孩子还要戴上绒花……"一个朋友问："夏太的女儿也不常回来？"夏太笑道："她在俄勒冈州上学，哪里就能常回来？现在结婚了，就更照不着面了！夏先生对我好是好，哪有男人家一天到晚陪老婆的道理，他不过是做他的生意罢了。所以你们来我话多，他常笑我：把话也攒起来说！……"那天夏太给我们看的最稀罕的是一对珍珠耳环，夏威夷黑珍珠。据说，一粒上好的夏威夷黑珍珠价格惊人，我们看了又看，高贵自然是高贵的，但似乎也不至于那么惊人地昂贵。

大风天里的白色帆船

对美国的印象是蔚蓝色。闭上眼睛想起的美国，不是科罗拉多和杨百翰，不是宾夕法尼亚和纽约，甚至不是夏威夷，而是马里兰大学圣玛丽学院的那一口小湖。那种丝绒一般的蔚蓝。还有大风天里的白色帆船。

在我眼里，这座小小的学院远胜过宾州大学那样的"巨无霸"，它坐落在一座小山上，山上是树林，在1996年的春天，树林中开满着许多不知名的花朵，空气清冽新鲜得令人不忍离去。那种美丽，让人忽然觉得这是一个被神雪藏着的地方，空谷绝音，遗世孤立。那天风很大，被校方指定陪我的一个黑人女学生说：风太大了，不然我们可以玩帆船。——可我明天就要离开了，不顾她的反对，我一个人走到湖边，在帆船租借处，为这个学校义务服务的学生们异口同声地说：在这样刮风的日子，玩帆船太危险了。于是我告诉他们我来自中国，明天就要去弗吉尼亚了，我非常喜欢这里，非常想体验一下在风中玩帆船的感觉，这些话我都是用蹩脚的英语说的，但是他们看来是完全懂了，有一个男孩，我现在闭上眼睛就能想得起他，他长得很像英格兰年轻的球星贝克汉姆，也是那么贵族，那么阳光灿烂的样子，他向我笑笑说：如果你不介意，我愿意陪你玩帆船。我只怔了几秒钟，就立即向他道谢，生怕他再改主意。

我们两个，我和他，一个陌生的美国男孩，一分钟前还不认识，可现在成了休戚与共的同伴。他看来是个玩帆船的行家，几下子就把帆鼓得满满的。转瞬间我们已经离岸很远了。天和湖都是那种蔚蓝，那种贵族气十足，不含一丝杂质的蔚蓝，风很大，越来越大，鼓得满满的帆像是拉足了的一弯弓弦，银色的，耀得人眼痛。我们的小船在风浪中颠簸着，回想起来真是惊心动魄！湖水把我们全身都浇透了，但是他那么从容，没有一点点胆怯，大风把他的金发高高掀起，逆光下他的金发一根根过滤成一片透明的云雾，还有他的白牙齿，美极了，他在笑，他笑着对我说了叽里咕噜的一串英语，我没听明白，他又一个单词一个单词地说，我终于懂了，他说的是"诺亚方舟"。

天呐，他说的是诺亚方舟！我听懂了，不知为什么就想流泪。我想起很久以前，好像有一辈子那么久了，一个遥远的女孩，一个幻想过诺亚方舟的女孩。忽然觉得这一切都不是真实，都是我的幻觉，但是那个陌生的男孩向我笑着，那是从心里发出来的笑，在阳光下特别灿烂。有多久我已经不会这么笑了？

上帝的弃儿最好不要与上帝的宠儿相遇，不然，已经忘记了的，已经麻木了的，会忽然洞穿漫长的岁月，燃烧起来，本来你以为已经是灰烬的地方，又烧起了熊熊大火，大火与阳光湖水滚动在一起，滚成了一片蔚蓝，在这个被神雪藏过的地方，火焰烧过之后就成了澄明的湖水，那么安静，所有的声音都向远方退去，虚空如画。

一生也许只有一次的蔚蓝色啊。

斯芬克斯之谜

埃及曾经是我一个遥不可及的梦想。那已经变成全世界象征物的金字塔、狮身人面像、法老的诅咒、迷药、恺撒、元老院以及埃及艳后……都成为世界神话中的符码。

竟然在初春，在北京依然寒风凛冽的日子，我们梦也似的来到了埃及——这个似乎只能在想象和传说中出现的地方。

神秘的金字塔

来到这里我才知道，古代世界的七大奇迹，保存至今的只有胡夫金字塔，也就是狮身人面像背后的这座大金字塔，而不是我们在吉萨地区拍照的那三座小金字塔。它的底座就占了五公顷，最初高度为一百四十六公尺，由一层层一立方公尺的巨石堆积而成，并有二百零一层，总计共有七百万吨。拿破仑命人算过，用这座金字塔的巨石，可以在法国国境四周建造一道高三公尺、厚三十公分的围墙！我曾经看过一部叫作《金字塔》的碟，拍得颇像一部纪录片，里面还原了当年的工匠们，用了匪夷所思的方法，将一块块的巨石层层叠叠地摞起来。大金字塔的顶部，原本有一个用整块花岗岩打造成的方尖锥。在1851年，一位好奇的法国绅士曾经爬上这方尖锥。但是他像一粒尘埃那样跌落了下来，粉身碎骨，此后，那方尖

244

锥竟然神秘消失。在堆砌巨石的时候，大金字塔的建造者在塔内留下一些走道，通向法老墓室，胡夫法老的木乃伊就曾经躺在墓室的石棺里，而周围都是珍宝，尽管法老墓被保护得固若金汤，但若干世纪以来，却有着无数的冒险家与盗墓者用了各种各样的方法进入墓室。

胡夫金字塔上有一段可怕的铭文："不论是谁骚扰了法老的安宁，死神之翼将在他的头上降临。"美国一个权威刊物曾刊登调查报告：一百名曾经进入金字塔的人中，在未来十年内死于癌症的高达40％。几十年来，一些进入大金字塔深处考古的科学家不约而同感染了一种神秘细菌，有的人在几月之后不治而亡！

面对法老的死亡咒语，上世纪末，一个全副武装的小机器人，代替科学家们进入了胡夫金字塔的内部秘道，以尝试解开大金字塔内部最后的谜团——王后墓室秘道"阻路石"背后的秘密。

两条诡谲的通道

那个勇敢的机器人名叫"金字塔漫游者"，它探访的是王后墓室内一个八平方英寸大小的通道。该通道自1872年被首次发现时，其顶端就一直处于封死状态。一百多年来，科学家们对该通道的作用做了各种猜测，却始终未能解开"阻路石"背后的秘密。

据目前所知，胡夫金字塔内包含两个大房间：法老墓室——里面是法老胡夫的坟墓；王后墓室，比法老墓室略小，位于法老墓室下层。尽管它被称作王后墓室，但科学家们却倾向于认为它并不是给王后安排的。首先该房间空空如也，甚至尚未完成；其次也是最重要的一点，王后墓室的北墙和南墙上各建有两条小小的通道，呈对角线方向往上延伸。让人疑惑的是，在两条通道的尽头，都被一块一丝不透的圆石密封堵住！

对于这两条神秘的通道，有过多种猜测。一些人认为，它们是"星光隧道"，通道的末端直指向两颗天狼星和猎户星座的一颗亮星，他们认为吉萨地区三座金字塔的构造刻意模仿了这三颗星的排列。还有一种解释是，它们都是"灵魂通道"，建造的目的是让法老灵魂能够从此穿越，升往天堂。甚至有科学家认为，金字塔是由来自外太空的外星人建造的，这些外星人在大金字塔上留两条八平方英寸的通道，是为了供自己出入，因为他们的体型远比人类小，就八英寸左右！

科学家们的想象可真是匪夷所思啊！

当然，有的人有着更高明的想象：英国剑桥大学的研究员就说，他认为，在那块阻挡的石头后面，什么东西也没有，工人们建到一半时停建了。

——然而，如果真是这样，这块阻塞用的石头为什么做得如此精巧，带着铜把手，好像是个苦心经营的机关呢？……

终于，机器人的发现证明了这位研究员是对的。这两条通道后面，的确没有什么，但是，如果科学家们都能想象他们是外星人的通道，那么我们为什么不能想象，那是外星人对付机器人的一种方法呢？！

或者，当法老的灵魂就要通过天狼星升入天堂的时候，却突然被来自外星的陨石挡住了去路，于是，法老的灵魂没有得以飞升，它被关在了金字塔内，成为一个无法破解的魔咒。

受伤的斯芬克斯

关于狮身人面像有着各种传说。

我面对着斯芬克斯那张让人难以捉摸的脸，突然感到，那是一张受过伤的、历经沧桑的脸。据埃及传说，公元前 2610 年，法老胡夫来到现开罗以西当时的金字塔建筑工地，巡视自己那块要竣工的陵墓，觉得美中不足的是自己虽然死后能升天堂，但是以后的人们却不能见到自己的面容，于是指着采石场的一块巨大岩石说：把我的像完整地雕刻在岩石上！一位工头投其所好，命工人用巨石雕成一头雄狮，头部换成胡夫像，以象征法老的无比尊严。就这样，狮身人面像矗立起来了。在古代神话中，狮身人面像是巨人与妖蛇所生的怪物：人的头、狮子的躯体、鸟的翅膀，叫作"斯芬克斯"。

胡夫狮身人面像的两脚中间有一个石碑，石碑上面刻着一个故事：在十八王朝的时候，这里全部埋了沙子，人们已经看不到雕像，多年之后，一个王子在这个地区打猎，刚好坐在被沙埋没的狮身人面像旁边休息，他睡着了，梦见了狮身人面像。那雕像慢慢张开嘴说："你如果能帮助我，把我身上的沙子拿掉，我会帮助你做埃及法老王。"王子惊醒，立即和侍从们一起清理掉了埋在狮身人面像身上的沙子。王子后来真的做了法老王，也就是图特摩斯四世。当然，这个故事或许是他自己杜撰的。

18世纪拿破仑到这里的时候，沙子已经淹没到狮身人面像的脖子了，一直到19世纪末的时候，才有人大力整顿这些流沙，前后共花了七十年的时间。矗立在人们面前的这座狮身人面像确实气宇不凡。它高二十二米，长七十五米，脸宽五米，鼻长二米，耳长二米，头戴"奈姆斯"皇冠，额刻"库伯拉"圣蛇浮雕，下颌长须直垂。狮身和人面都被刻在同一块巨石上。不过，几千年岁月的流逝也使斯芬克斯的模样大变，不仅额上的圣蛇和下垂的长须不知去向，就连鼻子也失踪了。

关于它相貌的变化，流传着各种传说。

传说之一：中世纪时，有一个阿拉伯酋长用加农炮打人面狮身像，轰的一声，就把人面狮身像的笑容给打掉了。传说之二：1798年拿破仑入侵埃及时，趾高气扬，许多人拜倒在他面前，惟有斯芬克斯雄视东方，毫无低头称臣之意。拿破仑大怒，命手下炮轰狮身人面像，轰掉了它的鼻子。传说之三：古埃及人在法老的威胁下，被迫向斯芬克斯低头朝拜。一些反对偶像崇拜的勇敢者用镐头破坏了它的面容。在尼罗河上游有一个被称为世界奇迹的"帝王之谷"，吸引着无数探险家、考古学家和盗墓者。尤其吸引人们的是民间传说中的"图坦卡蒙王墓"。

相传，图坦卡蒙王是三千三百年前十岁时继承王位、十八岁死去的一位年轻国王。他死后，国民为他专门做了一副金棺，同时把无数的金银珠宝作为陪葬品放在墓中。然而，面对一片荒凉的山涧，谁也无法找到图坦卡蒙王的陵墓。

1890 年，英国考古学家哈瓦德·卡特兴致勃勃来到埃及。十年的寻找，毫无收获。最后，他孤注一掷，雇了几百名民工，向另一山涧进攻，竟意外地发现了一座地下陵墓。沿着挖出的几级阶梯而下，是一扇密封着的石门。1922 年冬天，他们打开了石门。向里挖进七米左右，又发现一道门。把门打开后，只见两个黑色的和真人一样的塑像，还有金椅子，白石做的透明脸盆，闪光的金床和许多饰着珍珠、宝石的衣服等。里面涌出了憋了几千年的热气，使得烛光摇动，许多木制器具遇到新鲜空气后，迅速膨胀开裂，发出一阵噼噼啪啪的怪声。许多散落在地上的珍珠，用手轻轻一碰，就立刻化成粉末……

他们小心翼翼地打开两个黑人之间的另一扇门，用手电筒往里一照，立即有一束刺眼的光芒射了出来，他们发现了黄金棺。这个黄金棺龛上面，镶嵌着世界上最大的黄金板，侧面用上等深蓝色陶器和金子装饰品镶嵌，珍贵无比。根据考古资料和眼前的景象，他们立刻断定：这就是图坦卡蒙王的金棺。卡特指挥民工打开黄金棺龛，往里一看，只见一团黑乎乎的东西躺在里面，原来是变暗了的白色亚麻布。把六层裹布慢慢揭开，又出现了一具棺材，棺材盖上雕刻着一个辉煌灿烂的黄金做的人像。额头上有秃鹫和蛇的符号，手拿着皇家标志的鞭和笏。更令人惊异的是，金像一侧摆着一束花，虽经几千年漫长岁月，但颜色依然鲜艳。又连续打开两层棺材，只见一具黑色的东西——图坦卡蒙王木乃伊安详地躺在里边。

这次考古大发现，大震撼了世界。但是，人们的惊喜并没有持续多长时间。

一天，卡特发现了一个用黏土做成的匾额，上面刻有"谁触犯法老，灾难就降临"的咒语。迷信咒语的劳工们看见后撒手不干了，他便把这块匾偷偷地处理掉。但是，由此却引起了一系列令人难以置信的灾难：

到 1929 年，二十一名直接或间接参加挖掘和参观陵墓的人，都先后奇怪地死去了。于是，人们就自然地想到了那块匾额上的咒语，惊慌迅速传开，"法老显灵"的恐怖像乌云笼罩着整个考古学界。

这时，开罗博物馆佐物部主任梅莱兹先生勇敢地站了出来。他向记者宣布："我就不信这个邪。你瞧，我跟陵墓和法老的木乃伊混了一辈子，不是还活得挺好吗？这些死亡事件完全是一连串的巧合。我，就是活证据！"可是，一个月后，身体健壮如牛的梅莱兹就死去了。至此，金字塔法老咒语显灵的奇案，在世界科学界进一步引起了骚动。

有谜自有解谜人。1962年11月3日，开罗大学生物学博士伊瑟汀·塔亚举行了一次大型记者招待会，向全世界宣布了一个惊人的发现：他找到了法老咒语显灵的秘密！他宣称："陵墓挖掘者是因为在工作时接触了引起疾病的病菌而死的，利用抗生素就能对付死亡的发生。"

据此，有人认为：陵墓里有可能有某种破坏神智和意识的毒气。有人推测，陵墓的地下可能铺着铀或含有放射性的石头，这种放射性物质至今还可以置人于死地，或者至少损害人体的健康，也许这些奇异而神秘的死亡，只是一连串的巧合。

一百多年过去了，图坦卡蒙王墓的恐怖仍然是个谜。

金字塔槽形的神秘特性，是保存在塔内的食物不易腐烂，鲜花可保持其相当的新鲜度，进入金字塔墓室内参观者可以感到相对的舒适度，头脑清醒，精神愉快，根据电子仪器测试结果显示其内部有似电磁学上之共振，可以吸收四周之能量同时使之聚集，且能杀死细菌，曾经有人把刀片置于其内，发现其刀片之锋利度有变利之趋势，另外它可以使有机物脱水，人类之心志更易集中，思维也敏捷得多，有如一座灵敏度突然增强的接收机。

可是在那遥远的年代，古埃及人怎么能达到如此高的科技水平？前面讲了，有人认为胡夫大金字塔不是古埃及人造的，而是外星人建造的。他们建成后返回外星。比地球文明更先进的"外星球文明"一直通过金字塔与人类保持着联系。

还有人认为：胡夫金字塔是由失踪了的亚特兰蒂斯岛先民所造。据说，这个岛屿位于大西洋直布罗陀海峡以西，在公元一万年前曾创造过辉煌的文明。后来，该岛突然沉于海底。该岛的科学家们提前撤离，一部分人带着科技资料在埃及建立了科学中心，并参照该岛庙建造了胡夫金字塔，把他们的全部科学知识隐藏于塔的内部结构中。更有人认为：金字塔的石头是"人造的"，是由石灰石和贝壳混合而成的，类似于现在的浇灌混凝土。另外，有人认为：胡夫金字塔不是陵墓，而是外星人到地球上来的一个降落地点，是天神下界的停留站；是人类历史上第一座秘密庙宇，一个储藏着人类开天辟地以来直到世界末日的历史上重要文献的仓库；是天文台，用以观察苍穹，了解星辰的运行，占卜未来；是多功能的计量器，可用于测绘土地，计算时间，确定一年有 365.2422 天。

还有人说，胡夫在金字塔内的真正殡宫尚未发现，吉萨三座金字塔的下面有一座完整的地下城市，街道纵横，连通着地面上所有的金字塔，地下城门只有一种特殊的声音才能将它唤开，如果能打开城门和发现胡夫殡宫，惊人的宝藏将展现在人们的面前……

终于，一个年轻的英国画家用了一种奇特的方法进入墓室，他沿着墓道走着，发现两边充满了象形文字的各种神秘图画，那些图画指引着他，来到一个封闭已久的墓穴，那里，有一个纯水晶的棺木，从那完全透明的水晶里，可以看到一个美丽绝伦的木乃伊，以及木乃伊身上装饰的黄金、宝石、珍珠和白银。

他大喜过望，觉得几代人研究的斯芬克斯之谜，即将破解。

于是他想出了一个匪夷所思的法子，他炼制了一种迷药。他把药撒进了水晶棺木里。

那个美丽的木乃伊消失了，只剩下了一堆白骨和珠宝，还有香气。

难道，这便是关于斯芬克斯的最后谜底么？

惊艳东欧

卡罗维发利的铁玫瑰

在世界旅游城市中，布拉格仅次于巴黎排在第二位。而布拉格最美的地方当称卡罗维发利：那绝对是个童话王国，美得令人难以置信。1997年我们出访捷克那次，本来并没有去卡罗维发利的安排，结果在拜会大使时，以朱大使为首的使馆工作人员异口同声，说是来捷克不去一趟卡罗维发利太亏了，于是才临时换戏。卡罗维发利的秋天呈现出一派雍容华贵的金色。金风把金的树叶吹向金色的屋顶。金色的阳光照耀着，我们看到路边小摊上摆着的一排排玻璃器皿，晶莹而多芒，在太阳照耀下发出如同雪山融化一般的亮光。有一套镶金边的高脚杯，非常精美，且价格低廉。谁都知道捷克的玻璃器皿世界驰名，但是很少有人知道，卡罗维发利的玻璃，是最美的。沿着林荫大道一路走过去，是一座座别具特色的古堡。我们知道在古堡那边，有着一个神奇的所在，那就是卡罗维发利的温泉。喝温泉水是很讲究的，一般都要买一种扁壶。在温泉旁边的货架上，摆满了各种各样的扁壶，是烧成的陶，自然与中国的不同，那美丽的陶器并不寒冷，在阳光下，它温润如玉。我买的是一只极便宜的扁壶，但是颇不俗：颜色是暗豆沙色，花纹突现在底部，是一朵青灰色的玫瑰。随使馆秘书小高的指引，我们用各自的器皿盛了温泉水，喝一口，是微咸的，但是滑而温，口感极佳。就在这时，一件神奇的事情发生了：一个捷克人把一枝玫瑰花放进泉水，就在众目睽睽之下，那枝玫瑰竟慢慢地变着颜色，变成一种铁砂色，好像枯败了的花朵，虽然失去了香气，味道却更足了。原来，这才是卡罗维发利的主打节目！小高说，商店橱窗里，到处都是铁玫瑰，铁玫瑰成了卡罗维发利的象征。吃过午饭去逛商店，果真有很多铁玫瑰。但不知怎的，让售货员拿了许多铁玫瑰放在眼前，却提不起兴致来买。那些本该美丽鲜艳的花朵变成了另一种完全不同的东西，在它变化着的时候，你觉着它是新鲜有趣的，但是当它完全成为另一种物质的时候，你会突然觉得，它什么也不是。好像同伴们也有同感，于是那一大堆变成铁质的花朵，就瘫在了那儿，稍一恍惚，就看到仿佛是一堆纯净铁水流过之后的废铁渣，一点儿美感也没有了。卡罗维发利的东西便宜，我买了扁壶酒杯，还有小石头，惟独没有买铁玫瑰。

布拉格：那一块雨中的墓碑

那一次出访，我们去了布拉格，南斯拉夫的塞尔维亚、黑山、维也纳。在欧洲看到了真正的碑林与墓地。欧洲的墓地，与教堂一样美。但是墓地与墓地，很不相同。维也纳的墓地，是精美的。所有的雕塑都是完美的艺术品。墓地的大门打开了，在祭品、花环、圣灯、水瓶、甲胄、箭筒、银制的面具中间，有着巍峨的雕像，本邦的守护神与童贞女。巴赫、勃拉姆斯、贝多芬、莫扎特……或者拉着他们的小提琴，或者托着他们思想的额头，沉思着。莫扎特的金像，在维也纳的天空下灿烂辉煌。在那些大音乐家的碑林中，始终荡漾着音乐，那个冥冥中的演奏者有着细腻的技巧，精纯的音色，丰满的和弦，微妙的底蕴和完美的表情。那些凝固了的音乐全都变成了碑文。那庄严美丽的墓地上，到处撒落着花朵。那是一种深深的和谐与宁静。后来，我无意中发现了塞尔维亚南部的中古时代的墓地。和那些大音乐家的碑林相反，这里的雕塑是简单的、粗犷的，只有两三个简单的几何图形，石碑上的沟槽，那些不规则的名字，还有断裂了的碑基，所有的碑都是东倒西歪的，但惟其如此，才令人感到了真实与惨烈。那片碑林像是一个广袤的古战场，在那片古战场上，曾经发出过荡气回肠的金钺之声。但是印象最深的，却是布拉格的一小块普通的墓地——那是捷克作家丹纳的墓地。那一天，我们与捷克著名的汉学家何老先生约定，去凭吊丹纳。那一天，细雨蒙蒙，布拉格沉浸在一片灰色的阴霾里，那种灰色的调子使我想起《生命中不能承受之轻》或者《玩笑》。但现在的布拉格，已经不是米兰·昆德拉描述的那个背景了。那是一种柔和的甚至柔软的背景，曾经翻译过《好兵帅克》的刘星灿老师反复地说，捷克是个性格温和的民族。是这样的，一直随同我们的老汉学家以及他的孙子，都显得非常温和。他的孙子的中国名字叫作何志达（我们叫他小何），只有二十几岁，看上去却要老成得多。那一双深邃、敏感又有点神经质的眼睛，让人一下子想起卡夫卡，正巧卡夫卡的出生地也在捷克。同行的肖复兴也有同感，就说了。没想到，他真的演过卡夫卡，在他上大学期间，他应捷克国家电视台之邀，客串了一把卡夫卡。我们于是看着他笑起来，他也笑，羞涩而温和。在参观捷克国家图书馆时，几个学汉语的同学和我闲聊，他也在其中，他们纷纷报出他们的中国名字：吴华、丁楚红、何亚娜……每报出一个来，我就叫一声好，唯独说到何志达的时候，我犹豫了一下。我说，这名字好像一般了点。他就着了急，结结巴巴地用汉语说，这名字是爷爷起的，意思很好的。我见他着急，急忙更正说，何志达这个名字，要细想一下才觉着好。他就笑了，仍然是那种羞涩而温和的笑。雨中的墓地，很冷。我们挑选了鲜花和蜡烛，献到了丹纳墓前。我们吃惊地看到，银发银髯的何老先生，竟然站在雨中的石碑后面等着，团长王火老师上去和他握手。谁也不知道，他到底等了多久。出来的时候没想到这么冷，穿得少了，便有些发抖。小何把他的大羽绒服脱下来，披在我身上，我言不由衷地推辞了一下，没想到一向温和的他十分强硬，他用生硬的汉语结结巴巴地说："你……一定要穿上，因为……你是女的……我是男的……你是客人，我是主人……"我穿上了，身上一下子暖和起来，就对自己说，这倒是个很好的理由。他的大衣服穿在身上，我顿时显得很滑稽，王火老师说，像好兵帅克。离开墓地前我们合了影。小何没有忘记在墓碑前的烛台上点上蜡烛。那一小片烛光，在灰色的雨地里，显得晶莹透明，它烛亮了那块雨中的墓碑，使它变得晶莹起来。那一块雨中的墓碑，温暖柔和，不可忘怀。

伪公主

参加第三十四届贝尔格莱德国际作家会议，有二十五个国家的四百多位作家，真够热闹的。会后，按照惯例，所有国家的作家都被打乱，分散到若干小组中去，中国代表团的四位作家被分在了四个组里，我的那个组跑得最远，一天开车十二个小时，一下子就到了塞尔维亚与保加利亚的交界处，那里，有一座世界驰名的中世纪教堂。我的同行者是两位西班牙诗人、一位塞尔维亚诗人，还有一位向导和一位司机，自然，都是男的。于是作为惟一的女性，我自然就有些特殊化起来，譬如点菜一定要我先点，位置一定要我先挑，门槛一定要我先迈，礼品一定要我先接。而且，在三天的时间里，几位男士一直在争相恭维着我，连一条在布拉格小摊上廉价处理的项链，诗人们也要眼睛闪光地把"very nice"说了又说，让我充分感到一种自我膨胀。高潮出现在参观结束，从教堂走出来的时候。一位农妇打扮的塞尔维亚老太太一边目不转睛地盯着我，一边对向导叽里咕噜地说了些什么，向导微笑着，看不出什么特殊的表情。接着，一件难以置信的事发生了。那老太太向旁边劳作着的农妇们挥了挥手，十几位农妇一拥而上，排着队，鱼贯而过地吻我的手。我受宠若惊，又有些莫名其妙，以为这便是当地的风俗。于是便向她们点头微笑。当时是仲秋，我里面穿一套厚裙子，外罩一件款式特别的大红羊绒披肩，披肩是蝙蝠袖，边上挂满了大红流苏。与人握手的时候，那些流苏就随风飘逸，很有些别致。上得车去，我才有机会问导游，为什么那些农妇要对我如此礼遇？那位来自黑山共和国的有着农夫式质朴的导游笑一笑说："她们以为你是来自东南亚的公主。"我以为我听错了，让他再说一遍。旁边的西班牙诗人笑着用中文重复了一遍，然后竖起大拇指，恭维说我的风度甚好。但是风度再好也与公主无关啊。公主这个闪闪发光的词，总使我想起小时候读过的安徒生童话、格林童话、俄罗斯童话什么的。在那些童话中，公主总是至高无上的，无论是《伊凡王子和灰色狼》中的华西丽沙公主，还是安徒生童话中的《豌豆上的公主》，《海的女儿》中的人鱼公主，在我心目中都是超尘绝俗、美丽非凡、凡人们绝对望尘莫及的，那些公主的领地理应是在天国花园，与我等凡人的位置何止天壤之别，以我相貌平平，竟敢掠公主名分之美，岂非亵渎神圣？于是我争辩道："岂有此理！她们怎么会这么认为！"四位男士对于我的反应都莫名其妙，以为是翻译有误，有了冒犯我的地方。于是经过一番解释加手势，确认无误后，我说："对不起，我是说，在我们国家，我是相貌非常平常的人，我们的演艺界有很多明星，还有很多时装模特儿什么的，她们才是真正美丽的，也许把她们比作公主更合适。"那个表情最丰富的西班牙诗人哈哈大笑起来，笑过之后说："徐小姐，你是个很有诗意的人，但是在这一点上，我不能同意你的看法。你知道吗？美，是一种感觉，它并不是固定的，它并没有一个标准，在此时，此地，此刻，在这个塞尔维亚与保加利亚的边境，在这个边境旁边的世界著名的大教堂，在这个大教堂旁边生活着的农妇们的眼里，你就是最美的，你是她们第一个见到的亚洲人，你就是她们想象的亚洲的公主。还愁眉苦脸的干什么？快向她们微笑，向她们挥手告别吧！……"瞬间，我突然觉得心上似乎打开了一道缝隙，有光照射了进来，也许我当时真显得阳光灿烂。我打开车窗，挥手向塞尔维亚劳作了一生的农妇们告别，透过阳光我看见她们个个脸上都挂着真心虔诚的笑容。

情迷西欧

1999 年，我如愿去了西欧的几个国家。荷比卢总是放在一起提。很小的时候看过一本荷兰童话《银冰鞋》，那是个非常美丽的童话，从此就把荷兰与"银冰鞋"放在了一起，再大些成了球迷，就又加上了荷兰队，还有郁金香。再后来，又知道荷兰有一位华裔女作家林湄，林湄成了我的好朋友。但是这次去荷兰，林湄正好去了鹿特丹，没有见到。郁金香还没到盛开的季节。至于银冰鞋与荷兰国家队，就更是虚无缥缈。只剩下了风车和木鞋。到了专门制造木鞋的地方。一个年轻的男子，就像荷兰童话里那样的打扮，在一个手工作坊式的地方，挖着木鞋的孔。木屑到处都是。周围的货架上摆着各式各样的木鞋，还有各种蓝白两色的瓷器。木鞋和瓷器都很粗糙，不知是不是有意这样粗糙。总之对于荷兰的工艺品我很有保留。当然也有个别的很精致。譬如我挑出的一双朱红彩绘木鞋，只有手指甲那么一点点大，颜色却艳丽得戳眼，当然价钱要比一般的木鞋高出七八倍。比利时的象征当然是那个撒尿的小男孩于连。小男孩周围从早到晚围了那么多人，难怪小男孩的尿永远也撒不完。我对比利时最深的印象却是巧克力。比利时的巧克力千姿百态，价钱从低到高有无数个档次，即使最穷的穷人也能买块低档巧克力吃吃。我买了一盒包装精美的巧克力，价钱也颇不菲，带回来，大家吃了，余香满口，都认为是一种享受。后来看了法国获奖影片《巧克力》，就更加觉得巧克力魅力无穷，一块鲜浓牛奶味的巧克力，咬上一口，真的会把所有的郁闷都丢在了九霄云外！报纸上一会儿说吃巧克力会发胖，一会儿又说吃巧克力对男人特别好，最近又说巧克力不但不是发胖食品，还可以治疗抑郁症呢。爸爸在世的时候常说，要是事事都听报纸的，就干脆别活了！比利时的巧克力，的确有一种特殊的香味，令人回味无穷。荷比卢当中，给我留下最深刻最美好印象的地方，是卢森堡。那一天大雾弥漫，大雾之中拿破仑的铜像依然是那么戳眼。与拿破仑自然是要合影的。从很早的时候就喜欢拿破仑，不仅仅是因为他的霸气与伟业，还因为他是一个非常特殊的人，一个有魅力的、漂亮的男人。最典型的拿破仑画像是大卫所作的那一幅：面孔清癯，略有些苍白，挺直的高鼻梁和轮廓鲜明的嘴唇，还有那双坚定、犀利、智慧的眼睛，略略有点长，眼角微微上挑，正是我喜欢的那种类型。据说拿破仑永远穿着一双特殊的鞋子，因为他的身高只有一米六八，其实这位年轻的统帅大可不必为他的身高忧虑，因为他实际上是个巨人，所有的高个子都对他高山仰止，拜倒在他的麾下。其实从某种意义来说，这个世界是由矮个子来统治的。我们只要知道孙中山只有一米六七、邓小平只有一米六一、巴尔扎克只有一米五七，而中国的脊梁鲁迅只有一米五五，就完全可以说明问题了！说来好笑，最近连续见到的两个老板都是身高不足一米六五，有朋友说，惟其如此，才能成功。他们要想掩饰自己身高的缺陷就只有成功。拿破仑铜像旁边是个小卖店，我买了一盒酸糖，嘴里嚼着酸糖走进了卢森堡大公国的市中心。这个小小的国家干净、安静、美丽、平和、富裕，是一个非常适合居住的地方。相比之下，倒是巴黎一开始有些让我失望。走进巴黎市中心的时候，没有什么令人惊奇的。真的没有。就像是走进了西单的商业街。那些建筑，真的没有当下北京或者上海的更漂亮。不过巴黎是一点一点地揭开它迷人的面纱的。首先要去的当然是卢浮宫。说起卢浮宫就想起了一个笑话：几年前余华等四位中国作家去法国时到了卢浮宫，因为当时只有半天时间，四人冲进卢浮宫，如同没头苍蝇一般大喊："蒙娜丽莎在哪里？米洛斯的维纳斯在哪里？"这个笑话让张梅讲出来再让张一零补充，就更是让人笑破了肚子。我接受这个教训，想，参观卢浮宫一定要慢慢来，反正也没安排别的事。可是一进去就身不由己了。那么恢宏巍峨的宫殿，竟然挤满了参观者。人数最为众多的是来自各个国家的旅游团，每一幅名画面前都是人头攒动，和我想象中的优哉游哉地观赏有很大的差距。但是没有办法。保安说，几乎每天都是这个样子。我被人流裹挟着走过那些伟大的名画，久久回眸不忍离去。我在《蒙娜丽莎》前面拍了照，我与蒙娜丽莎离得那么近，近得可以看见她脸上油彩细微的裂纹。不知为什么，我始终不认为这幅伟大的画像中的女人很美。这是个非常一般的女人，我甚至觉得，正是因为她姿色平平，达·芬奇才选择她作为画的对象。作为文艺复兴时代的画坛三杰之首，达·芬奇首先要冲破的是中世纪那种没有血肉、没有生命感的绘画模式，因此他选择了一个非常平凡的女人。籍里柯的《梅杜萨之筏》、德拉克洛瓦的《自由引导人民》等等，都让我想起我的青少年时代。那时，我从我的老师家里借了一些画册，那些栩栩如生的人像让我震撼不已。我曾经临摹了一幅俄罗斯画家的《女公爵阿尔玛托娃》。那时我醉心于描述女性迷人的肉体。现在，站在卢浮宫中，看着德拉克洛瓦笔下的女性，那些饱满而骄傲的美丽乳房，依然令我震颤不已。塞纳河当然是要游的，游塞纳河的时候，已经感觉到一丝凉意。游船上站着或坐着来自各国的游客们，有一些看上去十分相配的青年男女，脸上透着阳光灿烂的微笑，让人觉得世界无比美好。法国女孩真的很美。最不同的是她们的皮肤，她们绝不像美国或者东欧女人那样有着大毛孔和白绒毛，她们的皮肤，甚至比东方人还要细致。这除了她们真的天生丽质之外，还很会保养，法国的兰蔻的确比资生堂的化妆品更加温和。香榭丽舍大道两旁是巴黎的高档商店。东西都贵，但是的确精美。我买了一面小钟，是树脂做的，钟表的周围全是做工精美的蔬菜玉米，特别适合挂在厨房的墙上。还有一面小镜子，是典型的 19 世纪风格，上面是洛可可式的宫廷图案。最喜欢的还是个洋娃娃。看着那个娃娃就知道为什么该叫洋娃娃了，因为中国的工艺永远做不出来，即使用了同一种模子，味道还是会变。这个可爱的洋娃娃长着淡金色的头发，穿宝石蓝的裙子，上面用金银丝盘成很精致的花，像是藤萝又像是风信子，脚上穿一双同样淡金色的高跟鞋，一双蔚蓝色的眼睛可以随意闭合，睫毛闪动，楚楚动人。对这个洋娃娃我爱不释手，可是买回北京，过了不到一个月就送人了。原因是一个熟人（注意，连朋友都不是！）的爱女得了急症，我去看望，情急之下找不到比这更拿得出手的东西，就只好忍痛割爱了。如果今生有幸再去巴黎，我一定首先要再买一个洋娃娃，一定要比过去那个还要漂亮！香榭丽舍大道直通凯旋门。凯旋门上空的蓝天白云令我想起1998年世界杯时法国夺冠的场景，不过当时天色已经黑了，但是灯光把香榭丽舍大道映得通明，整个巴黎变成了一座不夜城。一辆花车从人们的头顶缓缓而过，那上面站着英雄齐达内、图拉姆、亨利、珀蒂……几个月前，有谁能想象得到大力神杯的得主竟是法国队？世界上的事情也真是奇怪得很。人说成者王侯败者寇，可即使法国夺了冠军仍然有很多人不待见他们。真的，比较起贵族味十足的荷兰、阳光灿烂的英格兰或者野性未泯的阿根廷来，法国队实在是不大那么招人喜欢，整个队中像样的球星好像只有齐达内一个。但在现代足球中像法国队这样靠整体实力的才容易取胜，毕竟马拉多纳的时代已经过去了。看1998年世界杯决赛时是在"东方时空"，与白岩松共同做一期节目。当时白岩松把我领进演播室，几个大灯一烤，他连珠炮似的发出一系列的提问，这是他的惯技，但是这次他遇到了对手。就在演播室"东方时空"小伙子们的注视下，我和他唇枪舌剑地打了个平手，最后他心满意足地舔了舔嘴唇说，开始吧。当然，我们谁也没想到是齐达内的光头最终解决了问题，在北京时间凌晨5时许，上帝的手大概摸了一下齐达内的光头。可是现在站在香榭丽舍大道之上，这一切已经成为过去。下一届世界杯究竟鹿死谁手，又成为新的悬念。大概正是这一个个的悬念吸引着人们有滋有味地活下去。我喜欢凯旋门旁边那座玻璃的建筑，那上面有着许多的字母，看上去非常特别，我就在特别的建筑前拍了一张照片。在意大利我去了威尼斯、罗马和佛罗伦萨。最喜欢的要属佛罗伦萨，这个常常被译作"翡冷翠"的地方。到佛罗伦萨时已是黄昏。找了临近郊外的一家小旅店。欧洲的旅店都是这样的，不大，但是非常洁净，恰如欧洲本身的风格。因为在京时刚刚做完装修，就特别注意装修的风格：似乎很简洁，有些像北欧的简约主义，但材料用的是一流的，那种瓦蓝色的大气规整的瓷砖，在灯光下特别莹洁坚润，十分高档。窗帘是乳白的剔空镂花，微微露出一丝外面的蓝天白云，有微风吹进，十分的温和。就忍不住走了出去。就在不远处，发现了一家皮具店。走进去，一点一点地发掘，就像找金矿似的，真的找到了几样价廉物美的货色：赭石色镶金边的小钱包，羊皮面烫金的笔记本，雕出凹凸花纹的皮杯子……工艺上都是精美得难以想象。有一个四十多岁的中年皮匠被人围着，人们拿出自己的皮带请他烫金，他只收很少的一点点钱。后来知道这种烫金工艺是这个店的招牌。也怪，只消烫上那么一点点金色拉丁字母或者古怪的花纹，皮带就一下子显得高档了似的。终于在许多的皮包里挑出一只镂空花的黄牛皮小包。镂空的花形是玫瑰，衬底是一种暗米色的丝麻，我把它拿在手里看了又看，恰如捧着一个水晶玻璃人儿，既爱不释手，又无所适从。记得好像是二十二万里拉，算是皮包里最便宜的了，加上那些乱七八糟的小物件，一共是三十一万里拉，店里规定超过三十万里拉就打七折，于是我毫不犹豫地到柜台去结账，其中一个店员竟是从中国大陆来的，他看着我笑眯眯地说，你很会挑东西，都很精美。如果在小摊上，意大利的皮具则便宜得惊人。头天参观比萨斜塔的时候，顺便逛了那一连串的小摊。有各种各样的小皮包挂在摊位上，红红绿绿的特别醒目，皮是极好的皮，做得也精致，价钱也便宜，我买了一只，当时还很高兴，可是跟眼前的这只小皮包一比，可就差了些成色。说不出来是差在哪里，就像在国内，在赛特和批发市场买了同一种衣裳，牌子花色都是一样的，可看上去档次就是不同。后来我才知道，我去的是意大利最好的皮具店之一。人们看着我包里那价值三十一万多里拉（打折后仅相当于人民币六百六十元左右）的皮具，都惊愕地猜了一个个天文数字，当我得意地把实价告知的时候，他们更吃惊了。大家公认，将来我的生计出现问题的时候，可以倒买倒卖为生，会是一个相当出色的倒爷，不，是倒奶奶。在德国的时间很短，印象却很深。当时正值著名的巴伐利亚啤酒节，但是这个著名的啤酒节似乎与我没什么关系。比较起来，倒是巴伐利亚的那些小镇给我留下非常美好的印象。小镇上那一条条石子铺成的街道两侧，都是小店。在街道的入口处有个非常干净的水槽，我看见一个男人牵着一条狗来饮水。那个男人身材高大，有很蓝的眼睛和很高的鼻梁，典型的大日耳曼血统，简直有些像电影里的那些党卫军军官。他的狗简直就是神界的宠物了：毛色雪白，颈项上一圈毛碧蓝透亮，一双蓝得发绿的眼睛，吐着红红的舌头，美得惊人，高贵得惊人，一看就是名种。我默默地站在那里看它饮水，它喝起水来从容不迫，非常干净，那个男人看着他的爱犬，眼里全是骄傲。我看了很久，待它起身的时候，和它打了个招呼，那个男人立即和我打起招呼，告诉我说，它叫 Peter。也许我眼中的爱意打动了男人，男人让 Peter 做了个动作，和我告别。Peter 做动作的时候，仍然是高贵无比，这就是狼狗与豺狗的区别。我久久站在那里，直到 Peter 的背影完全消失。真的后悔没有带一个小型的摄像机，把 Peter 的一切都记录下来。走进小巷，两侧都是小店。走进一家，看见有卖各色杯子的，有一只金属制成的杯子，上面刻着古典主义画家画的战争场面，还有一只乡村风味很浓的木制盘子，上面刻的红、绿、棕三色的花纹特别好看，就都买了下来。最让我感动的是那个小卖店的店主，一个剩不下几根头发的老人，竟仔仔细细地把我多交的两个芬尼追出来还给我，还微笑着招手再见。在国内似乎难得遇上这样的认真与温暖。在另一家小店里，还买了一个古代军队的纹章。我很喜欢这种纹章，有两把宝剑交叠着缀在一起，我把它挂在我的床头，对朋友说，这是我的达摩克利斯之剑。是啊，对于我这种"奥伯洛摩娃"式的惰性十足的人，似乎永远需要一把高悬头顶的"达摩克利斯之剑"呢。

魔幻南美

去的最远处是南美的厄瓜多尔。

去之前犹豫再三，觉得三十多个小时的飞机不是那么好坐的。最后还是觉得机会难得，创联部的小阎还每人发了"红景天"。到了南美已经觉得快崩溃了，没有参加欢迎宴会径自回房，刚躺下便有人敲门，开门一看，原来是服务生送水，这里的服务生样貌奇特，穿着很像是插画版《蜘蛛女之吻》里的人，手持的那个深口瓶子也有着极浓的异域风情的味道，于是突发奇想，或许，在这个南美小国，会有什么不一样的奇遇呢。

之前对厄瓜多尔的了解基本等于零。只认识一个厄瓜多尔的女孩，就是我的小说《羽蛇》的责任编辑，长着一双大得出奇的美丽眼睛，聪明到了可怕的程度，如果不是她，《羽蛇》这种让中国大多数人都觉得难读的书，是绝不会那么顺利地走向世界的。多年以后她听说我去了厄瓜多尔，高兴极了，立即问我：是否看了蜂鸟？是否买了全世界最暖和的毛衣？是否买了植物的种子做成的项链？……

我们的任务是与厄瓜多尔文化部作交流，第一天，我们去了一所小学，厄瓜多尔的孩子们脸色黑红，特别爱笑，看上去非常健康，我们每个人讲了一段话，他们似乎非常高兴，最后合影的时候，背景是白墙蓝天，衬着孩子们黑红的脸，似乎到了西藏。第二天，厄瓜多尔文化部长宴请，我对面坐着的，正巧是故宫博物院的副院长，于是狂聊起故宫的前世今生与中外文化之比较，并没有认真听我们代表团团长的即席赋诗。第三天仍然是换个地方开会。我一看大势不好，如若这般，等于往返六十多个小时的苦就算是白受了！于是及时改弦更张，自作主张地到外边逍遥游去了，立场不坚定如何立伟者，也一同去逛了市场。我们收获颇丰：买了全世界最暖和的毛衣，那毛衣沉甸甸的真结实，穿起来也确实暖和。植物种子的项链也买到了，确实是厄瓜多尔独有，在其他国家没有看到用这种奇特的彩色种子串成的项链，关键是那些彩色是纯天然的，没有一点点染色。除此之外，还买到一些特别有异域风情的小东西，譬如一个酒壶，一个盘子……都像是《鲁拜集》插图里的那些精美的物品。像以往一样，回国后便把这些美丽的物件分给朋友们了，自己只留了两件毛衣。

南美的异域风情给我留下的印象极深，终于明白了为什么这片土地上能诞生出一大批南美作家。略萨的《潘达雷昂上尉与劳军女郎》《胡利娅姨妈与作家》、普伊格的《蜘蛛女之吻》、博尔赫斯的全部、加西亚·马尔克斯的《百年孤独》……都曾经极大地启发了我的写作灵感，有一阵，闭上眼就会看到一个女孩骑着飞毯在夜空中飞翔，星星和海洋融为一体，化作一片青蓝色的琉璃……

每逢北京的三九严寒之际，我便会穿上那件从厄瓜多尔买来的毛衣。那毛衣暖融融包裹在身上，似乎有一种奇异的魔力，令人真正体验到南美作家的魔幻现实主义……

女王的两个身体（代跋）

——徐小斌素描

胡行舟

对于徐小斌的作品，我曾有如下评说：

> 没有什么能比希腊神话中的斯芬克斯更完美地像喻徐小斌女巫般的写作：一面是道成肉身，甚或被世俗社会的规则浸透以致溃烂的人体，另一面是平滑光亮、没有器官或仅仅作为宇宙器官的兽身；一面是宏阔辽远的历史怀想和那历史中仍然灼烧着我们的革命烈焰，另一面是后现代生活浅薄也或许超拔的"不能承受之轻"；一面是不容亵渎的爱情宗教，另一面是"爱别离求不得"而代用品满天飞；一面是盘根错节、藏得下各类污秽却容纳不了一丁点乌托邦的现实，另一面是不时让叙事扶摇而上的无可救药的天真。极致的善与恶、纯净与妖冶、美丽与怨毒、智慧与盲目，在同一个文本、同一个人物的分身甚至本身之中融会、奔窜、沸腾、裂变，确如天使与魔鬼的交媾。然而，斯芬克斯变幻的面孔之下，恒定如钟的，是那对于人之为人的拷问，以及随之而来的审判——于是，在徐小斌的写作面前，靠着厚厚的遮羞布招摇过市的假人将遭到象

征性的处决，而用一颗明澈的心给出赤裸答案的人将会活
着，尽管他活着的痛苦并不会因此而减少半分，正如那在
黑暗中发足狂奔的俄狄浦斯。

如今看来，"女王"倒似乎是比我那第一句话中的"女巫"更
确切的指称。诚然，徐小斌的写作瑰丽幻美，时有神秘心象凭空而
起，如宿命低诉，挥之复返，现实历史的背脊上总倚着梦境的层层
叠叠，"巫"的确很容易地传达出这种美学上的"奇门遁甲"和对
于各类中心主义话语的跳脱——何况徐小斌本人还曾是《哈利·波
特》的大粉丝且借鉴其手法写下了她的奇幻警世寓言《炼狱之花》。
然而，"巫"所不可避免地携带的邪门歪道的气场其实与徐小斌其
人相去甚远；相反，典雅、正直和纯真才是她的日常属性，完完全
全的名门正派、女王风范，我相信这也是她在很多相熟者眼中留下
的一以贯之的人格剪影——"很多"当然不包括她不感兴趣或内心
鄙弃的伪装者、油腻者。

徐小斌的确有着强烈的贵族气质。这大概得益于她沉淀的古典
文学修养、上天入地的自然博物学兴致、朝向远古伸展的历史寓意
意识和最重要的、为人的高贵。这不是说她俯瞰众生或高冷不可切
近，而是说她胸怀高远而坚守傲立；信则信，爱则爱，不虚与委蛇，
不折腰屈就，王冠犹在何来尘埃。事实上，徐小斌十分亲民，稍不
注意就和人民群众打成一片，讲起话来更是眉飞色舞，经常把大家
都逗乐了，口头禅之一就是什么什么事"特好玩儿"；同时，爱跟
谁玩儿和不爱跟谁玩儿也非常明确地界定出她的"内阁"和"外庭"，
反映出她对人的基本评判并据此差别化处理，往往是对待愈益油滑
的同辈人或当权者颇有威仪，而对待尚有真诚而有奇思妙想的后辈
则亲近热忱，以童心对童心，可以说是她爱憎分明的一种"特好玩
儿"的表现。

徐小斌的天才也是贵族式的（天才恐怕也只能是贵族式的）。
从什么什么好玩儿说起，徐小斌接着要展开的便是精彩的故事了。
听她聊天，总能强烈地感觉到她是天生的小说家思维。跟我们往往

片段式或三言两语的印象式表述不同，在徐小斌那里更像是"你且听我慢慢道来"，一件事从头到尾和盘托出，前因后果搭着恰到好处的旁枝末节，伏笔连着"按下不表"，生动明快，到结尾整个事件的格局都舒张开来。听过她聊天的人，大概都不会奇怪说她怎么能写剧本漂漂亮亮一遍过，因为单单是她拉个家常，就已经拉出趋近于作品的水平了。徐小斌在文章里说，当时在黑龙江做知青的时候，繁重的体力劳动之余，也只有围坐在一起讲讲故事排遣无聊和疲惫了。这个镜头总让我想起本雅明的名篇《讲故事的人》，现在看来，能融会那么多鲜活的经验，并用围坐而口口相传的方式来倾诉和共同虚构，已经是一种奢侈了。有一次徐小斌在我的邀请下来北大文学社分享创作经验，随意讲起几十年前在电影资料馆看过的一部关于苏联的电影，女主与两位男主如何如何，完整的情节线索，历历如在目，台下的青年作者们听得津津有味啧啧称奇，纷纷表示智商受到了碾压。讲座完，一位文艺女青年还喃喃道："这真是老天爷赏饭吃，没法儿比。"徐小斌也常常提到构成她创作之源的童年创伤和童年记忆。尽管我们朋友之间也经常打趣说，这年头，谁还没个童年阴影啊；然而，对于经验的记忆和感应能力的差别，着实区别开了艺术家和仅仅拿这个打趣的人。天才这东西，就是这样，与生俱来，不民主不平等更不科学。

"女王"这个指称，意义其实并不限于对徐小斌个人气度的概括，也关联到我对她作品的一种试探性的理论建构。中世纪的神学理论中有着著名的"国王的两个身体"之说。国王是双重身体的结合，其一是难逃一死的物理肉身，其二是万岁万岁万万岁的政治身体；两个身体会发生脱节，国王已逝，但他的政治身体，亦即国家的政治象征秩序却未必随之消亡，在一些情况下仍会在国王依然活着的预设下继续运转。徐小斌笔下的核心女性形象，在象征秩序和心灵阶梯上的位置都是极高的，譬如德龄公主、羽蛇、蜂后、《炼狱之花》中的海百合、《海火》的郗小雪，等等，即使不是实际上的王族，也必须是精神贵族或神灵之后。这些人物也往往是两个身体的交错叠合，当然并不是以中世纪神学理论中的方式——这只是我的一个框架性的借用。最典型的便是《海火》中的郗小雪：她"入世"的肉身所呈现的乃是一个工于心计、善于挑拨、玩弄手段的校园阴谋家；可她的另一个身体则是海的女儿，是自然神灵的诱惑和它被刺痛之后悲切的回声，是纯粹极致的爱与焚身。前一个身体是不洁而易朽的，而后一个身体是隶属于更宏大更幽远的存在而神圣不灭的。这种女王身体的叠置，在徐小斌各个小说文本中发挥着不尽相同的叙述和隐喻功能，但它整体上勾勒出来的画面，大致是因受伤而有毒的绝美，是人作为生灵的而不仅仅是社会机器的本真，是出世之躯的入世之劫，是高贵的厄运。

徐小斌说自己是个搭不上车也不爱搭车的人。寻根文学的车她不搭，知青文学的车她不搭，新写实主义的车任其开过，先锋文学女性写作被叫上了车走了半道儿但好像也不是太舒服，并不喜欢跟一帮人挤在一个车厢里太久。她也着实不必搭。仅就女王的两个身体的发明和复杂处理而言，她也足以自成世界了。读完《海火》，你也许很难相信这是在上世纪 80 年代末就完成的作品。当寻根等文化浪潮还未退去之时，徐小斌已经在用一种更成熟、独异、张力和对比度都极强的写作触探到宇宙自然身体的"根"上去了，可能用当代的生态批判、自然书写等理论视野来看会产出更富营养的解读，放在当时的文学潮流和文学史的命名系统里确实是有点超纲和超前了。

而"妖""巫"这种词汇容易找上徐小斌，在一定程度上也是因为我所称之的作为宇宙器官的第二重身体，因为这一身体对正常肉身边际的僭越，无论是以通灵、超然、变形还是别的方式。但"妖""巫"同时也有一种简单化和安全化的导向。就好像是说，反正这些文字看着挺邪乎的，也搞不太明白，就把它们往神秘的暗域一丢；也好像是说，男人占领了现世的诸种权位，而女性不论如何超拔，也被顺势归置到自然权力的一方，作为被称赏的奇观却不构成实际威胁。而我想要提醒的是，女王以妖巫的面目现身于世或为世人所知，恰恰反映了当前权力结构和文学秩序的某些压抑性，不是值得我们庆幸而是令我们悲哀的。徐小斌所创设的，不仅是炫目的神奇，而是宏大的爱、家国和正义的命题，是这个时代越来越稀缺越来越被透支的沉重；她的作品给我们打开的，也并非咒语，而是绚烂辽阔的王国。

【作者简介】胡行舟，1991 年生人，北京大学中文、哲学双学士，美国杜克大学东亚系文学硕士。

后记　我执与无执

　　最近我在做一件貌似与文学不沾边的事，就是受国家开放大学之邀，讲授西方美术史二十讲。但是在备课过程中，我有了很多意外的收获，感悟到很多之前没有感悟到的东西，我有意讲授了一批同一人格类型的画家，这类画家都是在生前被遮蔽，而在过了几十年甚至数百年后的当代，被研究者们挖掘出来重新研究，获得极高的赞誉，在美术史上占据了极高的地位。这些画家生前有多人都是贫穷落寞的，绝不止是凡·高，包括塞尚、卢梭、雷东，等等，他们天才的画作无人问津，无人喝彩，在一条孤寂冷漠的道路上，他们怎么能够坚持下去？惟一的答案就是"我执"。他就是爱这个，就是真爱。

　　联系到我们的今天，用戴锦华的一句话来说就是"现在很难再重建'你们男人'和'我们女人'的叙述模式，因为'我们女人'自身碎裂了"。毋庸讳言，现在的社会游戏规则已经有了根本性的变化。这种变化渗透在各个领域。包括我们看到的一些娱乐节目、真人秀什么的，不知大家注意到没有，所有选秀最后的冠军几乎都是男性，而在网上各大论坛里，在各种言论中也几乎都是女性想如何取悦男性的自轻自贱。这个碎裂如何拼贴，可能我太悲观，我认为几乎不可能。这就涉及一个重要的问题：我们女性如何在这样一个被自然雾霾和人文雾霾双重污染了的环境中，坚持自己的写作理想，坚持纯粹的写作，惟一坚持的动力就是"我执"了，也就是对

269

文学的真爱——把文学当作信仰来爱。

除了"我执",还应"无执"。怎么讲?解释"我执"与"无执"这两个概念,恐怕不会有比女画家狄妃奥的故事更有说服力了。

现在已经鲜有人知出生于 1930 年的美国女画家简·狄妃奥(Jay Defeo)。她曾经集美丽、富有、才华于一身,却在二十九岁那年,自我封闭,画一幅《死亡玫瑰》,画了整整十一年,画得爱人离异,朋友分手,其间曾获顶级策展人之邀参加万人期待的重要画展,却被她以作品尚未完成而拒绝;十一年后作品完成,上面的颜料堆积重达三千多磅,合一吨多重,由八个装卸工破窗而入,把这幅与其叫绘画不如叫雕塑的巨幅作品搬出(后此举被一些画评家譬喻为阴道切开术),而这时,巴洛克时代已经变成了 POP 时代,此画成为摆在旧金山艺术教室中长期被泼洒咖啡、按熄烟头的废品,而那些由艺术家堆积的过于厚重的颜料,也随着时日一块块崩塌。对此,狄妃奥只是淡淡地说:"人类会消亡,艺术也会消亡。"

就这样,她精心建构的世界却被忽略,被遗忘,被淹没,不是她的错,而是时代的变换——但她并不关心大众的接受度与评价,更无意于去争风邀宠,哭爹喊娘,歇斯底里,或者变成喋喋不休的祥林嫂,拦路告状的秦香莲,或者像我们伟大的凡·高那样伤筋动骨(毫无贬低凡·高之意,凡·高同样是我深爱的艺术家)——而是平静、沉默地接受现实,因了这平静与沉默,她的接受显得格外高贵——可谓"无执"。

提到"高贵"这两个字,似乎已经完全变味了。小时候读的书,譬如《前夜》里那个坚忍的保加利亚革命者,譬如那些不屈的十二月党人,都是我心中对于高贵二字的代名词,所谓贵族精神,与有钱没钱没有一点关系,这个最简单的道理,在如今都要解释一番,也是很可悲了。譬如现在我们的下一代,十有九个都被所谓"成功学"毒害,因为看到了所谓出名带来的巨大利益,但是按照贵族精神,出名是一件可耻的事,典型例子就是爱因斯坦在发明了相对论之后,瞬间爆红,得到无数的邀约,他在数月之后就感到羞愧难当,赶紧躲回自己的房间里去。因为无论是东方还是西方,贵族们都是以出名为耻的。但是现在最可怕的是，已经有很多人不知道高贵为何物了，举一个最近的例子："锵锵三人行"最近一期中，窦文涛就讲到昂山素季，说到她做出的巨大牺牲，说了一句话："我不知道她是怎么盘算的。"当时周轶君就说："世界上有些人就是为自己的信仰殉道的，并没有个人的盘算"，然后窦文涛就说："不要相信那个，每个人都有自己的算盘。"其实现在持窦文涛观点的人占了大多数，但是他们怎么解释圣雄甘地？怎么解释马丁·路德·金？怎么解释耶稣基督和释迦牟尼呢？高贵的精神不但被淹没，还不被相信了，这真是一个民族的巨大悲哀。

其实，那种至死不泯的高贵精神也是一种"执"。既是"我执"也是"无执"。

在作客"凤凰名人面对面"时，当许戈辉问道"你写得这么好，可是我之前不知道你"时，我对她讲了狄妃奥的故事。在"我执"与"无执"这一点上，我与这位女画家很是相通，甚至，比她更为极端。在文字上，我会对自己非常严苛，每一部小说都是自我折磨充满疼痛的产品，我会深度迷恋，忘记身处的世界，可谓"我执"；然而作品完成后，我精心建构的隐喻世界常常很难被识破，但我真的不大关心结果如何——可谓"无执"。佛说："婆婆无执。"

但说实话，我并不是一开始就这样的。譬如在上世纪 90 年代我的一系列作品出来之后，《羽蛇》《双鱼星座》《迷幻花园》《末日的阳光》，等等，受到相当程度的关注，这个也给我的写作带来很大的动力，但是进入 2000 年中期之后，无论是批评家还是读者，对我的关注度越来越低。好像是从我在 2006 年在《十月》发表的小说《别人》开始的，当时我还有博客，我的博客上关于这篇小说有七万余条留言，可无论是《小说选刊》还是《小说月报》都没有转载，当时有朋友提醒我说你电话一下某某，他不是你的好朋友吗？他现在升了，你得表示一下对他的尊重。但是我始终没打这个电话。而《小说月报》的主编后来看了这篇小说之后，专门出了一本书，收集了《小说月报》漏选的所谓"遗珠之恨"，《别人》在这本书里是头条，但是所有人都知道，所谓遗珠之恨，不过是一种说法而已。更有甚者，有一著名杂志主编私下对我说："你为什么不把小说给我？这篇小说应当拿鲁奖。"——文学环境的变味儿也许早就开始了，但是愚钝如我，直到那时才尖锐地感觉到变化。

也正因如此，有时我觉得自己走得非常孤独，也非常艰难，有时也会感觉到不公平。但是我终于明白，这就是当社会变了，而人依然保持他的完整人格的时候，所需要付出的代价。这是必须付出的代价，这代价就是不断丧失。

以女画家的故事收尾：上世纪90年代，当《死亡玫瑰》已经囤积二十年之久，画家亦早已故去，纽约的一家著名美术馆终于以高价购买了这幅画——重量、规模、低彩度、向心形式，这一切成为画界独一无二的概念，只有站立在画作面前，当阳光掠过，才能深感此画的神秘动人之美。艺术比生命更长久。最奇异的是狄妃奥生前做过一个异梦：她梦见自己死后转世投胎成为另一个人，她漫步在一座美术馆，看到那里正在展出她的《死亡玫瑰》，一个人，正站在那里久久凝视着她的画作，她走过去，轻轻地对那人说："你知道吗？这是我的画。"

徐小斌作品系年

长篇小说

《海火》（1989 年中国青年出版社，2008 年中国友谊出版公司，2019 年百花洲文艺出版社）

《敦煌遗梦》（1994 年北京出版社，1997 年河北花山文艺出版社，2007 年河南文艺出版社）

《羽蛇》（1998 年花城出版社，2001 年长江文艺出版社，2002 年时代文艺出版社，2003 年台湾联经出版社，2004 年人民文学出版社，2007 年人民文学出版社，2009 年作家出版社"共和国作家文库"，2012 年重庆出版社，2013 年人民文学出版社第三版）

《德龄公主》（2004 年人民文学出版社，2005 年香港经要文化出版公司，2006 年漓江出版社，2009 年台湾印刻出版社，2010 年天津人民出版社）

《炼狱之花》（2010 年由人民文学出版社与长江文艺出版社首次两大社联袂出版）

《天鹅》（2013 年作家出版社）

《水晶婚》（2015 年由英国 Balestier Press 出版）

中短篇小说集

《对一个精神病患者的调查》（1990 年海峡文艺出版社）

《迷幻花园》（1995 年华艺出版社）

《如影随形》（1995年河北教育出版社）

《蓝毗尼城》（1996年云南人民出版社）

《末世绝响》（1997年华侨出版社）

《蜂后》（1999年长江文艺出版社"跨世纪丛书"）

《双鱼星座》（1999年百花文艺出版社）

《天生丽质》（2000年北岳文艺出版社）

《歌星的秘密武器》（2002年广州出版社）

《清源寺》（2003年北京出版社）

《非常秋天》（2005年中国广播电视出版社）

《徐小斌作品精选》（2007年长江文艺出版社）

《末日的阳光》（2009年河南文艺出版社）

《别人·花瓣》（2010年文化艺术出版社）

《睡蛇的伤口》（2015年安徽文艺出版社）

《入戏》（2019年北岳文艺出版社）

散文随笔集

《世纪末风景》（1996年云南人民出版社）

《蔷薇的感官》（1997年华艺出版社）

《缪斯的困惑》（1998年辽宁人民出版社）

《出错的纸牌》（1998年天津新蕾出版社）

《徐小斌散文》（2000年华夏出版社）

《心灵魔方》（2002年知识出版社）

《美丽纹身》（2002年当代世界出版社）

《西域神话》（2003年云南人民出版社）

《大都会：缪斯的殿堂，我的梦想》（2003年西苑出版社，2004年四川人民出版社）

《我的视觉生活》（2004年上海文汇出版社）

《莎乐美的七重纱》（2010年商务印书馆国际有限公司）

《密语》（2015年安徽文艺出版社）

《生如夏花》（2016年高等教育出版社）

《孤独之美》（2019年江苏凤凰出版公司）

文集

《徐小斌文集》（五卷本 1998 年华艺出版社出版）

《徐小斌小说精荟》（八卷本 2012 年作家出版社出版）

美术作品集

《华丽的沉默与孤寂的饶舌》（2007 年湖南文艺出版社）

《任性的尘埃》（2016 年海峡书局）

《海百合》（2018 年十月文艺出版社）

主要影视作品

1.《弧光》：电影，由本人根据自己的中篇小说《对一个精神病患者的调查》改编，1988 年首映。该片获第十六届莫斯科电影节特别奖。

2.《风铃小语》：电视单本剧，由本人根据自己的获奖短篇小说《请收下这束鲜花》改编，中央电视台黄金一套 1993 年首播。该剧获第十四届飞天奖，中央电视台首届 CCTV 杯一等奖。

3.《千里难寻》：十一集电视连续剧。北京电视台长青藤剧场 1994 年首播。

4.《雨中花园》：电视电影。作为全国十大女作家向世妇会献礼片，中央电视台黄金八套 1995 年首播。

5.《星空浩瀚》：电视单本剧。作为全国十大女作家向世妇会献礼片，由中央电视台黄金一套 1995 年首播。

6.《富起来的人》：八集连续剧，中央电视台黄金八套 2002 年首播。

7.《德龄公主》（与人合作）：二十九集长篇历史电视连续剧，根据自己的同名小说改编，于 2006 年在中央电视台黄金八套首播。

8.《延安爱情》（与人合作）：三十八集电视连续剧，2011 年东方卫视首播。

9.《虎符传奇》：三十集长篇电视连续剧，由本人原创，由著名导演郭宝昌执导，美亚长城传媒（北京）有限公司投资，2012 年在中央电视台黄金八套首播。

徐小斌文学活动年表

1981 年年底，参加《十月》杂志首届发奖大会，短篇小说《请收下这束鲜花》荣获《十月》首届文学奖；

1986 年年底，参加第三届全国青年创作会议；

1988 年年底，参加电影《弧光》看片会，《弧光》电影剧本根据作家中篇小说《对一个精神病患者的调查》由本人改编而成，获第十六届莫斯科电影节特别奖；

1992 年，参加由《中国作家》杂志社组织的长篇小说《敦煌遗梦》研讨会，这也是作家生平第一次的作品研讨会；

1995 年，世界妇女代表大会在京召开，参加了中国女性文学的系列活动；

1996 年，作为中国女性文学代表作家受邀在美进行了为期三个月的访问讲学活动，分别在美国杨百翰大学、科罗拉多大学、宾夕法尼亚州立大学、圣玛丽学院等举办了题为《中国女性写作的呼喊与细语》的文学讲座，是第一位被美国正式邀请讲中国女性文学的作家，讲座受到研究中国文学的海外学者的热烈欢迎；

1997 年，参加在贝尔格莱德举办的第三十四届贝尔格莱德国际作家会议；

1998 年，参加首届鲁迅文学奖颁奖大会，中篇小说《双鱼星座》荣获首届鲁迅文学奖；

1999 年，参加在台湾举办的两岸文学研讨会；

2000 年，参加在越南举办的文化交流活动；

2002 年，参加在加拿大举办的渥太华国际作家会议；

2004 年，人民文学出版社召开徐小斌作品研讨会；

2005 年，参加北京作家协会组织的赴埃及、土耳其的文化交流活动；

2006 年，参加北京文学杂志社组织的中俄文化交流；

2007 年，接到美国文学翻译中心（ALTA）副主席 Rainer. Schulte 先生的邀请，作为惟一的中国作家赴美参加由五十个国家的作家、翻译家参加的美国文学翻译中心三十周年庆典及国际文学研讨会；

2008 年，参加为期一个月的香港国际作家工作坊活动；

2009 年，参加中国 – 厄瓜多尔文学交流活动；

同年，英文版《羽蛇》全球首发，人民文学出版社同步召开新闻发布会；

2010 年由于希腊文小说《亚姐》出版，接受希腊文化部邀请赴希腊交流访问；

2011 年受到美国纽约亚洲协会邀请，赴美讲学，与著名作家苏童一道在美国哈佛大学演讲、座谈；

同年，与莫言等同赴澳大利亚参加"首届中澳文学论坛"与"墨尔本文学节"；

同年年底，应台湾印刻出版社邀请赴台进行文化交流活动；

2012 年，作家出版社举办"特立独行、历久弥新——徐小斌写作三十年作品研讨会"；

2013 年 6 月，新长篇《天鹅》新闻发布会举行；

同年 10 月，参加"首届海峡两岸文学笔会"并作主题发言；

2014 年 1 月，应邀赴泰国进行影视文化交流活动；

3 月，应邀赴澳门大学讲学，在澳门大学郑裕彤书院建立"徐小斌工作坊"；

5 月，荣获加拿大第二届国际"大雅风"华语文学奖小说奖首奖，赴多伦多领奖；

8 月，参加第三届汉学家国际研讨会；

10 月，参加"海外华文女作家双年会暨华文文学论坛"，与余光中、席慕蓉等同台演讲；

2015 年年底，长篇小说《水晶婚》获得年度英国笔会翻译文学奖；

2016 年 4 月，应邀出席伦敦书展并在英国利兹大学演讲；

2016 年 11 月，参加中国作家协会第九次代表大会；

2017 年，在温哥华讲课及举办文学座谈会；

2018 年，《双鱼星座》入选"百年中篇经典"和"百年百部中篇经典"；《对一个精神病患者的调查》入选"百年中篇经典"。

图书在版编目（CIP）数据

夜谭 / 徐小斌著 .—北京：作家出版社，2019.8
（徐小斌经典书系）
ISBN 978-7-5212-0669-2

Ⅰ.①夜⋯ Ⅱ.①徐⋯ Ⅲ.①艺术评论—中国—现代—
文集 Ⅳ.① J052-53

中国版本图书馆 CIP 数据核字（2019）第 173117 号

夜谭

作　　者：徐小斌
责任编辑：秦　悦
助理编辑：李炫屹
装帧设计：蔡立国
责任印制：李卫东
出版发行：作家出版社有限公司
社　　址：北京农展馆南里 10 号　　　邮　　编：100125
电话传真：86-10-65067186（发行中心及邮购部）
　　　　　86-10-65004079（总编室）
E-mail:zuojia @ zuojia.net.cn
http://www.zuojiachubanshe.com
印　　刷：北京明月印务有限责任公司
成品尺寸：152×230
字　　数：275 千
印　　张：20
版　　次：2020 年 1 月第 1 版
印　　次：2020 年 1 月第 1 次印刷
ISBN 978-7-5212-0669-2
定　　价：45.00 元